아무도
날
사랑하지 않아

FÜR IMMER UND EWIG EINE ART REIGEN
by Doris Dörrie

Copyright ⓒ 1991 by Diogenes Verlag AG Zürich
Korean translation copyright ⓒ 2019 by MUNHAKDONGNE Publishing Corp.
All rights reserved.

이 책의 한국어판 저작권은 신원에이전시를 통해
저작권자와 독점 계약한 (주)문학동네에 있습니다.
저작권법에 의해 한국 내에서 보호를 받는 저작물이므로
무단 전재와 무단 복제를 금합니다.

이 도서의 국립중앙도서관 출판예정도서목록(CIP)은
서지정보유통지원시스템 홈페이지(http://seoji.nl.go.kr)와
국가자료공동목록시스템(http://www.nl.go.kr/kolisnet)에서 이용하실 수 있습니다.
(CIP제어번호: CIP2019009739)

아무도
날
사랑하지 않아

Für immer und ewig
Eine Art Reigen

Doris Dörrie

도리스 되리 소설 | 김라합 옮김

문학동네

일러두기

1. 본문 중의 주석은 모두 옮긴이주입니다.
2. 고딕체는 원서에서 이탤릭체나 대문자로 강조된 부분입니다.

헬게를 위하여

차례

1968년

1968년 봄, 나도 이제 그만 가슴이 나오게 해달라고 하느님께 기도하기 시작했다. 그때까지 나는 절벽이었고, 내 짝 안토니아는 우리 반에서 가슴이 가장 컸다. 어찌나 큰지 자리에 앉으면 가슴이 책상에 얹힐 정도였다. 나는 남몰래 안토니아를 '트로이의 목마'라 불렀다. 덩치가 크고 몸무게가 많이 나가고 다리가 무슨 기둥처럼 보여서만은 아니었다. 그애가 뭔가 감추고 있다는 느낌을 지울 수 없었다. 거의 아무 얘기도 해주지 않는 그애와 달리 나는 늘 모든 걸 털어놓았다. 하마터면 밤마다 그애처럼 풍만하고 예쁜 가슴을 갖게 해달라고 기도한다는 사실마저 털어놓을 뻔했다.

그러나 감탄스러운 것은 가슴만이 아니었다. 그애가 온몸을 눈요깃감으로 내놓는 대담함, 그것 또한 감탄스러웠다. 그애는 굵은 다리에도 아랑곳 않고 우리 학교를 통틀어 가장 짧은 미니스커트를 입고 다녔다. 허리를 조금만 숙여도 팬티가 훤히 보였다. 그러든 말든 신경쓰지 않는 것 같았다. 딱히 팬티만이 아니라 그 무엇도 신경쓰지 않는 듯 행동했다. 하지만 사실은 그렇지 않다는 걸 나는 알고 있었다. 그애는 남의 눈을 무척 의식하지만 인정하지 않았다. 예를 들면, 날마다 화장을 하지만 티를 내지 않았고, 그래서 아주 자세히 들여다봐야만 눈 위의 가느다란 갈색 선을 알아챌 수 있었다. 어찌나 자연스러운지 나처럼 꼼꼼하게 살펴보기 전에는 눈화장을 했다는 걸 확인할 길이 없었다. 그애는 크고 펑퍼짐하면서 새하얀 얼굴에 뾰로통한 입은 작고 고양이 같은 눈은 녹색인데다, 숱이 많은 까만 머리는 단발로 길러 기분 나쁠 때면 커튼처럼 앞으로 내려뜨리고 그 뒤에 숨었다. 전체적으로 어딘가 불안정해 보였다. 이상한 불안감이 뿜어져나온다고나 할까? 그런 걸 뭐라고 하는지는 훨씬 나중에야 알게 되었다. 한마디로 그애는 섹시했다. 그리고 그애가 부러웠던 가장 큰 이유는, 설령 가슴이 나와도 나는 절대 그렇게 될 수 없으리라는 사실을 알고 있었기 때문이다.

딱 한 번 체육시간 전에 탈의실에서 안토니아의 맨가슴을 본 적이 있다. 평소와는 다르게 그때는 무슨 까닭에선지 브래지어를 풀고 막 벽 쪽으로 돌아섰다. 그러나 나는 이미 보았다. 그애의 가슴은 눈처럼 희고 터지기 직전의 풍선처럼 겁나게 빵빵했다. 나는 몹시 놀랐고, 그런 가슴을 원하는 건지 문득 확신이 없어졌다. 적어도 그렇게 큰 가슴은 원하지 않았다. 우리 반에서 80C 사이즈는 안토니아가 유일했지만 자기는 가슴이 조금만 더 작았다면 정치적인 이유로 브래지어를 하지 않았을 거라고 입버릇처럼 말했다. 물론 순 허풍이었다. 왜냐하면 반에서 발표 같은 것을 할 때면 꽉 끼는 골지 스웨터에 가슴을 욱여넣고 옆에서 볼 때 정삼각형이 되도록 가슴을 쑥 내밀었으니까. 나는 이 팽팽하게 조여진 삼각형을 날마다 바로 옆에서 보면서 다리미판처럼 평평하고 깡마른 내 몸을 증오했다.

그럼에도 비아프라의 아이들이 기아에 시달리고 베트남에서는 전쟁이 벌어지고 있는 마당에 매일 저녁 가슴 문제로 하느님께 기도하는 게 양심에 찔려 학교에서 열리는 비아프라 결식아동 돕기 바자회에 도자기 재떨이를 일곱 개 구워서 내고 안토니아와 함께 베트남전 반대 시위에 참석하는 것으로 가책을 덜고자 했다. 안토니아는 나를 시위대 한가운데 버려둔 채 인파를 헤치고 앞으로 나아갔다. 맨 앞줄에 있는 긴 금발의 여드름투성이 스파르타쿠스를 낚기 위해서였다. 안토니아는 그 남자가 너무너무 멋있다고 했다. 여드름 난 사람을 어떻게 멋있다고 생각할 수 있는지 나는 이해가 되지 않았다. 솔직히 밋밋한 가슴보다 여드름 때문에 훨씬 더 고생하고 있어서 여드름이라면 죽도록 싫었다. 내 동생 샤를로테보다 더 싫었다.

가장 볼썽사나운 여드름은 늘 같은 자리, 콧등에 낙타 혹처럼 났다. 그리고 마침내 사라져서 안도의 한숨을 내쉬면 며칠 뒤 소리 없이 은근슬쩍 다시 모습을 드러냈다. 언제부터인가 나는 녀석이 마치 살아 있는 생명체인 양 두려웠고 말할 때도 웃을 때도 의식하게 되었다. 녀석은 늘 자리를 지키고 있었다. 나는 여드름이 빨간 전구처럼 빛나고, 얼굴 전체를 볼품없이 만들어놓고, 따끔거리고 욱신거리며 자란다는 느낌이 들면 남자애와는 한마디도 할 수 없었다. 금방이라도 사람들이 손가락질하며 "쟤 좀 봐! 저기 여드름 난 저애 말이야!" 하고 소리칠 것 같았다. 안토니아는 여드름이 없었다. 피부가 접시처럼 희고 매끄러웠다. 그러나 대신 코밑에 눈길을 확 끄는 수염이 있었다. 왜 그걸 그냥 두는지 이해가 되지 않았다. 코밑수염이 있다는 걸 그애는 모르는 모양이었다. 친구로서 그애에게 이 흠을 지적해줘야 한다는 의무감이 들었지만 한편으로는 우리가 정말 친구인지 확신이 없었다. 그 큰 가슴을 보나 행동거지를 보나 안토니아는 이미 어른들의 세계에 속한 것 같았고, 나는 혀를 늘어뜨리고 헉헉거리며 열심히 뒤따라 달리지만 끝내 따라잡을 수 없는 작고 맹한 개 같다는 느낌이 종종 들었다.

　그래서 안토니아가 뚱보 잉게의 집에서 열리는 파티에 가자며 데리러 왔을 때 나는 우쭐했다. 여자애들만의 파티라 굳이 차림새에 신경쓰지 않아도 될 줄 알았는데, 안토니아에게 문을 열어준 순간 숨이 턱 막혔다. 청록색 미니스커트에 금색 펌프스를 신고 그 큰 가슴 위로 야하게 딱 달라붙는 빨간색 골지 스웨터를 입은 안토니아는 바람이 잔뜩 들어간 동물 모양의 고무풍선처럼 보였다. 경악스러우면서도 자극적이었다. 안토니아는 어째서 콤플렉스가 없는지 이해가 되지 않았다. 어쩌면 내가 생각이 너무 많은지도 몰랐다. 안토니아는 내 침대에 벌렁 누웠다.

　"나 이제 트로츠키 당원이 되려고." 안토니아가 거창하게 말했다. "사 주간 테스트해보고 정치의식이 맞으면 받아준대." 안토니아가 왜 트로츠키 당원이 되려는지 알고 있었지만 나는 아무 말도 하지 않았다. 이 주 전부터 덩치 좋은 검은 머리 남자가 매일같이 학교 앞에서 트로츠키주의 전단지를 나눠주고 있었다.

　"그래? 네 정치의식이랑 맞아?" 내가 물었다.

　"아직 잘 모르겠어. 우리집에 차가 두 대라는 말은 하지 말아야겠어." 안토니아는 생각에 잠겨 천장을 물끄러미 바라보다가 일어나 앉아서 나를 보았다.

"어머, 파니, 너 코에 여드름 났구나."

"이거 여드름 아냐. 문에 부딪혀서 그래." 나는 안토니아가 미웠다.

그러나 전차를 놓치지 않으려고 역으로 달려갈 때 안토니아는 내 손을 잡았다. 내 손을 꼭 잡고 놓지 않았다. 급히 전차에 올라 맨 뒷자리에 앉았을 때 우리 뒤에 탄 할머니가 성난 눈길로 노려보며 자리 하나를 비워달라고 했지만 그때도 안토니아는 내 손을 놓지 않았다.

"저희 임신중이에요." 안토니아가 할머니에게 말하고 내 손을 꽉 쥐었다. 할머니와 주변 사람들은 잉어처럼 멀뚱히 우리를 바라보았다. 그 순간 나는 안토니아가 다른 누구보다 더 감탄스럽고 마음에 들었다. 잉게 집은 종착역에서 내려 한참을 더 가야 했다. 하나하나 역을 지나면서 승객들이 다 내리고 마침내 우리 둘만 남았을 때 안토니아가 가방을 열더니 낡아빠진 구식 안경집을 꺼냈다. 그리고 의미심장한 눈길로 나를 바라보다가 안경집을 열었다. 파란 벨벳 위에 특이한 흰색 비닐막이 얹혀 있었다. 안토니아가 엄지와 검지로 그걸 집어들고 까딱까딱 흔들었다. 난생처음 보는 물건이었지만 그게 뭔지 단박에 알아차렸다.

"어디서 난 거야?" 나는 주위에 듣는 사람이 없는데도 소리 죽여 물었다. "그냥 생겼어." 안토니아 역시 소리 죽여 대답했다. 나는 어디서 생겼느냐고 묻고 싶었지만 안토니아가 그 물건에 대해 나보다 훨씬 많이 알고, 그래서 그 분야에 관한 한 우리 우정이 깨질 수도 있을 만큼 수준 차이가 많이 나면 어쩌나 덜컥 겁이 났다. 그 물건을 손끝으로 조심스럽게 건드려보았다. 차갑고 기분 나쁜 느낌이었다. 나는 뱀이라도 만진 양 얼른 손가락을 거둬들였다.

"겁난다, 얘." 내가 말했다.

"응." 안토니아는 진지하게 대꾸하고 그걸 도로 안경집에 넣었다. 우리는 잉게 집에 도착할 때까지 아무 말도 하지 않았다.

잉게 부모님의 지하 파티 룸. 우리 반 여자애 여덟 명이 붉은 불빛에 잠겨 있었다. 잉게 부모님은 우리끼리 있게 해주려고 일부러 극장에 가고 없었다. 우리는 소파에 앉아 무언가를 기다렸지만, 무엇을 기다리는지는 우리 자신도 몰랐다. 그냥 숙제 이야기, 선생님들 이야기를 하며 수다를 떨었다. 속이 거북해질 때까지 레모네이드와 도넛을 먹고 음악도 들었다. 따분하지만 편안했다.

애드보카트* 한 병과 크로이터슈납스** 한 병이 돌았다. 덕분에 속은 더 거북해지고 웃음소리는 더 커졌다. 우리는 춤을 추기 시작했다. 처음에는 빠르게 추다가 숨이 차자 잉게가 느린 곡으로 레코드를 바꿔 걸었다. 갑자기 바뀐 분위기에 우리는 잠시 우물쭈물하다가 저마다 파트너를 찾아 블루스를 추었다. 나는 안토니아랑 추었다. 그애가 그 큰 가슴을 앞으로 쑥 내민 탓에 그애 목에 팔을 두르고 있을 수가 없었다. 나는 '파란 외투'와 춤추고 있다고 상상했다. 그것은 내가 그 남자를 부르는 유일한 이름이었다. 아무도 그를 몰랐다. 아무도 그의 이름을 몰랐다. 매일 아침 내가 등교할 때 오토바이를 타고 지나가는 남자였다. 늘 견장까지 달린 진한 청색의 낡은 군용 외투 차림이라 나는 그를 '파란 외투'라고 불렀다. 언젠가 내가 횡단보도를 건널 수 있게 오토바이가 섰을 때 그의 얼굴을 보았다. 그후로는 아침마다 그가 또다시 내 앞에서 브레이크를 밟을 수밖에 없도록 일부러 타이밍을 맞추려고 애썼지만 한 번도 성공하지 못했다. 번번이 너무 빠르거나 너무 늦게 횡단보도에 이르렀다. 나는 늘 그가 지나가는 모습만 보았다. 내게는 눈곱만큼도 관심을 보이지 않았지만 나는 가슴이 쿵쾅거렸다. 안토니아에게 그 남자 얘길 한 적이 있다. 나야 그애한테 늘 모든 얘기를 미주알고주알 털어놓으니까.

---

* 코냑이나 브랜디 같은 알코올에 달걀과 설탕을 섞어 숙성시킨 음료.
** 약초를 넣어 만든 독한 증류주.

16

그리고 나서부터 안토니아는 아침마다 "파니, 그 '파란 외투' 오늘은 어땠어?" 하는 질문으로 인사를 대신했다. 나는 그가 미소 지어 보였다거나 오토바이를 타고 가면서 내 쪽으로 고개를 돌렸다거나 윙크를 했다고 대꾸했다.

가슴을 위한 저녁 기도가 끝나면 학교로 데리러 온 그 남자 오토바이에 내가 타는 장면을 상상하곤 했다. 우리 둘이 함께 오토바이를 타고 떠나는 뒷모습이 눈앞에 그려졌다. 마지막 장면은 우리가 모퉁이를 돌아 사라지기 직전의 모습이었는데, 내가 그의 허리를 두 팔로 감싸고 있었다.

나는 안토니아에게 몸을 조금 밀착시켰다. 그러자 안토니아가 내 어깨에 머리를 기댔다. 장담컨대, 안토니아는 그 트로츠키 당원을 생각하고 있었을 것이다.

우리는 애드보카트를 좀더 마셨다. 그때 잉게가 속옷을 한아름 안고 지하실 계단을 내려왔다. 빨간 브래지어, 까만 브래지어, 코르셋, 가터벨트, 네글리제, 레이스 볼레로, 손바닥만한 팬티 한 무더기. 칙칙하고 깐깐한 잉게 엄마가 그런 것들을 가지고 있다니 도무지 믿기지가 않았다. 우리 엄마가 이 사실을 알면 뭐라고 할지 나는 알았다. 엄마는 바지에 신은 하이힐, 새빨간 립스틱, 연보라, 진홍, 연두 같은 색깔들이 그렇듯 이런 속옷은 외설스럽다고 할 것이다. 우리는 흥분해서 속옷을 만져보거나 킥킥거리며 몸에 대보았다. 비기와 가브리엘레, 아니타와 내가 남자 역할을 하고 안토니아와 잉게, 클라우디아, 트릭시는 그 속옷들을 입기로 했다. 아이디어를 낸 사람은 안토니아였을 텐데, 편을 가른 기준은 뻔했다. 속옷을 입기로 한 네 아이는 다 가슴이 나오고, 나머지는 가슴이 없었다. 가슴 나온 애들이 욕실에서 옷을 갈아입는 동안 가슴 없는 우리 넷은 시샘 어린 표정으로 소파에 앉아 기다렸다. 서로 한마디도 나누지 않았다. 이 아이들도 밤마다 기도를 할까 나는 궁금했다.

속옷을 입고 나타난 아이들은 완전히 딴사람이었다. 까만 브래지어와 빨간 가터벨트, 꽉 끼는 코르셋과 망사 보디스타킹을 입으니 별안간 어른처럼 보였다. 몸동작이 달라지고 의미심장한 미소를 지으며 모르는 사람처럼 굴었다. 피부는 붉은 불빛 아래 은밀하게 반짝였다. 우리 모두 숨을 죽였다. 남자 역할을 맡은 넷이 멋쩍게 서성이고 있는데 가터벨트에 레이스 브래지어를 한 안토니아가 비기를 붙잡더니 둘이 마치 커플인 양 바싹 달라붙었다. 안토니아는 흥을 돋우려고 우리에게 활짝 웃어 보였다. 우리는 쭈뼛거리며 안토니아를 따라 했다. 빨간 레이스 속옷을 입은 뚱보 잉게가 내 쪽으로 다가와 안겼다. 나는 잉게의 부드러운 살에 깜짝 놀랐다.

"음, 자기야." 잉게가 키득거리며 말했다. 잉게는 붉은 레이스 케이프를 흔들더니, 앞에서 풀게 되어 있는 요상한 브래지어 속의 가슴을 드러냈다. 나는 그게 뭐가 좋은지 알 수 없었다.

"이거 어때?" 잉게는 허스키한 목소리로 물었다.

"뭐 말이야?" 내가 되물었다.

"아이참, 파니." 잉게가 답답하다는 듯 말했다. "넌 지금 남자야. 이게 끝내준다고 생각해야 한다고. 알았어?" 잉게는 내 손을 잡고 자기 가슴으로 가져갔다. 부드럽고 물컹한 감촉이 몹시 당황스러웠다. 멜론이나 공처럼 훨씬 단단할 거라고 상상했기 때문이다. 나는 머뭇머뭇 가슴을 더듬었고, 그러는 나 자신이 바보 같다는 생각이 들었다. 다른 아이들은 어쩌고 있는지 둘러보았더니, 가브리엘레는 까만 에나멜가죽 코르셋을 입은 트릭시와 격렬하게 포옹하고, 아니타는 꽉 끼는 보디스타킹을 입은 클라우디아의 입에 키스를 퍼붓고, 비기와 안토니아는 우표 두 장처럼 딱 달라붙어 있었다. 전축에서는 라디오 금지곡인 〈주 템, 무아 농 플뤼〉가 흘러나왔다. 제인 버킨과 세르주 갱스부르가 토해내는 신음소리에 이상하게 등골이 찌르르했고, 사람이란 겉으로는 자기 자신이면서 동시에 다른 누군가일 수 있다는 걸 어느 결엔가 이해하게 되었다. 그저 눈을 감고 음악을 듣기만 하면 되었다. 나는 잉게가 시킨 대로 그애의 가슴을 더듬으면서 '파란 외투'가 나를 애무하는 상상을 했다. 내가 만지는 건 잉게의 가슴이 아니라 내 가슴이었다. 그가 내게 키스했지 내가 잉게한테 키스한 게 아니었다. 잉게는 더는 잉게가 아니라 그저 피부이고 가슴이고 살이었다. 내 몸이 아주 훈훈해지고 머리가 어질했다. 나는 주위의 모든 것을 잊었다. 내 여드름마저 잊었다. 무언가가 몹시도 그리웠으나 그게 정확히 무엇인지 몰랐다. '주 템, 무아 농 플뤼'가 반복되고 제인 버킨은 '앙트르 메 렝, 맹트낭, 비앙'을 속삭였다. 전에 '렝'을 사전에서 찾아보니 '허리'라는 뜻이었다. 허리라니, 등심스테이크 같은? 그다지 감각적이지는 않았다. 우리는 파트너를 바꿨다. 나는 안토니아랑 춤을 추었다. 안토니아의 가슴은 잉게보다 감촉이 좋았다. 더 단단하고, 그렇게 물컹하지 않으면서 놀랍도록 부드러웠다. 내가 원하는 게 딱 그런 가슴이었다. 우리는 키스했다. 혀를 쓰는 진짜 키스였는데, 그 상대가 실은 트로츠키 당원과 '파란 외투'라는 걸 둘 다 알고 있었다. 한번은 키스중에 시험 삼아 눈을 떴다가 금세 지독히도 민망해졌다. 내가 한 짓을 말로 표현하려니 생각만 해도 얼굴이 화끈거렸다. 파니는 안토니아에게 키스하고 그애의 가슴을 애무한다.

그러나 그 말을 머릿속에서 지우고 음악과 '파란 외투'에 집중하면 지금껏 경험해본 일 중 최고로 아름다워, 영영 끝나지 않았으면 싶었다. 나중에 지칠 대로 지친 우리가 소파에 널브러져 본

래의 자신으로 돌아왔을 때 나는 갑자기 엉엉 소리내 울고 싶은 기분이었다. 콧등의 여드름이 가려웠다. 우리는 남은 애드보카트를 마저 마셨다. 그때 잉게가 천장의 형광등을 켰다. 밝은 빛에 노출된 속옷 바람의 여자애들은 돌연 낯설고 흉해 보였다. 우리는 기분이 언짢아 잠자코 앉아 있었다. 잉게가 속옷을 도로 모아 엄마 침실에 갖다놓았다. 우리는 말없이 헤어졌다.

클라우디아는 안토니아랑 나와 함께 전철을 탔다. 우리는 서로 눈을 피했다. 클라우디아는 내릴 역에 이르자 우리를 돌아보지도 않고 내려버렸다. 차창 너머로 푸르스름한 가로등 불빛을 받으며 집으로 달려가는 그애의 모습을 보자 까만 속옷 차림의 그애는 상상이 되지 않았다. 전혀. 안토니아는 우리집에서 잤다. 그애 집으로 가려면 공원을 지나야 하는데 밤에는 그 길이 너무 위험하고, 차가 두 대나 있는 그애 부모님은 어디가 됐든 딸을 데리러 오는 법이 없기 때문이었다. 엄마가 안토니아를 위해 내 침대 옆에 매트리스를 깔아주었다.

"파티는 재미있었니?" 엄마가 물었다. 우리는 말없이 고개를 끄덕였다. 나는 엄마가 우리를 보고 뭔가 낌새를 챌까봐 불안했다. 마음 같아선 어린애처럼 엄마 품에 뛰어들고 싶었다. 전처럼 엄마랑 단둘이 있고 싶었다. 나는 문득 안토니아가 두려웠다. 엄마는 침대시트를 손으로 쓸어 매끈하게 펴놓고 방을 나갔다. 평소와 달리 나를 품에 안고 입을 맞추지 않았다. 사실 나는 엄마의 포옹과 입맞춤을 별로 좋아하지 않았지만 오늘밤에는 그리웠다. 엄마는 그냥 잘 자라고 하고 방문을 닫았다.

안토니아와 나는 어색하게 서 있었다. 둘 사이의 공기가 파르르 떨리는 느낌이었다. 실수로 목장의 전기 울타리를 건드렸을 때와 비슷하게 불쾌한 느낌이었다. 내가 불을 껐고, 우리는 어둠 속에서 옷을 벗었다. 나는 혼란스러웠다. 안토니아와 파티 이야기를 하고 싶었으나 어떻게 운을 떼야 좋을지 몰랐다. 안토니아의 숨소리가 들렸다. 어쩌면 벌써 잠들었을지 모르지만 어쩌면 안토니아도 나처럼 내 숨소리를 듣고 있을지 몰랐다.

"잉게 엄마가 그런 걸 입다니……" 안토니아가 불쑥 말문을 열었다. 우리 둘 다 물속에서 오래 버티다가 이제야 수면 위로 올라오기라도 한 양 동시에 푸 하고 숨을 내뱉었다. 우리는 끽끽 새된 소리로 웃어댔다. 잠시 후 나는 장롱에서 양초를 꺼내 불을 붙였다. 우리는 이불 속으로 기어들어갔고, 다시 예전처럼 평온하고 편안해졌다. 두 번 다시 그 파티를 생각하고 싶지 않았다. 절대.

"너 그거 또 보고 싶니?" 안토니아가 갑자기 물었다. 아니, 나는 다시 보고 싶지 않았다. 전혀. 얘기조차 다시 하고 싶지 않았다. 그 모든 것이 내 안에 불러일으키는 혼란이 살갗에 박힌 가시처럼 불쾌했다. 나는 모든 것을 있는 그대로 두고 싶었다. 그러나 안토니아는 내 대답을 기다리지도 않고 주머니에서 안경집을 꺼내 열더니 희미한 촛불 앞에서 그 비닐막을 내 코밑에 들이댔고 그것도 모자라 그걸로 내 팔을 스윽 훑어내렸다.

"으ㅎㅎㅎ!" 안토니아가 웃으면서 남자아이처럼 꽥꽥거렸다. "그걸 할 때 이런 느낌이라고 상상해봐!"

"정말 그럴 거라고 생각해?" 내가 물었다.

안토니아는 어깨를 으쓱했다. "난 조금 겁나. 넌 안 그러니?" 안토니아가 나지막이 말했다. 그애가 나보다 더 많이 아는 게 아니었다. 심장이 기뻐 날뛰었다. 우리는 서로 바싹 다가앉았다.

"난 가슴이 없어서 얼마나 불행한지 몰라. 나도 너처럼 가슴이 있으면 좋겠어." 나는 솔직하게 털어놓았다.

"어휴." 안토니아가 말했다. "그렇게 좋은 것만도 아냐. 얼마나 거추장스러운데. 게다가 남자애들이 만날 바보같이 쳐다보잖아." 안토니아야말로 가장 좋은 친구, 세상에 둘도 없는 친구다. 나는 기분이 정말 좋았다.

"우리집에선 날 드럼통이라고 불러." 안토니아가 머뭇거리며 얘기를 계속했다. "아무한테도 말 안 한다고 약속해야 돼?" 나는 고개를 끄덕였다. 하지만 입술을 깨물어도 얼굴에 웃음이 번지는 걸 막을 수 없었다. 집에서는 안토니아가 드럼통이었다! 식구들 눈에는 안토니아가 풍만하고 섹시한 게 아니라 그냥 뚱뚱하고 투실투실한 드럼통으로 보이는 것이었다! 순간 심호흡이라도 한 것처럼 밋밋한 내 가슴에 한줄기 상큼한 바람이 불었다. 집에서 안토니아는 드럼통이다! 나는 속으로 환호성을 질렀다.

"우리 아빠는 내 귓불을 꼬집으면서 나한테 통, 드럼통, 이래." 안토니아가 떨리는 목소리로 이야기했다. "오빠는 아침부터 저녁까지 안토니아, 드럼통, 안토니아, 드럼통, 노래를 부르고. 엄마가 못하게 하면 말없이 쓰레기통을 가리켜. 뻔하지, 뭐. 또 드럼통 생각을 하는 거야." 나는 도저히 그냥 넘어갈 수 없었다.

"드럼통이라니." 나는 그 말을 되뇌면서 분개하는 척했다. 안토니아는 발을 밟힌 개처럼 울부짖었다. "그만해!" 안토니아는 정말로 괴로운 것 같았다. 내가 안토니아에게 상처를 줄 수 있다는 사실을 알게 된 건 놀라운 발견이었다. 기분이 날아갈 듯 가볍고 상쾌했다. 입에서 그 말이 절로 흘러나오는 것을 나도 어쩔수 없었다.

"드럼통."

"파니! 그만하라니까!" 안토니아는 날카롭게 소리치며 내 팔을 움켜잡았다.

"그래. 그래. 알았어. 다신 네 앞에서 드럼통이라는 말 안 할게."

"너 지금 일부러 그러는 거잖아." 안토니아가 말했다.

"내가 뭘?" 나는 순진한 척 물었다.

"일부러 그 말 자꾸 하는 거면서."

"그냥 앞으로 드럼통이라는 말은 안 하겠다고 한 것뿐이야……"

"제발 그만 좀 해!" 안토니아가 소리를 빽 질렀다. "한 번만 더 그 말 입에 올리면 바로 일어나서 우리집에 갈 거야." 나는 안토니아의 말을 믿지 않았지만 입을 다물었다. 안토니아는 촛불을 훅 불어 끄고 돌아누웠다.

"잘 자." 안토니아가 퉁명스럽게 말했다.

"잘 자." 나는 인사를 건네고 소리 없이 입술을 달막여 '드럼통'이라는 말을 몇 번이나 되풀이했다. 그런데 나도 모르게 어느 틈엔가 입에서 새어나온 그 말이 방안을 떠돌아다녔다. 정말이지 내 탓이 아니었다. 그 말이 제 발로 걸어나왔을 뿐이다. 몇 초 동안은 아무 일도 일어나지 않았다. 그런데 잠시 뒤 안토니아가 몸을 일으키고 이불을 걷어내는 기척이 났다. 안토니아는 벌떡 일어나 쿵쿵거리며 전등 스위치 쪽으로 갔다. 내가 불빛이 눈부셔 손으로 얼굴을 가리고 있는 사이 안토니아는 옷을 입었다. 당황한 나는 사태를 무마하려고 낄낄거렸다. "장난 그만해!" 내가 말했다. 안토니아는 나를 보지도 대꾸하지도 않았다. 단호한 태도로 빨간 골지 스웨터와 미니스커트를 입고 펌프스를 신었다. 그때까지도 안토니아가 정말 갈 줄은 몰랐다. 안토니아는 가방을 들고 보란듯이 문 쪽으로 갔다. 나는 이불 속에서 빠져나와 붙잡으려고 했지만 안토니아는 나를 뿌리치고 어두운 복도를 따라 더듬더듬 계단으로 향했다. 아래층 부모님 침실을 보니 불이 켜져 있었다. 나는 엄마가 나와 우리를 나무라주기를 바랐다. 하지만 그런 일은 일어나지 않았다.

"이 시간에 공원으로는 못 지나가!" 내가 소리 죽여 말했다.

"난 갈 수 있어." 안토니아가 말했다.

"내가 사과할게, 응?" 나는 안토니아의 어깨에 손을 얹었다. 안토니아는 의심 어린 눈길로 나를 보았다. 그애의 빨간 스웨터가 어둠 속에서 반짝거렸다. 가슴께의 골지가 양옆으로 퍼져 있었다. 안토니아는 그냥 볼륨이 있는 것뿐 뚱뚱해 보이지는 않았다. 나는 그 단어를 또다시 내뱉게 되리라는 걸 알고 있었다. 그 말이 혀끝에서 맴돌았다. '드럼통.'

"미안." 내가 말했다. 안토니아는 말이 없었다.

"너한테 드럼통이라고 한 거 사과할게." 내가 심술궂게 말했다. 그 순간 안토니아는 현관문을 벌컥 열더니 마당을 가로질러 거리로 뛰어나갔다. 나는 부엌 창문 너머로 안토니아의 뒷모습을 오랫동안 지켜보았다. 그애가 가로등 밑을 지날 때마다 스웨터가 붉게 빛났다. 멀어질수록 그애가 그리웠다. 복도를 지나 내 방으로 돌아오는데 엄마 아빠가 침실에서 두런두런 얘기하는 소리가 들렸다. 나는 예전처럼 문을 열고 잠이 안 온다고 징징거리고 싶은 심정이었다. 그러면 아빠가 설탕물을 타주고 엄마는 나를 침대로 데려가 차가운 손으로 이마를 어루만져줄 것이다. 그런데 지금은 왜 그게 안 되는 걸까? 나는 세상에서 가장 외로운 사람이었다. 안토니아의 굳은 의지가, 어른 같은 단호함이 감탄스러웠다. 나라면 죽었다 깨어나도 그렇게 이불을 박차고 나가 밤중에 공원을 가로질러 집으로 가지는 못했을 것이다. 그러기에는 너무 게으르고 겁이 많았다. 누가 모욕하거나 상처 줄 때, 남자 역을 맡아 여자애랑 키스하라고 시킬 때 나를 지킬 자신이 없었다. 그 순간 나 자신의 진짜 모습이 보였다. 못생기고 멍청하고 하찮았다. 가슴은 절대 나오지 않고, 콧등의 여드름은 없어지지 않을 것이다. '파란 외투'가 미소를 보내는 일도 없을 것이다. 괴로움에 잠 못 들고 이리저리 뒤척이는데 뭔가 딱딱한 것에 몸이 배겼다. 안토니아의 안경집이었다. 그 안에 들어 있던 게 생각났다. 갑자기 울음이 터졌다. 두렵기도 하고 흥미롭기도 한 남녀의 세계에 나는 결코 발을 들일 수 없을 거라는 생각 때문이었다.

나는 안경집을 돌려주지 않고 보관했고 안토니아도 묻지 않았다. 그날 밤 이후 우리가 대화를 나누는 일은 거의 없었다. 어느 아나키스트와 사랑에 빠진 안토니아가 그때부터 검은색 파카를 입고 다니면서 그애의 가슴은 그 속으로 완전히 사라지다시피 했다. 나는 '파란 외투'의 진짜 이름을 알게 되었다. 여름이 되자 그가 파란 외투를 벗었고, 외투 아래 드러난 그의 모습은 더이상 매력적이지 않았다.

　사 년 뒤인 1972년 겨울, 유난히 지루하고 조용한 일요일 오후였다. 석유 위기에 따른 일요일 차량운행 금지 조치로 거리에 차가 한 대도 없었기 때문이다. 그날 방을 청소하는데 그 안경집이 다시 눈에 띄었다. 열어보니 오그라든 비닐쪼가리가 들어 있었다. 그 무렵엔 나도 드디어 가슴이 나왔다. 안토니아의 가슴처럼 크지 않아서 브래지어 사이즈는 80C가 아닌 75A였지만 내 가슴이 마음에 들었다. 이제 내 기도의 주제는 가슴이 아니라 남자였다. 내 가슴으로 기쁘게 해줄 수 있는 제대로 된 남자를 만나게 해달라는 것.

불행은 떼를 지어 다닌다

"예, 저기 녹색이랑 붉은색이 섞인 굵은 알로 된 목걸이요." 여자가 나지막이 말하며 바닥을 내려다보았다.

저 여자 가슴 참 부럽다. 정말 풍만하네! 보석가게 주인은 생각했다. 주인 여자는 녹색 양탄자가 깔린 바닥을 소리 없이 지나 유리 진열창으로 다가가서 큼직한 투르말린을 엮은 목걸이를 조심스레 꺼낸 다음 까만 받침대 위에 내려놓았다. 투르말린은 막 잘라놓은 수박조각처럼 가장자리는 청록과 연두로, 한가운데는 핑크와 진홍으로 반짝거렸다.

"이런 색의 투르말린은 극히 드물죠." 보석가게 주인이 검지로 투르말린을 쓸었다. 기분좋게 서늘하고 매끄러운 감촉이었다.

"몇 주 전부터 쇼윈도에서 이 목걸이를 보고 감탄했어요." 여자는 손가락을 내밀어 투르말린을 조심스레 만져보았다.

주인은 팔짱을 끼고 옆모습을 훑어보며 여자가 몸에 걸친 것의 가격을 속으로 어림잡아보았다. 진한 청색의 고급 입생로랑 양장은 한 벌에 4000마르크는 될 테고 보라색 사슴가죽 구두는 1200마르크—최근 어느 가게에서 똑같은 구두를 집어들었다가 터무니없는 가격에 아쉬움을 뒤로하고 도로 진열대에 내려놓던 터라 가격을 정확히 알았다—팔에 걸치고 있는 낡은 가죽재킷도 싸구려는 아닌 것 같았다. 벼룩시장에서나 그런 옷가지를 구입할 수 있던 시절은 지난 지 오래였다. 이렇게 따지면 이 젊은 여자는 대략 6, 7000마르크를 몸에 걸친 셈이었다. 새파란 것들은 어디서 그 많은 돈이 날까? 주인은 은근히 부아가 치밀었다.

"목걸이 한번 해보시겠어요?" 보석가게 주인이 여자에게 물었다. 여자는 망설이는 눈길로 주인을 바라보았다.

"글쎄요. 일단 해보면 무조건 갖고 싶어질 텐데……"

"그럴지도 모르죠." 주인은 목걸이를 집어들고 가볍게 흔들면서 기다렸다. 두 사람 다 말이 없었다. 여자는 목걸이만 뚫어져라 바라보고, 주인은 창밖으로 건너편 서점 주인이 할인판매용 문고본 상자를 가게 앞 길가에 내놓는 모습을 지켜보았다. 서점 주인은 흰색과 붉은색 바둑판무늬 셔츠에 꽉 끼는 청바지 차림이었다. 주인은 서점 남자의 물건이 틀림없이 예쁘장할 거라고 생각하며 옅은 미소를 지었다. 여자는 투르말린을 어루만졌다.

"한번 해봐드릴까요……?" 주인은 여자의 목덜미께 묵직한 검은 머리칼을 들추고 목걸이를 걸어주었다. 여자에게서 오 소바주 향이 풍겼다. 이 향수와 전남편 요헨에 대한 기억이 폭탄처럼 덮쳐왔다. 그녀는 움찔해서 물러나다가 유리 콘솔을 쓰러뜨릴 뻔했다. 여자는 호기심 어린 얼굴로 주인을 향해 돌아섰다. 투르말린 때문에 눈이 반짝반짝 빛났다.

"오 소바주군요? 그렇죠?" 주인이 물었다.

"아뇨." 여자가 무심히 대꾸했다. "할스톤이에요."

웃기지 마, 오 소바주인데 뭐. 멍청하긴. 주인은 생각했다. 여자는 거울 앞으로 돌아섰다. 검고 숱 많은 머리칼을 뒤로 모아 쥐고 위로 틀어올렸다가 도로 내려뜨리더니 고개를 흔들고 얼굴 앞으로 내려온 머리카락을 쓸어넘겼다.

결정을 못하겠나보군. 자기가 원하는 게 뭔지 몰라. 주인은 초조했다.

"남자친구가 저한테 선물하길 좋아해요." 여자가 거울을 보며 말했다.

아하, 남자친구가 목걸이를 사주면 좋겠다는 거지? 보석가게 주인은 생각했다. 여자가 심호흡을 했다. 가슴이 들썩하면서 목걸이가 따라 흔들렸다.

여자는 생각했다. 어떻게 물어보지? 뭐라고 말을 꺼낼까? 주인이 너무 깐깐하고 고집 있어 보이는데.

보석가게 주인이 다시 창밖을 내다보았다. 서점 주인은 책 상자들을 한 줄로 늘어놓고 돌아서서 작은 보석가게 쪽을 막연히 바라보았다. 저 보석가게 여자, 남자가 생겼나? 이제는 별로 싱싱하지도 않더구먼. 서점 주인은 생각했다.

저 남자한테 오후에 이쪽으로 와서 와인 한잔 하자고 할까? 보석가게 주인은 생각했다.

"남자친구랑 같이 한번 오세요." 주인이 여자에게 말했다. 여자는 거울 앞에서 몸을 돌려 몇 걸음 왔다갔다했다. 움직임이 아주 좋군. 무척 자신감이 있어. 저런 자신감은 어디서 오는 걸까? 새파랗게 젊은 것들은 어쩜 저렇게 자신만만하지? 보석가게 주인은 생각했다.

주인은 진열대 유리판의 먼지를 닦았다. 난 혼자 사는 게 좋아. 그녀는 자조 섞인 심정으로 생각했다. 혼자 사는 게 정말 좋아.

여자는 녹색 양탄자에 드리운 햇살을 응시하면서 곁눈질로 보석가게 주인을 관찰했다. 주인은 지금 진열대 유리판으로 몸을 숙이고 입김을 불어 소맷자락으로 여자의 손자국을 닦아내는 중이었다. 엄두가 안 나. 여자는 생각했다. 주인이 몹시 불쾌해 보이는 게 아무래도 이혼한 여잔가봐. 분명 안 된다고 할 거야. 왜 가격을 묻지 않지? 주인은 생각했다. 내가 좋아하는 목걸이라 사실 팔고 싶지 않아. 요헨과 가장 행복하게 지내던 시절에 나온 거니까. 터무니없이 비싸게 불러야지. 뭘 팔기는 팔아야 해. 이번 달 매상이 5000마르크밖에 안 되니, 원. 요헨은 내가 가게를 또다시 접을 수밖에 없는 상황이 되면 미치도록 고소해할걸. 그의 가게, 내 가게. 지금 이건 내 가게야. 내 가게. 모든 게 내 거라고. 샐비어를 조금 태워 가게에서 요헨의 저주를 씻어낼 수도 있겠지. 내가 그런 걸 믿지 않아서 안 하는 것뿐. 아마 나한테 장신구를 선물하는 남자는 없을 거야. 꽃가게를 하는 여자들도 애인에게 꽃을 받지 못할까?

"목걸이가 아주 잘 어울려요." 주인이 말했다. 여자는 아무 반응이 없었다. 흠, 칭찬에 익숙한가보군. 저 빌어먹을 목걸이를 이 어린것한테 팔아야겠어. 주인은 생각했다.

"장신구는 정해진 임자가 있는 법이죠." 주인이 웃으며 말했다. "사람이 장신구를 고르는 게 아니라 장신구가 사람을 골라요. 이 목걸이는 손님을 기다리고 있었어요. 그동안 많은 분이 이 목걸이를 갖고 싶어했죠. 투르말린이 정말 빼어나게 아름다우니까요. 하지만 어떤 손님에게는 이 목걸이가 너무 무거웠어요. 이걸 하고 다니려면 체격이 커야죠. 그런가 하면 어떤 손님에게는 너무 비쌌고요."

"정말이에요?" 여자가 보석가게 주인을 진지한 눈빛으로 바라보았다.

"뭐가요?"

"장신구가 임자를 고른다는 말씀요."

"그럼요." 보석가게 주인은 여자를 흘깃 보며 말했다. 서점 주인은 차양 앞에 서서 구름 사이로 열리는 하늘을 찬찬히 살펴보고 있었다. 이 아가씨가 목걸이를 사면 오후에 저 남자를 초대해야지. 그녀는 생각했다.

"가격이 얼마예요?" 여자가 물었다.

"5000마르크요." 주인은 되는대로 대꾸했다. 여자의 얼굴에 그늘이 스치고 지나갔다. 남자친구에게 뭐라고 하려나? 주인은 고소해했다. 남자친구가 이 어린것한테 그 정도 돈을 쓰고 싶어하진 않을걸. 게다가 이 어린것에게 크게 짐이 되고 있을 거야. 아마 이혼하겠다고 몇 년 전부터 약속했겠지. 뻔한 얘기야. 난 이 거짓말쟁이와 가정파괴범에게 배우자를 위한 위로금을 물릴 거야. 바로 나를 위한 위로금을.

"제 남자친구가……" 여자가 말을 하다 말고 헛기침을 했다. 주인은 거들지 않고 다음 이야기를 기다리며 그저 묵묵히 바라보고만 있었다. 염소처럼 고집은 세네. 여자는 부아가 났다.

여자가 다시 말문을 열었다. "제 남자친구가 돈을 별나게 많이 버는 건 아니에요." 여자는 잠시 틈을 두었다. "요즘은요." 그렇게 덧붙이고 주인을 빤히 바라보았다.

애야, 그럼 목걸이를 내려놔. 그리고 남자친구랑 카르슈타트 액세서리 매장에나 가보렴. 주인은 생각했다.

"목걸이를 제 돈으로 사야겠어요." 여자가 말을 이었다. "지금 당장요. 하지만 가져가지는 않을게요. 그러니까 쇼윈도에 도로 진열해두세요…… 팔리지 않은 것처럼……"

"이해를 못하겠군요." 주인이 냉랭하게 말했다. 여자는 이제 말이 빨라지고 목이 서서히 붉어졌다.

"목걸이에 가격표를 붙여주세요. 800마르크라고 써서. 아니, 850마르크가 좋겠네요."

"이 목걸이에 800마르크짜리 가격표를 붙이라고요?" 여자는 불안한 듯 몸의 무게중심을 자꾸 이 발에서 저 발로 옮겼다.

"제 남자친구는 보석에 대해 아무것도 몰라요. 전혀요. 그 가격을 믿을 거예요. 850마르크도 너무 비싸다고 생각할걸요."

"어머, 그래요?" 주인이 웃었다. 그녀의 웃음소리는 재미있어하는 것처럼 들려야 했지만 실제로는 악의가 있는 것처럼 들렸다.

"물질주의에 강한 반감을 품은 사람이에요." 여자가 사과조로 말했다. 돈이 없으니 그렇겠지. 주인은 생각했다.

"그러니까, 돈을 경멸해요. 하지만 제가 자기보다 수입이 많은 걸 무척 괴로워하죠." 여자가 말을 이었다.

"그래서 지금 그분이 손님께 선물하고 싶어하니 목걸이를 싸게 만들어달라는 말씀이군요. 그분이 자기도 이런 목걸이 정도는 살 수 있다고 생각하도록요." 주인이 말했다.

"예, 바로 그거예요." 그렇게 말하는 여자의 표정이 행복해 보이지는 않았다.

"그런데 이 목걸이가 진짜 800마르크인 줄 알고 사겠다는 손님들이 있으면 어쩌죠?" 여자가 한숨을 쉬었다. 두 사람 다 말이 없었다. 가게 안은 더없이 고요했다. 주인이 한쪽 다리에서 다른 쪽 다리로 체중을 옮겨 싣는데 무릎에서 두둑 소리가 났다. 건너편 서점 주인은 안으로 들어갔는지 보이지 않았다. 저 남자 초대하지 말아야지. 그렇고 그런 잠깐의 섹스를 위해 번거롭게 상냥한 척할 기분이 아니야. 보석가게 주인은 생각했다.

"그 생각을 미처 못했네요." 여자가 말했다.

"무슨 말씀이신지?" 주인이 물었다.

"사람들이 이 목걸이를 정말 800마르크짜리인 줄 알 수도 있다는 거 말이에요." 여자는 커닝하다 들켜 꾸지람을 들은 학생처럼 보였다.

"그럼 그냥 남자친구분이랑 같이 한번 오세요. 그때 일은 그때

가서 어떻게든 되겠죠." 주인이 갑자기 친절한 분위기로 말했다.

"안 돼요. 그 사람 혼자 와야 해요. 그 사람이 저한테 깜짝 선물을 해준다고 느꼈으면 하거든요." 여자가 단호하게 말했다. 딱하기도 하지. 눈속임으로 사랑의 생명을 부지할 수 있다고 믿다니. 주인은 생각했다.

"오늘 저녁 그 사람이랑 우연히 가게 앞을 지나가다가 아주 우연히 쇼윈도의 이 목걸이가 눈에 띈 척할게요. 800이나 850마르크짜리 가격표를 보면 그 사람은 너무 비싸긴 해도 자기가 살 능력은 된다고 생각할 거예요. 그럼 내일 다시 와서 목걸이를 사겠죠. 혹시라도 오지 않으면 가격표를 바로 떼어내세요." 이 여자 얼른 가버리면 좋겠어. 주인은 갑자기 그런 생각이 들었다. 여자의 게임에 엮이고 싶지 않았다. 그만 의자에 앉고 싶고, 고요함이 그립고, 양탄자를 비추는 햇살이 그리웠다. 나 좀 가만히 놔둬. 주인은 생각했다.

"그렇게 해주시겠어요?" 여자가 고개를 비스듬히 기울였다.

"그렇게 해주시겠어요?" 여자는 다시 한번 물으면서 다리를 우스꽝스럽게 흔들었다. 주인이 대꾸가 없자 여자는 목걸이를 풀어 조심스럽게 진열대 유리판에 내려놓았다. 그리고 손가락으로 투르말린을 한 알 한 알 매만지더니 갑자기 꼿꼿한 자세로 출입문을 향해 돌아섰다.

"자기가 진정한 남자라고 느끼도록 남자들을 도와주기까지 해야 하나요?" 주인이 물었다. 여자는 고개를 획 돌려 웃어 보였다. 그리고 수표에 4200마르크를 써서 서명하고 핸드백에서 엽서 한 장을 꺼내 유리판 목걸이 옆에 놓았다.

"제 남자친구가 목걸이에 대해 물어올 때 알아보셔야 할 것 같아서…… 제 남자친구, 이렇게 생겼어요." 여자가 자랑스레 말했다. 주인은 엽서의 그림을 어디선가 본 적 있었다. 길고 검은 머리에 챙 없는 빨간 모자를 쓴 젊은 남자가 커다란 금화를 손에 들고 있는 그림이었다. 주인은 엽서를 뒤집어보았다. 메달을 든 남자의 초상, 보티첼리, 1474년?

"남자친구분도 늘 금화를 들고 있나요? 물질주의에 반대하는 입장이라면서……" 주인이 물었다. 여자는 조금도 불쾌한 기색이 아니었다. 만족스럽게 웃기까지 했다. "그 사람 사진은 제가 아는 모습으로 나온 게 없어요. 보티첼리의 이 그림이 가장 흡사해요. 이상하죠, 안 그래요?" 여자는 엽서에 키스하더니 도로 핸드백에 넣었다. 그러고는 주인에게 손을 내밀었다.

"그 사람이 달려들도록 행운을 빌어주세요." 여자가 말했다. 주인은 보일락 말락 고개를 끄덕였다. 출입문에 달린 발리산 종이 딸랑거렸고, 여자는 사라졌다.

보석가게 주인은 유리판에서 투르말린 목걸이를 집어들고 한동안 어정쩡하게 서 있다가 자기 목에 걸고 거울을 보았다. 역시 나보다는 그 여자애한테 더 잘 어울려. 하지만 걔도 살이 빠지겠지. 이 년, 삼 년, 사 년, 혹은 오 년쯤 지나면 예쁘장한 얼굴도 풍만한 가슴도 소용없을 거야. 주인은 생각했다. 그녀는 치마를 매만져 반반하게 펴고 블라우스 뒷자락을 벨트 안으로 밀어넣었다. 블라우스 가슴께가 팽팽해져 목걸이가 움직이도록 어깨를 쭉 펴고 섰다. 이건 팔린 거나 다름없어. 그러니 나도 뭘 좀 누려야지. 그녀는 경보장치를 켜고 나와 가게문을 닫았다. 그리고 길을 건넜다.

서점에 들어서자 종이 딸랑거렸다. 서점 남자는 잡동사니가 가득한 책상 앞에 앉아 카탈로그를 뒤적이고 있다가 고개를 들고 웃어 보였다. 보석가게 여자는 고개를 까딱했다. 목에 걸고 있는 투르말린 목걸이가 신경쓰였다.

"장사는 잘됩니까?" 남자가 묻고는 자리에서 일어났다. 여자는 미소 띤 얼굴로 어깨를 으쓱했다. 두 사람은 서로 마주보았다. 여자가 살짝 고개를 숙였다.

"그래도 오늘은 해가 나왔군요." 남자가 말했다.

"네." 여자는 남자의 바지를 바라보았다. 목걸이를 보고 한마디할 만도 한데 이 남자 왜 관심이 없지? 여자는 생각했다.

"마음 같아선 오후에는 가게문 닫고 놀면 좋겠어요." 남자가 말했다. 어쩌면 난 약간의 섹스가 필요한지도 몰라. 여자는 생각했다. 지금 말만 잘하면 이 남자 당장 차양을 접고 나랑 한잔하러 갈 기세야. 우린 얘기를 하고 또 하다가 마침내 기분좋게 취해서 자연스럽게 손을 잡겠지.

"맥줏집이 벌써 문 열었을까요?" 남자가 말했다. 거봐! 하지만 그전에 샤워부터 하고 싶어. 안 그러면 창피할 거야. 여자는 생각했다.

"사람들은 더 자주 즉흥적인 기분에 몸을 맡길 필요가 있어요." 남자가 말하고 겸연쩍은 듯 웃었다.

"네." 여자가 말했다. 두 사람은 서로를 보았다. 그리고 둘 다 고개를 돌려 창밖의 푸른 하늘을 동경의 눈길로 바라보았다. 햇빛 속에 먼지알갱이들이 떠다녔다. 두 사람 다 시간이 흐르는 것을 의식했지만 말문을 열지 않았다. 돌연 기회가 사라졌다는 것을 두 사람 다 감지했다. "그런데 뭐 찾는 책이라도?" 남자가 조금 빈정대는 투로 물었다. 딴마음은 품지 않기로 한 모양이었다. 내가 왜 아무 말도 안 했을까? 왜 입을 다물고 있었지? 여자는 실망해서 돌아섰다.

"조카 생일선물요." 여자가 말했다. "걔가 아프리카에 관심이 많답니다." 남자는 타니아 블릭센*의 책을 몇 권 보여주고 나서 타니아 블릭센의 가정부 카만테가 케냐산의 농장에서 그녀와 함께 보낸 시간에 대해 쓴 책을 보여주었다. 화보가 많이 들어가 있었다.

서점 남자는 보석가게 여자 옆에 바싹 붙어 서서 책을 펼쳐들고 있었다. 그에게서 커피 향과 담배냄새, 먼지냄새와 면도용 화장수 냄새가 풍겼다. 여자는 남자의 냄새가 마음에 들었다. 남자가 책장을 넘기자 머리끝부터 발끝까지 끈으로 장식한 아프리카 여자 다섯 명을 찍은 사진이 나왔다. 여자들은 아무것도 걸치지 않은 알몸에 긴, 긴 구슬 끈만 휘감고 있었다.

"이 여자들이야말로 당신 가게에 딱 맞는 고객일 것 같군요, 안 그래요?" 남자가 웃으며 말했다.

"그러네요." 여자가 말했다. "그런데 좋은 책을 읽을지는 의문이군요."

"그렇다고 우리와 다를 게 뭐 있겠습니까." 남자가 한숨을 쉬고 천천히 책장을 넘겼다. 표범을 담은 컬러 화보 밑에 필기체로 이렇게 쓰여 있었다. '불행은 떼를 지어 다닌다.'

여자는 서점 남자가 자기 쪽으로 좀더 다가선 것을 느꼈다. 두 사람 다 숨을 멈췄다.

---

* 덴마크 소설가 카렌 블릭센이 독일어권에서 사용하는 필명.

"불행은 떼를 지어 다닌다니 그게 무슨 뜻일까요?" 여자가 나지막이 물었다. 남자는 어깨를 으쓱했다. 두 사람은 책을 들여다보았다. 이 여자 왜 말을 잇지 않을까? 서점 남자는 생각했다. 이 남자 왜 가만있기만 할까? 보석가게 여자는 생각했다.

남자가 책을 덮었다. 여자는 그 책을 샀다. 남자가 거스름돈을 내줄 때 서로 손이 살짝 스쳤다. 여자는 얼른 손을 거둬들이고 문 쪽으로 갔다. 남자가 따라가서 문을 열어주었다.

"목걸이가 무척 아름다워요. 손수 만드신 작품인가요?" 남자가 물었다. 여자는 고개를 끄덕였다.

"그건 팔면 안 되겠네요. 당신 눈처럼 잘 어울려요."

저녁이 되자 보석가게 여자는 조그만 가격표에 800이라는 숫자를 적어 투르말린 목걸이에 붙였다. 그리고 가격표가 잘 보이도록 신경써서 쇼윈도에 진열한 다음 스포트라이트를 켜고 그중 하나를 투르말린 목걸이에 정조준했다. 투르말린은 작은 오색전구처럼 빛났다. 서점 남자가 가게문을 닫고 떠날 때까지 여자는 차를 끓이는 간이주방 칸막이용 커튼 뒤에 숨어 있었다. 그녀는 자신의 작은 아파트가 그립고, 고양이 밍카와 냉장고에 넣어둔 버터처럼 부드러운 송아지 커틀릿이 그리웠다.

늦은 밤 여자는 고양이를 옆에 끼고 침대에 누워 그날 산 책을 뒤적였다. 표범 화보와 '불행은 떼를 지어 다닌다'라는 글귀에 이르렀을 때 책을 덮어 내려놓고 불을 껐다. 아파트 위층에서 문 닫히는 소리가 들렸다. 하이힐을 신은 여자가 급하게 왔다갔다 하는 소리도 들렸다. 보석가게 여자는 잠들기 직전, 낮에 가게를 찾아온 여자와 그 여자의 남자친구를 생각했다. 두 사람은 어쩌면 지금 이 순간 쇼윈도 앞에 있을지도 몰랐다. 여자는 목걸이를 보고 감탄하지만 장발의 젊은 남자는 들은 척도 하지 않을 것이다. "어쩜, 이 색 좀 봐요." 여자는 말할 것이다.

"흠." 남자는 여자를 데리고 그 자리를 뜨고 싶을 것이다.

"이렇게 예쁜 목걸이는 처음 봐요." 여자가 말할 것이다. 남자는 아무 반응도 보이지 않을 것이다.

"투르말린 빛나는 것 좀 봐요. 꼭 수박 같아요." 여자가 말할 것이다. 젊은 남자는 마침내 몸을 앞으로 숙여 덤덤한 눈길로 목걸이와 가격표를 볼 것이다. 800마르크라. 이 여자가 이걸 머릿속에서 떨쳐내면 그만이야. 난 미치지 않았어. 남자는 생각할 것이다. 200마르크라고 써놓을 걸 그랬나? 보석가게 여자는 생각했다. 서서히 잠에 빠져드는 동안 불현듯 그 여자를 돕고 싶은 충동이 느껴졌다. 잠시나마 일이 잘 풀릴 거라고 믿게 해주고 싶다는 생각마저 들었다. 그리고 수염이 텁수룩한 남자의 꿈을 꾸었다. 그가 어느 레스토랑 한가운데 손님들 앞에서 옷을 홀딱 벗으라고 재촉해 그녀는 그대로 따랐다. 그런 그녀의 모습을 모두가 흥미롭게 지켜보는 사이, 종업원이 그녀 앞 테이블에 1000시시 맥주 한 잔과 큼직한 브레첼 하나, 래디시 한 접시를 갖다놓았다. 그녀가 알몸이 되자 박수가 터졌다. 보석가게 여자는 고개 숙여 인사했다.

'Are you experienced?'

나는 레오의 집에 갈 때면 미리 바지 앞 지퍼 부분을 꿰매버린다. 레오가 어느덧 열일곱 살이라 위험해서다. 레오 집에서 화장실에 가고 싶어지는 일이 있어선 안 되기에 아무것도 마시지 않는다. 그렇지만 아직까지 그가 내 바지 지퍼를 내리려고 한 적은 없다. 나는 지퍼를 꿰맬 정도로 두려우면서도 한편으로는 조금 섭섭하다. 내가 뭘 잘못하고 있는지 의문이다. 우리가 나란히 침대에 누워 노닥거릴 때면 종종 레오의 여자친구가 온다. 둘은 동갑이다. 그 여자애가 현관에서 레오의 남동생과 얘기하는 소리가 들리면 나는 얼른 일어나 책상 앞에 앉아서 수학책에 코를 박는다. 레오는 대개 침대에 그대로 누워 있다. 레오의 여자친구는 그걸 조금도 이상하게 생각하지 않는다. 나한테도 친절하다. 얼마 전에는 내 머리 모양이 마음에 든다며 어디서 잘랐느냐고 물었다. 정작 나는 머리를 자른 날 오후 내내 울고불고 난리를 쳤는데. 레오는 내게 계산자로 제곱근 구하는 법을 가르쳐준다. 가끔 친구 우베와 우베의 여자친구 한나를 만날 때 나를 데려가기도 한다. 곰팡내가 좀 나긴 해도 아늑한 다락방에 혼자 사는 우베는 레오랑 내가 가면 자기 것 말고 여분 매트리스부터 바닥에 깐다. 우리는 담배를 피우고 럼주에 콜라를 타서 마신다. 그러고 나서 우베와 한나, 레오와 내가 매트리스를 하나씩 차지하고 눕는다. 레오와 나는 늘 나란히 눕는다. 우베는 대개 한나 위로 올라가 마른땅에 올라온 물고기처럼 퍼덕거린다. 누구도 옷을 벗지는 않는다. 레오가 나를 정말로 진지하게 생각하진 않는다는 건 나도 안다. 그게 아니라면 한나 위로 올라간 우베처럼 레오도 내 위로 올라왔을 것이다. 우리는 내 얼굴이 불같이 달아오를 때까지 키스한다. 키스는 땅콩을 먹는 것과 같다. 땅콩을 먹는다고 양이 차지는 않는다.

엄마한테 과외를 일주일에 두 번씩 하게 해달라고 했다가 퇴짜 맞았다. 엄마는 그럴 만큼 내 성적이 나쁘지 않은데다 레오가 과외비를 너무 많이 받는다고 했다. 그러고는 골똘히 생각해보더니 내 수학 실력이 많이 나아졌다며 이제 과외를 받을 필요가 없겠다고 했다. 애걸복걸해봐도 소용없었다. 레오에게 받는 과외는 영영 끝나고 말았다.

이제 보니 나는 레오를 사랑하나보다. 그러지 않고서야 몇 시간씩 두근거리는 가슴으로 전화기 옆에 앉아 그의 연락을 기다리고 있을 리 없다. 물론 전화는 오지 않는다. 내가 전화해도 레오는 말이 없어서 그냥 떠오르는 대로 시시껄렁한 얘기를 나 혼자 지껄인다. 이유는 딱 하나, 전화를 끊지 않기 위해서다. 나는 심지어 내 동생 샤를로테 얘기까지 한다. 그러다보면 어느 순간인가 레오가 "안녕, 잘 있어, 파니" 이런다. 그게 전부다. 언제 만날까? 내일 뭐할 건데? 그런 말을 하는 법은 결코 없다. 실망해서 전화를 끊을 때면 수화기를 쥔 손이 뻣뻣하게 굳고 땀으로 축축하게 젖어 있다. 이따금 나는 레오가 자전거를 타고 지나가는 모습을 본다. 그는 손을 흔들지만 자전거를 세우지는 않는다. 나는 레오의 집 주위를 몰래 어슬렁거리지만 그는 나오지 않는다. 내 친구 안토니아는 나더러 그냥 계산자를 챙겨 찾아가라고 한다. 가서 제곱근 구하는 법을 까먹었으니 다시 한번 가르쳐달라고 한 다음 재빨리 내 지갑이나 열쇠를 아무데나 빼놓고 오라는 것이다. 그러면 다시 찾아갈 구실이 생기는 셈이라고. 나는 원피스를 꺼내 입는다. 전에는 너무 위험하다는 생각에 원피스 차림으로 레오에게 간 적이 한 번도 없다. 하얀 레이스 원피스를 입

으면 제법 성숙해 보인다. 목에는 파란 실크 스카프를 두르고 배
는 힘주어 집어넣는다. 레오의 집 초인종을 누른다. 레오는 별로
놀라지 않는 눈치다. 문을 열어주고 지미 헨드릭스 레코드를 턴
테이블에 얹는다. 타이틀은 'Are you experienced?'. 그게 무
슨 뜻인지 나는 정확히 모른다. 영어사전에는 'experience: 경
험하다, 체험하다, (손해를) 당하다'로 나와 있다.

　"어때?" 레오가 묻는다. 나는 미소짓는다. 계산자 얘기는 꺼내
지 않고 멀거니 서 있다 음악에 맞춰 몸을 움직인다.

　"어때?" 레오가 재차 묻더니 이상한 짓을 한다. 나한테 다가와
원피스를 들추고 팬티 사이로 손을 넣어 음모를 잡아당기는 것
이다. 나는 하도 놀라 불에 데기라도 한 양 펄쩍 뛴다.

　"나 곧 나가야 돼." 레오가 말하고서 싱긋 웃는다. 레오와의
거리는 20센티미터 정도다. 상황이 내게 달렸다는 건 나도 안다.
하지만 어떻게 해야 할지, 고학년 수학문제를 풀어야 하는 처지
에 놓인 것처럼 막막하기만 하다.

　"흠." 그러더니 레오는 고개를 옆으로 비스듬히 기울인다. 나
는 잠수할 때와 같은 느낌이 든다. 몸이 컴컴한 물속으로 점점
깊이 가라앉으면서 수면 위 밝은 빛과는 점점 멀어질 때의 그 느
낌. 그럴 때는 가만히 기다리기만 하면 물이 몸을 도로 밀어올려
주면서 주위가 점점 밝아지다가 마침내 분수처럼 수면 위로 솟

구친다는 사실을 모르는 것은 아니다. 그러나 나는 호흡곤란에다 겁이 나서 기다릴 수가 없다. 그래서 계산자에 대해 뭐라고 우물거린다. 레오는 어깨를 으쓱하더니 책상에서 계산자를 가져와 내 코앞에서 쓱쓱 이리저리 밀어 보인다.

"아하, 그렇지." 나는 고개를 끄덕인다. 목덜미에 와닿는 레오의 숨결이 촉촉한 롤빵처럼 따스하고 감미롭다. 어떻게 할지 한 번 더 생각해볼 수도 있겠다 싶은데, 레오는 어느새 재킷을 집어들고 나를 현관문 쪽으로 떠민다. 그리고 작별 인사로 내 머리를 슬쩍 쓰다듬어주고는 자전거를 타고 가버린다. 나는 그 모습을 지켜보고 있지만 레오는 한 번도 뒤돌아보지 않는다. 나는 레오가 벌써 모든 것을 잊었음을 알아차린다. 레오가 잡아당겼던 곳이 얼얼하다. 나는 눈을 감고 레오가 불쑥 다가와 손을 내밀어 나를 붙잡는 모습을 상상한다. 영화 속 한 장면을 느리게 반복 재생하듯이 그 순간을 자꾸 되풀이해 상상한다. 그제야 레오의 집에 열쇠 두고 나오는 걸 깜빡한 게 생각난다. 기회를 놓쳐버렸다. 팬티 속 그곳은 여전히 화끈거리고, 나는 훌쩍거리기 시작한다. 나는 일 년 뒤 위르겐에게 처녀성을 잃는다. 그의 부모님이 바로 옆 거실에서 친구들에게 그리스 여행 때 찍은 슬라이드를 보여주고 있는 사이 벌어진 일이다. 위르겐의 아빠가 소리친다. "이게 바로 올림포스야! 오른쪽 이 붉은 점이 우르젤이고." 웃음소리가 요란하게 터져나온다. 위르겐은 침대에 수건을 깐다. 접의자에 누워 있는 커다란 미키마우스가 프린트된 수건이다. 나는 미키마우스가 거슬린다. 하지만 그 이유를 위르겐에게 설명할 수는 없다. 위르겐이 곧 내 처녀성을 빼앗든 말든 나는 정말 아무렇지도 않다. 위르겐이 특별히 좋았던 적은 한 번도 없다. 위르겐이 바지를 벗으면서 바보같이 히죽거린다. 밀가루벌레처럼 흰 위르겐의 다리는 작고 붉은 여드름으로 뒤덮여 꼭 비누 받침대의 플라스틱 돌기 같은 감촉이다. 여드름 사이사이에는 검은 털이 나 있다. 청바지가 꽉 끼는 부분, 그러니까 허벅지와 사타구니에만 여드름과 털이 없어서 무척 보드랍고 매끄럽다. 바로 옆 거실에서 위르겐의 엄마가 큰 소리로 말한다.

"그리스 사람들은 정말로 밤에⋯⋯" 위르겐의 말소리 때문에 그다음 얘기는 들리지 않는다.

"이리 와." 위르겐은 미키마우스 수건을 깔고 누워 활짝 웃어 보인다. 그가 내 손을 잡고 침대로 끌어당긴다.

"겁낼 거 없어." 위르겐이 말한다. 친구들 말로는, 일을 치르고 나면 기분이 훨씬 나아진다고 한다. 어른이 된 느낌이라나. 나는 망원경을 거꾸로 든 것처럼 멀리 내 아래 있는 위르겐을 본다. 위르겐은 소중한 뭔가를 넣어두려는 핸드백이라도 되는 것처럼 내 몸을 어루만진다. 그 모습을 보고 있으니, 언젠가 엄마 아빠가 없는 날 위르겐이 우리집에서 자고 갔을 때 내 잠옷을 입었던 모습이 생각난다. 위르겐은 깡뚱한 내 하늘색 잠옷을 입고 방안을 뛰어다니며 높고 가는 가성으로 소리쳤다. "난 요정이야!" 위르겐은 그게 엄청 웃겼는지 혼자 미친듯이 웃었다. 발기가 되어 내 잠옷이 임신복처럼 들렸는데도 여전히 겅중거리면서 소리쳤다. "난 요정이야!" 하필 그 장면이 생각난다. 그런 위르겐의 모습을 보았을 때 내 심장이 오그라들었던 기억도.

계속 아프지는 않다. 훨씬 아플 거라고 상상했는데.

"아파?" 위르겐이 묻는다.

"응." 위르겐이 신음해서 나도 약간 신음소리를 낸다. 위르겐은 이를 때운 아말감이 다 보이도록 입을 쫙 벌린다.

"올림포스에 있는 우르젤 좀 한번 더 보여주세요!" 옆 거실에서 누군가 소리친다.

"좀 천천히 돌려요! 그래선 아무것도 못 알아보겠어요!" 위르겐 엄마의 목소리가 들린다.

"자, 봐라!" 남자가 말하고 다들 웃음을 터뜨린다.

내가 그들의 웃음소리에 귀기울이는 사이 일이 있었던 모양이다. 위르겐이 더는 움직이지 않고 손으로 눈을 가린 채 가쁜 숨을 몰아쉬며 누워 있다. 나는 위르겐 위에서 내려와 옆에 나란히 눕는다. 위르겐이 내 팔을 잡는다.

"형편없었어?" 위르겐이 내 귀에 대고 속삭인다. 나는 위르겐에게 몸을 꼭 붙인다. 이게 제일 좋다. 나중에 위르겐이 침대에서 미키마우스 수건을 걷어내며 말한다.

"피가 안 나왔네." 나는 어깨를 으쓱하고 옷을 입는다.

우리는 거실로 간다.

"얘들아, 배고프지?" 위르겐의 엄마가 묻는다. 우리는 나란히 소파에 앉아 영사막의 컬러 이미지를 본다. 하얀 사원 앞에 붉은 양귀비가 피어 있다. 위르겐의 엄마는 파란 물방울무늬가 찍힌 노란색 여름 원피스 차림으로 카메라를 향해 손을 흔들고 있다. 나귀를 탄 노인도 보인다. 검은 옷을 입은 여자 둘이 대문간에 서 있다. 하늘색 여름모자를 쓴 위르겐의 아빠는 녹색 폭스바겐 파사트에 기대서 있다.

집에 돌아와보니 아빠는 벌써 잠자리에 들었고 엄마는 아직 텔레비전을 보고 있다.

"왔니? 재미있었어?" 엄마가 묻는다. 내가 외출했다 돌아오면 으레 하는 말이다. 준비하고 있었다는 듯 즉각 튀어나오는.

두 달 뒤 라이너는 나더러 그렇게 누워 있지만 말고 운동을 좀

하라고 한다. 하지만 운동은 피곤하고, 나는 게으르다.

"너무 심각하게 생각하지 마. 꼭 죽느냐 사느냐 기로에 선 사람처럼 보이잖아." 라이너가 말한다. 잠시 후 그의 책상 앞에 앉아 다음날 시험을 대비해 벼락치기로 라틴어 공부를 하는데, 뒤에서 그가 천천히 다가오는 느낌이 든다. 등뒤로 그의 맨다리가 보인다. 그는 까치발을 하고 내 어깨에 무언가를 얹는다. 나는 그걸 잡고 깜짝 놀라 움찔한다. 첫 감촉은 조금 비슷했지만 그건 라이너의 손이 아니다. 엄청나게 큰 손가락 같다. 그 거대한 손가락이 내 어깨를 가볍게 두드린 것이다. 머리에서 어떻게 그런 생각이 나오는지 모르겠다. 라이너는 키득거린다.

반년 뒤 브루노는 얼마 전 헤어진 여자친구 리아네 얘기를 하면서 내 가슴을 더듬는다. 브루노는 최고의 미남이다. 긴 머리는 연한 금빛이고 눈은 파란 구슬 같으며 피부는 천도복숭아처럼 매끄럽다.

"걘 어찌나 뻣뻣하던지…… 무슨 말인지 알지?" 브루노가 말한다. "내가 뭘 잘못하긴 했나본데, 그게 뭔지 통 모르겠단 말이야." 모르긴 나도 마찬가지다. 나는 리아네를 아예 모른다. 브루노는 똑바로 앉아 담배에 불을 붙이더니 한 손으로 피우면서 다른 한 손으로는 계속 내 가슴을 무심히 만진다.

"지랄 같아!" 브루노는 담배를 끄고 나에게 키스한다.

"미안. 그냥 요즘 내 상황이 그렇다고." 브루노가 말한다.

다음날 브루노는 리아네를 만나는 자리에 나를 데려간다. 나보다 나이가 많아 벌써 대학에 다니는 리아네는 같은 학교 친구와 방 두 칸짜리 아파트를 함께 빌려 쓰고 있다. 나는 리아네가 부럽다. 리아네는 물을 끓이고 깜찍한 파란색 찻잔 세 개를 식탁에 갖다놓는다.

"잘해놓고 사네." 브루노가 말하고는 손짓해 보인다.

"응." 리아네는 냉랭한 눈길로 브루노를 바라본다. 브루노는 러그가 깔린 바닥을 발로 톡톡 치다가 식탁 여기저기를 두드린다. 찻잔이 덜거덕거린다.

"둘이 어떻게 알게 됐어?" 리아네가 묻는다. 브루노는 대답하지 않는다.

"수의학과 학생 파티에서 만났어요." 내가 대신 대답하고 재빨리 덧붙인다. "저는 아직 김나지움에 다니지만요."

"아하." 리아네가 찻잔에 차를 따른다. 그녀는 설탕 두 조각을 집어 찻잔에 넣고 우유를 조금 부어 저은 다음 브루노에게 건네준다. 문득 그게 왜 그렇게 마음 아팠는지 모르겠다. 브루노가 미소짓는다.

"어머, 미안." 리아네가 깜짝 놀라 손으로 입을 가리고 나를 바라본다.

"미안해. 나도 모르게 그만." 리아네가 다시 한번 말한다.

"에이, 지랄 같아." 브루노가 말한다.

우리는 다시 브루노의 집으로 간다. 집에 들어서자마자 브루노는 내 옷을 벗긴다. 우리는 침대에 눕는다. 그의 얼굴이 내 얼굴과 맞닿아 있다. 목으로 축축한 뭔가가 흘러내리는 느낌이 든다. 눈물인지 땀인지 모르겠다. 나는 브루노와 나란히 누워 우리의 생각이 머릿속에 포도알처럼 다닥다닥 붙어 들어앉은 작고 푸르스름한 곤충 같다는 상상을 해본다. 그것들이 자리를 박차고 날아올라 떼 지어 달아나게 하려면 몸을 미친듯이 움직이거나 목청껏 고함을 지르면 되지만 브루노도 나도 손가락 하나 까딱하지 않고 말 한마디 하지 않는다.

루카스는 엄마와 함께 살고 지하에 있는 방을 쓴다. 그 방 침대에 밤늦게까지 나와 함께 누워 있다는 사실을 루카스 엄마에게 들켜선 안 된다. 루카스는 내 몸 위에서 크고 따스한 뱀처럼 움직인다. 루카스가 고개를 들자 길고 검은 머리칼이 얼굴로 흘러내린다. 루카스는 내게 미소지어 보인다. "흠. 재미없어?" 루카스가 묻는다. 나는 얼굴이 빨개진다. "아니, 그런 거 아니야." 나는 더듬더듬 말한다. 루카스가 일어나 벌거벗은 채 무릎을 꿇더니 침대 밑에서 럼주 한 병을 끄집어내 건넨다. 나는 한 모금 꿀꺽 마시고도 기침하지 않는다. 술을 마시자 잘 맞는 옷을 입은 것처럼 몸이 자연스럽게 움직인다. 나는 놀란 눈으로 루카스를 바라본다.

"흐ㅇㅇㅇㅇ음." 루카스가 소리를 낸다.

루카스가 학교로 나를 데리러 온다. 낮에는 그를 알아보기가 어렵다. 침대에 누워 신경을 곤두세우고 집안의 소음에 귀기울이던 밤과는 전혀 다른 모습이다. 루카스의 엄마가 잠자리에 들면 그의 지하방을 가로지르는 파이프로 물 흐르는 소리가 들린다. 꾸르륵거리며 변기물 내려가는 소리가 점점 멀어지는 시냇물소리처럼 잠잠해지고 나서야 우리는 안도의 한숨을 내쉰다. 밤에 보면 루카스는 다른 사람들처럼 살로 이루어진 것 같지 않다. 마치 공기 같다가 다음에는 물 같고 끝에 가서는 불같은, 신비한 물질로 이루어진 듯하다.

"쉿. 그렇게 큰 소리 내지 마. 우리 엄마!" 루카스가 내 얼굴을 베개로 덮는다. 나중에 그가 말한다. "아빠가 떠난 뒤로 엄마가 깊은 잠을 못 이루셔."

"십 년이 넘었는데도?" 내가 말한다.

다음날 저녁 우리 머리 위에서 물 흐르는 소리가 들릴 때, 나는 루카스의 엄마가 욕실 거울 앞에서 화장 지우는 모습을 상상한다. 그녀는 금발에 체구가 작고 말랐다. 그래서 검은 머리에 키가 큰 루카스와 같이 있으면 모자지간으로 보이지 않는다. 그 작은 여자가 어떻게 이렇게 큰 아이를 낳았을까, 나는 그게 늘 의문이다.

루카스의 엄마가 욕실에 서서 꼭 우리처럼 아래층 물소리에 귀기울이는 모습이 눈앞에 보인다. 그녀가 알고 있다는 걸 나도 안다. 자기가 잠들기만을 우리가 기다리고 있다는 걸 그녀는 안다. 나는 거울을 보며 빠르고 거친 손놀림으로 조막만한 얼굴에 크림을 바르는 그녀의 모습을 상상한다. 그 장면은 나를 불안하게 한다. 물소리가 점점 작아진다.

"이리 와." 루카스가 말한다.

"싫어." 내가 말한다.

"왜? 이제 날 사랑하지 않아?" 루카스는 웃으며 럼주병을 내민다. 나는 럼주를 받아 마신다.

"이리 와." 루카스가 다시 말한다. 나는 고개를 젓는다. 루카스는 웃으며 이불 속으로 들어간다. 루카스가 내 온몸에 키스한다. 내 생각은 온통 루카스 엄마에게 가 있다. 루카스가 어렸을 때 그녀는 아들을 어떻게 대했을까.

"그만해." 내가 소리 죽여 말한다. 놀란 루카스가 고개를 든다.

"왜?" 루카스가 상체를 들고 묻는다. 나는 어깨를 으쓱한다. 루카스가 키스한다. 그의 입술에서 짠맛이 난다. 나는 일어나 앉는다.

"어라." 루카스는 놀라는 눈치다.

"내가 왜 이러는지 나도 모르겠어." 나는 옷을 입는다. 루카스가 내 어깨를 잡아 세운다.

"무슨 일인데? 파니, 내가 뭐 잘못했어?" 루카스가 묻는다. 갑자기 그가 슬퍼 보인다. 나는 고개를 젓는다. 뭐라고 설명할 수가 없다. 그는 현관까지 나를 바래다주려고 벌거벗은 채로 앞장서서 계단을 올라간다. 나는 잠시 그의 엉덩이에 손을 댄다. 그가 미소 띤 얼굴로 나를 돌아본다. 우리는 살금살금 복도를 지난다. 그런데 그만 루카스가 넘어지고 만다. 벽장 앞 작은 양탄자에 쓰러져 움직이지 않는다. 나는 그의 뺨을 두드려보고 몸도 흔들어본다. 반응이 없다. 이번에는 눈꺼풀을 들춰본다. 눈동자가 위로 돌아가 있고 흰자위는 공포영화에 나오는 것처럼 번쩍인다. 도망치고 싶다. 루카스의 엄마가 언제 계단을 내려올지 모른다.

"루카스, 정신 차려, 제발!" 내가 소곤거린다. 루카스는 꼼짝하지 않는다. "제발 부탁이야, 정신 좀 차려봐." 루카스가 어떻게 된 건지 알 수가 없다. 그의 입에 귀를 대봐도 내 숨소리밖에 들리지 않는다. 어두워서 그의 얼굴이 잘 보이지 않지만 불을 켤 엄두가 나지 않는다. 나는 루카스 위로 몸을 바싹 숙인다.

"루카스, 제발!" 나는 있는 힘껏 루카스를 꼬집고 주먹으로 갈비뼈를 친다. 루카스는 1밀리미터도 움직이지 않고 그냥 그대로 쓰러져 있다. 나는 그의 벌거벗은 몸을 본다. 그 살의 감촉이 어땠는지 기억나지 않는다. 화가 난다. 죽은 고깃덩이처럼 그렇게 쓰러져 있는 그가 증오스럽다. 내가 어떻게 되든 상관없는 것이다. 뺨으로 눈물이 흘러내린다. 그의 엄마를 불러오는 수밖에 없다. 선택의 여지가 없다. 그러나 나는 그 자리에 웅크리고 앉아 꼼짝하지 않는다. 춥다. 몸이 덜덜 떨린다.

"루카스, 빌어먹을 루카스!" 나는 그의 옆구리를 발로 찬다. 그래도 반응이 없다. 그의 배에 손을 얹어본다. 싸늘하다. "오, 하느님." 나는 기도를 시작한다. 그가 몸을 일으킬 때, 나는 이건 꿈이지 생시가 아니라고 생각한다.

"어우." 그러고 나서 루카스는 개처럼 몸을 턴다. 루카스가 일어선다. 손을 내밀어 나를 일으켜세운다. 그리고 내 얼굴의 눈물을 본다.

"왜 울어?" 루카스가 당황해서 묻는다. 나는 어깨를 으쓱한다.

"내가 잠깐 정신을 잃었나?" 루카스가 묻는다. 나는 얼마 동안이었다고 말하지 못한다. 한 시간이었는지도 모르고 오 분이었는지도 모른다.

"종종 그래." 루카스가 말하고 싱긋 웃는다. "너무 빨리 자라서 그런가봐."

"쉿. 너희 엄마." 내가 말한다.

"아, 맞다." 루카스가 킥킥거린다. 나는 키스하려는 그의 품을 빠져나와 현관문으로 간다.

"내일 만나." 루카스가 소리 죽여 말한다. 나는 대답하지 않는다. 자전거를 타고 오면서 뒤돌아보니 루카스가 알몸으로 외등 불빛을 받으며 아직 문가에 서 있다. 그가 손을 들어올린다. 나는 고개를 돌리고 더 빨리 페달을 밟는다. 바람이 크고 서늘한 손처럼 얼굴을 쓰다듬는다.

나는 안다, 다음날 내가 학교 건물 뒤편 운동장을 가로질러 집에 오리라는 것을. 루카스는 정문 앞길에서 기다리다가 학교에서 나오는 사람이 더 없으면 느릿느릿 발길을 돌릴 것이다. 영문도 모른 채로. 나는 있는 힘껏 자전거 속도를 높인다. 윙윙거리는 바람이 머리를 빙빙 돌며 끔찍한 것을 모조리 날려버린다. 나는 열여섯 살이다.

오르페오

안토니아는 멕시코 월드컵의 막이 올라 조니가 낮이나 밤이나 컴컴한 방구석에서 텔레비전을 끼고 살 때 처음으로 13층의 점술가를 찾아갔다. 고된 사진 촬영을 겨우 마치고 집으로 왔더니, 복도에서부터 벌써 축구장 잔디 때문에 커다란 에메랄드처럼 푸르게 빛나는 텔레비전 화면이 보였다. 먹다 남은 소시지빵과 빈 맥주병들과 넘치도록 꽉 찬 재떨이를 안토니아가 정신없이 치우는데 이따금 조니의 손이 다리를 훑고 지나갔다. 그러고 나서 그녀는 조니 옆에 앉아 텔레비전 화면을 멀뚱히 바라보면서 기다렸다. 이제 밖으로 데리고 나가주는 줄 알고 주인이 움직이면 좋아서 펄쩍펄쩍 뛰는 개처럼 그녀는 조니가 맥주를 새로 꺼내러 가면 부엌으로, 금세 도로 텔레비전 앞에 앉으면 거실로 졸졸 따라다녔다.

그러다가 결국 화가 나서 침대로 들어갔으나 갈비뼈 사이의 심장이 공기해머처럼 쿵쾅거린 탓에 잠을 이룰 수 없었고, 조니는 몇 시간 뒤에야 텔레비전을 끄고 이불 속 그녀 옆으로 기어들었다. 안토니아는 조니가 술집을 전전하느라 새벽 세시 전에 들어오는 일이 드물던 때보다 요즘이 더 쓸쓸했다. 점술가 오르페오 데 알타마르를 찾아간 것이 이 무렵이었다. 1층 현관문 초인종 명패의 안토니아 이름 세 줄 위에 그 특이한 이름과 직업이 적혀 있었고, 열쇠를 찾거나 조니가 문 열어주길 기다릴 때면 안토니아는 그 이름을 몇 번씩 되풀이해 읽곤 했다.

엘리베이터를 타면 이따금 안토니아는 궁금했다. 늘 타자마자 벽 쪽으로 돌아서는 짙은 눈썹의 땅딸막한 남자가 점술가 오르페오 데 알타마르일까. 아니면 두꺼운 안경에 머리카락이 병아리 솜털처럼 부드럽고 자기만 보면 상냥하게 고개를 까딱해 보이는 남자? 그러나 막상 문을 열어준 키 크고 비쩍 마른 남자는 한 번도 본 적이 없었다. 남자는 몸을 잡아 늘이기라도 한 듯 팔다리가 지나치게 길어 보였다. 두상은 몹시 갸름해서 그 안에 얼굴이 자리잡고 있다는 게 신기할 정도였다. 아몬드 모양의 눈은 검고, 입은 크고 불룩하고, 콧등은 칼날처럼 날카로웠다. 피부는 올리브빛이 감도는 검은색이었다. 우아한 두상에 검은 머리칼은 몇 올 없었다. 검푸른색 실크 가운을 비쩍 마른 몸에 꼭 여민 남자는 안토니아의 두 손에 잡힐 것처럼 허리가 가늘었다. 왕자, 안토니아는 그 말이 절로 떠올랐다. 그는 왕자였다.

특이하게 꺽꺽거리는 목소리와 마치 사탕을 입에 문 것처럼 들리는 아주 부드러운 악센트로 그가 나무라듯 말했다. "예약을 안 했잖아?"

"예." 안토니아가 어물어물 말했다. "그래도 상담은 할 수 있죠?" 오르페오는 두 손을 허공으로 뻗었다. 길고 가는 손가락에 엄청나게 큰 에메랄드 반지를 끼고 있었다.

"그게 그렇게 간단하지 않아." 오르페오가 말했다.

"어머, 그런가요. 그럼 지금 예약을 잡을 수는 있죠?" 안토니아가 실망해서 말했다.

"앞으로 몇 주는 다 찼어." 오르페오 데 알타마르가 냉랭하게 대꾸했다.

"그럼 어쩔 수 없네요." 안토니아가 막 가려고 돌아섰을 때 갑자기 오르페오가 몸을 움직여 마치 날개를 퍼덕이는 커다란 까마귀처럼 다가와서 그녀의 목을 향해 그 가느다란 손가락을 뻗었다. 어찌나 순식간이었는지, 소스라치게 놀란 안토니아는 두 팔을 번쩍 들어 오르페오를 막으려고 그의 손목을 잡았다. 피부가 대리석처럼 차갑고 매끄러웠다. 그의 손가락이 안토니아의 큼직한 투르말린 목걸이를 건드렸다.

"운이 좋은 사람이군. 이 목걸이 어디서 구했지?" 오르페오가 웅얼웅얼 말했다.

"남자친구한테 선물받았어요." 안토니아가 대답했다. 그녀의 손은 아직 오르페오의 팔을 붙들고 있었다. 안토니아는 멀리서 누가 보면 둘을 연인으로 여길지도 모른다는 생각이 들었다.

"아니." 오르페오가 나지막이 말했다. "네 남자친구는 미리 정해져 있던 일을 실행에 옮긴 것뿐이야. 이 목걸이는 네 것이 될 운명이었어." 이것으로 오르페오의 예지 능력은 확인된 셈이었다. 어쨌거나 조니가 목걸이를 선물한 것은 자기가 엄청 머리를 굴려 그렇게 하도록 만든 게 맞으니까. 이걸 선물이라고 할 수 있을까? 헤어지면 조니에게 돌려줘야 하나? 안토니아는 생각하다가 화들짝 놀랐다. 내가 왜 이런 터무니없는 생각을 하지? 그때 오르페오가 안토니아의 손을 잡고 거실로 데려갔다. 그곳은 조니가 텔레비전을 보는 거실과 다를 바 없이 어두컴컴했다. 오르페오는 인조 호피로 싸인 안락의자에 앉더니 발치의 작고 긴 의자를 가리켰다. 안토니아는 순순히 거기 앉아 호기심 어린 눈길로 거실을 둘러보았다. 큼직한 물침대 둘레에 촛농이 엉겨붙은 병들이 서 있고, 병마다 타다 만 초 토막이 꽂혀 있었다. 거실 바닥 여기저기에는 더러운 빨랫감이 널려 있었다. 안토니아는 안락의자 옆에 놓인 검은색 탕가와 포르노잡지더미, 빈 담뱃갑, 구겨진 생리대를 보았다.

"보석은 신의 생각이야." 오르페오가 특유의 버터처럼 부드러운 악센트로 말했다. "또다른 차원으로 들어가는 문이지. 어둠 속 촛불과도 같아. 네가 속임수에 넘어가지 않도록 지켜줄 거야. 의식을 강하게 해주고 널 지식으로 밝혀주고 네가 사물의 본질을 볼 수 있게 도와줄 거야."

안토니아는 예의상 미소를 지어 보이고, 반짝이는 큐빅과 다른 나라 동전들을 붙인 천장을 바라보았다. 오르페오가 일어나서 시든 장미꽃으로 둘러싸인 작은 제단 옆 초 두 개에 불을 붙였다. 제단 한가운데 우주의 어느 행성 사진을 배경으로 자그마한 플라스틱 불상이 자리잡고 있었다.

"넌 사진 모델이고 불행해." 오르페오가 사무적으로 말하며 안토니아의 머리를 토닥였다.

"맞아요." 안토니아가 놀라서 말했다.

"난 아르크투루스 행성에서 왔어." 오르페오가 말했다. "이 지구상에서 내 형제자매를 알아볼 수 있지. 넌 내 누이야." 오르페오가 안토니아의 손을 잡았다.

"완전히 미친 사람이야." 안토니아가 조니에게 이야기했다. "특정 보석을 몸에 지니고 다녀야만 외계인들에게 해코지당하지 않는다고 믿어. 자기도 그들 중 하나고. 외계인들은 그 보석으로 형제자매를 알아본대."

"그래?" 조니는 텔레비전에서 눈을 떼지 않았다. 화면에서는 늘 그렇듯 알록달록한 남자 스물두 명이 비디오게임에서처럼 초록색 직사각형 위를 오락가락하고 있었다.

"그 사람은 네가 사준 목걸이 때문에 날 자기 누이라고 생각해."

"슛 쏴, 이 멍청아!" 조니가 텔레비전에 대고 소리쳤다. 그는 실망해서 등뒤 쿠션으로 벌렁 몸을 던졌다.

"그 사람이 점술가지 화성인은 아니잖아." 조니가 말했다. 안토니아는 그의 무릎 위에 앉았다.

"자기가 아르크투루스 행성에서 왔기 때문에 예언을 할 수 있다고 했어. 우리가 깨어 있지 않고 외계 생명체의 존재를 인정하지 않으면 끔찍한 미래를 맞게 될 거래. 외계의 생명체만이 우리를 도울 수 있다면서."

"야, 모기, 그 화성인의 번지르르한 말에 넘어가지 마, 응?" 조니가 말했다.

"안 넘어가. 절대. 그 사람한테 넘어가는 일은 없을 거야." 안토니아가 말했다. 조니가 그녀의 무릎에 손을 얹고 엄지와 검지로 짧게 꽉 눌렀다. 그녀는 비명을 지르며 벌떡 일어나 손바닥으로 조니의 뒤통수를 때렸고, 조니는 웃었다. 아직은 괜찮군. 내가 다른 일에 마음만 붙이면 조니는 다시 나를 사랑할 거야. 안토니아는 생각했다.

"넌 아주 아름다워." 오르페오가 말했다. "하지만 세상 사람들은 네 껍데기만 봐. 넌 그들에게 그 껍데기를, 네 아름다운 껍데기를 팔고. 하지만 넌 속이 빈 꽃병 같아. 쓰러지면 그냥 깨져버릴 수 있어. 속이 비었으니까. 네 안에는 커다란 구멍이 있어. 너희 부모님이, 네 형제자매와 애인이 파놓은 구멍이야. 그리고 널 사랑한다고 말하는 사람들 때문에 구멍은 점점 커지겠지. 그들은 그냥 네 껍데기를 사랑할 뿐이야." 안토니아는 왈칵 울음을 터뜨렸다.

"울고 싶은 만큼 울어." 안락의자에 앉아 있던 오르페오는 안토니아가 있는 바닥으로 내려왔다. "내가 같이 울어줄게." 정말로 그의 아몬드 눈에 눈물이 맺혔다.

"젠장, 아름다움은 아무짝에도 쓸모가 없다니까. 안 그래?" 오르페오가 말했다. 안토니아는 울면서 고개를 끄덕이고 그의 무릎을 베고 누웠다. 안락의자 밑에 가죽끈과 징 박힌 가죽허리띠,

묵직한 가죽부츠, 아기들 요 밑에 깔아주는 것과 같은 붉은 비닐이 보였다. 오르페오는 안토니아의 눈물을 닦아주고 초콜릿을 한 조각 건넸다.

"넌 조니라는 남자를 잊게 될 거야. 무릎의 생채기를 잊듯이." 오르페오가 말했다.

"정말요?" 안토니아가 당황해서 물었다. 오르페오는 미소 띤 얼굴로 고개를 끄덕였다.

"넌 태양처럼 내면에서부터 빛을 내게 될 거야." 오르페오가 말하고 시계를 보았다. "150마르크야." 안토니아는 상담을 마치고 나오다가 복도에서 쉰 살쯤 되어 보이는 남자와 마주쳤다. 머리를 파인애플 속처럼 노랗게 물들인 그는 오르페오의 집 문 앞에 멈춰 서서 초인종을 눌렀다. 문이 열리고, 오르페오가 그에게 말하는 소리가 들렸다.

"오, 헬무트, 드디어 왔군. 이 늙다리 창녀!"

어느새 안토니아는 날마다 오르페오를 찾아갔다. 그에게서 힘을 얻고 기분이 좋아져 10층의 어두컴컴한 자기 아파트로 돌아왔다. 조니에게로. 그를 향한 성가시고 아픈 사랑으로. 안토니아는 오르페오의 아파트에서 조각배처럼 살랑살랑 흔들리는 물침대에 누워 있을 때면 자기와 조니가 죽 늘어선 다양한 방을 하나씩 통과하듯 시간과 세상을 유람하는 생기발랄하고 행복한 연인이라고 상상했다. 그게 사실이라고, 자기와 조니 둘 다 아직 젊고 아름답고—가끔은—무척 행복하다고 필사적으로 생각했다. "난 왜 이렇게 불행할까?" 안토니아가 물었다.

"네가 이 행성에서의 가련한 삶 말고 또다른 삶이 있다는 걸 아직 몰라서 그래." 오르페오가 대답했다. "하지만 그건 긴 여정이야. 내가 인생의 절반이 넘는 시간을 보내고서야 깨달은 사실이지." 오르페오는 아프리카 해안의 카보베르데제도에 대해 이야기했다. 자기가 자란 그곳은 바람에서 달콤한 사탕수수와 바나나 향이 난다고. (카보베르데제도라니 안토니아는 들어본 적도 없었다. 그래서 사진 촬영차 종종 갔던 카리브해 섬들처럼 푸르고 무덥고 지루한 곳일 거라 상상했다.) 그는 증조할머니와 어머니에 대해서도 이야기했다. 증조할머니의 남자 형제들은 아메리카 대륙에 노예로 팔려갔고, 새하얀 피부의 독일인 어머니는 아버지가 죽은 뒤 우울증을 앓게 돼 집밖으로 나오지 않는다고 했다. (사람이 어떻게 영영 집밖으로 나오지 않을 수 있지? 안토니아에게는 동화 같은 이야기였고, 오르페오가 프랄린 종합세트에서 하나씩하나씩 꺼내 먹이듯 들려주는 그의 오색찬란한 일대기도 대개 마찬가지였다.)

1969년 오르페오는 어머니의 성화에 경영학을 공부하러 뮌헨으로 갔다. 그리고 오르페오의 어머니를 기억도 못하면서 백옥처럼 흰 피부의 그녀가 '검둥이'와 결혼해 아프리카 오지로 납치당했다고 끊임없이 투덜거리는 늙은 삼촌 집에 얹혀살았다. 오르페오가 삼촌 집과 대학을 참아낸 건 겨우 몇 달이었다. 그는 뮌헨의 초기 생활공동체들 가운데 하나로 들어가 낡은 재봉틀을 구하고 고향 친구들에게 곱게 날염한 무명천 몇 꾸러미를 보내달라고 해서 그걸로 두건 달린 망토 비슷한 옷을 만들어 레오폴트슈트라세에서 팔았다. (그래, 기억나. 그 촌스러운 옷과 은방울이 달린 싸구려 팔찌, 술과 자잘한 스팽글이 달린 유치한 두건, 고약한 냄새를 풍기는 향, 코끼리가죽 팔찌, 제3세계에서 온 온갖 잡동사니. 처음에는 인도에서, 나중에는 아프리카에서 들어온 것들이었지. 안토니아는 빙그레 웃으며 생각했다.) 오르페오는—적어도 뮌헨에서는—아프로룩의 창시자였고, 망토처럼 품이 넓은 옷으로 성공을 거두었다. 대학생들 사이에서, 나중에는 상류층 멋쟁이들에게도 인기였다. 그의 옷은 가격이 점점 올라가고 기발해졌다(대신 아프리카 색채는 옅어졌다). 그는 밤낮으로 재봉틀 앞에 붙어 있었다. 그는 안토니아에게 흉터투성이 검지를 보여주었다. 촉박한 시간에 쫓겨 피곤한 몸으로 눈을 반쯤 감고 일하다 수없이 재봉틀에 옷감과 함께 박았던 손가락을.

그는 타이실크로 헝가리풍 레이스를 만들고, 디른들[*]용 천으로 두건 달린 망토 스타일의 옷을 만들어 작은 스팽글과 큐빅으로 장식했다. 오르페오는 바느질 하나로 슈바빙 사교계의 총아로 떠올랐다.

"그때 난 개미허리였어." 오르페오가 자랑스레 말했다. "여자보다 가늘었지." 그러고는 슈바빙의 어느 화가가 그 시절의 자기를 그린 거라며 그림 한 장을 보여주었다. 아쉽게도 그의 뒷모습밖에 보이지 않았다. 구릿빛 알몸으로 바위에 누운 깡마른 남자. 그 위로는 피처럼 붉은 노을.

"멋있네." 안토니아가 말했다.

"응." 오르페오는 꿈꾸는 듯한 표정으로 미소지으며 말했다. "그땐 나를 모르는 사람이 없었어. 유명 인사였지. 파티란 파티에는 전부 초대받았어."

오르페오는 손수 만든 하얀 실크 양복만 입었고 덕분에 올리브색의 매끄러운 피부가 환해 보였다. 여자들은 그를 신처럼 떠받들었다. 그는 우아하고 이국적이고 매력 넘쳤으며, 양성애자라는 점 때문에 특히 멋있었다. 그가 양성애자라는 사실은 그의

---

[*] 바이에른, 오스트리아 지방의 여성 전통의상.

아내 에비만 빼고 모두가 알았다. 오르페오는 슈바벤 출신인 금발의 에비와 1973년 라벤스부르크에서 결혼해 아이 둘을 연이어 낳았다. (안토니아는 믿기지 않았지만 오르페오가 증거로 비디오를 보여주었다. 비디오가 돌아가기 시작하자마자 그의 눈에 눈물이 맺혔다. 흐릿하고 자주 흔들리는 화면에서 안토니아는 금발의 통통한 두 아이와 금발의 엄마가 부엌에서 과자를 굽는 모습, 크리스마스트리 아래 있는 모습, 스키 타는 모습, 수영하는 모습, 침대에 있는 모습, 양탄자에 앉아 있는 모습, 자동차 앞에 서 있는 모습을 보았다. 오르페오는 어디에도 보이지 않았지만, 자기는 촬영을 하고 있었다며 지극히 논리적인 이유를 들었다. 그럼에도 안토니아는 믿지 않았다. 금발에 파란 눈의 아이만 둘을 연달아? 게다가 독일의 어느 가족 드라마에서도 주인공 역할을 할 수 있을 것 같은 아내?) 1975년에는 '오르페'라는 이름으로 자신의 부티크를 처음 열었고, 에비가 성실하게 운영했다. 에비는 행복했다. 순조로운 인생이었다. 신문 가십난과 파티 소식란에 실린 남편 이름을 보면 뿌듯했다. 그러나 남편과 함께 파티에 참석하는 일은 드물었다. 그녀는 수줍음이 많고 다른 여자들의 속사포처럼 빠른 수다를 두려워했다. 그러나 일단 파티장에 모습을 드러냈다 하면 언제나 남편이 만든 아주 기발한 의상 차림이었다. 부부가 함께 참석하기로 되어 있던 마지막 파티를 위해 오르페오는 열일곱 겹의 천으로 치마를 손수 만들었다. 그 치마를 입은 그녀의 모습은 그가 자랑스레 말한 대로 스페인 왕비 같았다. 그는 사진 한 장을 더 찾아냈다. 안토니아는 그 치마를 입은 에비의 사진을 기대했지만 사진에는 치마뿐이었다. 블루 톤으로 생각할 수 있는 온갖 색이 동원된, 거대하게 부풀린 천. 이 파티가 있고 일주일 뒤 아이들을 데리고 라벤스부르크의 본가에 간 에비는 예정보다 일찍 돌아와, 오르페오가 부티크 '라비앙로즈'의 주인 헬무트와 함께 부부 침대에 있는 장면을 목격했다. 오르페오는 가운데 구멍이 뚫린 검은 가죽슬립을 입고 있었다. 에비는 아이들을 눈을 가린 채 밖으로 데리고 나갔고, 오르페오에게 24시간을 줄 테니 자기 인생에서 사라져달라고 했다. 오르페오는 에비와 아이들을 찍은 비디오테이프와 하얀 실크 양복, 열일곱 겹 치마 사진만 가지고 나왔다.

오르페오는 우중충한 아파트 13층으로 이사 온 뒤 몇 주 동안 꼼짝도 하지 않았다. 죽은 체하는 풍뎅이처럼. 그는 고통에서 벗어나려 애썼다. 그러나 그 어느 때보다도 고통스러웠다. 이십사 년 전 바다에 빠진 지 삼 주 뒤 해변으로 쓸려온 아버지의 시신을 발견했을 때보다 더 고통스러운 것 같았다. 그는 시신의 왼쪽 새끼손가락에 끼워져 있는 큼직한 에메랄드 반지만으로 아버지를 알아보았다. 기억 속 아버지의 모습은 늘 그 반지를 낀 모습이었다. 그는 해변 모래밭에서 발견한 아버지 시신 곁에 꼼짝도 하지 않고 웅크리고 앉아 있었던 일이며 배 바닥에 팽개쳐진 물고기처럼 가슴이 고통으로 펄떡거리던 기억이 생생했다. 그리고 물고기의 펄떡거림이 서서히 잦아들다가 마침내 더는 움직이지 않듯 고통도 해가 갈수록 줄어들다가 어느 틈엔가 사라지고, 시커멓고 눅눅한 무언가가 가슴속에 자리잡았지만 예전만큼 자주 떠올리지는 않았다. 그러나 이번 경우는 그보다 더 나빴다. 시간이 갈수록 더 매서워질 고통임을 오르페오는 알았다. 에비는 그가 두 아이에게 돌아오는 것을 절대 허락하지 않았다. 그녀는 부티크를 팔고 집 계약을 파기하고 아이들과 함께 라벤스부르크로 돌아갔다. 그리고 오르페오에게 1만 마르크짜리 일시불 수표를 보내주었다. 수표 '수신자' 난에는 이렇게 적혀 있었다. '당신은 나를 속이고 배신했어. 당신은 나를 사랑한 적이 없어.'

안토니아는 그 수표 사본을 들고 이리저리 돌려보았다. 오르페오가 손에 쥐여준 그것이 연극 소품 같다는 느낌을 떨칠 수 없었다. 오르페오는 다른 행성에서 온 남자 역할을 하고 자기는 불행한 사진 모델 역할을 하는 연극의 소품.

"내가 에비보다 더 사랑한 사람은 어머니밖에 없었어." 오르페오가 비장한 투로 말했다.

"외계인들은 언제 왔는데?" 안토니아가 초조한 듯 물었다.

"그들은 오랫동안 뜸을 들였어." 오르페오가 대답하고 갑자기 웃음을 터뜨렸다. "먼저 내가 제대로 곤경에 빠지는 걸 보고 싶어했지."

오르페오는 아주 오랫동안 아파트에 무감각하게 틀어박혀 멍하니 창밖을 내다보았다. 급기야 돈이 떨어지고 강제 퇴거를 당할 지경이 되었다. 그때 자기가 아직 가지고 있고 돈벌이가 될 만한 유일한 것이 생각났다. 그는 다시 흰 양복을 입고 허름한 바에 가서 속물 유부남들과 자유분방한 독신자들에게 몸을 팔았다. 그를 정말로 경악하게 한 것은 마치 다른 일은 해본 적 없다는 느낌이 들 만큼 그 일이 아무렇지도 않다는 사실이었다. 동성을 상대해본 일은 극히 드물고 그것도 그냥 재미로 그랬던 건데. 하지만 이른 아침 손님이 아파트를 떠난 뒤 공기가 푸른빛을 띠며 투명해지고 새들이 지저귀기 시작하면, 다시 혼자 남겨진 오르페오는 두려움에 사로잡혔다. 자신의 영혼에 대한 두려움. 그는 날이 갈수록 깊어지는 심연을 보았다.

"엄마, 엄마, 나 좀 도와줘요." 그는 나지막이 중얼거리곤 했다. 그러나 도움의 손길을 내민 건 어머니가 아니었다. 어느 날

밤, 평소와 달리 혼자 침대에 누워 외로움에 잠 못 이루고 있을 때 별안간 타다다다다 하는 소리가 들렸다. 마치 딱따구리 수백 마리가 동시에 나무를 쪼거나 고향의 열대성 소나기가 양철지붕을 두드리는 듯한 소리였다. 소리는 점점 커지더니 다음 순간 창문 앞에 커다란 파란빛 덩어리가 나타나 그를 관찰하려는 듯 한동안 가만히 있다가 방안으로 훌쩍 뛰어들었다.

"이 방으로?" 안토니아가 물었다.

"응." 오르페오가 기다렸다는 듯이 대답했다. 방으로 들어온 그것은 빛으로 된 양탄자처럼 넓게 퍼졌다.

오르페오는 침대에 누운 채, 자신이 일어나 두려움 없이 그 파란 양탄자를 딛고 공중으로 떠올라 밖으로 실려나가는 모습을 지켜보았다. 자기 방과 아파트, 뮌헨, 독일, 그리고 마침내 카보베르데제도를 남겨두고 떠나면서 저 아래 침대에 누워 있는 다른 오르페오를 보았다. 발밑의 지구는 점점 작고 무의미해진 반면 마음은 가볍고 유쾌해졌다.

"옷은 뭘 입고 있었어?" 안토니아가 물었다.

"알몸이었어. 실오라기 하나 걸치지 않은." 오르페오가 꿈꾸듯 말했다. 빛으로 이루어진 것 같다는 것 말고는 더 자세히 설명할 수 없는, 그러나 왠지 낯설지 않은 존재들이 그의 손을 잡고 하얗게 빛나는 방으로 이끌었다. 그들은 수술대 같은 데에 오르페오를 뉘고 꽃잎 같은 손가락으로 그의 몸을 더듬었다.

"하얀 방은 어디 있었는데? 공중에? 우주선에?" 안토니아가 물었다.

"아르크투루스 행성에." 오르페오가 진지하게 말했다. "그들은 내 가슴과 갈비뼈를 만져보더니 뜨거운 바늘로 몸을 찔러 뭔가를 끄집어냈어. 통증이 말할 수 없이 심했지만 대신 다른 모든 고통을 씻어내줬어. 그들이 손가락으로 상처를 봉합하자 통증은 순식간에 사라졌어. 그들은 나를 일으켜세워 하얀 방에서 데리고 나와서 다시 우주로 안내했어. 난 그들에게 물었어. 왜 하필 나냐고. 그들은 내가 카보베르데제도를 떠나기 전 어머니한테 선물받은 뒤로 한 번도 뺀 적 없는 아버지의 에메랄드 반지를 가리켰어. 그들은 나를 지구로, 뮌헨의 내 아파트 방으로 데려다주었어. 그리고 또다시 그 이상한 소리, 양철 지붕에 빗방울 떨어지는 듯한 소리가 들렸어. 나는 잔뜩 겁먹은 눈으로 침대에 누워 있는 나를 보았지. 오르페오 데 알타마르의 어리석고 추한 껍데기를 말이야. 내가 가까이 다가가 손대려고 하자 눈앞에서 그 껍데기는 형체를 몰라보게 녹아버렸어. 나는 껍데기 대신 침대에 누워 빛의 양탄자가 도로 파란빛 덩어리로 응축되고 뒤이어 창밖으로 사라지는 모습을 지켜보았지. 이상한 소음은 점점 작아지다가 완전히 멎었어. 나는 그렇게 어둠 속에 누워 있었고. 그런데 갑자기 다시 행복하다는 느낌이 들었어. 어릴 때처럼, 그러니까 아버지가 돌아가시기 전처럼."

오르페오는 말을 마치고 에메랄드 반지를 어루만졌다.

"그게 다 꿈이 아니라 정말 있었던 일이라고?" 안토니아가 조심스레 물었다. 오르페오는 살짝 경멸 어린 눈길로 바라보더니 두 손으로 가운을 활짝 젖히고 상체를 그녀 쪽으로 돌렸다. 그러고는 말없이 갈비뼈 아래쪽의 긴 초승달 모양 흉터를 보여주고 안토니아의 손을 끌어당겨 거기 갖다댔다. 반질반질한 사과 표면에 난 벌레 먹은 자국 같았다.

"그들이 뭘 끄집어냈는데?" 안토니아가 물었다. 오르페오는 어깨를 으쓱했다.

"그들이 나를 여기로 다시 데려다놓지 않았으면 좋았을걸." 오르페오가 나지막이 말했다. "하지만 난 임무를 수행해야 해."

"무슨 임무?" 안토니아가 물었다.

"할 수 있는 한 많은 사람을 구해야 해." 오르페오가 진지하게 말했다. "우주에 자기 형제자매가 존재한다는 사실을 사람들에게 알려야 한다고. 그 사실을 알고 있고 보석을 가진 사람들만이 결국 세상이 멸망할 때 구원받을 거야."

"온몸을 보석으로 휘감고 다니지만 외계의 존재에 대해 모르는 부자 아줌마들은 어떻게 돼? 실수로 그런 사람들이 구원받을 수도 있어?" 안토니아가 물었다. 오르페오는 고개를 뒤로 젖히고 웃음을 터뜨렸다.

"가끔은 나도 그게 궁금해." 오르페오가 꺽꺽대는 소리로 말했다. 그는 안토니아 옆 물침대에 벌렁 드러누워 웃고 또 웃었다. 그녀도 같이 웃으며 조니랑 마지막으로 그렇게 웃어본 게 언제인지 기억을 더듬어보았다. 그들은 배가 아플 때까지 웃었고 덕분에 안토니아는 얼굴이 얼얼했다. 그때 오르페오가 계속 낄낄거리며 말했다. "구원받으려면 돈이 많이 들어. 보석은 비싸잖아. 안타깝게도 난 그럴 능력이 되는 사람들을 별로 몰라." 오르페오는 일어나 앉더니 안토니아의 투르말린 목걸이를 손가락으로 훑었다. "사진 모델들은 돈이 많지 않니?" 오르페오가 나지막이 말했다. 안토니아는 어깨를 으쓱해 보였다. "잘나가는 모델이야 물론 그렇지." 그녀가 말했다. 오르페오는 생각에 잠겨 그녀를 바라보았다. 그의 눈은 아주 가늘고 코는 평소보다 훨씬 날카로워 보였다. 그가 입을 움찔거리더니 느릿느릿 말했다. "넌 아는 모델 많겠다?"

"그럼. 이 일을 한 지가 몇 년쩬데." 안토니아가 말했다. 오르페오는 배를 깔고 엎드려 고양이처럼 가르릉거렸다. "너라면, 네가 할 수 있다면 기꺼이 그 여자들을 구하지 않겠니?"

안토니아는 상황을 파악했다.

나중에 안토니아는 오르페오가 이 모든 일을 꾸미기 시작한 게 언제인지 궁금했다. 자기가 처음 찾아갔을 때 이미? 아니면 실제로 이 모든 일을 꾸민 건 자기였나? 오르페오의 은색 명함을 동료 모델들에게 나눠주기로 한 건 원래 안토니아의 아이디어 아니었던가? 다른 모델들에게 전하면서 그의 기괴한 이야기를 어느 때보다 더 믿지 않았던가? 그의 예언 능력을 정말 확신했나, 아니면 그에게서 이미 자기가 알고 남몰래 두려워하던 대답만 취한 걸까?

　"월드컵이 끝나면 조니는 뭘 할까?" 얼마 전 안토니아는 애써 지나가는 투로 오르페오에게 물었다.

　"깊고 어두운 바다에 잠기듯 다른 곳에서 자기 자신을 마취시키려고 할 거야." 오르페오는 지체 없이 바늘 끝처럼 날카롭게 대답했다.

　실제로 아르헨티나의 우승이 확정되기가 무섭게 조니는 또다시 밤마다 사라졌다가 새벽이 되어서야 만취해서 돌아왔다. 술은 다른 사람들 경우처럼 그를 유쾌하거나 공격적이거나 시끄럽거나 신파조로 만들지 않고 뻣뻣하고 우울하게 만들 뿐이었다. 그는 뿌옇게 동틀 무렵 마비된 듯 침대의 안토니아 옆에 쓰러져, 미라처럼 두 손을 가슴에 얹고 미동도 없이 늦은 오후까지 잤다.

일을 마치고 돌아온 안토니아가 아침에 집을 나설 때 그대로 1센티미터도 움직이지 않은 조니를 보는 일도 자주 있었다.

"조니가 불행하다고 생각해?" 안토니아는 오르페오의 아파트에서 진공청소기를 돌리고 포르노잡지를 물침대 뒤로 치우면서 물었다.

"물론 조니는 불행해." 안락의자에 앉아 있던 오르페오가 대답했다. 그는 안토니아가 발밑의 먼지를 빨아들이도록 두 다리를 높이 들었다. 어떻게 그럴 수가 있지? 조니한테는 내가 있는데! 안토니아는 마음이 상해서 생각했다.

"어째서?" 안토니아가 물었다.

"자기 앞에 길이 없으니까." 오르페오는 느릿느릿 설명했다. "조니는 뱀이 벗어놓은 허물 같아. 텅 빈 껍데기일 뿐이라고." 오르페오는 아르크투루스 행성 사진 옆에 있는 초에 불을 붙이고 플라스틱 부처를 제자리로 옮긴 뒤 초조한 듯 시계를 보았다.

"오 분 남았네." 오르페오가 말했다. 안토니아는 진공청소기를 정리했다. 오르페오는 도로 안락의자에 앉았다. 녹색 새틴으로 만든 새 옷을 입고 있었다. 두건이 달린 아라비아풍 로브였다. 에메랄드 빛깔이어야 해. 얼마 전, 오르페오는 손수 그린 디자인과 전부터 알던 작은 양복점 주소를 안토니아에게 주면서 그렇게 주문했었다. 그 일로 과거 의상 디자이너였다는 그의 말이 전보다는 좀더 믿음이 갔다. 안토니아는 블라인드를 내렸다. 그 사이로 들어오는 가느다란 빛줄기가 오르페오에게 비밀스러운 분위기를 드리웠다.

"나 어때?" 오르페오가 물었다. 그는 에메랄드 반지에 입김을 불어 윤이 나게 닦았다.

"반짝반짝 빛나." 안토니아가 말했다. 오르페오는 빙그레 웃었다. "이제 보석을 가져와." 오르페오가 말했다. 안토니아는 진공청소기를 벽장에 도로 넣고 까만색의 작은 칠공예 상자를 꺼내왔다. 그녀는 상자를 열고 사파이어와 토파즈, 반짝거리는 큼직한 아콰마린을 다시 한번 살펴보았다. 보석에서 나오는 것 같은 빛은 그냥 평소와 같은 사물의 표면이 아니라 다른 곳을 가리키고 있는 듯했다.

"보석이 너의 나쁜 자아로부터 널 구해줄 거야." 오르페오는 말했었다. "보석이 있으면 더는 악에 속지 않아. 사물의 본질을 볼 수 있게 되지. 보석이 네게 길을 보여줄 거야."

오르페오의 말은 멋있게 들렸고 안토니아는 그 말을 기꺼이 믿고 싶었다. 그러나 상자 속 보석은 그녀가 저축해둔 돈을 거의 전부 털어넣은 투자에 지나지 않았다. 오르페오가 옛 지인을 통해 은밀한 방식으로 보석과 함께 마련했다는 감정서에는 안토니아가 지불한 액수의 두 배, 세 배로 보석의 가치가 부풀려 있었다. 그러나 전에는 자기도 보석의 실제 가격을 몰랐던 것처럼 동료 모델들도 모를 거라 생각했다. 오르페오는 수익이 거의 300퍼센트는 날 거라 예상했다. 그러나 안토니아는 아무래도 좋았다. 안토니아는 지폐를 한 장 한 장 오르페오에게 건넬 때—그는 엄지에 침을 발라 조심조심 셌다—돈이 없어지는 게 거의 즐겁기까지 했고, 자기가 조니에게 받지 못한 모든 것에 대해 이런 식으로 복수할 수 있다는 생각마저 들었기 때문이다. 돈이 한 장씩 손을 떠날 때마다 그녀는 달라졌다. 이제 그녀는 조니가 아는(그리고 사랑하는? 언젠가 사랑했던?) 돈 많은 사진 모델이 아니라 전 재산을 한 방에 날리고 머지않아 집세도 낼 수 없게 될지 모르는 여자였다. 안토니아는 보따리 하나만 달랑 들고 길바닥에 서 있는 제 모습이 벌써 눈앞에 보였다. 조니가 옆에 서서 함께 살던 우중충한 잿빛 아파트 발코니를, 그가 너무 촌스럽다고 여기던 제라늄이 아직 피어 있는 발코니를 올려다볼 것이다. 그리고 어리둥절한 표정으로 물을 것이다. 어떻게 이런 일이 있을 수 있느냐고.

그러나 일이 그렇게 끝나지 않으리라는(유감스럽게도?) 것을 안토니아는 아주 분명히 알고 있었다. 사진 모델들은 모두 돈이 엄청 많은데다 그 돈을 어디 써야 할지 몰랐다. 가족은 아예 없고, 정해놓고 만나는 남자친구도 없는 경우가 허다했다. 그들은 짐짝처럼 세계 곳곳으로 보내지는 신세라 외롭고 불안했다. 그들은 구원을 갈망했다. 안토니아와 똑같았다. 그들은 오르페오의 말에 열심히 귀기울이고 돈을 지불할 것이다. 초인종이 울렸다.

"이제 그만 가봐." 오르페오가 소리 죽여 말했다.

"하나만 더 말해줘." 안토니아가 한숨을 쉬면서 물었다. "난 어째서 이토록 조니를 사랑하는 걸까?"

"아, 그건, 조니가 너한테는 완전히 딴 세상 사람처럼 낯설어서지. 언젠가는 조니를 이해할 수 있을 거라고 생각하겠지만 천만의 말씀. 다 소용없어. 넌 그를 떠나게 될 거야. 곧. 아주 곧." 오르페오는 초조한 낯빛으로 말했다.

"내가 조니를 떠나?" 안토니아가 깜짝 놀라 말했다. "그런 일은 절대 없을 거야." 오르페오는 그녀를 문 쪽으로 떠밀고 작별인사로 뺨에 입을 맞추었다. 그에게서 레몬 향과 장미 향이 풍겼다. 그녀는 복도 끝 벽에 몸을 붙이고서 지켜보았다. 자기에게서 오르페오 얘기를 맨 처음 들은 로스앤젤레스 출신 금발 모델 앨리스가 그의 집 현관 앞에서 초인종을 눌렀다. 문이 열리고 초록색 새틴 자락이 밖으로 펄럭이더니 여자를 감싸 안으로 끌어당겼다.

안토니아는 조니가 있는 10층으로 내려갔다. 두꺼운 안경을 끼고 전에 안토니아가 오르페오 대신 맡아주었던 병아리처럼 머리에 솜털이 보송보송한 남자가 엘리베이터에 타고 있었다.

"창백해 보여요." 남자가 말했다. 전에는 한 번도 말을 건넨 적 없는 남자였다. 그는 머리를 끄덕끄덕하며 말했다.

"빈혈인가봐요. 라일락 즙을 드세요. 피를 새로 만들어줘요." 그가 말했다.

"고맙습니다." 안토니아는 맥없이 말했다. 문득 비참한 기분이 들었다.

조니는 목욕 가운 차림으로 침대에 앉아 신문을 읽고 있었다.

"야, 모기." 그가 말했다. "너 진짜 안 좋아 보여. 엄청 창백해."

"네가 날 떠날 거래." 안토니아가 대꾸하고 눈물을 쏟았다. 조니는 일어나서 그녀를 인형처럼 번쩍 들어 침대에 뉘었다.

"그 화성인이 너한테 그런 소릴 해?" 조니가 물었다. 그에게서는 아주 익숙한 담배냄새와 남자의 땀냄새가 났다. 안토니아는 조니에게 몸을 꼭 붙였다. 오르페오는 멍청하고 더럽고 돈밖에 모르는 동성애자라는 생각이 들었다. 조니는 두 손으로 그녀의 얼굴을 감쌌다.

"그 작자가 네 머리를 이상하게 만들어놓고 있어. 요즘 넌 현실을 있는 그대로 못 봐." 조니가 말했다.

"현실이 대체 어떤데?" 안토니아가 물었다. "있는 그대로 얘기해 봐." 그렇게 말하는데 발밑으로 낭떠러지가 열리는 느낌이 들었다. 그녀는 조니의 팔을 움켜잡았다. "현실이 현실이지, 뭐." 조니는 안토니아를 뿌리치고 나이트 테이블이 있는 데로 몸을 굴려 담배에 불을 붙였다.

로스앤젤레스 출신의 모델 앨리스는 오르페오와 세 번 상담하고 나서 사파이어를 2만2천 마르크에 샀다. 뒤셀도르프 출신의 지빌레는 토파즈를 5만 마르크에 샀다. 밀라노 출신의 앤지는 커다란 아콰마린을 1만 8천 마르크에 샀다. 그렇게 해서 오르페오는 불과 육 주 만에 안토니아에게 점잖게 원금을 돌려주었다. 자기가 남긴 4만 마르크 정도의 이문에 대해서는 별말이 없었다. 그녀도 묻지 않았다. 이문 따위는 상관없었다. 행복에 겨워 발갛게 달아오른 것 같은 오르페오를 보니 기뻤다. 오르페오는 환하게 웃으며 이제 아르크투루스 행성의 형제자매들에게 감사의 제물을 바칠 때가 되었다고 했다.

"그 사람들이 오르페오에게 감사해야 하는 거 아니야? 어쨌거나 자기네가 구원할 수 있는 사람이 벌써 세 명이나 늘었잖아." 안토니아는 그렇게 말하고 키득거렸다. 당연히 그도 같이 웃을 줄 알았다. 그러나 전에도 종종 그랬듯 그건 철저히 안토니아 혼자만의 착각이었다. 오르페오는 노여움에 방안을 휘젓고 다니며 언짢은 목소리로 말했다. "그 잘난 조니처럼 아는 체하기는. 혹시 조니한테 다 얘기했어?"

"난…… 난 아무 말도 안 했어." 안토니아가 말을 더듬기는 했지만 사실이었다. 조니와는 대화가 거의 없었다. 조니가 말을 걸어주기만 기다리는데, 그 횟수는 갈수록 줄었다. 저녁내 한마디도 하지 않고 지나가는 날도 종종 있었다. 그녀는 오르페오가 작은 제단 앞에 싱싱한 바닷가재와 샴페인을 놓고 초에 불붙이는 모습을 지켜보았다.

오르페오는 방을 어둡게 하고 그녀의 손을 잡아 제 옆자리로 끌어당겼다. 안토니아는 무릎을 꿇고 앉아 그가 눈을 감은 채 입술을 달막이는 모습을 곁눈질했다. 혹시 오르페오는 정말로 그걸 믿는 건가? 갑자기 오르페오에게 질투심이 활활 타올랐다. 안토니아는 자기도 뭔가를 믿을 수 있게 되길, 아주 빨리, 무언가를, 하다못해 아르크투루스 행성의 형제자매들만이라도 믿을 수 있게 되길 간절히 바랐다.

"제발, 제발, 제발." 안토니아는 소리 없이 중얼거렸다. "나는 달라지고 싶어요. 달라지고 싶어요. 달라지고 싶어요." 오르페오가 옆에서 손뼉을 치고 벌떡 일어나더니 블라인드를 올렸다. 그러고는 제단에 놓았던 샴페인을 미리 준비해둔 유리잔 두 개에 따랐다.

"그들은 우리가 자기네와 함께 축하하기를 바라." 오르페오는 씩 웃으며 안토니아의 손에 잔을 쥐어주었다.

"패션과 사치의 세계를 위하여!" 오르페오가 말했다. 안토니아는 놀림당하는 기분이었다. 오르페오가 자기를 어떻게 생각하는지 알 수 없었다. 사실 그 점에서 보면 오르페오도 조니와 별로 다를 게 없었다. 안토니아는 세상에 완전히 홀로 남겨진 느낌이었다. 오르페오는 가재 집게발을 들고 게걸스러운 벌레처럼 쪽쪽 빨았다.

"안토니아, 괴로워하지 마. 조니는 그럴 가치가 없는 남자야. 알아?" 오르페오는 가재 집게발을 흔들었다.

"이따금 널 보면 이 남자가 내 인생에서 뭘까, 궁금해져." 그날 저녁 안토니아는 정확히 두 시간—시계를 보고 확인했다—을 서로 말없이 보낸 끝에 말문을 열었다. 조니가 천천히 고개를 들었다. 그는 한숨을 쉬면서 안토니아를 바라보았다. 그리고 뭐라고 하려는 듯 입을 열다가 도로 닫고, 자리에서 일어나더니 종이 한 장을 가져와 큰 글씨로 이렇게 썼다. '아르크투루스인의 뇌가 뀌는 방귀.' 안토니아는 종이를 구겨 구석으로 던졌다. 조니는 그녀 앞에 서서 두 팔을 벌리고 시의 첫 구절이라도 인용하는 양 느릿느릿 말했다.

"이따금 널 보면 그 화성인이 우리 인생에서 뭘까, 궁금해져."
그 말을 남기고 조니는 방에서 나갔다. 그가 열쇠를 집어드는 소리가 들렸다. 현관문이 딸각하고 조용히 열렸다 닫혔다. 안토니아는 한동안 그대로 앉아 방금 그것이 자기가 본 조니의 마지막 모습이라고 상상했다. 잡지 기사에서 본 대로 조니는 '담배를 사러' 갔다가 두 번 다시 볼 수 없게 사라져버렸다고. 그냥 그렇게. 작별 인사도 눈물도 없이. 안토니아는 그렇게 상상하면서 아픔을 느끼려고 애써보았지만 도리어 이상하게 마음이 가벼워지는 느낌이었다. 마치 영혼에서 보기 흉한 얼룩 하나가 씻겨나가기라도 한 것 같았다. 그러나 그 얼룩이 조니는 아니었을지도 모른다는 생각이 들자 당황스러웠다. 단지 그를 더 사랑하지 않기 위해 그에게 버림받길 바랄 수는 없었다. 안토니아는 불안해졌다. 심장이 새장에 갇힌 앵무새처럼 퍼덕이기 시작했다. 조니가 더는 날 사랑하지 않기로 결심한 거면 어쩌지? 그 쪽지가 내게 남긴 마지막 메시지면 어쩌지? 안토니아는 구석에서 구겨진 종이를 도로 가져와 잘 펴서는 거기 적힌 글씨가 상형문자라도 되는 양 뚫어져라 들여다보았다. '아르크투루스인의 뇌가 뀌는 방귀.' 방귀는 공기야, 아무것도 아니고 공허하지. 안토니아는 생각했다. 난 텅 빈 껍데기에 지나지 않아. 아무것도 아니지. 아무것도 아닌 것을 사랑할 수는 없어. 조니는 더는 날 사랑하지 않는다고 말하고 싶은 거야. 그에게 나는 공기일 뿐이야. 방귀처럼 구린내 나는 공기. 머릿속이 점점 더 혼란스러워졌다. 마침내 더 견디지 못하고 안토니아는 오르페오를 찾아 13층으로 뛰어올라갔다.

그는 문을 열어주지 않았다. 안토니아는 문을 쾅쾅 두드렸다. 틀림없이 집에 있을 텐데, 대답이 없었다. 안토니아는 현관 앞 매트에 쪼그리고 앉았다. 그때 문 뒤에서 꺽꺽대는 쉰 목소리가 들렸다. 문틈이 아주 조금 벌어졌다. 안토니아가 문을 활짝 열어젖히니, 오르페오가 잔뜩 웅크린 자세로 엎드려 있었다. 그는 벌거벗은 채 온몸을 덜덜 떨면서 식은땀을 흘렸다. 등에 커다란 진보라색 반점이 있었다. 안토니아는 그게 뭔지 단박에 알아챘다. 도망치고 싶은 마음에 그 자리에서 몸을 돌려 복도로 한 발짝 내디뎠다. 순간 집으로 돌아가봐야 다른 근심거리가 기다리고 있을 뿐이라는 생각이 들었다. 그녀는 문을 닫았다. 오르페오가 그녀를 바라보았다. 그가 숨쉴 때마다 그르렁거리는 소리가 들렸다. 집안 공기에 토사물냄새와 땀냄새가 뒤섞여 있었다. 오르페오의 홀쭉한 몸이 요동쳤다. 하필 내가 이 일을 겪어야 하다니. 안토니아는 생각했다. 그러나 젖은 스펀지로 그의 온몸을 조심스레 두드려 닦아주고 그가 어린아이처럼 어깨에 머리를 기댔을 때는 왠지 난생처음 가치 있는 일을 하고 있다는 뿌듯한 느낌이 들었다. 그녀는 이 느낌을 그렇게 빨리 내놓고 싶지 않았다.

안토니아는 앞으로 며칠 밤 아픈 오르페오 곁에 있겠다고 평소와는 아주 다른 어투로 조니에게 알렸다. 그리고 조니가 눈에 띄게 상처받는 모습을 충분히 즐겼다. 조니는 비웃는 투로 말했다. "물론 그래야지. 당연히 네가 낮이건 밤이건 그 화성인 곁을 지켜야지. 그런데 그 작자 어디가 아프다고? 감기라도 걸렸나?"

"아니, 에이즈야." 안토니아가 싸늘하게 말했다.

"오, 젠장." 조니는 손바닥으로 제 머리를 쳤다. 잠시 둘 다 말이 없었다.

"모기." 조니가 조용히 말했다. "이건 네 능력 밖의 일이야."

"아니." 안토니아는 고집스레 말했다. "그렇지 않아." 조니 말이 옳다는 건 그녀도 알지만 그 점은 깊이 생각하고 싶지 않았고, 불안감으로부터 자신을 보호하기 위해 속으로는 오르페오가 진짜 에이즈는 아닐 수도 있다고 생각했다. 그들은 오르페오의 병에 대해 대놓고 얘기한 적이 없었다. 한번은 오르페오가 고요한 한밤중에 불쑥 말을 건넸다. "내가 돈이, 그것도 아주 많이 필요하다는 거 이해하지?" 안토니아는 그 말을 곧장 그의 병과 연결해 생각했다. 오르페오가 다른 사람들처럼 정식 의료보험에 들었을 리 없다.

　"응, 이해해." 안토니아는 소리 죽여 대답하고 그의 길고 가는 손을 꼭 잡았다. 방이 어두워 흰 침대보에 덮인 윤곽밖에 알아볼 수 없었다.

　"내 아이들이 보고 싶어." 오르페오가 말했다.

　"데 알타마르 씨라니 모르는 사람입니다." 에비 데 알타마르는 전화에 대고 천천히 또박또박 말했다.

　"그분이 지금 몹시 아파요." 안토니아가 말했다.

　"하!" 에비는 말했다. "웃기지도 않아." 그러고는 전화를 끊었다.

　안토니아는 라벤스부르크로 갔다. 그리고 앞뜰의 풀포기 하나하나까지 잘 손질된 어느 연립주택 앞에서 기다렸다. 그 집에서 나온 에비는 비디오에서 본 것보다 더 뚱뚱하고, 더 진한 금발이고, 훨씬 더 촌스러워 보였고, 그런 자신에게 잘 어울리는 갈색 단화에 철 지난 포플린 외투 차림이었다. 그녀의 발밑에서 자갈이 바득거렸다. 그녀는 대문을 조심스레 닫고 냉랭한 눈길로 바라보며 안토니아가 미처 자기소개를 하기도 전에 말했다.

　"안 됩니다."

　"그 사람은 너무 간절히 바라고 있어요." 안토니아가 더듬더듬 말했다.

"안 된다니까요." 에비는 다시 한번 말하고 안토니아의 얼굴을 들여다보았다. 에비는 눈이 예뻤다. 새파랗고 시원스러웠다. "아이들은 그 사람을 기억도 못합니다."

"아이들 아빠가 죽어가고 있어요." 안토니아는 에비의 팔을 붙잡았다. 에비는 그 손을 뿌리치더니 안토니아의 손자국을 지우고 싶다는 듯 포플린 외투의 소매를 문질렀다.

"육 년 사이 그런 소식을 전해준 사람만 해도 댁이 네번째예요." 에비는 빠르고 단호한 걸음으로 안토니아를 지나갔다. 안토니아는 너무 혼란스러워 에비가 저만치 멀어지고 나서야 대꾸했다.

"하지만 이번엔 진짜예요!" 안토니아는 소리치고 뒤따라 뛰어갔다. 에비가 멈춰 섰다. 그녀의 눈이 가늘어지다가 다시 동그랗게 커졌다. 안토니아는 가슴이 들썩거렸다.

"정말로 진짜라면 그 사람 가는 길이 많이 고통스럽지 않기를 바라죠." 에비는 획 돌아서더니 알록달록 예쁜 앞뜰이 딸린 하얀 연립주택들을 지나서 가버렸다. 포플린 외투가 뒤에서 돛처럼 바람을 안고 부풀었다.

안토니아가 돌아와보니, 오르페오는 방 청소와 침대 정돈을 마치고 옷을 갖춰입고 있었다. 면도하고 머리도 신경써서 빗고 말쑥한 양복에 넥타이와 포켓치프까지 하고 있었다. 갑자기 남미 정치인이라도 된 것 같은 모습이었다. 그녀는 웃음을 터뜨릴 뻔했으나 이내 상황을 파악했다. 오르페오의 눈길이 그녀를 스쳐지나, 누가 더 방으로 들어오기를 기대하는 것처럼 뒤쪽으로 향했다. 그녀는 고개를 저었다. 오르페오는 말없이 돌아서서 양복을 아무렇게나 벗어놓고 침대로 기어들어갔다. 그는 이불을 머리 위로 끌어당기고 이상하게 뻑뻑거리는 소리로 흐느끼기 시작했다. 그녀는 달랠 수 없었다. 오르페오는 울고 또 울었다. 그녀는 어떻게 해야 좋을지 몰라 결국 조니를 데려왔다. 조니는 여태 오르페오를 한 번도 본 적이 없었다.

조니는 호기심 어린 눈길로 오르페오의 집을 둘러보았다. 제단과 아르크투루스 행성 사진을 살펴보고 플라스틱 부처를 씩 웃으며 만져보더니 아직 이불 속에서 혼자 울고 있는 오르페오에게 말했다. "이봐요, 화성인, 그만 좀 울어요. 시간이 아깝지 않아요?" 오르페오는 반응이 없었다.

"몇 시간째 울고 있는 건데?" 조니가 안토니아에게 물었다.

"여섯 시간." 안토니아가 말했다.

"한시가 아까운데 여섯 시간이나 우는 데 허비하다니요." 조니가 말했다.

"이봐요, 화성인, 당신은 이제 허비할 시간이 그리 많지 않아요." 안토니아는 조니를 데려온 걸 뼈저리게 후회했다.

"그만해." 안토니아가 당황해서 속삭였다. 조니는 두 손을 쳐들었다.

"더 나은 일은 할 게 없어요? 내 모기가 여기서 보석이 어떻고 선택받은 사람이 어떻고 하면서 쓸데없는 소리나 지껄여대는 당신 같은 좀비랑 시간을 죽이고 있어야겠느냐고요." 조니는 개의치 않고 얘기를 계속했다. 이불이 움찔했다.

"조니, 그만하라니까! 그런 식으로 말하지 마!" 안토니아가 소리 죽여 화를 냈다. 조니는 아랑곳하지 않고 오르페오의 물침대에 앉았다.

"이봐요, 화성인, 내가 정말로 궁금한 게 뭔지 알아요? 미국에는 유에프오가 그렇게 많이 온다는데, 왜 우리 유럽에는 안 올까요? 외계인들은 미국의 뭐가 그렇게 좋을까요? 돌리 파튼? 맛있는 티본스테이크? 야구?" 오르페오는 대답하지 않았다. 그의 얼굴을 덮은 이불은 미동이 없었다. 조니는 어깨를 으쓱하고 도로 일어섰다.

"할 게 없네." 조니는 주위를 둘러보았다.

"내 곁에 없을 때는 네가 여기 있다 이거지?" 조니가 나지막이 말하고 안토니아 쪽으로 돌아섰다. 그녀는 유리창으로 날아드는 새처럼 조니에게 달려들었다. 그의 가슴에 얼굴을 묻었다. 별안간 모든 것이 옛날과 똑같다는 느낌이 들었다. 조니가 머뭇머뭇 두 팔로 그녀를 감싸안을 때 오르페오가 이불 속에서 목멘 소리로 말했다. "그 녀석 꺼지라고 해. 나쁜 기운을 퍼뜨리고 있어." 조니는 안토니아를 그대로 세워두고 다시 침대로 갔다.

"난 불쌍한 놈이에요. 물론 선택받지도 못했고요." 조니가 말했다. "그런데 그 보석 좀 봤으면 좋겠네요. 형제들이 보고 당신이라는 걸 알았다는 그거 말이에요. 좀 보여주시죠!" 조니는 오르페오가 얼굴까지 덮고 있는 이불을 획 벗겨냈다. 몹시 화가 난 오르페오는 재빨리 상체를 일으켜 이불을 도로 덮고 두 손으로 끝자락을 꽉 움켜쥔 채 씩씩거렸다.

"내 몸에 손대지 마!" 조니는 씩 웃었다. "휴!" 조니는 에메랄드 반지를 낀 오르페오의 손을 잡았다.

"이게 그거예요?" 조니가 물었다. "이게 그 거시기 행성으로 가는 입장권이냐고요?"

"아르크투루스 행성이야." 안토니아가 말했다. 오르페오는 붉으락푸르락하며 조니에게서 손을 뺐다.

"넌 아무것도 몰라. 비닐봉지처럼 영감이라곤 없는 자식." 오르페오가 말했다. 조니는 큰 소리로 웃었다. 안토니아는 그제야 조니의 행동을 이해했다. 그러자 심장이 조니에게 확 쏠릴 만큼 그가 좋아졌다. 조니는 기회를 준 것이었다. 곰치가 화가 나면 굴에서 나오듯 오르페오가 우울에서 빠져나올 기회를 주었다.

"넌 작디작은 자갈처럼 시간에 씻겨버릴 거야." 오르페오가 꺽꺽거렸다. "넌 영혼이 없어. 너의 그 무엇도 남지 않을 거야. 아무도 너를 그리워하지 않을 거고, 네가 세상에 존재했었다는 사실조차 모를 거야."

"아, 그것참 슬프군요." 조니가 말하고 고개를 흔들었다. "그럼 당신은, 당신은 남아 있게 되나보죠, 네?"

"그래." 오르페오는 진지하게 말하고 눈물을 훔쳤다. "난 다른 공간 다른 시간에서 삶을 이어갈 거야."

"아르크투루스 행성에서요." 조니가 씩 웃으며 말했다.

"그래." 오르페오는 그렇게만 대꾸했다.

"이 사람, 그 허무맹랑한 걸 정말로 믿나보네." 조니가 말하고 일어섰다. 놀란 표정이었다.

"꺼져." 오르페오가 차분하게 말했다.

"그러지." 조니는 그렇게 말하고 오르페오에게 고개를 까딱해 보였다. 그러고는 문 쪽으로 가는 그를 안토니아가 붙잡아 세워 목에 팔을 둘렀다.

"고마워." 그녀가 조니의 귀에 대고 속삭였다.

"별말씀을!" 조니는 목에 두른 팔을 잡아 별로 마음에 들지 않는 옷가지처럼 그녀에게 돌려놓았다.

"계속 재미 많이 보셔, 간호사 아가씨." 조니는 안토니아에게 말하고 오르페오가 듣지 못하도록 소리 죽여 덧붙였다. "저 사람은 네가 생각하는 것처럼 그렇게 아프지 않아."

조니의 말이 맞는지도 몰랐다. 다음날 오르페오는 상태가 훨씬 좋아졌고 이 주 뒤에는 다시 손님을 받을 만큼 회복되었기 때문이다. 그가 병에 대해 말하는 일은 이제 없었다. 안토니아는 한참 뒤에야 자기가 정말 오르페오의 엄청난 사기극에 동원된 꼭두각시일 뿐이었나 하는 의문이 들었다.

보석 사업은 눈에 띄게 번창했다. 손님들은 곧 안토니아의 생각보다 큰 규모로 떼 지어 몰려왔다. 사진 모델들은 에이전트들과 사진작가들을 데려왔다. 뒤이어 연극무대의 배우들과 분장사들, 의상 디자이너들이 왔고, 영화판의 스크립터들과 조감독들이 뒤를 이었으며 마침내 상류층 멋쟁이들도 왔다. 오르페오는 자신의 옛 고객들을 되찾았다. 고층아파트 13층의 작은 방이라는 잘 짜인 세계에서 그는 물컵에 꽂아둔 분꽃처럼 활짝 피어났다. 그는 안토니아의 도움으로 아파트를 완전히 개조했다. 금색 벽지로 도배를 하고 루비색 양탄자를 깔고 천장은 검게 칠한 뒤 한가운데 손수 커다란 눈을 그려넣었다. 검은색 래커를 칠한 제

단용 테이블과 손님을 받을 때 자기가 앉을 붉은 벨벳 안락의자를 샀다. 그 밖에 커다란 중국산 꽃병 하나—안토니아가 사흘에 한번꼴로 싱싱한 백합을 사다 꽂았다—를 바닥에 세워두었을 뿐 나머지 공간은 완전히 비워두었다. 말하자면 손님들은 그의 발치, 바닥에 앉아야 했다. 마지막으로 오르페오는 노을 빛깔 실크로 품이 넓은 승려복을 맞췄다. 실크 승려복은 그가 움직일 때면 바람에 흔들리는 자작나무처럼 사각거렸다. 아파트 개조 후 첫 손님을 맞기 위해 그가 안락의자에 앉았을 때 안토니아는 길을 잃고 어쩌다가 중국식당에 들어온 공작이 연상되었다. 오후 햇살이 내리면 방은 돌연 누추해 보였다. 금색 벽지는 싸구려 티가 나고, 양탄자는 먼지투성이고, 꽃은 유치하고 군더더기처럼 느껴졌다. 안토니아는 오르페오의 무릎을 베고 누워 그를 처음 알게 되었을 때를 생각했다. 그때가 그리웠다. 그가 많이 아팠을 때를 생각했다. 그때가 좀더 그리웠다.

오르페오는 코스모커넥션이라는 이름의 회사를 차리고 온갖 크기와 온갖 가격대의 보석을 점점 더 많이 사들였다. 이제 안토니아에게는 예전만큼 많은 시간을 할애할 수 없었다. 안토니아는 종종 그의 아파트에서 그냥 빈둥거리거나 청소하고 차를 끓이면서 그가 사업 문제로 끝도 없이, 대개는 포르투갈어로 통화

하는 것을 들었다. 손님이 오면 안토니아는 가야 했다. 오르페오는 안토니아가 침실에서 기다리는 것을 허락하지 않았다.

"내 형제자매들과 교제하는 데 방해돼서 그래." 오르페오는 말했다. 안토니아는 홀대받고 소외당하는 느낌이었다. 처음에 오르페오와 함께 있으면서 조니를 생각했듯이 이제는 종종 조니와 함께 아파트에 있으면서 오르페오를 생각했다. 자기와 오르페오를 잇는 끈이 점점 가늘어지고 있음을 감지했다. 마치 살면서 소유했던 가장 중요한 것을 이미 잃은 느낌이었다.

"그 화성인은 뭐하니? 우주에서 손님이 와서 이제 너랑 있을 시간이 없대?" 조니가 이죽거렸다.

다음날 안토니아는 오르페오에게 보석을 부탁했다. 오르페오는 놀란 눈으로 그녀를 보았다.

"넌 보석이 필요 없어." 오르페오가 말했다.

"어째서?" 안토니아는 투르말린 목걸이를 풀었다.

"목걸이를 안 하면 그들이 어떻게 나를 알아보고 구해주겠어?" 그녀가 물었다. 오르페오는 빙그레 웃었다. 잠시 틈이 생겼다. 말없는 의견 일치의 순간. 예전 같아. 안토니아는 생각했다.

"그래, 우리는 헤어지는 편이 낫겠어." 오르페오가 고개를 끄덕였다.

맙소사, 오르페오가 내 말을 완전히 잘못 이해했어. 안토니아는 생각했다.

"넌 그런 일을 견딜 만큼 내면이 단단하지 않아. 아주 끔찍해 질 거야, 음…… 언젠가는…… 아름다운 죽음은 없어. 그것만은 분명해……" 오르페오가 말했다. 안토니아는 머릿속에 어두운 구멍이 생기는 것을 알아차렸다. 하지만 그것을 깊이 생각하고 싶지 않았다. 절대로.

"그럼." 오르페오가 큰 소리로 말했다. "어떤 보석을 원해?"

"네가 골라줘. 나한테도 다른 손님들과 똑같이 해줬으면 좋겠어." 안토니아가 말했다. 오르페오는 잠시 당황한 눈길로 그녀를 바라보다가 번개처럼 빠르게 말했다.

"좋아, 그럼 에메랄드로 해. 나처럼."

오르페오는 커다란 에메랄드를 구해주었다. 안토니아가 여태 껏 본 것 중 가장 컸다. 어쩌면 해변에서 흔히 볼 수 있는 반질반 질한 초록색 유릿조각일지도 몰랐다. 진짜든 가짜든 안토니아는 상관없었다. 그녀는 보석 값으로 6만 8천 마르크를 지불했다. 오 르페오는 에메랄드를 정화하기 위해 접시에 샐비어를 조금 태웠다. 그러고는 안토니아를 바라보며 에메랄드를 가슴에 대고 한참 문질러 닦았다. 안토니아는 그의 흉터와 대리석처럼 차갑고 매끄럽던 피부를 떠올렸다. 갑자기 솟구치는 불길처럼 그리움이 피어올랐다. 처음에 대한 그리움. 조니와의 처음, 오르페오와의 처음, 모든 남자와의 처음. 오르페오는 안토니아에게 셔츠를 벗으라고 했다. 그는 에메랄드를 그녀의 살갗에 대고 문지르다가 다시 자기 살갗에 대고 문질렀다. 그리고 그녀를 제단으로 데려가더니 아르크투루스 행성 사진 앞에 놓인 물그릇에 에메랄드를 넣었다.

"에메랄드는 신의 생각이야." 오르페오가 중얼거렸다. "에메랄드가 널 이끌어줄 거야. 이걸 지니고 있으면 더는 속지 않을 거야. 넌……"

"……사물의 본질을 보게 될 거야." 안토니아가 끼어들어 오르페오의 말을 끊었다. 그녀는 오르페오를 바라보았다. 오르페오가 미소지었다. 그녀는 울었다. 그녀는 에메랄드를 물에서 꺼내 손에 꼭 쥐고 일어나서 문을 나섰고, 엘리베이터를 타고 10층으로 내려가 침실에서 자고 있는 조니를 깨웠다.

"나 떠날 거야." 안토니아는 말하고 제 손안의 에메랄드를 꼭 감싸쥐었다.

"어휴, 또야." 조니는 앓는 소리를 하더니 돌아누워 베개를 머리 위로 끌어당겼다. 안토니아는 투르말린 목걸이를 푼 다음 꼼꼼하게 동그란 모양을 잡아 조니 옆에 두었다. 그녀가 짐을 싸는 동안 조니는 계속 잤다. 그녀는 조니에게도, 오르페오에게도 작별 인사를 하지 않았다.

  그녀는 그날 밤을 공항에서 보내고 아침에 뉴욕행 비행기에
올랐다. 비행 내내 손안의 에메랄드가 마음을 달래주는 시원한
물처럼 느껴졌다. 열 시간 뒤 뉴욕의 한 호텔 침대에 몸을 묻고
따끔거리는 눈을 감을 때도 여전히 에메랄드를 손에 쥐고 있었
다. 이상한 소리가 나서 한밤중에 깼다. 양철 지붕에 빗방울이
떨어지는 듯한 소리가 서서히 가까워지는 것 같았다. 안토니아
는 숨을 멈췄다. 소리는 점점 커지고 점점 가까워졌다. 안토니아
는 창문을 바라보았다. 빛을 기다렸다.

구타

"그 모자, 자기한테 잘 어울려." 클라우스가 말한다.

"말도 안 돼." 나는 오늘부터 우리 유니폼에 포함된 파란색과 흰색 줄무늬 종이 모자를 얼굴 쪽으로 더 깊이 끌어내린다. 이 모자는 누구에게도 어울리지 않는다. 모자가 유난히 잘 어울리는 얼굴인 나에게조차.

"어울린다니까." 클라우스가 말한다. "그 모자 쓰니까 어리고 예뻐 보여. 좀 미련해 보이기도 하고. 꼭 잘 때 쓰는 것처럼 귀여워." 나는 일할 때 그가 찾아오는 게 마뜩잖다.

"클라우스, 그만해." 내가 말한다. 그는 계산대에서 이쑤시개를 집어들고 태연하게 자근자근 씹는다. 나는 아직도 그의 입술이 좋다. 처음에 좋았던 것과 거의 변함없이. 매니저가 그릴 뒤에서 서성이며 나를 지켜본다. 나는 개인적인 대화를 나누고 있다. 매장에 손님은 없다.

"난 그냥 자길 주의깊게 보는 거야." 클라우스는 말하고 이마로 흘러내린 머리칼을 신경질적으로 쓸어넘긴다.

"퍽이나 고맙네." 나는 비꼬는 투로 말한다. 같이 일하는 종업원 아니가 튀김기 앞에 서서 나를 돌아본다. 그녀에게는 코흘리개 아이와 매일 저녁 밖에서 기다리는 가나 출신 흑인 남자친구가 있다. 그녀는 남자친구가 잠자리에서 끝내준다고 했다. 나는 그게 정확히 무슨 뜻이냐고 물었다.

"몰라서 그래? 정열적이라는 거지." 그녀는 말하고 믿을 수 없다는 눈길로 나를 바라보았다.

"프레셔 씨는 우리가 개인적인 대화를 나누는 걸 좋아하지 않아. 그러니까 주문을 하든가 가든가 해." 내가 클라우스에게 소곤거린다.

"아하, 프레셔 씨는 우리가 개인적인 대화를 나누는 걸 좋아하지 않는구나." 클라우스가 아주 큰 소리로 말한다. 매니저는 가만히 서서 싸늘한 눈빛으로 클라우스를 바라본다. 매니저의 양복 앞가슴에 자그마한 흰색 이름표가 달려 있다.

'프레셔. 매니저.' 이름표에는 그렇게 적혀 있다. 나도 그런 이름표를 달고 있다. 내 이름표에는 달랑 '파니'라고만 적혀 있다.

클라우스는 프레셔에게 씩 웃어 보이고 이쑤시개를 바닥에 뱉는다. 나는 뒤돌아보지 않아도 프레셔가 지금 발끝을 까딱거리고 있다는 걸 안다.

"아, 햄버거 하나요?" 나는 큰 소리로 말한다.

"요 맹랑한 것." 클라우스가 나지막이 내게 말한다. 나는 이 일자리를 잃고 싶지 않다. 얼마든지 학업과 병행할 수 있는데다, 모퉁이만 돌면 바로 우리집이다. 클라우스는 내가 왜 자기 돈을 원하지 않는지 이해하지 못한다. 그의 꽤 많은 돈을.

"아니, 난 햄버거 먹고 싶지 않아." 클라우스가 느릿느릿 말하고 긴장감이 생기도록 잠시 멈췄다가 말을 잇는다. "차라리 더블 치즈버거랑 감자튀김 큰 거랑 콜라 큰 거랑 애플파이 먹을래."

"그만둬." 나는 소리 죽여 쏘아붙인다.

클라우스는 큰 소리로 주문을 반복하면서 내 손을 어루만진다. 나는 손가락은 짧지만 크고 두툼한 그의 손이 작고 메마른 내 손을 묵직하고 따스한 이불처럼 덮은 모습을 본다. 두 개의 손은 미동도 없이 포개져 있다. 두 손은 아무 문제도 없다. 나는 그릴 앞에 있는 일마즈와 외메르를 돌아본다.

"더블치즈버거 하나요." 내가 소리친다. 일마즈는 고개를 끄덕이고 햄버거 패티를 그릴에 얹는다. 치지직 소리가 난다. 클라우스는 손을 뗀다. 나는 그의 쟁반에 콜라를 얹는다. 아니가 말 없이 감자튀김 한 봉지를 내게 건넨다. 나는 온열 선반에서 애플 파이를 꺼내다가 언제나처럼 손가락을 덴다. 나는 금전등록기에 주문 내역을 찍는다. 키를 하나씩 누를 때마다 서로 다른 음이 삑삑거린다. 14마르크 95페니히는 베토벤 5번 교향곡의 첫 소절 처럼 들린다는 걸 그동안의 경험으로 안다. 프레셔는 팔짱을 끼고 내 옆에 서서 발끝을 까딱거린다. 클라우스가 돈을 낸다. 잔 돈을 주려고 하자 클라우스는 내 쪽으로 도로 민다.

"가져요." 클라우스가 말하면서 프레셔를 바라본다.

"저희는 팁을 받으면 안 됩니다." 나는 단조롭게 말한다.

"왜죠?" 클라우스가 계속 프레셔를 바라보며 묻는다. 프레셔 는 발끝만 까딱거릴 뿐 아무 말도 하지 않는다. 아니는 튀김기를 기름 속에 걸어놓고 내게 눈짓한다. 프레셔가 돌아서서 사무실 로 들어간다.

"자기가 이러면 나만 곤란해져." 내가 클라우스에게 말한다.

"더러운 자식." 클라우스는 그렇게 말하고 돈을 집어넣는다.

"더블치즈버거 하나요!" 일마즈가 소리치고 햄버거를 플라스 틱 상자에 포장해 주방과 홀 사이의 작업대에 올려놓는다. 나는 상자를 가져온다. 일마즈가 내게 미소지어 보인다.

"야, 저 사람이 자기한테 치근거리는데." 클라우스가 말한다.

"누구?" 나는 그렇게 묻고 카운터 위의 쟁반을 클라우스 쪽으로 민다.

"뭐, 나야 괜찮아." 클라우스는 쟁반을 들고 몇 걸음 옮기다가 고개를 돌리고 일마즈에게 소리친다. "이 여자는 침대에서 발이 얼음장처럼 차고, 목욕하고 나서 욕조 청소도 안 한답니다. 온 집 안에 속옷이 나뒹굴어요!" 나는 내 손톱을 바라본다. 얼마 전부터 손톱에 하얀 점이 하나둘 늘어난다. 뭐가 부족하면 그렇다는데, 그게 뭔지는 까먹었다. 일마즈는 영문을 모르고 싱긋 웃는다.

"파니?" 클라우스가 나지막이 말한다.

"음?" 그는 나를 바라보다가 어깨를 으쓱한다. 그러고는 쟁반을 들고 매장에서 가장 구석진 자리로 간다. 음식에는 손도 대지 않는다. 손으로 턱을 괸 채 꼼짝하지 않는다. 커다란 잿빛 바위처럼 가만히 앉아 있다. 그가 나를 슬프게 한다. 요즘 우리는 점점 더 자주 슬퍼지는데 이유를 모르겠다. 내가 일을 끝내고 돌아가면 우리는 침대에 함께 누워 텔레비전을 본다. 레드와인을 곁들이기도 해서, 시트에 붉은 얼룩이 있다. 나는 그가 담배에 불 댕기는 모습을 본다. 그는 내가 얼굴을 알아볼 수 없을 만큼 멀찍이 앉아 있다. 그가 담배를 피운다. 그의 손만 움직인다. 한 무리의 청소년이 우르르 몰려들어온다. 프레셔가 사무실을 나와 내 뒤에서 소리 없이 서성거린다. 그 때문에 나는 신경이 곤두선다. 천사 같은 얼굴에 모히칸 머리를 한 남자애가 햄버거를 주문한다. 거스름돈을 내미는 내게 그애가 말한다. "저는 20마르크짜리가 아니라 50마르크짜리를 냈는데요."

"아니에요." 나는 일부러 금고에 넣지 않고 내 앞에 둔 20마르크짜리 지폐를 증거로 들어 보인다. 프레셔가 잘했다는 뜻으로 내게 고개를 끄덕인다. 남자애 뒤에 호기심 어린 얼굴로 서 있던 다른 아이들이 놀라서 입을 쩍 벌린다.

"이 쥐새끼 같은 녀석." 나는 아주 작은 소리로 모히칸 머리 남자애에게 말한다. 아이의 눈을 보니 얼마나 놀랐는지 알 것 같다. 나는 미소짓는다. 아이도 미소짓는가 싶더니 이성을 되찾고 성난 눈으로 나를 바라본다. 마침내 주문을 다 처리하고 아이들이 저마다 쟁반을 들고 떠들썩하게 테이블에 자리잡았을 때 보니 클라우스는 가고 없다. 나는 그의 쟁반을 치운다. 콜라도 그대로다. 나는 매장 한가운데 있는 큰 쓰레기통에 쟁반을 비스듬히 기울여 모조리 쏟아버린다. 콜라가 콰르르 쏟아지고 더블치즈버거가 조각조각 흩어져 떨어지는 소리가 들린다. 나는 테이블을 닦는다. 아이들이 케첩으로 얼굴을 그려놓았다. 먹다 남은 햄버거에는 담배꽁초 두 개가 꽂혀 있다. 밀크셰이크에 감자튀김이 둥둥 떠 있다. 인간은 돼지보다 나을 게 없다. 나는 의자들을 테이블 앞으로 가지런히 밀어놓는다. 방금 전 들어온 아이들이 콜라에 적신 냅킨을 작게 똘똘 뭉쳐 빨대에 넣고 훅 불어서 쏜다. 나를 겨냥한다. 나는 반응하지 않는다. 뭐라고 해봐야 상황만 더 나빠진다는 걸 잘 안다. 나는 카운터 뒤로 돌아간다. 프레셔는 사무실 문을 열어놓고 앉아서 성냥개비로 손톱을 소제한다. 일마즈와 외메르는 그릴 앞에 서서 졸고 있다. 아니는 감자튀김 하나를 입에 넣는다. 아니는 그 대가로 해고당할 수도 있다. 타일을 깐 썰렁한 뒷방에서 나는 큰 통 세 개에 든 밀크셰이크를 젓는다. 각기 다른 세 개의 튜브에서 빨간색, 노란색, 갈색 페이스트를 짜 물에 푼다. 딸기, 바닐라, 초콜릿. 언젠가 아니가 그랬다. 그 통에 오줌을 싸도 아무도 모를 거라고. 나는 통 안의 것을 밀크셰이크 기계에 쏟아붓는다.

그사이 아이들은 가고 없다. 기능성 건강화를 신은 나이 지긋한 부인이 커피를 마시며 체리파이를 먹고 있다. 삼십 분만 있으면 퇴근이다. 발이 아프다. 밀크셰이크 기계에 몸을 기댄다. 매장에서는 기대서는 것이 금지되어 있지만 프레셔도 사무실에서는 나를 볼 수 없다. 밖에 젊은 여자 둘이 팔짱을 끼고 지나간다. 한 여자는 뚱뚱하고 검은 머리, 또 한 여자는 마르고 금발이다. 뚱뚱한 여자는 짧은 고슴도치 머리를 하고 있다. 머리칼이 모자처럼 머리 위에 얹힌 꼴이다. 뚱뚱한 여자는 마른 여자의 긴 금발을 뒤로 쓸어넘기고 키스한다. 두 여자는 파리 광장을 건너가 벤치에 앉는다. 뚱뚱한 여자가 마른 여자의 어깨에 팔을 두르고 바싹 끌어당긴다. 아니가 내 옆 창가로 온다. "남자친구한테 물어봤어?" 아니가 묻는다.

"아니, 클라우스는 부동산이랑은 관계없어. 집을 팔지도, 세를 놓지도 않아." 나는 짜증 섞인 투로 말한다.

"하지만 집을 사서 세놓고 싶어하는 사람을 알지도 모르잖아." 아니가 쭈뼛거리며 말한다. 나는 벌레가 나무를 파먹고 지나간 길처럼 아니의 이마에 불규칙적으로 깊게 팬 주름을 본다.

"얘, 아니." 내가 말한다. "이 문제는 나도 별 도움이 못 돼."

"우리 셋이서 영원히 한방을 쓸 수는 없잖아." 아니는 비난조로 말하고 튀김기 앞으로 돌아가 거칠게 기름을 털어낸다.

여섯시가 되자 우리는 함께 밀크셰이크 기계를 청소하고, 햄버거용 큰 선반과 애플파이와 체리파이용 작은 선반을 청소한다. 일마즈와 외메르는 그릴을 닦는다. 프레셔가 외메르에게 말한다. "자넨 내일 일곱시야." 외메르는 이마의 땀을 닦을 뿐 프레셔를 보지 않는다. 프레셔는 더 큰 소리로 말한다. "자넨 내일 일곱시야, 알았어?" 외메르가 고개를 끄덕인다. 창밖에 아니의 남자친구가 서 있다. 연두색 윈드재킷 차림이다. 검은 피부에 연두색 재킷이 멋있어 보인다. 두 여자는 아직도 벤치에 앉아 있다. 뚱뚱한 여자가 마른 여자에게 손짓 발짓 해가며 열변을 토한다. 여섯시 삼십분 정각에 우리와 근무를 교대할 사람이 온다. 그릴 담당 터키인 둘과 판매 담당 아가씨 둘. 그들은 오늘 오전 우리가 그랬던 것처럼 새로운 종이 모자를 두고 불만을 터뜨린다.

"잔말 말고 그냥 써." 프레셔가 여덟 시간 전 우리에게 그랬듯이 그들에게 말한다. 아니와 나는 탈의실로 간다. 그녀가 자신의 정맥류를 보여준다. "이 일을 하다보면 이렇게 돼." 그녀는 그렇게 말하고 웃는다.

밖으로 나오자 아니의 남자친구가 달려와 그녀를 포옹한다. 둘은 한참 그렇게 꼭 껴안고 있다. 매일 저녁 되풀이되는 일이다. 나는 눈을 감고 따뜻한 여름공기를 한껏 들이마신다. 눈을 떠보니 아니와 남자친구는 가버리고 없다. 나는 집에 갈 마음이 별로 생기지 않아 느릿느릿 광장을 걷는다. 벤치의 두 여자가 싸우고 있다. 뚱뚱한 여자가 뭐라고 하자 마른 여자가 벌떡 일어나 뚱뚱한 여자의 얼굴을 때린다. 뚱뚱한 여자는 마른 여자의 팔을 붙잡고 무슨 말인가 하려고 하지만 마른 여자는 뿌리치고 또다시 뚱뚱한 여자의 얼굴을 정통으로 때린다. 찰싹하는 소리가 난다. 지나가던 노부부가 멈춰 서서 호기심 어린 얼굴로 두 여자를 구경한다. 일마즈가 내 옆을 지나간다. "저 여자들 무슨 일이야?" 그가 묻는다. 나는 어깨를 으쓱한다. 뚱뚱한 여자는 꼼짝 않고 벤치에 앉아 있다. 마른 여자는 이제 두 손으로 뚱뚱한 여자를 때린다. 뚱뚱한 여자는 왜 일어서지 않을까? 왜 방어하지 않을까? 걸음을 멈추는 사람이 점점 많아진다. 잠깐 사이 두 여자 주위에 구경꾼들로 반원이 만들어진다. 그때 비닐봉지를 들고 광장을 가로질러 다가오는 클라우스의 모습이 보인다. 그는 두 여자를 쓱 훑어보기만 하고 내게 키스한다. 그리고 봉지를 가리킨다.

"서대기랑 샐러드야." 나는 고개를 끄덕인다. 배가 고프지 않지만 그 말은 하지 않는다. 나는 그의 팔을 잡고 말한다. "저 두 여자 좀 봐." 뚱뚱한 여자는 이제 일어서서 양손으로 얼굴을 가리고 있다. 마른 여자는 주먹을 쥐고 마구잡이로 때린다. 그녀의 긴 금발이 춤을 춘다. 몇몇 남자가 휘파람을 불고 환호성을 지른다. 점점 더 많은 사람이 호기심에 발길을 멈춘다.

"〈이르마 라 두스〉*의 한 장면 같다." 클라우스가 말한다. "기억나? 셜리 매클레인이랑…… 또 누구더라? 아무튼 두 사람이 막 치고받잖아. 술집 주인이 두 사람 얼굴에 탄산수를 뿌리고. 강아지도 한 마리 나오는데……" 뚱뚱한 여자가 뭐라고 소리친

---

* '당신에게 오늘밤을'이라는 제목으로 우리나라에 소개된 코미디 영화.

다. 소리치고 또 소리친다. 그러나 주변이 하도 소란스러워 무슨 말인지 알아들을 수 없다. 뚱뚱한 여자는 여전히 방어하지 않는다. 그저 같은 말을 되풀이해 외칠 뿐이다. 마른 여자가 팔을 들어 뚱뚱한 여자의 코를 때린다. 그 순간 끔찍한 타격소리가 들린 것 같았다. 뚱뚱한 여자의 얼굴에 피가 흐른다. 마른 여자는 프로 권투선수처럼 스텝을 밟으며 뚱뚱한 여자 주위를 돈다.

"갈겨, 갈겨, 코를 갈기라고!" 한 남자가 소리친다. 다른 남자들도 흥분해서 덩달아 소리친다. "갈겨, 갈겨, 코를 갈기라고!" 두 여자 주위의 반원은 어느새 원이 되어 있다. 우리 옆에 선 나파가죽 재킷을 입은 남자 둘은 목을 쭉 빼고 히죽히죽 웃는다. 마른 여자가 이제 일종의 쿵후 동작으로 뚱뚱한 여자를 찬다. 배를 걷어차인 뚱뚱한 여자가 몸을 웅크린다. 디른들 차림의 노부인이 더 잘 보려고 까치발을 디딘다. "역겹네. 참 역겨워!" 노부인이 말한다. 클라우스는 내 손을 잡아끌고 자리를 뜨려 한다. 우리는 광장을 가로질러 집으로 가고 싶지만 구경꾼들이 길을 터주지 않는다.

"이봐요, 밀치지 마요." 커다란 보라색 귀고리를 한 젊은 여자가 내게 말한다. 우리는 돌아서서 인파 바깥쪽으로 광장을 빙 돌아간다. 두 여자의 다툼이 절정에 이르렀을 때 뚱뚱한 여자가 줄곧 외치는 말이 갑자기 또렷하게 들린다. "이 여자는 아무 잘못 없어요!" 뚱뚱한 여자는 있는 힘껏 소리친다. "이 여자는 아무 잘못 없어요!"

"무슨 뜻으로 하는 말일까?" 내가 클라우스에게 묻는다.

"이 여자는 아무 잘못 없어요!" 뚱뚱한 여자가 소리친다. "왜 아무도 도와주지 않는 거지?" 클라우스가 별안간 비닐봉지를 내 손에 쥐여주고 구경꾼들을 뚫고 앞으로 나아간다. 나는 그렇게 빨리 따라가지 못한다. 사람들이 화를 내며 길을 내주지 않는다. 나는 좀더 밖으로 돌며 빈틈을 찾는다. 사람들 사이에서 웃음이 터져나와 거대한 파도처럼 일렁이다가 잦아든다. 마침내 원 안으로 비집고 들어가서 보니 클라우스가 기를 쓰고 뚱뚱한 여자와 마른 여자를 갈라놓으려는 중이다. 마른 여자는 이제 클라우스와 뚱뚱한 여자를 번갈아 때리며 성난 강아지처럼 두 사람 주위를 빙 돌며 펄쩍펄쩍 뛴다. 구경꾼들이 환호성을 지른다. 드디어 클라우스가 마른 여자의 팔을 잡는 데 성공한다. 마른 여자는 발을 구르며 날뛰지만 클라우스에게서 놓여나지 못한다. 사람들은 실망해 야유를 보낸다. 뚱뚱한 여자가 얼굴의 피를 닦는다. 나는 클라우스에게 달려간다. 그는 긴장하고 힘을 쓴 탓에 기침을 한다. 마른 여자가 온몸을 부들부들 떤다. 고개를 푹 숙여 머리칼이 얼굴로 쏟아져내린다. 구경꾼들이 하나둘 자리를 뜬다. 클라우스는 마른 여자의 팔을 꽉 잡고 있다. 여자가 갑자기 고개를 획 든다. 그녀의 얼굴이 실룩거린다. 예쁜 얼굴이지만 이상하게 굳어 있다. 여자는 버티고 서서 팔을 획 당겨 빼더니 이리저리 휘두른다. 다시 뚱뚱한 여자에게 달려들 기세다.

"저 여자가 나를 보면 안 돼요!" 뚱뚱한 여자가 클라우스에게 소리친다. 그는 고개를 끄덕이고 내게 고갯짓을 한다. 나는 무슨 뜻인지 모른다. 그는 마른 여자를 붙잡고 이리저리 돌려 뚱뚱한 여자에게 향하는 시선을 몸으로 가로막는다. 뚱뚱한 여자가 머뭇거리며 내게 다가온다.

"부인이세요?" 여자가 묻는다. 나는 고개를 끄덕인다. 나는 그의 아내가 아니다. 여자친구조차 아닌 때도 있다. 뚱뚱한 여자의 얼굴로 눈물이 흐른다. 피와 뒤섞인 눈물은 붉은 소스처럼 보인다. "저 여자는 아무 잘못 없어요." 뚱뚱한 여자가 말한다. "나를 때리려고 때리는 게 아니에요. 정말 저 여자는 아무 잘못 없어요." 뚱뚱한 여자는 떨리는 손으로 지갑을 꺼내고, 지갑에서 명함을 꺼낸다. 여자가 명함을 내 손에 쥐여준다. 나는 명함을 본다. 헬가 보르케 박사. 심리치료사.

"저 여자는 그리 가야 해요. 지금 당장. 보르케 박사에게 가서 새로운 발작이라고만 얘기해주세요." 뚱뚱한 여자는 그렇게 말하더니 잠시 틈을 두고 마른 여자를 건너다본다. 마른 여자는 클라우스의 억센 손아귀에 잡힌 채 어린아이처럼 다리를 버둥거리고 있다.

"새로운 발작……" 내가 웅얼거린다.

"저 여자는 나를 때리려고 때리는 게 아니에요. 전혀 아니에요." 뚱뚱한 여자는 같은 말을 자꾸 되풀이한다. 남은 구경꾼은 이제 얼마 되지 않는다. 드문드문 모여 선 몇 사람이 멀찍이서 우리를 지켜보고 있을 뿐이다. 마른 여자의 버둥거림이 멈춘다. 클라우스가 여자의 팔을 놓고 조심스레 머리를 쓰다듬어준다. 그는 천천히 택시 승강장으로 여자를 데려간다. 택시기사들이 차에 기대서서 호기심 어린 눈길로 두 사람을 지켜본다. 여자의 다리가 자꾸 꺾인다. 그는 여자를 붙잡고 안전하게 설 때까지 기다렸다가 다시 걸음을 옮긴다. 뚱뚱한 여자는 이제 울지 않는다. 그녀는 손끝에 키스한 다음 훅 불어서 마른 여자 쪽으로 보낸다.

"한 사람이 감당하기에는 너무 큰 고통이야. 너무 큰 고통." 뚱뚱한 여자는 그렇게 말하고 한숨을 쉰다.

나도 함께 택시에 오른다. 택시가 출발할 때 뒷유리창으로 보니, 뚱뚱한 여자가 혼자 광장 한가운데 서서 손을 든다. 마른 여자는 클라우스와 나 사이에 앉아 있다. 내 얇은 여름옷을 통해 여자의 떨림이 전해진다. 사람이라기보다는 짐승이 떠는 것 같다. 살갗을 움찔거려 파리를 쫓으려는 말 같다고 할까.

"멋진 쇼였어요." 택시기사가 말한다. "그 영화에서처럼. 제목이 뭐였더라? 아무튼 남자 주인공이 베트 미들러랑…… 음, 이름이 생각 안 나는데, 손님은 아실 겁니다. 두 여자가 하도 심하게 서로를 패서……"

"조용히 좀 해주세요." 내가 택시기사에게 말한다. 클라우스는 놀라서 나를 바라본다. 그리고 고개를 끄덕여 보인다. 그는 마른 여자를 팔로 감싸고 있다. 여자의 얼굴에 미소가 그림자처럼 스친다. 여자는 이내 입을 삐죽 내밀더니 소리 없이 혼자 중얼거린다. 불안해지는지 몸을 곧추세운다. 나는 여자의 온몸이 팽팽하게 긴장하는 것을, 여자의 가장 깊은 곳에 있는 것이 밖으로 나오려는 낌새를 알아챈다. 클라우스가 여자를 단단히 붙잡는다.

"안심해요. 걱정할 거 없어요. 다 괜찮습니다. 다 괜찮아요." 클라우스가 말한다. 여자는 이쪽에서 저쪽으로 고개를 홱 젖힌다. 그리고 활짝 부릅뜬 눈으로 나를 바라본다. 죽도록 놀란 여자의 심장까지 들여다보인다.

"다 괜찮습니다. 다 괜찮아요." 클라우스가 중얼거린다. 갑자기 긴장이 풀리고, 여자가 무너져내린다. 내 옆에 있는 여자의 몸이 지금은 뼈 없는 살덩이처럼 느껴진다. 여자가 클라우스에게 기댄다. 그는 여자의 머리를 쓰다듬어준다. 여자는 그에게 바

118

싹 달라붙는다. 클라우스가 한 손으로 내 어깨를 잡는다. 나는 그의 손을 힘주어 잡는다. 잠시 뒤 여자가 감전이라도 된 양 다시 몸을 곧추세운다. 여자의 입에서는 찍소리도 나오지 않지만 나는 여자의 비명이 들린다. 심리치료사가 문을 열자마자 마른 여자의 어깨를 잡고 복도의 붉은 소파로 데려간다.

"자, 이르미." 심리치료사가 크고 분명한 소리로 말한다. "이제 여기 앉아요." 마른 여자는 소파에 몸을 묻고 다리를 꼰다. 복도 안쪽에 있는 붉은색의 커다란 소파에 앉으니 갑자기 오그라든 것처럼 왜소해 보인다. 클라우스와 나는 문가에 서 있다. 심리치료사가 우리 쪽으로 돌아온다. 그녀는 우아한 베이지색 원피스 차림에 금테 안경을 끼고 있다.

"새로운 발작이라고 말씀드리랬어요." 내가 말한다.

"알아요." 심리치료사가 웃으며 말한다. "쉰들러 부인이 전화했더군요."

"아, 네." 내가 말한다.

"고맙습니다." 심리치료사는 말하고 문을 닫는다. 나는 마른 여자가 제 머리칼을 다람쥐가 알밤을 갉아먹듯 아주 빠르게 씹는 모습을 본다.

우리는 다시 거리로 나와 한참 말없이 서성인다. 차들이 붕붕

거리며 지나간다. 휘발유냄새가 진동한다. 훈훈한 바람이 내 머리칼을 가지고 장난친다. 하늘은 벨벳처럼 푸르다. 포플러 잎사귀들이 은빛으로 반짝인다. 클라우스가 손을 흔들어 택시를 잡는다. 우리는 나란히, 약간 사이를 두고 앉는다. 나는 그에게 조금씩 다가앉는다. 클라우스가 창문을 연다. 나는 그의 가슴에 머리를 기대고 차창으로 들어오는 바람에 얼굴을 맡긴다.

"참, 서대기!" 클라우스가 말한다. 그의 목소리가 귓가에 웅웅거린다. 봉지를 어디 두고 왔는지 기억이 안 난다. 파리 광장에 내려서 보니 벤치 옆에 비닐봉지가 있다. 클라우스가 봉지를 집어들고 안을 들여다본다. 샐러드는 조금 시든 것 같다. 클라우스는 봉지를 흔들며 몇 걸음 앞서 걷는다.

"기다려." 내가 나지막이 말한다. 클라우스가 돌아선다. 나는 아까 두 여자가 있었던 벤치에 앉는다. 뚱뚱한 여자는 성만, 마른 여자는 이름만 안다. 이르미와 쉰들러 부인. 클라우스가 다가와 내 옆에 앉는다. 우리는 손을 잡는다. 매장의 커다란 유리창 너머로 햄버거를 쟁반에 담고 감자튀김을 뒤집는 동료들의 모습이 보인다. 파란색과 흰색 줄무늬 종이 모자를 쓴 그들은 멀리서 보니 아이들 꿈에 나오는 인물들 같다.

비네토우*의 오른발

 "어디로 가시게요?" 초록색 유니폼을 입은 렌터카 회사 직원이 카운터 위의 뉴멕시코 지도를 샤를로테 쪽으로 밀어주었다. 음식은 다 먹고 가장자리에 색색의 얼룩만 남은 접시처럼 하얗게 빈 지도였다.

 "갤럽요." 샤를로테가 말했다. 그녀는 그 지명이 마음에 들었다. 갤럽 하면 갈로프**, 말, 인디언 같은 것이 떠올랐다. 갤럽은 〈Get your kicks on Route 66〉의 가사에도 잭 케루악의 작품에도 나왔다. 독일에서는 케루악이라는 이름을 언급하면 남자들

---

* 독일 작가 카를 마이가 쓴 미국 서부 배경의 모험소설 시리즈 주인공 인디언. 해당 시리즈는 영화로도 제작되었다.
** 사분의이박자로 된 빠른 원무 '갤럽'의 독일어식 표기.

이 당장에 동경의 눈빛을 띠고서 샤를로테 머리 너머의 가장 가까운 문을 바라보았다. 그 문을 지나기만 하면 강렬한 오후 햇살과 사막과 끝없는 허허벌판 그리고 또다른, 더 나은 삶이 펼쳐질 것 같은 모양이었다.

"손님, 갤럽은 그냥 술주정뱅이 인디언들의 집합소예요. 다른 건 아무것도 없는걸요." 렌터카 회사 직원이 말했다. 그녀는 재빨리 주위를 둘러보더니 카운터 위로 몸을 푹 숙였다. 그녀의 입에서 딸기껌냄새가 났다. 잔뜩 부풀려 세운 붉은 머리칼에 딱 어울리는 냄새였다.

"거리에 빈 술병이 나뒹굴고, 오물, 오물, 또 오물뿐인 곳이라고요." 직원이 말을 이었다. "술 취한 인디언들이 비틀거리고 돌아다니며 백인 여자에게 치근대요. 뇌가 참새처럼 작은 자들이죠. 갤럽에서는 강간을 당하거나 강도를 당하거나 우울증을 얻게 돼요. 여기, 샌타페이, 타오스, 이런 데가 좋아요." 직원은 볼펜을 들고 두 곳에 동그라미를 진하게 그렸다. 그녀의 유니폼과 같은 초록색 전화가 따르릉 울렸다. 그녀는 수화기를 들고 밑도 끝도 없이 말했다.

"베스, 제발 그만 울어. 그 남자 다시 올 거야. 남자들은 다 언젠간 다시 오거든. 남의 떡이 더 커 보이는 법이야. 그러려니 하는 수밖에 없어." 녹음된 소리에 맞춰 입술만 달싹이듯 여자의 입에서 그런 말이 노래가사처럼 술술 흘러나왔다. 여자는 통화 중에 렌터카 계약서를 샤를로테 앞으로 밀어놓더니 맹수의 발톱처럼 휜 자신의 보랏빛 손톱 옆에 서명을 하도록 하고 마침내 차 열쇠를 내주었다.

"좋은 남자 만나기가 어디 쉬운 일이니?" 여자는 전화에 대고 말하며 샤를로테를 바라보았다. 샤를로테는 슬랩스틱코미디에서 누가 예기치 않게 케이크나 물줄기에 맞듯 그 말에 맞았다. 그녀는 뒤로 비틀거리다가 걸음이 꼬여 넘어질 뻔했다. 다시 몸을 가누고 똑바로 섰을 때, 직원이 작별 인사로 손을 흔들더니 송화구를 손으로 막고 소리쳤다. "갤럽은 멀리 돌아서 가세요. 아시겠죠?" 렌터카는 '카발리에'라는 모델명의 부티나 보이는 구형 쉐보레였다. 노란색 번호판에는 '뉴멕시코—마법의 땅'이라고 쓰여 있었다. 카발리에와 마법, 이 두 낱말이 샤를로테는 좋은 징조 같았다. 그녀는 이 차의 따스하고 포근한 정적 속에 들어앉아 상단이 파란 앞유리 너머 주차장 위로 비행기들이 육중하게 느릿느릿 날아가는 모습을 지켜보았다. "좋은 남자 만나기가 어디 쉬운 일이니?" 렌터카 회사 직원의 그 말이 신발 뒤축에 들러붙은 껌처럼 떨어지지 않았다. 그녀는 로베르트를 잠시 생각했다. 지난여름 그와 결혼하고 싶었던 것 같기도 하고 아닌 것 같기도 하고, 지금으로선 기억이 잘 나지 않는다. 이곳의 해는 아주 밝았다. 다른 곳보다 더 밝았다. 덕분에 그늘은 더 짙고 색깔은 파스텔톤처럼 더 옅은 인상이었다. 샤를로테는 조수석에 지도를 펼쳤다. 렌터카 회사 직원의 보랏빛 손톱이 북동부의 샌타페이와 타오스를 명령조로 가리키던 모습이 눈에 선했다. 갤럽은 정확히 그 반대편이었다. 샤를로테는 인디언 보호구역을 당당히 가로질러 갈 생각이었다. 마을도 도로도 없이 온통 고운 모래로 뒤덮인 하얀 무인 지대가 있고, 그녀의 희망사항대로라면 끝없는 초원과 인디언이 있는 곳. 그녀는 자기 차도 차에 탄 자신도 하늘에서 내려다보면 커다란 모래상자 안의 장난감 자동차처럼 아주 작을 거라고 상상했다. 그녀는 눈을 감았다. 멀리서 비행기들이 일요일 오후 부지런히 땅 위를 구르는 잔디깎이처럼 굉음을 냈다. 그녀는 로베르트와 영화관에 있는 꿈을 꾸었다. 그녀는 스크린에서 두 귀 사이에 손을 얹으면 협곡과 낭떠러지를 날아서 건너는 비네토우의 말, 일치를 알아보았다. 스크린에는 비네토우도 있었다. 그는 관객을 등지고 있었지만 샤를로테는 단박에 알아보았다. 그녀가 로베르트에게 속삭였다. 저기저 사람이 비네토우야. 난 뒷모습만 봐도 알아. 그 순간 그녀는 무릎 위에 리모컨이 있는 것을 알아차렸다. 그녀가 리모컨을 집어들자 화면이 갑자기 바뀌어 다른 영화가 나왔다. 관객들은 화가 나 고함을 질렀다. 샤를로테는 비네토우 영화를 다시 나오게 하려고 리모컨 버튼을 이것저것 눌러보았으나 소용없었다. 뒤에서 사람들이 휘파람을 불고 고함을 지르고 욕을 해댔다. 그녀는 땀이 흥건하게 밴 손으로 리모컨을 눌러 이 영화에서 저 영화로 돌렸지만 비네토우는 다시 찾을 수 없었다. 옆에서 비난 섞인 로베르트의 시선이 느껴지고 그녀의 말을 더는 듣고 싶지 않다는 듯 그가 조금 떨어져 앉는 기척이 느껴졌다. 옆에서 그의 바짓가랑이가 움찔거리는가 싶더니 그는 일어나 가버렸다. 샤를로테는 그의 재킷을 꼭 쥐고 내 곁에 있어줘, 부탁이야, 곁에 있어줘, 애원했지만 그는 파리라도 쫓듯 말없이 그 손길을 떨쳐냈다. 이때 그녀의 옷소매가 무릎 위 리모컨을 스치면서 화면이 또다시 바뀌었고—비네토우가 말을 타고 그녀에게 달려오면서 손을 번쩍 들었다. 관객들은 순식간에 조용해져 도로 자리에 앉았다. 샤를로테는 산처럼 넓고 검은 로베르트의 등이 출입구를 향해 움직이는 모습을 보았다. 이제 그는 걸음을 멈추고 천천히 돌아서서 스크린을 보더니 비네토우에게 시선을 붙박은 채 그녀의 옆자리로 돌아와 털썩 몸을 부렸다. 샤를로테는 비네토우에게 감사했다.

샤를로테는 꿈에서 깨어났다. 몸이 끈적거리고 부어오른 느낌이었다. 창문을 열었다. 공기가 페퍼민트처럼 상쾌했다.

샤를로테는 85번 고속도로를 타고 동쪽으로 달렸다. 화물차들이 천둥처럼 요란한 소리를 내며 지나갔다. 나는 홀로 미국 땅을 달리고 있어. 샤를로테는 자랑스러웠다. 자유롭고 들뜬 느낌이었다. "평생 단 한 번이라도 온전히 혼자이고 싶어." 언젠가 로베르트에게 했던 말이다. 그녀는 버나릴로에서 고속도로를 빠져나와 44라고 적힌 작은 도로로 접어들었다. 지도상으로는 인디언 보호구역으로 들어가는 모랫길이 나기치라는 마을 인근에서 시작되었다. 하지만 그런 마을은 없었다. 문 닫힌 '교역소'와 주인 없는 주유소뿐이었고, 거기서부터 남쪽으로 비포장도로가 이어졌다. 그 길로 몇 킬로미터 들어가서부터는 주위가 온통 텅 빈 땅이었다. 전봇대도 없고, 울타리도 도로 표지판도, 아무것도 없었다. 사람의 흔적이라고는 그녀 앞 모랫길에 찍힌 자동차 바퀴 자국뿐이었다. 그녀는 계속 차를 몰아 칙칙한 녹색 덤불이 무성한 붉고 울퉁불퉁한 땅을 직선으로 통과하고 황갈색 절벽과 협곡을 지났다. 연파란색 하늘이 둥근 지붕처럼 협곡 위를 덮고 있었다. 모든 색이 우유에 적신 것처럼 더없이 부드러웠다. 적막과 고요가 그녀를 마비시켰다. 잠시 후에는 모든 물질이 색으로 녹아내린 듯했고, 마치 색깔 있는 공기 속을 달리는 기분이 들었다. 그녀는 소변을 보려고 차를 세웠다. 차에서 내리자 안전한 고치 속을 떠난 것처럼 덜컥 겁이 났다. 자기가 멀리 어딜 가더

126

라도 늘 사람이 살고 있다는 표시를 버릇처럼 찾는다는 사실을 깨달았다. 농가, 작은 도로, 전봇대, 건초더미─뭐든. 이곳에는 아무것도 없었다. 아무것도.

그녀는 차 뒤에 쪼그리고 앉아 두 발 사이에서 시작된 실개천이 붉고 푸석푸석한 모래 사이로 길을 내는 모습을 지켜보았다. 말라붙은 강바닥과 그녀가 지나온 협곡의 형성과정이 눈앞에서 소규모로 재연되고 있었다. 물은 없지만 물속 같은 풍경. 무정하고 인간에게 적대적인 풍경.

그녀는 도망치듯 차로 돌아가 라디오를 켰다. 한 남자가 일본어와 중국어, 아랍어가 뒤섞인 것처럼 이상한 언어로 말하고 있었다. 간혹 알아들을 수 있는 영어 단어가 나오기도 했다. 그 단어들은 이상하고 단조로운 흥얼거림 사이사이에서 돌기둥처럼 불쑥 튀어나왔다. 말하자면 이런 식이었다.

"하나호아 스페셜 오퍼 와에나바호아와제호아 캐시백 헤노하와파 쉐비 딜러 웨차호아베나바호아호하 맥도날드 하노 사진헤 치킨 맥너겟 아나웨자 더블와퍼 하에마나."

어느 순간 '나바호'라는 말이 귀에 쏙 들어와, 샤를로테는 그것이 나바호 인디언 말로 방송하는 광고라는 걸 알게 되었다. 남자는 쉼표도 마침표도 없이 광고문을 읽었고, 주문을 외듯 강세도 없었다. 멀리 평원에 이상한 형태의 산이 나타났다. 꼭대기가 커다란 칼로 베어낸 듯 탁자처럼 평평했다. 산이라기에는 너무 놀랍고 범상치 않은 모습이라 의미심장하게 다가왔다. 마법의 산 같다고나 할까. 그 산은 부러진 보르켄 초콜릿*처럼 보이는 기괴한 형태의 주황색 바위들로 둘러싸여 있었다. 그 바위들을 빙 돌아 이어진 커브길에서 뜬금없이, 아무 예고도 없이 눈앞에 아름답고 푸른 골짜기가 나타났다. 위험한 야외에 있다가 아늑한 방으로 들어온 기분이었다. 사람은 그림자도 보이지 않았다. 샤를로테는 차를 세우고 내려서 바위에 앉았다. 그곳은 바람이 들지 않아 따뜻했다. 폐허 근처에 나무 몇 그루와 덤불이 자라고, 풀밭에는 데이지가 피어 있었다. 샤를로테는 재킷을 벗고 눈을 감았다. 파리 한 마리가 윙윙거렸다. 문을 열어놓은 차에서 나바호족의 목소리가 흘러나왔다. 호아헤나즈네하이오아 레이디에이션 데미지 아헤주누 호스피틀 셰하네 하네호아 프리 체크업 호아헤네주페 레이디에이션 헤호아나제……

  샤를로테가 반복적으로 나오는 단어들을 의미가 통하는 문맥으로 연결하기까지는 한참이 걸렸다. 어느 병원에서 나바호족에게 무료로 방사능 검사를 해준다는 얘기 같았다. 라디오의 남자

---

  * 참숯 모양으로 거칠고 구멍이 숭숭 뚫린 초콜릿.

는 방금 전 광고처럼 아무 감정 표현 없이 단조롭게 뉴스를 이어 갔다. 샤를로테는 방송을 듣다가 화들짝 놀랐다. 별안간 뇌가 고 장을 일으킨 것 같았다. 눈앞의 골짜기에 인디언들의 이미지가 넘쳐났다. 핏물이 강을 이뤄 노란 바위 위로 흐르고, 푸른 풀밭 은 죽은 인디언, 학살당한 여자와 아이, 비틀거리는 말로 뒤덮였 다. 죽음의 비명과 신음, 울음소리가 들렸다. 그녀는 벌떡 일어 나 차로 달려갔다. 끔찍이도 무덤덤한 나바호족 남자가 입을 다 물게 하기 위해 라디오로 손을 뻗었다가 불현듯 그것도 살인과 다름없다는 생각이 들어 거둬들였다. 그녀는 어깨를 축 늘어뜨 린 채 그 자리에 서서 방사능에 오염되었을지도 모르는 붉은 땅 을 응시했다. 속수무책으로 버림받은 느낌이었다. 눈물이 청바 지로 똑똑 떨어져 짙푸른 점들을 만들었다. 그녀는 피가 나는 가 슴에 붙일 만큼 커다란 반창고가 그립듯 로베르트가 그리웠다. 라디오의 남자가 조용해졌다. 잠깐의 공백 뒤 다른 남자가 좀더 늙고 쉰 소리로 노래를 부르기 시작했다. 아주 느리고 어둡게. 몇 개의 음만으로 같은 리듬을 반복하는 우울한 멜로디였다. 나 지막하던 남자의 노랫소리가 점점 커졌다. 샤를로테는 바위 사 이의 좁은 틈으로 푸른 골짜기를 빠져나와 누런 평원으로 돌아 갔다. 호아호아호아헤, 늙은 남자는 노래했다. 조금 지나자 저 멀리 커다란 흰색 짐승 같은 캠핑카들이 나타났다. 네모 대형으로 정렬한 캠핑카들 한가운데 장작이 티피[*] 형태로 쌓여 있었다. 연한 갈색 털의 작은 개들이 뛰어다니고, 메마른 풀밭에 가축이 서 있었다. 샤를로테는 몇 시간 만에 처음으로 자동차와 마주쳤다. 운전석에 길고 윤기 나는 검은 머리의 까무잡잡한 남자가 앉아 있었다. 그는 지나가면서 샤를로테를 흘깃 보았다. 그의 눈길은 화살처럼 날카롭고 빨랐다. 남자의 눈이 그녀의 기억에 각인되었다. 인디언을 본 것은 이번이 처음이었다. 모랫길은 371번 고속도로에서 끝났다. 그녀는 인디언 보호구역을 나와 남쪽으로 들어섰다. 잠시 뒤 라디오의 늙은 남자가 잠잠해졌다. 방송이 지직거리기 시작했다. 샤를로테는 채널을 이리저리 돌렸으나 나바호 방송은 사라져 다시 찾을 수 없었다. 크라운포인트 못미처에서 그녀는 토템폴을 연상시키는 콘크리트 기둥이 정면에 버티고 선 대형 슈퍼마켓 앞에 차를 세웠다.

샤를로테는 슈퍼마켓 안으로 들어갔다. 우주선 같은 느낌이었다. 바깥은 밝고 뜨겁고 바람이 불고 탁 트였는데, 안으로 들어서니 갑자기 서늘하고 어둡고 답답했다. 인디언 가족들이 냉엄한 표정으로 물건이 잔뜩 실린 쇼핑 카트를 진열대 사이 통로

---

* 인디언의 원뿔형 천막.

로 밀고 다녔다. 계산원들만 백인이었다. 이곳 계산기는 말을 할 줄 알았다. 감-자-칩, 구-십-구, 콜-라, 오-십-사. 컴퓨터 음성이 말했다. 샤를로테는 당황스러웠다. 알록달록한 치마에 묵직한 은 장신구를 걸친, 나이 지긋한 나바호 여자 둘이 무덤덤한 표정으로 그녀 옆에 서 있었다. 그녀는 두 여자에게 미소지어 보였다. 그들은 미소로 화답하지 않았다.

"이런 건 처음 봐요." 샤를로테가 말했다. 둘 중 한 여자가 어깨를 으쓱했다.

저무는 해가 시시각각 새로운 색으로 부드러운 시폰 숄 같은 얇은 막을 하늘에 드리웠다. 샤를로테가 갤럽에 이르렀을 때 지평선은 연둣빛 띠를 이루고 있었고, 그 띠는 위로 갈수록 제 빛을 잃고 은은한 하늘색 속으로 녹아들었다. 지평선 앞에 네온광고판이 크리스마스트리처럼 깜빡거렸다. 샤를로테는 시내를 찾아 수많은 모텔을 지나쳤다. 근처에는 없는 모양이었다. 차를 돌려 철도를 따라 온 길을 되짚어 달렸다. 표지판 하나가 나왔다. 66번 미국 고속도로. 모텔들의 지붕은 빨강, 파랑, 혹은 초록의 네온파이프로 테를 둘러, 네온이 깜빡일 때마다 텅 빈 주차장에 불안하고 신경질적인 분위기가 감돌았다. 샤를로테는 핑크빛 네온을 밝힌 앰배서더 모텔에 19달러 95센트를 내고 하룻밤 묵기로

했다. 66번 고속도로변에 있는 그곳은 마치 커다란 장밋빛 사탕처럼 보였다. 조금 있으니 작은 체구의 노인이 뒤에 있는 내실에서 사무실로 발을 질질 끌며 나왔다. 노인은 그녀의 유로카드와 전표용지를 카드 단말기에 끼워넣었다.

"유럽 어디서 왔어요?" 노인이 물었다.

"독일요." 샤를로테가 대답했다. 노인은 자기를 가리키며 "아브루초" 하고 말했다. 노인은 육십팔 년 전 이탈리아 아브루초주의 작은 마을에서 갤럽으로 왔다고 했다.

"왜 하필 갤럽으로 오셨어요?" 샤를로테가 물었다. 노인은 잠시 사무실의 커다란 창문 너머 장밋빛 주차장을 멍하니 내다보다가 말했다. "아마 사 년 뒤 여기서 내 아내를 만나려고 그랬겠지."

"부인은 어디 출신이신데요?" 샤를로테가 물었다.

"아브루초."

문 뒤로는 붉은 모래사막이었다. 모래가 멀리 방안까지 날렸다. 장밋빛 네온사인이 걸쭉한 푸딩 소스처럼 흘러들었다. 샤를로테는 회색 비닐커튼을 작은 틈만 남겨두고 닫았다. 침대에 깔린 구멍난 덮개를 젖히고 텔레비전을 켰다. 공기가 차가웠다. 그녀는 욕실 샤워기에 뜨거운 물을 틀어놓고 침대에 앉았다. 수증기가 커다란 애벌레처럼 느릿느릿 방으로 스며들었다. 갈증이 났다.

샤를로테는 66번 고속도로를 따라 시내 쪽으로 걸었다. 길에 사람은 없었다. 샌타페이 철도라고 쓰인 열차가 천둥소리를 내며 지나갔다. 샤를로테는 모텔들의 반짝거리는 네온광고판을 뒤로 한 채 어둡고 인적 없는 중앙로로 접어들었다. 이쯤에서 돌아가야 할지 고민스러웠다. 그녀는 불 밝힌 세탁소 앞을 지나가면서 수족관인 양 유리창 안을 들여다보았다. 나바호 여자들이 세탁기와 건조기에 빨랫감을 산더미처럼 채워넣고 있었다. 남자들은 구석에 앉아 맥주를 마시고, 아이들은 비디오 게임기 주위에 진을 치고 있었다. 작고 통통한 여자아이가 커다란 총을 들고 게임기 앞에 서서 화면 위의 무언가를 신중하게 조준해 쏘았다. 주변을 에워싼 다른 아이들은 명중할 때마다 손뼉을 쳤다. 통통한 여자아이는 박수에 신경쓰지 않았다. 무심하게 조준하고 쏘기만 되풀이했다. 아이는 기껏해야 여덟아홉 살이었지만 세탁기 앞에 있는 여자들과 똑같아 보였다. 볼품없이 둥글넓적하고 무표정한 얼굴에 무거워 보이는 짙은 색 안경을 쓴 모습. 세탁소 옆 술집 앞에서 술 취한 인디언 둘이 어슬렁거리고 있었다. 유리 같은 눈의 젊은 남자가 샤를로테에게 다가와 손을 내밀고, 다른 남자는 그녀의 어깨를 살짝 스쳐 비틀비틀 차로 향했다. 신발도 신지 않은 두 남자는 건물 외벽에 기대섰다. 그들이 딛고 있는 자갈밭은 사금파리투성이였다. 샤를로테는 두 사람에게 1달러씩 주었다. 머리에 먼지를 뒤집어쓰고 이마에는 긁힌 상처가 난 채로 땅바닥에 앉아 있는 여자에게도 1달러를 주고 서둘러 가게로 들어갔다.

샤를로테는 호두 조금과 콜라를 샀다. 계산대에는 육십대로 보이는 뚱뚱한 남자가 서 있었다. 피부가 그의 위에서 깜빡이는 네온사인처럼 하얬다.

"차는 어디 있어요?" 남자가 물었다.

"모텔에요." 샤를로테는 대답하고 콜라캔을 땄다.

"어느 모텔?"

"앰배서더요." 뚱뚱한 남자가 고개를 끄덕였다.

"여기서는 혼자 돌아다니면 안 돼요." 그가 말하고 바깥의 술취한 인디언 남자들을 가리켰다.

"아, 저들은 저에게 아무 짓도 안 했어요." 샤를로테가 말했다. 남자는 눈썹을 치켜세웠다. "아, 네. 그런데 어디서 오셨죠?" 그가 물었다. 샤를로테에게 줄 거스름돈을 손에 쥔 채였다.

"독일요." 샤를로테는 퉁명스레 대답하고 거스름돈을 받으려고 손을 내밀었다. 그는 거스름돈을 여전히 쥐고만 있었다.

"아저씨는요?" 샤를로테는 무슨 말이라도 해야 할 것 같아 물었다. "아저씨는 어디서 오셨어요?"

"아브루초." 뚱뚱한 남자는 그렇게 말하고 나서야 거스름돈을 내주었다.

샤를로테는 가게를 나오자마자 다시 구걸하는 인디언들에게 둘러싸였다.

"방금 돈 줬잖아요." 샤를로테는 어쩔 줄 몰라하며 웅얼거렸다. 인디언들은 개의치 않고 말없이 손을 내밀었다. 그녀는 가게에서 받은 거스름돈을 인디언들에게 주었다. 그리고 상처 난 얼굴로 땅바닥에 앉아 있는 여자에게 몸을 숙여 25센트짜리 동전을 쥐어주었다. 여자는 샤를로테가 짐작했던 것보다 훨씬 어렸다. 이십대 중반쯤 되었을까? 눈이 아름답고 피부는 어린아이처럼 아주 매끄러웠다. 티셔츠와 청바지는 때에 절어 꾸덕꾸덕했다. 샤를로테가 일어서자 여자가 침을 뱉었다. 침은 샤를로테의 운동화에 떨어졌다. 샤를로테는 깜짝 놀라 자리를 피했다. 가게 안에서 유리창 너머로 지켜보고 있는 뚱뚱한 백인 남자의 모습이 눈에 들어왔다. 샤를로테는 오로지 그에게 굴복하지 않기 위해 방향을 돌리지 않고 계속해서 어둡고 음산한 거리를 따라 바삐 걸음을 옮겼다.

비틀거리는 형상들이 그녀 앞쪽에서 건물 외벽을 따라 움직였다. 이따금 그 그림자들이 갈라져나와 그녀에게 다가와서 손을 뻗었다. 모두 인디언이었다. 샤를로테는 더 빠르게 걷다가 뛰기 시작했다. 컴컴한 상점 두 개를 지나고, 문 닫힌 멕시칸 카페와 파산한 영화관 앞을 지났다. 영화관 옆에 은색 모자이크 돌로 장식한 출입문이 있고 그 위에 '아메리칸 바'라는 광고판이 빛나고 있었다.

　샤를로테는 숨을 헐떡이며 넓고 휑한 공간으로 들어섰다. 안쪽에서 두 남자가 당구를 치고, 한 테이블에는 빨간 바둑판무늬 셔츠를 입은 인디언 노인이 미동도 없이 앉아 있었다. 카운터 뒤에는 땅딸막한 멕시코 여자가 서 있었다. 샤를로테는 바bar로 다가가 그 여자 가까이에 앉았다. 의자 두 개 건너에 머리가 검고 긴 나바호 청년이 앉아 있었다. 그 청년이 그녀 쪽을 돌아보았다. 샤를로테는 버번위스키 포 로지즈를 주문해 단숨에 마셨다. 나바호 청년이 인정한다는 듯이 그녀를 바라보았다.

　"여자분치고는 나쁘지 않군요." 나바호 청년이 말했다.

　"고마워요." 샤를로테가 말하고 한 잔 더 주문했다. 땅딸막한 멕시코 여자가 키득거렸다.

　"독일에서 오셨죠?" 나바호 청년이 묻고는 대답도 기다리지 않고 눈을 가늘게 뜨더니 말들이 혀에서 터져버릴까봐 걱정인 사람처럼 느릿느릿 조심스럽게 말했다. "한지, 안젤리카, 아힘,

뮐러, 가비……" 나바호 청년은 도로 눈을 크게 뜨고 샤를로테에게 싱긋 웃어 보였다.

"이런 이름의 사람들이 매년 8월이면 대규모 부족 행사에 옵니다. 독일 사람이 아주 많이 와요, 여기로…… 이유는 모르겠어요. 아무튼 온통 독일 사람 천지죠. 8월은 늘 그래요. 하지만 지금은 술 취한 인디언들 말고 볼 게 없습니다."

"갤럽이라는 이름이 아름다워서 그럴 거예요." 샤를로테는 말했다.

"갤럽이라는 이름이 아름답다……" 나바호 청년이 되풀이하면서 이해할 수 없다는 눈길로 그녀를 바라보았다. 그녀는 별안간 몹시 흥분했다. 내가 진짜 인디언이랑 대화를 하다니! 샤를로테는 나바호 청년에게 맥주를 샀다. 청년의 이름은 존이었다.

"결혼은 하셨습니까?" 존이 물었다.

"예." 샤를로테가 말했다. "남편은 모텔에 있어요."

포 로지즈를 네 잔째 마시고 나서 샤를로테는 아파치족 대추장 비네토우 이야기를 꺼냈다.

"어느 잡지에 비네토우의 실물 크기 종이 모형이 들어 있었어요." 샤를로테가 존에게 말했다. "매주 비네토우의 신체 일부가 한 조각씩 잡지에 붙어 나오는 식이었죠. 잡지 살 돈이 없었던 나는 이 친구 저 친구에게서 비네토우 모형을 얻었어요. 그렇게 하다보니 내 방 벽에 실물 크기의 비네토우를 걸게 되었고요. 오른발만 없었는데 그 잡지는 구할 수가 없었어요. 어떻게 해도 안 됐어요. 비네토우의 다른 부분은 두 개씩 있었지만 오른발은 끝내 못 구했죠."

"그것 말고 다른 건 전부 있었다고요?" 존이 빙그레 웃으며 물었다. 샤를로테는 손짓을 섞어가며 말했다. "제가 아주 작고 순진한 아이일 때 일이었어요. 매일 저녁 잠자리에 들기 전 비네토우에게 입을 맞추려고 스툴에 올라갔죠. 언젠가 그와 결혼해서 둘이 함께 말을 타고 초원을 달리는 게 꿈이었어요."

"비네토우라니." 존은 그렇게 말하고 고개를 절레절레 저었다. "비네토우라는 이름 들어봤어요?" 그가 카운터 뒤의 땅딸막한 멕시코 여자에게 물었다. 여자는 무슨 말인지 모르겠다는 표정으로 웃었다. 샤를로테는 바 의자에서 내려와 화장실이 어디냐고 물었다. 땅딸막한 여자는 말없이 뒤쪽을 가리켰다. 샤를로테는 약간 위태로운 걸음으로 술집 안을 가로질렀다. 여전히 미동도 없이 테이블에 앉아 있는 인디언 노인 옆을 지나다가 그게 인형이라는 사실을 알아차리고 손가락으로 쿡 찔러보았다. 당구를 치던 두 남자가 게임을 멈추고 그녀를 지켜보았다. 그녀는 화장실 세면대 위 작고 얼룩진 거울에 비친, 술 때문에 일그러진

제 얼굴을 들여다보았다.

바로 돌아와보니 분위기가 달라져 있었다. 존 혼자 고개를 숙이고 앉아 더는 샤를로테에게 눈길을 주지 않았다.

"맥주 한 캔 더 마셔도 될까요?" 샤를로테가 땅딸막한 여자에게 물었다. 여자는 고개를 저었다.

"자정이 지났어요." 여자는 딱 잘라 말했다. "일요일이라고요."

"아유, 그러지 말고 저랑 존에게 하나씩만 더 주세요." 샤를로테가 말했다. 땅딸막한 여자는 적의에 찬 눈초리로 그녀를 바라보았다. 마침내 여자가 냉장고에서 맥주 두 캔을 꺼내 바에 올려놓았다.

"어, 나한테는 안 주려고 하더니?" 존이 땅딸막한 여자에게 말하고 샤를로테 쪽으로 고개를 돌렸다.

"일요일에는 온 도시에 술이 한 방울도 없어요. 바보 같은 인디언들이 죄다 술에 절어 죽기까지 시간이 좀더 걸리도록 일요일엔 안 파나봐요." 존은 맥주캔을 들어 샤를로테와 건배하려고 했다. 샤를로테는 정신을 집중해서 생각했다. 뭔가 다정하고 위안이 되고 희망을 주는 말을 하고 싶고, 인디언들에게 일어나는 일에 무관심하거나 냉담하지 않다는 것을 보여주고 싶고, 멋있는 사람으로 보이고 싶어서 열이 날 지경으로 집중했다.

"당신들이 겪은 일, 그리고 계속 겪고 있는 일들이 정말 가슴 아파요." 마침내 샤를로테가 말했다. 존은 그녀를 한참 바라보았다. 샤를로테는 당황스러워 양손으로 카운터를 쓸었다.

"친절하시네요. 샤를로테, 정말 친절하세요." 존이 마침내 말하고 싱긋 웃었다.

"하지만 당신이랑은 상관없는 일입니다." 존이 말을 잇더니 바 의자에서 일어섰다. 샤를로테가 생각했던 것보다 키가 작고 배도 좀 나왔다. 엄청나게 큰 은제 버클이 달린 허리띠 위로 뱃살이 늘어졌다. 존은 카우보이모자를 집어 손끝에 올려놓고 균형을 잡았다. "당신이랑은 상관없는 일이에요." 존은 다시 한번 말했다. 여전히 웃는 얼굴이었다. "입장이 다르면 모르는 법입니다. 당신네 조상들이 미국으로 건너와 인디언 몇을 죽일 수도 있었어요. 하지만 그러지 않았어요. 독일에 남아 아이를 낳았죠. 아이를 낳았고, 유대인 몇을 죽였어요······" 샤를로테는 마음이 상해 씩씩거렸다. 이 주정뱅이 인디언, 네가 뭘 알아? 그녀는 생각했다. "네, 맞는 말일지도 몰라요. 그 사람들이 우리 부모님은 아니었지만······" 그녀가 고개를 끄덕이며 말했다. "아까 그 아파치족 이름이 뭐라고요?" 존이 샤를로테의 말꼬리를 잘랐다.

"비네토우." 샤를로테가 말했다.

"아, 그래요, 비네토우." 존은 웃으며 길고 윤기 나는 검은 머리를 쓸어넘기고 모자를 쓰더니 고개를 까딱해 보이곤 가려고 돌아섰다. 엉덩이가 투실투실하네. 샤를로테는 생각했다.

그녀가 모텔로 돌아갈 때 주류 판매점 문은 닫혀 있었다. 인디언들은 취해서 자동차 밑에 누워 자고 있었다. 이제 찬바람이 불었다. 공기에서 눈냄새가 났다. 샤를로테는 앰배서더 모텔의 장밋빛 주차장을 가로질렀다. 주차장에는 그녀의 차 말고도 세 대가 더 있었다. 방문을 여는데 등뒤에 뭔가 있다는 느낌이 들었다. 돌아보니 주류 판매점 앞에 있던, 얼굴에 상처가 있는 인디언 여자가 서 있었다. 그녀에게 침을 뱉었던 인디언 여자.

"이봐요, 자매님." 여자가 비틀거리며 다가섰다. 여자는 샤를로테의 얼굴에 술냄새 나는 입김을 훅 뿜었다.

"침대." 여자가 우물우물 말했다. "추워요. 침대." 샤를로테는 고개를 저었다. "안 돼요." 샤를로테가 말했다. "안 돼."

"돼요." 인디언 여자가 말했다. "돼." 그러더니 또다시 말했다. "이봐요, 자매님."

얼마 후 인디언 여자는 샤를로테의 침대에 눕고 샤를로테는 불편한 플라스틱 의자에 웅크리고 앉았다. '자매'라는 말에 걸려들다니 샤를로테는 화가 났다. 치사한 술수야. 물론 나 같은 사람한테는 즉각 먹히지. 그녀는 생각했다. 인디언 여자는 그녀의 침대에서 코를 골았다. 여자의 옷에 밴 땀냄새와 오물냄새가 코를 찔렀다. 샤를로테는 창문을 조금 열었다. 장밋빛 네온사인이 방으로 흘러들어와 자고 있는 인디언 여자 위로 쏟아졌다. 마치 형광색 비닐이불 같았다. 샤를로테는 텔레비전 소리에 잠이 깼다. 인디언 여자가 침대에 책상다리를 하고 앉아 텔레비전을 보고 있었다. 샤를로테는 손목시계를 보았다. 네시가 조금 지난 시각이었다. 텔레비전에서는 홈쇼핑 방송이 나오고 있었다. 체리색 립스틱을 바른 금발 여자가 알랑거리는 목소리로 미사여구를 늘어놓으며 도자기 장식품과 장신구, 식탁보, 그릴 도구를 입에 침이 마르도록 칭찬하고 선전했다. 인디언 여자는 무표정한 얼굴로 화면을 뚫어져라 바라보았다.

"잘 잤어요?" 샤를로테가 인사를 건넸다. 인디언 여자는 화면에서 눈길을 떼지 않은 채 손을 들어 보였다. 샤를로테는 인디언 여자 옆 침대 모서리에 걸터앉았다.

텔레비전의 금발 여자는 유리로 된 미니어처 말 두 개를 단돈 9달러에 판다고 했다.

"예쁘다." 인디언 여자가 말했다. 캔자스시티에서 한 여자가 방송국으로 전화를 걸었다. 그녀는 유리 말 두 개를 주문한 다음 매일 밤 이 홈쇼핑을 보고 예쁜 물건을 많이 샀다고 했다. 인디언 여자는 주머니에서 껌을 꺼내 껍질을 벗기고 이로 깨물어 두 쪽으로 나누더니 한쪽을 샤를로테에게 주었다. 껌에는 작은 빵부스러기 같은 것이 덕지덕지 들러붙어 있었다. 샤를로테는 고맙다고 말하고 껌을 입에 넣는 척하면서 손에 꼭 쥐었다가 침대 밑으로 슬쩍 떨어뜨렸다. 그녀는 맨입으로 몇 번 씹는 시늉을 하면서 인디언 여자에게 웃어 보였다. 그리고 그녀에게 이름을 물었다. 인디언 여자는 세 번 만에 질문을 알아듣고 대답했다.

"샤론."

"샤론." 샤를로테가 따라 했다.

"아니, 샤론." 샤론이 말했다. 샤를로테는 그 이름을 몇 번이나 따라 했지만 샤론은 번번이 발음이 성에 차지 않는 모양이었다.

"샤론이 아니라, 샤론." 샤론은 그렇게 되풀이하다가 그만두었다. 어디 사느냐, 가족은 있느냐고 샤를로테가 물어도 킥킥거릴 뿐 대답하지 않았다. 샤론은 텔레비전에서 실물 크기의 달마티안 도기가 소개되자 또다시 "예쁘다"고 말했다. 잠시 뒤 샤론은 벌렁 드러누워 베개를 베고 다시 잠들었다.

샤를로테는 마음 같아선 로베르트에게 전화해 샤론에 대해 얘기하고 싶었다. 그는 왜 냄새나는 인디언 여자에게 침대를 내주고 의자에서 불편한 밤을 보냈느냐고 물을 것이다. 샤를로테는 조용히 방을 나와 장밋빛 주차장으로 가서, 차에 올라 라디오를 틀었다. 태미 와이넷이 〈Stand by your man〉을 부르고 있었다.

샤를로테가 깨어보니 주차장은 이제 장밋빛이 아니라 환한 햇빛 아래 밝은 노란색을 띠고 있었다. 그녀의 방인 59호실 문이 열려 있었다. 샤론은 사라지고 없었다. 침대시트의 우묵하게 눌린 자국과 공기 중에 감도는 희미한 땀냄새만이 그녀의 존재를 환기시켰다. 샤를로테는 로베르트에게 전화를 걸었다. 귀에 익은 독일 연방 체신청의 뚜뚜 소리가 들렸으나 로베르트는 전화를 받지 않았다. 아니면 집에 없거나. 샤를로테는 움푹 들어가 샤론의 흔적이 남은 침대에 누워 자기 앞에 놓인 삶을 생각해보려 했지만 물속의 물고기를 잡으려고 할 때처럼 생각은 자꾸만 그녀에게서 벗어났다. 그녀가 할 수 있는 선택은 둘 중 하나였다. 울거나 아침을 먹으러 가거나.

샤를로테는 또다시 66번 고속도로를 따라 터벅터벅 걸었다. 인디언들은 사라지고 없었다. 자갈이 깔린 보행자도로에는 빈 병과 유릿조각이 지천으로 널려 있었다. 고속도로변 골함석으로 지은 작은 가게 플라자 카페의 작은 바 의자에 덩치 큰 백인 남자들이 앉아 있었다. 엉덩이가 좌석 밖으로 비어져나오고 청바지 뒤춤은 한껏 흘러내려와 있었다. 카우보이부츠와 카우보이모자를 착용하고 허리춤에는 두툼한 열쇠꾸러미를 매달고 있었다. 화장이 짙은 멕시코계 여자 종업원이 자동차 바퀴만한 팬케이크 접시를 샤를로테의 테이블에 탁 소리나게 내려놓고 맛있게 먹으라고 했다. 팬케이크는 부드럽고 달콤했으며 스펀지 같은 느낌이었다. 샤를로테는 팬케이크 세 쪽을 다 먹었다. 먹는 것 말고 뭘 해야 할지 알 수 없었다.

그후 샤를로테는 철도를 따라 계속 걸으며 지나가는 열차의 차량 수를 세었다. 걷고 있는 사람은 그녀뿐이었다. 지나가는 자동차 안의 남자들이 그녀 쪽으로 고개를 돌렸다. 그녀는 인디언식으로 꾸민 가게들 앞을 지났다. 전당포가 유난히 많았다. 몇몇 가게가 일요일인데도 문을 연 것을 확인하자 그녀는 독일 백화점이 여름 마감세일을 할 때처럼 구매 충동에 휩싸였다. 그녀는 숨을 멈추고 두근거리는 가슴으로 진열창을 하나하나 들여다보았다. 수백 개의 은팔찌와 목걸이, 뉴멕시코의 하늘색을 띤 굵은 터키석 반지가 보였다. 상당수의 장신구에 이런 꼬리표가 달려 있었다. Dead Pawn, 죽은 저당물, 주인이 찾아가지 않음. 게다가 하나같이 가격이 아주 괜찮았다! 샤를로테는 흥분해서 입이 마를 지경이었다. 전부, 전부 갖고 싶었다. 장신구, 호피족의 질그릇과 카치나 인형, 목각 신상, 나바호족의 결 고운 양탄자, 매끄럽게 다듬은 주니족의 작은 동물 석상, 구슬로 장식한 모카신,

뱀가죽 카우보이부츠, 두툼한 인디언 모포, 독수리 깃털. 무엇 하나 갖고 싶지 않은 것이 없어 꼭 집어 이것을 사겠다고 결정할 수 없었다. 지치고, 기분이 좋지 않고, 너무 많이 먹은 듯 속이 거북한 느낌마저 들었고, 급기야 어느 가게 한가운데 양탄자 무더기 위로 쓰러지고 말았다. 그녀는 조깅복 차림의 젊은 나바호 여자 둘이 알록달록한 치마에 스웨터를 겹쳐입은 꼬부랑 할머니와 함께 비닐봉지에서 터키석 장신구를 꺼내 가게 주인인 백인 남자에게 보여주는 모습을 지켜보았다. 그들은 남자와 흥정하지 않고 그냥 고개를 숙인 채 기다렸다. 주인은 뚱한 표정으로 돈과 전당표를 판매대에 올려놓더니 그들 앞으로 밀어주었다. 여자들은 돈을 세어보고 말없이 가게를 나섰다.

상점들 앞에 여자와 어린아이를 꽉꽉 태운 자동차 몇 대가 멈춰 섰다. 남자는 한 명도 보이지 않았다. 크기만 클 뿐 낡고 찌그러진 차에 세탁소의 뚱뚱한 여자아이가 무릎에 아기를 안은 채 타고 있었다. 엄마가 비닐봉지를 손에 들고 돌아왔다. 뚱뚱한 여자아이는 기대에 찬 눈길로 엄마를 바라보았다. 엄마는 고개를 가로저었다.

한낮의 뜨거운 태양 아래 샤를로테는 모텔로 돌아갔다. 중국 식당에서 완탕을 먹었다. 손님은 그녀뿐이었다. 중국인 여자 종업원은 창 너머 덜컹거리며 지나가는 열차를 물끄러미 바라보았다. 전화벨이 울렸다. 종업원은 느릿느릿 움직여 자리에 앉았다. 그러나 그녀가 미처 수화기를 들기 전에 전화벨이 멎었다.

앰배서더 모텔 주차장에는 샤를로테의 차 한 대만 남아 있었다. 지친 샤를로테는 카드뮴처럼 노란 태양과 터키석처럼 푸른 하늘을 피해 방문을 닫았다. 전나무 잎을 태운 듯한 냄새가 방안에 감돌아 크리스마스 분위기가 연상되었다. 샤를로테는 침대에 누워 숨소리에 귀기울였다. 문득 자신의 삶이 두려웠다.

나중에 샤를로테는 욕실에서 반짝이는 터키석이 박힌 가느다란 은팔찌를 발견했다. 팔찌는 바닥 한가운데 클리넥스 티슈 위에 놓여 있었다. 휴지 네 귀퉁이에는 재가 조금씩 쌓여 있었다. 샤를로테는 팔찌를 차보았다. 햇볕에 그을린 갈색 피부와 잘 어울려 예뻐 보였다. 그녀는 도로 문을 열고 주차장 한가운데로 달려가 팔찌 찬 팔을 햇빛 속에 들어올렸다. 은팔찌가 반짝거렸다.

"이봐요, 자매님." 샤를로테는 속삭였다.

15달러짜리 사진 찍기

　"샤론." 엄마는 내게 늘 말한다. "샤론, 남자들 손가락을 봐. 그들은 혼자 밖에 나와 있을 때면 결혼반지를 빼고 싶어해. 하지만 거기 약지에, 햇볕이 닿지 않아서 생긴 가느다란 흰색 띠, 그걸 보면 알 수 있지." 엄마는 내가 엄마 말을 이해 못할 만큼 아둔하다고 생각하는지 매번 통통한 손가락에서 얇은 결혼반지를 힘들여 빼고 부어오른 살에 생긴 하얀 자국을 보여준다. 아빠는 산타아나를 떠난 지 너무 오래되어, 갈수록 그저 꿈속의 존재 같다는 느낌이 든다. 눈을 아주 꼭 감으면 엄마 아빠가 구석 나무 탁자 앞에 함께 앉아 있는 모습이 보인다. 거기서 뭘 했는지는 떠오르지 않는다. 뭘 먹거나 마시는 모습은 보이지 않고 그냥 말 없이 앉아 있는 모습만 보인다. 엄마는 아빠가 텔레비전을 보고 싶어서 떠났다고 딱 잘라 말한다. 우리가 사는 산타아나 푸에블로에는 전기도 수도도 들어오지 않기 때문이다. 관광객들은 바로 그 이유 때문에 온다. 그들은 옛 모습 그대로의 진짜 인디언 마을을 보고 싶어한다. 엄마는 그걸 자랑스러워한다. 엄마 말로는 그것이 '진짜배기 삶'이다. 꼭 엄마처럼 따분하고 활기 없고 단조로울 뿐인데. 요즘은 엄마 모습이 너무 보기 흉해 나도 모르게 고개를 돌리게 된다. 아빠가 다른 어딘가에서 다른 평범한 미국인들처럼 맥주를 들고 텔레비전 앞에 앉아 있기 위해 산타아나를 떠날 때만 해도 엄마의 피부는 갈색 벨벳 같았고, 내 은신처가 되어주던 겨드랑이의 털은 어린 새싹처럼 보드라웠다. 엄마는 알록달록한 것을 좋아해서 오래된 우리 흙집 벽을 한 면 한 면 저마다 다른 색으로 칠했다. 오빠들과 내가 우주선 놀이를 할 때 쓰던 페달 달린 낡은 재봉틀로 색색의 옷을 만들어주기도 했다. 내가 좋아하는 옷은 상체에 장식 주름이 잡힌 루비색 벨벳 원피스였다. 엄마가 헝클어진 머리를 빗겨주고 그 빨간 원피스를 입혀 나를 문 밖으로 내보내던 기억이 난다. 지금은 관광버스 주차장 자리인 강가의 평평하게 다져진 너른 광장으로 내가 종종거리며 들어서기가 무섭게 주위에서 찰칵찰칵 소리가 났다. 목에 카메라를 주렁주렁 매단 관광객들은 내게 껌과 사탕을 주었다. 엄마가 뒤따라와 요금을 계산했다. 처음에는 사진 한

장 찍는 데 1달러였다가 나중에는 2달러, 3달러로 올랐다. 요즘은 우리 사진을 찍으려면 15달러를 내야 한다. 잠자리를 구하지 못해 그냥 자동차 밑에서 자기에는 너무 추운 요즘 같은 밤이면 나는 종종 그 사진들을 생각한다. 이 엿같은 세상에서 기분전환을 할 거리가 와인 말고 없을 때는 빨간 치마를 입은 작고 귀여운 인디언 소녀의 모습으로 수많은 사진첩에 붙어 있는 나를 상상한다. 그런 내 사진이 담긴 사진첩은 세계 곳곳에 흩어져 있을 것이다. 물론 대부분은 미국에 있겠지만 우리 마을에는 유럽 사람도 많이 오고, 일본인, 심지어 러시아인도 온다. 아마 그 사진첩들은 저녁이면 안온한 느낌의 노란 전등이 밝혀지는 거실 장식장에 꽂혀 있을 테고, 텔레비전을 켜놓고 그 앞에 젊은 부부나 노부부 혹은 다양한 연령층의 자녀와 조부모가 딸린 대가족이 앉아 있을 것이다. 어쩌면 그 틈에 우리 아빠도 끼어 있을지 모를 일이다.

"남자들은 설탕 같아. 건강에 해롭지." 엄마는 말했다. 그러면서도 외모에 신경써야 하고 절대 자제력을 잃고 멋대로 행동해서는 안 된다고, 그러지 않으면 남편을 못 얻을 거라고 귀에 못이 박히도록 얘기했다. 엄마는 내게 색색의 옷을 만들어주고, 머리칼이 아름답게 반짝이도록 알로에 베라로 마사지해주고, 춤을 가르쳐주고, 기품 있게 걷는 법과 우아하게 앉고 서는 법을 가르쳐주었다. 내가 열네 살이 되었을 때는 위스키를 미리 문질러 발라놓은 귓불을 바늘로 뚫어주고 커다란 터키석이 박힌 자신의 은 귀고리를 선물해주었다. 나는 거울을 보지 않아도 은 귀고리가 내 얼굴을 빛내준다는 걸 알았다. 은 장신구는 백인들의 발그레한 피부가 아닌 우리 피부만 빛내준다. 나는 내가 예쁘다는 걸 알았다. 그리고 그 모습을 누군가에게 보여주고 싶었다. 산타아나 사람이 아닌 외지 사람, 남자에게.

그런 내 마음을 엄마도 알고 있었다. 그래서 몸치장을 해주느라 그 두툼한 평발로 뒤뚱뒤뚱 내 주위를 돌며 여긴 술을 붙이고 저긴 소매를 다는 내내 젊은 아가씨를 유혹하려고 결혼반지를 빼고 다니는 남자들에 관한 끔찍한 이야기를 하고 또 했다. 그런 남자들은 젊은 아가씨를 식사에 초대해 술에 취하게 만들고, 어지러워 뭘 하는지 분간을 못할 때까지 데리고 춤을 춘다는 것이었다.

"그건 자동판매기에 동전을 넣는 거랑 다를 게 없어." 엄마는 말했다. "그렇게 해서 뭔가 나오면 남자들은 그걸 챙겨서 떠나지. 그리고 넌 빈손으로 남게 돼."

나는 엄마가 무슨 뜻으로 그런 말을 하는지 몰랐지만 상관없었다. 남자와 보호구역 밖에서의 삶에 대한 엄마의 끈질긴 경고

가 지겨워서 죽을 것만 같았다. 엄마 눈에는 둘 다 똑같이 해로 워 보였다. 내 사촌 메리와 라나의 경우를 봐도 알 수 있듯이 그 둘은 항상 붙어다니는 문제 같았다. 메리와 라나는 둘 다 백인 남자와 결혼해 뉴멕시코주를 떠났다. 먼지 풀풀 날리는 푸에블 로와 고리타분한 엄마들을 벗어나 멀리 가버린 것이다. 나는 이 따금 메리와 라나가 에어컨과 대형 냉장고와 텔레비전, 빵 써는 기계, 전동식 깡통 따개를 갖춘 신식 방갈로에 산다고 상상했다. 상상 속에서 방갈로 스위치가 올라가고 커다란 고양이가 가르릉 거리듯 부드럽게 전류가 흐르기 시작하면 그들은 뭘 몰라서 저 지른 어리석은 실수를 회상하듯 언제나 깔깔 웃으며 우리를 회 상했다.

나는 사랑의 느낌이 전류처럼 빠르고 자극적이고 짜릿할 거라 고 상상했다. 사랑은 믹서처럼 나를 정신없이 휘저어 혼란스럽 게 만들고, 텔레비전처럼 다양한 이야기를 들려주고, 진공청소 기처럼 나를 빨아들일 거라고.

나는 열네번째 생일을 맞은 지 얼마 되지 않아 주차장 관리원 으로 일하게 되었다. 업무용으로 지급받은 무전기는 나를 아주 중요한 인물로 보이게 해주었다. 그 일의 유일한 단점은 출입구 쪽 매표소에 엄마가 앉아 있다는 것이었다.

나는 관광객들을 태운 승용차와 버스를 주차할 자리로 안내하고 마을의 통행금지 구역은 절대 기웃거리면 안 된다고 설명했다. 그 이야기는 언제나 대단한 비밀이라도 발설하는 양 은밀하게 했고 그러면 관광객들의 눈이 호기심에 동그래졌다. 많은 사람이 차에서 내리자마자 내 사진을 찍었고 내게 입장권을 보여주어야 했다. 사진 찍는 요금 15달러를 추가로 내지 않으면 나는 요새처럼 매표소에 들어앉아 있는 엄마에게 그들을 돌려보냈다. 차가 한 대씩 들어올 때마다 엄마는 무전기로 알려주었다.

"아이다호에서 온 빨간 쉐비." 엄마는 차량 정보를 알려주고, 자기가 있는 곳에서는 나를 볼 수 없는데도 곧이어 이렇게 덧붙였다. "치마는 밑으로 내리고 손톱 좀 그만 물어뜯어." 내가 실제로 그러든 아니든 늘상 지켜보고 있는 엄마 때문에 속상했다.

엄마는 종종 말했다. "그렇게 늙은 들소처럼 서 있지 마." 그 말이 맞았다. 나는 한낮의 열기 속에서 거의 꼼짝도 하지 않고 누런 진흙바닥만 멍하니 내려다보았다. 어느 날 점심때쯤 엄마가 무전기로 경멸을 담아 "캘리포니아에서 온 흰색 허풍선이 메르세데스 카브리오"하고 말했을 때는 고개도 들지 않았다. 그때 고리타분한 우리 엄마가 모든 자동차 메이커를, 심지어 일본 것까지―겉보기에는 다 똑같은데도―알고 있다니 신기하다고 생각했던 것이 지금도 기억난다. 그리고 엄마가 무슨 전문가처럼 "메르세데스 카브리오" 하고 말했을 때, 꿈속에서처럼 새하얀 자동차가 천천히 주차장을 가로질러 곧장 내게로 왔다. 바로 코앞에서 멈춘 차에는 언젠가는 나타나서 나를 엄마와 산타아나에서 벗어나게 해주리라 늘 상상하던 남자와 똑같이 생긴 사람이 타고 있었다. 다만 생각보다 훨씬 일찍 왔을 뿐이었다. 남자의 머리칼은 반짝반짝 빛나는 긴 금발이었다. 살짝 갈색이 도는 피부에 입은 크고 턱은 각졌다. 나는 남자가 쓰고 있는 반사경 선글라스 속에서 나풀거리는 검은 머리에 큼직한 터키석 귀고리를 하고 놀라서 눈이 휘둥그레진 소녀를 보았다. 그 소녀는 이제 왠지 내가 생각했던 것처럼 예쁘지 않았다.

"안녕." 그가 말했다. 그의 목소리는 진한 메이플시럽처럼 흘러나왔다. "너 참 예쁘구나. 차를 어디에 세우면 되지?" 나는 말없이 주차할 자리를 안내해주었다. 그가 차에서 내렸을 때에야 비로소 키가 얼마나 큰지 알게 되었다. 딱 달라붙는 바지를 입은 다리가 하늘까지 닿을 듯했다. 그가 말을 걸었을 때 내 시선은 그가 신고 있는 도마뱀가죽 카우보이부츠에 붙박여 있었다. 그는 우리 마을을 둘러보려는데 안내해줄 수 있느냐고 물었다. 그의 얼굴을 보려고 고개를 들자 햇살 한줄기가 그의 머리를 스치고 지나 곧장 내 눈으로 들어왔다. 눈이 부셨다. 그건 어떤 경고였는지도 모른다. 그러나 나는 경고를 받아들이기는커녕 이 순간 엄마가 무전기로 떽떽거리지 않기를 기도했다.

"그건 안 되는데요." 마침내 나는 떠듬떠듬 대답했다. "저는 주차장을 관리해야 해요." 남자가 선글라스를 벗었다. 그의 눈은 수영장처럼 초록빛을 띠고 있었다.

"아, 슬픈 일이구나. 가슴이 아파." 남자는 정말로 그렇게 말했다. 내가 그 이상한 말을 곰곰이 생각하고 있을 때 엄마가 큰 소리로 꽥꽥거렸다. "콜로라도에서 온 베이지색 포드. 그리고 샤론, 어깨 펴고 똑바로 서. 구부정한 등이 여기서도 보이잖니. 그런 자세로 계속 서 있다가는 뉴멕시코에서 가장 보기 흉하게 가슴이 처질 거다."

나는 머리칼이 두꺼운 커튼처럼 얼굴 앞에 드리우도록 고개를 푹 숙이고 발로 모래밭에 작은 구멍을 팠다. 그 구멍 속으로 기어들어가고 싶은 심정이었다. 남자의 웃음소리가 들렸다. "방금 말한 그 사람 누구니?" 그가 물었다.

"엄마요." 나는 들릴락 말락 웅얼거렸다. "매표소에 계시거든요. 하지만 엄마 계신 곳에서는 절대로 제가 안 보여요."

"부처처럼 생긴 뚱뚱한 아줌마?" 남자가 웃었다.

나는 그를 올려다보며 웃는 얼굴로 고개를 끄덕였다. 그리고 웃으면서 엄마에게 용서를 구한 것이 지금도 기억난다. 엄마가 말한 베이지색 포드가 주차장으로 들어왔다. 그런데도 나는 안내할 준비는 하지 않고 차를 지켜보기만 했다. 그 차는 주차된 차들의 대열을 따라 애벌레처럼 느릿느릿 움직이다가 내 도움 없이도 빈자리를 찾아들어갔다. 그 순간 나는 깨달았다. 차들을 보기 좋고 질서정연하게 줄 세운 사람이 나인 줄 알았는데 사실은 모든 것이 저절로 그렇게 되었고, 따라서 여기서 나는 필요 없는 존재라는 것, 전부 망상일 뿐이라는 것을. 나는 키 큰 금발 남자의 손을 잡고 흙집들 사이의 좁은 골목을 지나, 이유는 알 수 없지만 모든 관광객이 한결같이 무척 마음에 들어하는 공동묘지로 안내했다. 공동묘지라고 해봐야 비바람에 상한 묘석이 있을 뿐 잡초가 무성한 들판에 지나지 않았다. 나는 종종 엄마와 함께 할아버지 할머니의 무덤과 조 삼촌의 무덤, 동생 리시의 무덤을 돌며 잡초를 뽑고, 플라스틱 꽃을 꽃병에 꽂고, 조그만 성조기를 땅에 꽂았다. 나는 무덤에 있는 모두에게 말없이 작별 인사를 했다. 내가 뭘 하려는지 이미 아주 정확하게 알고 있는 것 같아서 기분이 이상했다.

엄마가 무전기에 대고 꽥꽥거리는데, 소리만 클 뿐 무슨 말인지 알아들을 수 없었다. 나는 무전기 볼륨을 낮췄다. 그리고 엄마를 안심시키려고 송화 버튼을 누른 뒤 마치 계속 주차장 안내를 할 것처럼 "알았어요"라고만 말했다. 나는 오래전부터 알던 사람인 양 옆에 있는 남자의 손을 잡았다. 우리는 주차장으로 돌아갔다. 가는 길에 우리집을 지나쳤지만 그에게는 아무 말도 하지 않았다. 나는 내가 좋아하는 내 침대와 이별하고 내 옷들과 이별했다. 아무와도 마주치지 않았다. 모두 점심을 먹고 있었다. 엄마만 빼고.

"오리건에서 온 초록색 픽업, 히피 타입." 내가 무전기를 꺼 덤불 속에 내려놓기 전에 엄마가 마지막으로 한 말이었다.

내가 차에 타자 남자는 고개를 저으며 말했다. "난 인디언 추장이랑 마찰이 생기는 거 원치 않는다." 나는 원하는 게 있을 때 어떤 표정을 지어야 하는지 알고 있었다.

"넌 아직 어린애야." 그가 말했다.

"아니에요. 그냥 피부색 때문이에요. 그래서 백인보다 어려 보이는 거예요." 내가 말했다. 그는 여전히 출발하지 않았다.

"부탁이에요." 내가 말했다. 그는 고개를 저었다. 나는 무릎을 꿇고 앉아 그의 크고 붉은 입술 한가운데 입을 맞췄다. 그다음은 그의 가슴에, 녹색 실크 셔츠 사이로 드러난 맨살에. 하지만 그것도 도움이 되지 않는 느낌이었다. 그래서 나 자신조차 할 수 있으리라고 전혀 예상 못했던 행동을 하고 말았다. 나는 고개를 깊이, 더 깊이 숙여 그의 허벅지 사이에 묻었다. 그가 숨을 훅

들이마시는 소리가 들렸다. 그는 내 목덜미에 손을 얹고 문을 닫더니 시동을 걸었다. 나는 글러브박스 밑으로 몸을 숨겼다. 차창 너머 엄마가 앉아 있는 매표소에서 보이는 것은 '사진 찍기 15달러, 그림 그리기 45달러'라고 적힌 팻말뿐이었다. 어째서 우리를 그리는 게 사진에 담는 것보다 훨씬 비싼지 이해가 되지 않았다.

나는 산타아나에서 멀리 벗어난 뒤에야 겨우 숨은 곳에서 나와, 장갑처럼 부드러운 노란색 가죽시트에 앉았다. 나는 핸들을 잡은 남자의 손을 보았다. 약지에 가느다란 금반지를 끼고 있었다. 나는 그걸 좋은 징표로 여겼다. 어쨌든 거짓말쟁이는 아니었다. 결혼반지를 숨기지 않았으니. 그는 내게 담배를 건네고 자기 이름은 더글러스라고 말했다. 그러고는 가장 마음에 드는 라디오 방송을 찾아서 들으라고 했다. 바람에 머리칼이 휘날렸다. 온몸이 흥분으로 떨렸다.

"샌타페이에 가봤니?" 더글러스가 물었다.

"아니요. 가본 적 없어요." 나는 거짓말을 했다. 나는 몇 년째 거의 주말마다 아케이드의 장신구 매장에서 메이 이모가 만든 터키석 목걸이를 팔러 이모와 함께 샌타페이에 갔다. 이모는 관광객들이 가격을 깎지 못하도록 영어를 전혀 못하는 맹한 인디언인 척하는 법을 가르쳐주었다. 그들이 한숨을 쉬며 제값을 다

낼 때까지 상냥하게, 하지만 못 알아듣는다는 듯 어깨를 으쓱해 보이기만 하면 되었다.

나중에 호텔방에서 더글러스가 처음이냐고 물었을 때, 나는 이모한테 배운 그대로 상냥하게, 하지만 못 알아듣는다는 듯 어깨를 으쓱해 보였다. 그가 무슨 답을 듣고 싶어하는지 알 수 없었다. 자칫 대답을 잘못했다가 그가 당장 산타아나로 돌려보낼까봐 겁났다. 텔레비전에서 색색의 사탕처럼 끊임없이 쏟아져나오는 알록달록한 빛을 실컷 보기도 전에. 나는 텔레비전에서 눈을 뗄 수 없었지만 더글러스가 내 위로 묵직한 몸을 포개 시선을 가로막았다. 그의 혀에서 짠맛이 났다. 바다에서 그런 맛이 날 거라고 상상했다. 그는 도마뱀처럼 앞뒤로 몸을 움직였다. 나는 조금 지루해서 더글러스가 내 귓가에 대고 숨을 쉬지 않을 때는 텔레비전 소리에 귀기울였다.

"이 상쾌한 느낌을 간직해요, 간직해요, 간직해요." 한 여자가 노래를 불렀다. 나는 텔레비전을 계속 보려고 그의 어깻죽지 밑으로 고개를 내밀었다. 내 위에 있는 그의 몸이 텔레비전 빛을 받아 푸르스름하게 가물거렸다. 선글라스를 쓰고 수상스키를 타는 개가 화면에 나오고 있었다. 나중에 더글러스는 가방에서 카메라를 꺼내 알몸으로 침대에 엎드린 내 모습을 찍었다. 그가 말했다.

"돌아누워봐. 등을 대고 똑바로 누워서 손을 허벅지에 올려."

"인디언들 사진을 찍으려면 15달러를 내야 돼요." 내가 말했다. 그는 웃었다.

"정말이에요." 내가 말했다. "15달러예요." 그는 20달러를 주었다. "손을 허벅지 사이에 얹어." 그가 말했다. 나는 텔레비전을 볼 수 있는 한 시키는 대로 했다.

나는 알록달록 빛나는 사각 화면을 눈물이 날 때까지 뚫어져라 바라보았다. 아빠 생각이 절로 났다. 아빠가 지금 이 순간 나와 똑같은 화면을 보고 있다고 상상했다. 아빠가 두고 떠난 낡은 녹색 스웨터를 내가 다시 입은 듯한 느낌이었다. 스웨터에서는 오래도록 아빠냄새가 났다. 끝내 엄마가 빼앗아가 빨고 또 빨아서, 그 스웨터가 그냥 낡은 녹색 스웨터일 뿐 아무것도 아니게 될 때까지.

빨간 장미

　결혼식 당일 아침 눈을 떴을 때 샤를로테는 결혼하고 싶은 마음이 조금도 없었다. 그녀는 베개에 얼굴을 깊이 묻고 이날이 이미 지나간 다음이었으면 얼마나 좋을까 생각했다. 그녀는 천천히 돌아누워 장차 남편 될 사람이 옷 입는 모습을 지켜보았다. 그는 평소와 똑같은 방식대로 옷을 입었다. 그대로 사무실에 출근해도 무방했을 것이다. 단정하게 양말을 올리고 느긋한 손길로 셔츠 단추를 채우고 옷깃을 반반하게 매만진 다음 조심스럽게 바지를 입고 침대에 앉아 영국제 수제화의 끈을 묶었다. 샤를로테는 그의 구두가 싫었다. 검은색 두 켤레와 갈색 두 켤레였는데, 그가 눈을 반짝이며 누차 말했듯이 평생 간직할 것이었다. 언젠가는 구두뿐 아니라 이 사람이 머리끝부터 발끝까지 싫어질까? 샤를로테는 생각했다. 로베르트는 이불 속으로 손을 넣어 그녀의 발을 잡더니 꼭 쥐고 간질이는 동시에 시계를 보았다.

"삼십 분만 있으면 자기 부모님이 데리러 오실 거야. 준비하는데 시간이 얼마나 걸릴지 모르지만 천천히 일어나도 될 거야." 샤를로테는 머릿속에서 그의 말을 반복했다. 준비하는 데 시간이 얼마나 걸릴지 모르지만 천천히 일어나도 될 거야. 그녀는 지금 마음 같아선 어린아이처럼 고함을 지르며 바닥에 드러눕고 싶었다. 하지만 난 이성적인 샤를로테야. 이성적인 남자랑 결혼하지. 그녀는 생각했다. 씁쓸했다.

"그래." 그녀는 발을 빼고 일어나 건성으로 키스하고 그가 붙잡기 전에 얼른 욕실로 들어갔다. 그리고 자그마한 초록색 알약을 두 개 먹었다. 생각을 기분좋을 만큼 부드럽게 만들어, 꼬챙이처럼 다른 사람들을 찌르지 않도록 해주는 약이었다.

샤를로테는 어쩜 늘 저렇게 좋아 보이지. 파니는 아빠의 팔을 잡고 교회로 들어오는 동생의 모습을 보며 생각했다. 부러웠다. 갸름한 얼굴 덕분에 펑퍼짐한 엉덩이쯤은 싹 잊었다. 로베르트조차 아주 괜찮아 보였다. 남자들은 대개 양복을 입으면 인물이 산다. 파니는 웨딩드레스를 입은 샤를로테를 보자마자 눈물을 글썽이는 엄마를 지켜보며 참 재미있다고 생각했다. 그러나 반

시간 뒤 샤를로테와 로베르트가 반지를 교환할 때는 파니도 훌쩍거리기 시작했다. 청하지도 않았는데 클라우스가 그녀의 무릎에 손수건을 올려주었다. 파니는 그의 무릎에 손을 얹었다.

파니는 신랑 신부에게 쌀을 한 무더기 던졌다. 쌀알들이 로베르트의 검은 머리에 우수수 내려앉아 때 이르게 머리가 센 것처럼 보였다. 늙은 헤다 고모가 못마땅한 듯 고개를 절레절레 젓더니 말했다. "그 좋은 쌀을……" 파니가 기억하는 한 헤다 고모는 언제나 '늙은' 고모였다. 결혼한 적도 없었다. 그래서 어릴 때는 고모가 정상이 아니라고, 본인이 원해서 남편과 자식 없이 사는 게 아니라고 굳게 믿었다. 나중에 엄마 얘길 들으니, 헤다 고모는 언제나 남자들을 몹시 따분하게 여겨 한창때부터 사교 모임에 가면 그냥 잠들어버렸다. 사랑과 관련된 온갖 법석을 간단히 건너뛰다니 참 현명하셔. 파니는 헤다 고모의 팔을 잡고 부축해 교회 계단을 내려가면서 생각했다. 실크 원피스 아래로 잡히는 고모가 새의 뼈처럼 가늘어서 깜짝 놀랐다. 오십대 삼촌들이나 숙모들은 파니가 기억하는 모습보다 훨씬 뚱뚱하고 기운 있어 보이는 반면 더 나이든 친척들은 대부분 몰라보게 오그라든 모습이었다. 사람도 나이가 들면서 수플레처럼 부풀어올랐다가 푹 꺼지는 모양이었다. 오십 살이 되면 남은 삶을 젖소로 살지 염소로 살지 결정해야 한다던 엄마 말이 떠올랐다. 그러나 파니의 엄마는 젖소도 염소도 되지 않았다. 황갈색 시폰 원피스 차림의 잿빛 머리 엄마는 깨어 있는 눈으로 주변에서 일어나는 모든 일을 기록하는 크고 우아한 암고양이 같았다. 파니가 소매를 걷어붙이고 피로연 일손을 돕는 것은 친척들과의 대화를 피하려는 속셈이라는 점도 놓치지 않았다. 엄마는 파니의 손에서 샴페인잔이 담긴 쟁반을 빼앗더니 나지막이 말했다. "이 엄마를 조금이나마 기쁘게 해주고 싶다면 사람들이랑 대화 좀 해. 여기서 종업원 노릇이나 하지 말고." 그렇게 말하는 사이에도 엄마는 미소 띤 얼굴로 연신 하객들에게 목례를 해 보였다. 파니는 주방으로 피했다. 조리대 앞에서 수다를 떨며 일하고 있던 여자 요리사 둘이 그녀가 들어가자 입을 딱 다물었다. 한 여자는 작은 고깃조각에 짤주머니로 크림을 동그랗게 얹고, 또 한 여자는 포도를 반으로 갈라 씨를 뺀 다음 동그란 크림 위에 조심스레 얹고 있었다. 파니는 그들과 역할을 바꾸고 싶은 마음이 굴뚝같았다. 파니는 생각했다. 어째서 난 동생 결혼을 그냥 기뻐하지 못할까?

검은색 미니 원피스에 하얀 앞치마를 두른 젊은 종업원이 주방으로 뛰어들어와 소리쳤다. "먹을 걸 빨리 내가야 해요. 안 그러면 곧 하객들이 전부 술에 취해 식탁 밑에 뻗을 거예요!" 종업원이 자기를 보고 잠시 쭈뼛거리는 모습에 파니는 그녀가 사과

할 거라고 넘겨짚었다. 그러나 눈에 띄게 예쁜 그 아가씨는 살짝 조롱하는 눈길을 보내며 말했다. "정말이에요." 그러고는 요리사에게서 오르되브르 쟁반 두 개를 받아들고 다시 밖으로 나갔다.

파니는 더이상 눈에 띄지 않고 주방에 숨어 있을 수 없게 되자 구석에서 빈둥거리다가 빈 샴페인잔을 거둬들였다. 그녀는 클라우스를 지켜보았다. 그는 파니의 어린 사촌동생 릴리와 시시덕거리며 엉덩이에 커다란 장밋빛 리본이 달린 릴리의 파란 벨벳 원피스에 대해 찬사를 늘어놓고 있었다. 릴리는 상냥한 미소를 띠고 있었다. 파니는 릴리의 부모인 루이제 숙모와 프란츠 삼촌을 좋아했다. 무척 젊은 편이고 파니에게 앞으로 어떻게 살 거냐고 끈덕지게 묻지도 않았다. 루이제 숙모는 가슴이 깊이 파인 새빨간 원피스 차림이었다. 파니는 고개를 돌렸다가 루이제 숙모의 깊이 파인 가슴께에 머문 엄마의 못마땅한 눈길을 알아챘다. 엄마는 마치 장군처럼 다른 사람들보다 조금 높은 위치에 서서 연회장 안을 검사관 같은 눈빛으로 주시하고 있었다. 파니는 아빠가 엄마의 팔을 잡고서 귓가에 뭐라고 속삭이는 모습을 보았다. 딸의 결혼식 날 엄마가 예뻐 보인다는 얘길 하는 걸까? 곧다 끝날 거라는 얘길까? 아니면 종업원이 값비싼 도자기까지 식기세척기에 넣으면 어쩌나 걱정 좀 그만하라는 얘기? 아빠는 엄마를 바짝 당겨 허리를 감싸안았다. 아빠는 엄마보다 네 살 위지만, 피부를 늘 갈색으로 살짝 태우는데다 아직 새까만 머리칼 덕분에 열 살은 어려 보였다. 파니는 아빠가 그사이 염색을 한 건지 궁금했다. 엄마는 원래 화사한 붉은빛이 도는 금발이었지만 두 딸은 아쉽게도 엄마의 금발을 물려받지 못했다.

파니는 잿빛 머리칼이 원래 머리색을 점점 밀어내는 것을 보고 언젠가 엄마에게 금발 염색약을 선물한 적이 있었다. 그러나 엄마는 웃는 얼굴로 고개를 저었다. "아냐, 아냐, 파니. 한번 지나간 건 어디까지나 지나간 거야." 그런 걸 어떻게 알게 되는 걸까? 파니는 문득 절망적인 기분으로 생각했다. 난 언제쯤이면 모든 걸 있는 그대로 받아들이는 법을 터득할까?

파니 엄마가 남편의 어깨에 머리를 기댔다. 파니는 두 사람의 모습이 감동스러웠다. 누가 사진으로 남겨봐야 하는데. 조금 지치기는 했어도 저렇게 당당하고 만족스러운 표정으로 서 있는 모습을. 파니는 생각했다. 그 사진이 눈앞에 보이는 듯했다. 행복하게 웃으며 카메라를 바라보는 낯선 노부부의 흑백사진. 헤르베르트 핑크와 에바 핑크. 1987년 5월 23일. 그들은…… 알지 못했다. 그런 설명이 달린 흑백사진. 그들은 샤를로테가 사 주 전에야 로베르트와 결혼하고 싶은지 별안간 확신이 사라져 낙태했다는 사실을 알지 못했다. 그들은 파니와 클라우스가 평소 술을 너무 많이 마시고 불행하다는 사실을 알지 못했다. 그들은 파니가 삶을 어떻게 헤쳐갈지 갈피를 못 잡고 자주 자살을 생각한다는 사실을 알지 못했다. 그들은 샤를로테가, 그 조신한 샤를로테가 몇 년 동안 대마초를 피웠다는 사실을 알지 못했다. 그들은 파니가 애인 숫자를 열 손가락으로 셀 수 없게 된 지 오래라는 사실을 알지 못했다. 새신랑 로베르트가 어느 날 밤 샤를로테가 자러 간 뒤 파니의 무릎과 그 위쪽에 손을 댔다는 사실을 알지 못했다. 로베르트가 오 년 동안 어느 그리스 여자와 결혼생활을 했고, 그 여자는 어느 날 새벽 네시쯤 레드와인 두 병과 함께 수면제 쉰 알을 털어넣고 창밖으로 뛰어내렸다는 사실을 알지 못했다. 그들은…… 알지 못했다.

"오르되브르 드시겠어요?" 예쁜 종업원이 당돌하게 눈을 치뜨고 파니의 코밑으로 쟁반을 들이밀었다. 파니는 그렇게 치뜬 눈에 클라우스가 어떻게 반응할지 이미 알았다.

잠시 뒤 파니는 따분함을 무릅쓰고 올가 이모에게 음향 기술자라는 자기 직업을 애써 설명하다가, 정말로 방 저쪽에서 클라우스가 예쁜 종업원의 쟁반에서 오르되브르 하나를 일부러 느릿느릿 집어 선정적인 동작으로 베어물고서 특유의 매혹적이면서도 어린애 같은 웃음을 짓는 모습을 보았다.

그는 전구를 켰다 껐다 하는 것처럼 그런 웃음을 지을 수 있었다. 파니는 그 웃음 때문에 그를 사랑하게 되었지만 요즘은 그 웃음 때문에 헤어져야겠다는 생각을 종종 한다. 그는 웃음뿐 아니라 모든 감정을 마음대로 켰다 껐다 할 수 있었고 자제력을 잃는 법이 없어, 높은 밀물처럼 감정에 휩쓸리는 파니를 이해하지 못했다.

파니는 마침 아파서 침대에 누워 있을 때 샤를로테의 결혼 계획을 알게 되었다. 몸은 아픈데 클라우스는 출장중이고 가장 친한 친구는 이제 막 연애를 시작해 남의 사정에 신경쓸 처지가 아니었다. 외로운 파니는 자기연민에 빠져 징징거리기도 하고 위로도 받으려고 엄마에게 전화를 걸었다. 그러나 편도선이 부었다며 딱 두 마디를 했는데 엄마가 말을 끊었다. "네 동생이 결혼해!" 엄마는 흥분해서 소리쳤다. "네 동생이 결혼을 한다고!"

파니는 동생의 남편이 될 로베르트가 따분하고 유머라곤 없으며 동생이 아주 어리석은 짓을 하고 있다고, 자신은 결혼 같은 속물적인 제도를 철저히 거부할 거라고 생각했는데도 전화를 끊고 나니 눈물이 쏟아졌다. 샤를로테는 모든 걸 손에 넣었는데 자기는 아무것도 없었다! 동생은 언제나 더 큰 초콜릿을, 더 예쁜 인형을, 더 좋은 자전거를 받았고, 지금 와서 생각하니 칭찬도 더 많이, 호감도 더 많이, 흠모도 더 많이, 뭐든 더 많이 받았다.

그 이유는 파니도 알고 있었다. 샤를로테는 기다릴 줄 알았다. 자기처럼 욕심이 많지 않았다. 이기적이지 않았다. 그리고 그렇기 때문에 욕심 없고 참을성 있고 겸손한 샤를로테는 지금도 원하는 것을 손에 넣었다. 정상적이고 평범하고 현실에 뿌리내린 삶. 그에 비해 파니 자신은 마치 어디에도 얽매이지 않고 의미 없이 지구 위를 떠도는 구름에 앉아 있는 것 같고, 언제나 지켜보기만 할 뿐 함께하지는 못하도록 저주받은 것 같았다.

함께하다니, 뭘? 사흘 뒤 출장에서 돌아온 클라우스는 침대에서 창백한 얼굴로 울고 있는 파니에게 물었다. 일본 자동차 대리점 점장인 로베르트의 따분한 일상을? 영어와 역사를 가르치는 선생인 동생의 골치 아픈 삶을? 터키에서 온천 휴가를 즐기고 네팔로 문화 여행을 떠나겠다는 두 사람의 고리타분한 꿈을? 아파트를 최상의 조건으로 팔지 못하면 어쩌나 하는 두 사람의 걱정을? 그 진부한 삶을 그토록 함께하고 싶은 거야?

아냐! 자기는 아무것도 몰라. 파니는 화가 치밀어 소리쳤다. 그러는 자기도 원하는 게 뭔지 모르긴 마찬가지지. 클라우스가 냉랭하게 대꾸했다.

반년 뒤, 샤를로테의 결혼식을 육 주 앞두고 파니는 엄마와 별 소득도 없이 긴 쇼핑 순례를 마치고 오페른 카페에 앉아 있었다.

엄마는 엄마 표현대로 '시내에 나갈' 때면 무엇을 사겠다는 생각이 아주 확고했고 거기서 조금도 물러설 마음이 없었다. 그러느니 차라리 아무것도 사지 않는 편을 택했다.

모녀는 오전 내내 연어색 블라우스를 찾아 헤맸지만 아예 색이 엄마 생각과 맞지 않거나, 색이 맞으면 소재가 맞지 않거나, 소재가 마음에 들면 디자인이 아니었다. 그런 엄마 때문에 파니는 짜증나 죽을 지경이었고, 엄마도 그걸 알면서 쇼핑은 늘 파니와 같이 갔으면 했다.

"유감이지만 클라우스의 취향이 내가 보기에는 좀 유별나." 엄마가 말했다. "그래도 나한테 뭐가 어울리는지 정도는 알 텐데."

"엄마한테는 연어색 블라우스 안 어울린다니까." 파니가 완강하게 말하고 클라우스가 원래 어떤 취향인지 생각을 더듬어보았다. 분명 유별나지는 않았다. 오히려 취향이 없는 편이었다. 심심해서 카페 안을 둘러보았더니 베이지색이나 회색 재킷 안에 연어색 블라우스를 받쳐입은 여자가 눈에 띄게 많았다.

"클라우스는 로베르트를 어떻게 생각하니?" 엄마가 대놓고 물었다.

"따분하대. 나처럼." 파니는 그렇게 대답하고 장차 제부 될 사람을 헐뜯지 말라는 훈계를 들을 줄 알았는데, 엄마는 말없이 진지한 눈길로 바라보면서 케이크용 포크를 허공에 대고 까딱거렸다. 입 밖에 내기 전에 연습이 필요한 문장을 읽으며 강세라도 붙이는 것 같았다. 마침내 엄마가 말문을 열었다. "로베르트가 네 동생 생일에 노란 장미를 선물했대."

"그래?" 파니는 관심 없다는 투로 말했다.

"걔는 빨간 장미를 받고 싶어했는데." 엄마는 근심에 찬 표정으로 말했다.

"안됐네." 엄마를 진작 집에 모셔다드릴걸. 파니는 생각했다.

"빨간 장미를 얼마나 예쁘다고 생각하는지 지나가듯이 여러 번 얘기까지 했다는구나." 엄마는 잠시 틈을 두고 딸을 믿어도 되는지 고민하듯 파니를 찬찬히 뜯어보았다.

"그게 처음이면 말도 안 해." 엄마의 근심 어린 목소리가 이어 졌다. "로베르트는 빨간 장미를 사준 적이 한 번도 없대. 장미를 늘 선물하는데 빨간 장미는 아니래."

"그래서?" 파니가 맥이 빠져서 물었다.

"빨간 장미가 의미하는 게 있잖아. 로베르트도 분명 알 테고. 문제는 장미만이 아니야. 샤를로테가 생일날 반지를 얼마나 받고 싶어했는데."

"약혼반지?"

"아니. 네 동생이 그 정도로 속물은 아니지, 너도 알잖아. 그 냥 예쁜 반지. 비싼 거 말고 그냥 반지 말이야. 마음에 들 만한 반지를 보여주기까지 했대. 그랬더니 로베르트가 한다는 말이, 손가락 사이즈를 모른다는 거야. 그래서 샤를로테가 손가락 치수를 재서 적어주고서 자기는 반지가 제일 끼고 싶다고 여러 번 말했대. 귀고리는 안 어울리고 목걸이는 좋아하지 않으니까 반지면 된다고. 이제 로베르트가 네 동생한테 뭘 선물했는지 맞혀봐!"

"엄마, 솔직히 로베르트가 생일선물로 뭘 사줬는지 관심 없어." 엄마는 한숨을 쉬더니 커피만 들여다보았다. 고개를 들었을 때 엄마의 눈이 반짝였다. 그것이 꾹 참았던 눈물 때문인지 커피에서 올라온 김 때문인지 파니는 확신이 없었다.

"냉정하긴. 동생한테 축하한다는 말은 했니?"

"응. 전화했어. 그래서, 로베르트가 뭘 선물했는데?"

"너랑 네 동생이 서로 이렇게 무관심해질 줄이야⋯⋯"

"로베르트가 뭘 선물했느냐니까?"

"브로치. 바보 같은 브로치를 사왔더래." 엄마는 파니의 머리 너머 어딘가를 바라보다가 나직이 말했다. "둘이 결혼하는 게 맞는 건지 모르겠어. 장미에 브로치 얘기까지 듣고 나니까. 로베르트는 이기주의자야." 연어색 블라우스 차림으로 케이크를 먹는 카페 안의 모든 여자 사이에서 엄마가 갑자기 늙고 왜소해 보였다. 파니는 기꺼이 엄마를 안아주고 싶은 심정이었다.

"에이, 엄마도." 파니는 애써 명랑한 목소리로 말했다. "반지는 차차 샤를로테가 직접 사면 되지, 뭐. 문제가 그것뿐이라면."

"모르겠다." 엄마는 그렇게 말하고 눈을 가볍게 두드려 닦았다. "너 장미 얘긴 잊었구나."

이 주 뒤 샤를로테는 파니에게 전화를 걸어 병원에 같이 가달라고 부탁했다.

"정말로 원하지 않는 게 확실해?" 파니가 조심스레 물었다.

"로베르트가 확신이 있는지 그것만 확실해도 이렇게 불안하진 않았을 거야. 이런 현실만 해도 아기한테 좋은 조건이 아니라는 건 언니도 인정해야 해."

"그럼 도대체 확실한 게 뭐니?" 파니의 생각은 자연히 반지와 장미에 가닿았다.

"언닌 참 현명해. 대단하다니까." 샤를로테가 말했다. 파니는 당연히 조롱의 웃음이 이어질 줄 알았다. 하지만 아니었다.

다른 사람들에게는 모두, 로베르트에게조차 샤를로테는 반 아이들을 데리고 며칠간 수학여행을 떠난다고 했다. 병원에 가는 길에 그녀는 파니에게 공무원 의료보험의 장점을 설명했다. 수술실에 들어갈 때는 담담하고 침착해 보였고, 그 얼굴이 그대로 얼어붙은 듯 사십오 분 뒤 수술실을 나올 때도 똑같은 표정이었다.

늘 저토록 빌어먹게 침착해 보이지만 않아도 얼마든지 빨간 장미를 받을 수 있을 텐데. 파니는 생각했다.

해다 고모가 샤를로테의 결혼에 부치는 짤막한 시를 낭송했다. 고모는 간간이 낭송을 멈추고 다음 줄을 찾느라 시를 적어온 메모지를 한참 들여다보았다. 로베르트는 샤를로테의 목덜미를 갉작이고 귓불에 키스했다. 파니와 같은 테이블에 앉은 알프 삼촌이 그녀의 귀에 대고 속삭였다. "세상에, 사랑이 좋긴 좋은가 보다." 그러고는 바보같이 키득거렸다. 파니는 삼촌의 뺨에 있는 단풍잎 모양의 커다란 배내점을 어릴 때부터 넋 놓고 바라보곤 했다. 이제 그 점도 세월과 함께 오그라들어 삼촌이 음식을 먹거나 말을 할 때 파르르 떨리며 움직였다. 아마도 삼촌은 오래전 샤를로테의 견진성사 때 파니를 욕실로 몰아넣고 번개처럼 치마 속으로 손을 넣은 사실을 더는 기억 못하는 모양이었다. 욕정에 차 파니의 몸을 더듬던 삼촌의 손길은 누가 계단을 내려오는 기척에 다시 번개처럼 평범한 포옹으로 바뀌었다. 그리고 파니가 상황을 이해하기도 전에 이미 뺨에 이상한 점이 난 재미있는 알프 삼촌으로 돌아와 있었다.

이제 파니는 서빙하는 예쁜 종업원의 팔을 일부러 스치는 삼촌의 모습을 보았다. 종업원은 삼촌에게 눈길도 주지 않고 클라우스와 같은 테이블에 앉은 뚱보 아네테에게 옮겨갔다. 클라우스가 우스갯소리를 했는지 아네테는 푸짐한 팔뚝 살이 출렁일 만큼 크게 웃어댔다. 예쁜 종업원은 그의 눈길을 끌려고 소스가 더 필요하지 않은지 몇 번이나 물었다. 그는 조금 귀찮다는 투로 아무 생각 없는 양 고개를 저었다. 그러나 파니는 그게 여자를 자극하기 위해 꾸민 행동일 뿐이라는 사실을 정확히 알고 있었다. 실제로 종업원은 불안한 기색이었다. 곧장 다른 하객에게로 가지 않고 얼어붙은 듯 소스 그릇을 허공에 들고 있었던 것이다. 그녀는 곧 과장되게 오만한 표정을 띠고서 테이블을 돌아 알프 삼촌에게 다가갔다. 삼촌은 이미 안절부절못하고 차례가 올 때까지 의자에서 이리저리 몸을 들썩거렸다.

"소스 더 드려요?" 종업원이 쌀쌀맞게 물었고, 알프 삼촌은 게슴츠레한 눈으로 바라보며 의미심장하게 말했다. "그래요, 되도록 많이." 알프 삼촌은 추운 날 개가 떨듯 정욕으로 바르르 떨었다. 그러나 종업원은 무심한 태도로 고기 위에 짙은 색 소스를 잔뜩 부어주고 파니에게로 왔다. 저 아가씨가 나이든 여자라고 해도 모든 남자가 저렇게 무턱대고 우스꽝스럽게 굴까? 파니는 접시를 내밀고 있는 동안 생각했다. 그 순간 파니의 아빠가 멀리서 샴페인잔을 들어 보였다. 그래, 많은 남자가 그럴 테지만 다 그런 건 아니야, 날 보렴, 그렇게 말하려는 듯했다. 그래서 고마운 마음에 파니는 아빠에게 미소지어 보였다. 그때 종업원이 테이블 모서리를 돌아 파니의 아빠에게 몸을 숙였다. 파니는 저도 모르게 숨을 멈췄다. 그러나 아빠는 보일락 말락 고개를 저었고 종업원은 다른 하객에게 가려고 했다. 파니가 거의 구원받은 느낌이었던 그때, 그녀의 아빠가 별안간 눈을 들어 예쁜 종업원을 보더니 뭐라고 말을 건넸고, 돌연 아빠의 눈빛에 엄청난 갈망과 간절한 요구가 실리자 파니는 수치심으로 몸이 달아올랐다. 귓속에서 피가 콸콸 소리내 흘렀다. 다른 소리는 더이상 들리지 않고 주위 사람들은 물고기처럼 입만 뻐끔뻐끔하는 것 같았다.

실망이 물컵에 떨어진 잉크 방울처럼 번져나가, 그녀가 생각하는 모든 것을 세상에 혼자 버려진 느낌과 슬픔으로 몽롱하게 물들였다. 파니는 클라우스의 눈길을 찾아보았다. 하지만 그는 위트 있는 손님 접대 부문에서 일등상을 받기로 작정한 사람처럼 여전히 뚱뚱한 아네테와 수다떠는 중이었다. 이거 다 너무 바보 같아. 파니는 낙담해서 생각했다. 너무너무 바보 같아.

식사 시간이 끝나자마자 파니는 물결치는 태피터 원피스, 실크 원피스와 진동하는 향수냄새를 뚫고 그곳을 벗어나, 크게 틀어놓은 텔레비전 프로그램처럼 하객들을 남겨두고 위층으로 올라갔다.

어두운 복도에 깔린 두툼한 양탄자가 음악소리와 소음을 스펀

176

지처럼 빨아들였다. 파니는 문득 어릴 때 맨발에 와닿던 양탄자의 감촉이 정확하게 떠올랐다. 약간 퀴퀴한 냄새까지도. 잠이 오지 않는 밤이면 그 양탄자를 기어가 첫번째 층계참의 작은 콘솔 뒤에 몸을 숨기고 아래층 거실에 앉아 책을 읽는 엄마 아빠의 모습을 지켜보곤 했었다. 두 분 다 말이 없었다. 책장을 넘기고, 이따금 고개를 들어 서로 미소지어 보이는 것이 전부였다. 그렇게 몰래 부모님을 보고 있자면 언제나 흥분되는 동시에 섬뜩했다. 엄마도 아빠도 몰라볼 것 같았고 마치 비밀 임무를 수행하는 낯선 사람들을 지켜보는 기분이었다. 이따금 너무 불안해지면 파니는 숨은 곳에서 나와 계단을 내려가서 말했다. "잠이 안 와." 그러면 그 말이 마법의 주문이라도 되는 양 낯선 두 사람이 다시 부모님으로 변했다. 파니가 무릎으로 올라가 설탕물을 마시면, 마침내 엄마가 안아서 침대로 데려다주었다.

지금 파니는 그 침대에 누워 조금 울고 싶었다. 그러나 문을 열어보니 엄마가 있었고, 파니가 하고 싶었던 그대로 큰딸의 낡은 아동용 침대에 앉아 울고 있었다. 파니는 어색하게 엄마의 어깨에 팔을 둘렀다. 언제나처럼 엄마의 앙상한 감촉이 놀라웠다.

"울지 마, 엄마." 파니가 말했다. 그다음에는 "무슨 일이야?"와 "뭐가 그렇게 안 좋은데?"—파니가 똑같은 투로 엄마한테서 수백수천 번 들었던 말들이었다.

"어린아이한테 말하듯이 그러지 마." 엄마가 무뚝뚝하게 말하고 몸을 돌려 파니의 서툰 포옹에서 벗어났다. 두 사람 다 말이 없었다.

엄마는 무릎 사이의 치맛자락이 반반하게 펴진 다음에도 자꾸 그곳을 손으로 쓸었다. 파니는 그런 엄마를 지켜보고만 있었다. 엄마의 손등에 생긴 거무스름한 검버섯이 처음으로 눈에 띄었다.

"너나 네 동생이나. 둘 다 인생을 시험 삼아 살 수 있다고 생각하지." 마침내 엄마가 떨리는 목소리로 말했다. "하지만 너희도 어린 나이가 아니야. 그런데도 앞으로 살아갈 시간을 진지하게 생각 안 해."

"그래서 우는 거야?"

"너흰 몰라." 엄마가 언짢은 눈길로 바라보며 말했다. "아무것도 모른다고. 더구나 넌 네 동생보다 더 몰라. 지금 이때가 네 삶에서 가장 행복한 시간이었다는 사실을 나중에 깨달으면 어떻겠니?" 파니는 그 말에 담긴 독이 몸을 파고들어 심장이 마비되는 느낌이었다.

"너한테 대체 시간이 얼마나 있다고 생각하는 거야?" 엄마가 말을 이었다.

"결혼해서 아기 낳을 시간, 아니면 뭐?" 파니는 화가 나서 소리쳤다.

"아니." 엄마의 목소리는 끊어지기 직전의 실처럼 가늘디가늘었다. "행복해질 시간."

"나 행복해." 파니가 어깃장을 놓았다. 엄마는 일어나서 창가로 가더니 코를 풀었다. 엄마가 무슨 말을 하려는 건지 알아. 정확하게 알아. 파니는 절망적인 심정으로 생각했다. 이제 내가 어떻게 살아야 하는지 얘기해. 파니는 말없이 애원했다. 제발 그 얘길 하란 말이야.

"네 아빠한테 여자가 있었어. 사 년 동안이나." 엄마는 여느 해처럼 튤립이 핀 정원을 내다보며 말했다. "샤를로테는 전부터 알고 있었어. 너한테는 아무 말 말라고 내가 부탁했어. 넌 아빠를 언제나 무척 존경했잖아. 삼 주 전 그 여자가 아빠랑 헤어졌어. 그런데도 이상하게 마음이 가벼워지지 않아. 오히려 반대야. 아빠는 이제 자기가 늙었다고 생각하는 것 같아. 그리고 늙는다는 건……" 엄마는 잠시 멈췄다가 너무 짜서 삼킬 수 없는 음식처럼 말을 내뱉었다. "기분이 아주 더러워. 정확히 그래. 기분이 아주 더럽지."

두 사람 다 말이 없었다. 파니는 엄마의 등만 뚫어져라 바라보았다. 살을 파고든 브래지어 자국이 선명하게 보였다. 파니는 브래지어 색깔도 알았다. 살색이었다. 그게 실용적이니까. 엄마가 돌아섰다. 메마른 얼굴에 눈은 살짝 충혈되어 있었다. 엄마는 잰 손놀림으로 머리를 매만지고 살며시 미소지었다.

"미안하구나. 모든 게 다 너무 바보 같아." 엄마가 딸에게 말했다. 그러고는 파니를 스치듯 밀고 방을 나갔다. 파니는 침대에 앉아 애인과 함께 있는 아빠를 상상해보려고 애썼지만 잘되지 않았다. 대신 두려움이 싹텄다. 어릴 때 쓰던 방과 집과 부모, 그 모든 것이 사라지게 될 날이 두려웠다. 어린 시절 언젠가는 부모님도 죽는다는 사실을 처음 깨달았을 때 머리를 돌로 얻어맞은 기분이었던 것을 기억했다.

"모든 게 다시 좋아질 거야." 그 말은 맞지 않았다. 세상에는 다시 좋아질 수 없는 것도 있었다. "모든 게 다시 좋아질 거야." 어른들이 아이를 안심시키려고 귓가에 끊임없이 속삭이는 그 말은 거짓이었다. 세상에! 파니는 깜짝 놀라며 생각했다. 내가 그 말을 아직도 믿고 있었다니. 언젠가는 모든 게 좋아질 거라고? 하지만 좋은 게 대체 뭔데? 뭐가 나한테 좋은 거지? 파니는 창가로 가서 정원의 튤립을 세어보았다. 빨간 튤립 일곱 송이, 노란 튤립 여덟 송이, 주황 튤립 다섯 송이. 튤립들은 허약하고 초조해 보였다. 만약 엄마 말이 맞으면? 내 삶에서 가장 행복한 시간이 이미 지나갔다면? 엄마가 던진 말들은 낚싯바늘 같아. 파니는 화가 나서 생각했다. 머릿속을 파고들어 절대 떨쳐낼 수 없지. 파니는 돌아서서 재빨리 방을 벗어났다. 복도에 발을 내디디는 순간 클라우스와 그 예쁜 종업원이 어두운 구석 어딘가에서 꼭 끌어안고 있는 모습을 눈앞에서 보게 되리라는 확신이 들었다. 그러나 그들이 어디에도 보이지 않자 파니는 욕실 문을 홱 열었다.

사촌 릴리가 변기 뚜껑을 딛고 서서 거울을 보며 엉덩이에 달린 장밋빛 리본을 새로 묶고 있었다.

"어머, 파니 언니. 오늘 언니 되게 구닥다리 같아 보여." 릴리가 말했다.

"그게 무슨 말이니?" 파니가 물었다.

"음, 어쩐지 언니도 다른 사람들이랑 똑같은 것 같다고." 릴리는 변기에서 펄쩍 뛰어내리더니 밖으로 달려나갔다. 파니는 천천히 릴리를 따라갔다. 그리고 층계참에서 하객들을 내려다보았다. 클라우스는 바지 주머니에 손을 찔러넣은 채 구석에 혼자 서 있었다. 아빠는 엄마와 춤을 추고 있었다. 위에서 보니 아빠의 이마 주변이 희끗희끗했다. 여자친구가 떠나고 나서 염색을 그만둔 모양이라고 생각했다. 파니는 오랫동안 거기 그렇게 서서 아빠 엄마가 바닥을 온통 누비며 밟는 스텝을 지켜보았다.

투바 양탄자 전용 세제

예시카는 내 집에서 고양이처럼 움직인다. 모든 것을 주의깊게 관찰하고, 가구 두어 개를 조심스레 쓸어보고, 이 방 저 방 천천히 돌아보다가 마침내 우리 침실에 다다른다. 예시카는 육중한 참나무 더블베드 앞에 멈춰선다. 에바와 내가 장인 장모한테 결혼 선물로 받은 침대인데 이상한 미신 때문에 아직까지도 더 편하고 현대적인 것으로 바꾸지 못했다. 그러나 미신은 우리에게 별 도움이 되지 않았다. 예시카가 나를 향해 돌아선다.

"여기서?" 예시카가 묻는다. 나는 고개를 끄덕인다. 거기가 아니면 어디겠는가? 거실에 있는 비더마이어 소파? 아니면 양탄자 위? 그러기엔 내가 너무 늙었다. 예시카는 침대에 책상다리를 하고 앉아 길고 매끄러운 머리칼을 얼굴 앞으로 늘어뜨린 채 에바와 내가 1972년 익스타파네호에서 가져온 멕시코 담요의 무늬를 손가락으로 덧그린다. 예시카가 그렇게 앉아 있는 모습을 보니 내 딸들이 생각난다. 딸이라고 해도 그 아이들이 무슨 생각을 하는지 모르기는 마찬가지다. 예시카는 파니보다 한 살 어리고 샤를로테보다는 두 살 많다. 그 생각은 별로 하고 싶지 않다.

"오늘은 마실 거 없어요?" 예시카가 나를 보지도 않고 묻는다. 공격적으로 들린다. 나는 이유를 따져묻지 않고 거실로 가서 위스키 두 잔을 준비한다. 예시카에게 줄 위스키에는 얼음도 물도 넣지 않는다. 예시카는 하기 전에 언제나 위스키를 마신다. 긴장을 풀기 위해서라고 한다. 그동안 우리 두 사람을 위해 따른 위스키가 얼마나 되는지, 위스키병을 보면 얼마나 자주 같이 있었는지 알 수 있을까, 곰곰이 따져본다. 일주일에 한두 번이면 대략 한 달에 한 병. 일 년이면 열두 병. 우리가 안 지 사 년이 되었으니 모두 합하면 쉰 병쯤 된다. 그 병들을 예시카와 나의 합계로 나란히 세워놓는 상상을 해본다. 예시카와 내가 나눈 정사의 합계로. 나는 솔트스틱과 감자칩을 접시에 담아 위스키와 함께 위층으로 가져간다. 나중에, 에바가 집에 돌아오기 전에 잔을 씻어놓는 걸 잊어선 안 된다.

내 잔에서 조각얼음들이 조용히 달그락거린다. 옛날 영화 한

편이 떠오른다. 케리 그랜트가 우유잔을 들고 계단을 올라가는 장면이 나오는 영화. 케리 그랜트는 에바가 좋아하는 배우다. 예시카와 함께 있을 때는 보통 에바 생각을 절대 하지 않는다. 두 여자는 서로 전혀 다른 향수 같다. 그때그때 하나의 향수가 다른 향수를 뒤덮어버린다.

예시카를 여기 집에 데려오기로 한 건 바보 같은 생각이었다. 지금 와서 아무리 생각해봐도 내가 왜 그랬는지 모르겠다. 어쩌면 그냥 예시카 앞에서 좀 뻐기고 싶었던 것 같다. 어린아이가 보물상자를 자랑하듯 그녀에게 멋진 내 집을 보여주고 싶었다.

침실로 들어가니 예시카는 여전히 침대에 앉아 책을 뒤적이고 있다. 문가에서 척 봐도 『참을 수 없는 존재의 가벼움』이라는 걸 알 수 있다. 에바가 요즘 읽는 책인데, 벌써 그녀에게서 그 책 얘기를 하도 들어서 읽고 싶은 마음이 싹 가셨다. 그런 식으로 에바가 망쳐놓은 책이 한둘이 아니다.

"이거 좋아요?" 예시카가 책을 들어 보이며 묻는다.

"몰라." 나는 그녀에게 위스키를 건넨다.

"이런 걸 읽어요?" 예시카가 머리칼을 뒤로 넘기고 그 아름다운 갈색 송아지 눈으로 조롱하듯 바라본다. 그녀는 내가 아니라 에바가 그 책을 읽는다는 걸 잘 안다. 다만 내가 그 말을 입에 올리기를 바라는 것뿐이다. 내가 말하지 않으면 언젠가는 그녀 자신이, 그것도 내가 가장 듣고 싶지 않은 순간에 말한다. 나 정도 나이든 남자를 혼란스럽게 하기란 쉬운 일이다.

"아니." 나는 차분하게 말한다. "아내 책이야."

"당신 아내요." 예시카가 즉각 메아리처럼 반복한다.

"응, 내 아내." 우리는 서로를 바라본다. 나는 모든 것이 어긋나고 있음을 직감한다. 지금 내가 이렇게 말해야 한다는 것도 안다. 예시카, 널 여기로 데려온 건 어리석은 짓이었어. 미안하지만 오늘은 그냥 얌전히 집으로 가. 예정대로 다음주에 만나자, 응? 하지만 그러는 대신 창가로 가서 창문을 닫는다. 이웃인 로너 씨 부부가 정원에 앉아 커피를 마시는 모습이 보인다. 나는 커튼을 친다. 로너 씨 부부가 지금 우리집 커튼이 닫히는 걸 본다면, 아하, 토요일 오후라고…… 그래도 저 집 부부는 아직 결혼생활에 문제없나보네, 생각할 것이다. 아마 모두가, 우리 딸들도 그렇게 생각할 것이다. 나는 딸들이 그러기를 간절히 바란다. 이제 침실 안은 쥐죽은듯 고요하다. 예시카는 옷을 벗을 기미가 없다. 그래서 나는 침대에 앉아 구두를 벗고 셔츠를 먼저 벗은 다음 양말을 벗는다. 이 바보, 나는 나 자신을 욕한다. 대체 무슨 꼴을 보여주고 싶은 거냐? 이 시간에 예시카와 하이드하우젠에 있는 그녀의 작고 예쁜 아파트에 있을 수도 있었다. 그곳에서 듣게 되는 소리, 우리가 잠시 서로 떨어져서 말없이 누워 있을 때

밖에서 들려오는 소리는 지금과는 다른 삶, 더 젊은 삶을 연상시킨다. 아래층 식당에서 접시가 달그락거리고, 전차가 뵈르트슈트라세의 커브길에서 끼익 제동을 걸고, 아이들이 웃고 떠들고, 오토바이가 굉음을 내며 지나간다. 여기는 조용하다. 아주 조용하다.

　"날 왜 여기로 데려왔어요?" 예시카가 묻는다.

　"모르겠어." 나는 그렇게 말하고 바지를 벗는다. 예시카는 꼼짝도 하지 않는다. 나는 침대 위를 더듬어 그녀의 손을 잡는다.

　"왜 그래?" 내가 묻는다.

　"아, 아무것도 아니에요." 예시카는 그렇게 말하고 내게서 손을 뺀다.

　"너무 초라하기만 한 것 같지 않아요?"

　"뭐가 초라한데?" 내가 조심스럽게 묻는다. 예시카는 나와 그녀와 집 전체를 아우르는 손짓을 해 보인다.

　"음, 그렇게 보면 사실 모든 게 엄청 초라하지." 내가 냉랭하게 말한다.

　"맞는 말이에요." 예시카가 그렇게 말하고 뜬금없이 웃는다. "정말 그래요." 그녀는 뒤로 벌렁 누워 얼굴에 팔을 얹는다. 점점 조바심이 난다. 그녀와 삶의 의미와 무의미에 대해 왈가왈부할 마음은 없다. 나는 옷을 마저 벗고 알몸으로 그녀 옆에 눕는다.

"예시, 이리 와, 예시." 나는 한껏 부드럽게 말하고 그녀를 애무하려 한다. 하지만 내 손길이 닿기가 무섭게 그녀는 도로 일어나 앉는다.

"있잖아요, 나도 종종 이런 집과 가족과 정원의 튤립과 이 모든 잡동사니를 꿈꿔요. 하지만 당신을 보면 이런 생각이 들어요. 거기엔 반드시 대가가 뒤따르고, 그 대가란 내 남자가 언젠간 나를 떠나 다른 것을 찾는다는 거죠."

"이런." 나는 웃는다. "지금 나 훈계하는 거야?"

"네, 어쩌면요." 그녀가 말한다. 나는 그녀의 어깨에 손을 얹는다.

"예시, 대체 왜 이래?"

"아이참." 그녀가 나지막이 말하고 벌떡 일어선다. "욕실은 저 뒤쪽이죠, 아닌가?" 그녀가 묻는다. 나는 고개를 끄덕인다.

"걱정 마세요." 그녀는 욕실로 향하면서 어깨 너머로 말한다. "당신 아내의 수건에 얼룩 같은 건 남기지 않을게요. 당신 아내의 립스틱 따위는 건드리지도 않을게요." 그녀는 욕실로 들어가 문을 닫고 잠그지는 않는다. 좋은 징조 같다. 욕실에서 나올 때는 예전 나의 예시카로 돌아와 있을 것이다. 남자들에게 만남 이상의 것을 바라지 않는 젊고 해방된 여성. 그녀는 내게 아무것도 기대하지 않는다. 내게 아무것도 기대하지 않는 유일한 사람이다. 아무것도 기대하지 않는다는 사실만으로도 내게 활력을 준다. 내가 예시카와 하는 것들을 에바와는 절대 못할 것이다. 내아내가 삼십 년 넘게 결혼생활을 해왔다고 믿는 남자는 나를 우울하게 만든다. 그는 아주 훌륭하고 실수를 모르며 약점이라곤 없다. 에바는 다른 사람들에게 그 남자 얘기를 할 때면 오늘날까지도 눈이 반짝거린다! "내 남편은……" 에바는 자랑스레 말한다. "내 남편이 생각하기에는…… 내 남편이 보기에는…… 내남편이 그러는데……" 그럴 때면 나는 그 옆에 서서 구두코만 내려다본다. 에바가 말하는 그 남자가 싫다. 그는 해가 갈수록 점점 더 나를 위축시킨다. 내가 에바 앞에서 점점 자신이 없어지고 이토록 소심해진 건 그 때문이다.

틀림없이 예시카는 내 결혼생활이 흔히들 그렇듯 세월이 흐르면서 그냥 따분해졌겠거니, 그 나이답게 단순하게 생각할 것이다. 아니다. 내가 예시카를 만나는 건 아내와 내가 이십구 년을 함께 살았는데도 난생처음 보는 사람들보다 더 소심하게 서로를 대했기 때문이다. 이따금 나는 예시카의 손바닥만한 부엌에서 알몸으로 불편한 플라스틱 의자에 앉아 무릎에 그녀를 앉혀놓은 채 에스프레소를 마시고 담배를 피우면서 골똘히 생각한다. 어째서 우리집 부엌에서 에바랑 이렇게 앉아 있으려면 나무통을 타고 나이아가라폭포를 떠내려가는 것보다 더 큰 용기가 필요한 걸까.

　아마 내가 예시카를 여기 우리집으로 데려온 건 이 젊은 여자와 함께일 때 내가 느끼는 용기, 자유가 조금쯤은 남기를 바랐기 때문이었을 것이다. 나중에 에바와 함께할 때도 손쉽게 입을 수 있는 재킷처럼.

　예시카를 알게 된 건 베이징에서 프랑크푸르트로 오는 비행기 안에서였다. 나는 출장을 다녀오는 길이었고 그녀는 혼자 두 달간의 중국 여행을 마치고 돌아오는 길이었다. 영화가 상영되고 비행기 안이 어두워지자, 만원인 이코노미클래스에 있던 그녀는 빈자리가 많아 쾌적한 비즈니스클래스로 슬그머니 들어와 반항기 어린 표정으로 내 옆에 앉았다.

　프랑크푸르트에 도착했을 때 나는 에바에게 전화를 걸어 상담 때문에 다다음 뮌헨행 비행기를 탈 거라고 말했다. 그사이 예시카는 내가 아내에게 거짓말하는 걸 옆에서 듣지 않고 예의상 화장실로 자리를 피해주었다. 전화를 끊고 그 옆에서 예시카를 기다리는데, 영업사원으로 보이는 내 연배의 남자가 전화를 걸러 왔다. 그의 말소리가 들렸다. "하지, 나 기다리지 마. 오늘도 늦을 거야. 마지막 비행기 탈 거야." 남자가 수화기를 내려놓고 돌아서서 단호한 걸음으로 출구를 향할 때 노란 원피스 차림의 젊은 여자가 달려와 그의 목에 매달렸다. 별안간 완전히 비현실적인 느낌이 들었다. 내가 감색 양복을 입고 여행가방을 든 작은 인형이 되어 완전히 똑같은 남자 인형 무리 속에 섞여 있는 것 같았다. 그 인형들은 짓궂은 어린아이의 손에 조종당하듯 장난감 공항에서 이리저리 떠밀리다 장난감 공중전화로 아내들에게 판에 박힌 말을 지껄이더니 화사한 여름 원피스 차림의 아가씨 인형들과 함께 장난감 호텔로 옮겨졌다. 그런 생각이 이상하게 위로가 되었다. 나 혼자만 그러는 게 아니었다. 다른 사람들도 다 마찬가지였다.

예시카는 내게 사무실, 에바, 두 딸, 혹은 일주일에 한 번 사우나에 가거나 토요일 오전 느긋하게 신문을 보는 일처럼 더없이 익숙한 존재가 되었다. 나랑 있지 않을 때 예시카가 뭘 하며 어떻게 지내는지 나는 모른다. 알고 싶지도 않다. 모르면 모를수록 나는 그녀와 함께 자유로울 수 있다. 이따금 예시카처럼 젊은 여자가 왜 나 같은 노친네와 시간을 보내는지 궁금하다. 예시카가 내 딸이라면 호되게 꾸짖을 것이다. 그래봐야 소용없다는 걸 나 자신의 쓸쓸한 경험으로 누구보다 잘 알지만 그래도 이렇게 말해줄 것이다. 애야, 이때가 인생에서 가장 아름다운 시절이었다고 추억하는 날이 올 거다. 나이도 죽음도 병도, 원치 않는 방향으로 널 돌려세우지 못한 시절, 인생이 어디로 나아갈지 정말 자유롭게 결정할 수 있었던 시간이었다고. 그런데 지금 무슨 짓을 하고 있는 거니? 네게는 아직 있는 그 모든 것이 자신에게는 더 이상 없다는 이유로 뱀파이어처럼 네 젊음을 빨아먹는 늙은 남자랑 시간을 허비하고 있어.

물론 나는 그녀에게 아무 말도 하지 않는다. 입을 다문 채 그저 먹고 나면 배가 부르고 만족감이 드는 좋은 음식처럼 그녀를 즐긴다.

나는 시간감각을 잃었다. 그녀가 욕실에 들어간 지 얼마나 되었는지 모르겠다. 물소리도 들리지 않고 조용하다, 매우 조용하다. 당황스럽다. 혹시 그녀가 에바의 화장품으로 화장을 하고 있나? 그러면 흩날린 파우더와 누가 바른 흔적이 있는 립스틱을 에바에게 어떻게 설명하지? 나는 아무것도 걸치지 않은 알몸으로 계단을 내려가 거실에서 위스키를 한 잔 더 가져온다. 이렇게 벌거벗고 집안을 돌아다닌 게 언제인지 기억도 나지 않는다. 이 집으로 이사 왔을 때 이미 아이 둘이 딸려 있었다. 전화벨이 울리고, 나는 누구한테 들키기라도 한 듯 움찔한다. 소리만 낮추고 벨이 계속 울리게 내버려둔다.

침실로 돌아와보니 예시카는 아직도 욕실에서 나오지 않았다. 나는 조심스레 문을 두드린다.

"예시? 이봐, 예시?" 그녀는 대답이 없다. 욕실에서는 아무 소리도 들리지 않는다. 나는 문손잡이를 내리고 조심스럽게, 아주 천천히 문을 연다. 왁, 소리쳐서 그녀를 놀래주고 함께 웃을 생각으로. 처음에는 목욕물 위에 뜬 붉은 거품만 눈에 들어온다. 이상하다. 나는 생각한다. 어떻게 거품이 붉은색이지? 이해하고 싶지 않은 것을 이해하는 데는 시간이 오래 걸리는 법이다. 그녀는 눈을 감고 코까지 물속에 잠겨 있다. 나는 그녀의 어깻죽지를 잡고 물 밖으로 끌어당긴다. 물이 넘치고 붉은 거품이 욕조 가장자리를 넘어 노란색 욕실 양탄자 위로 뚝뚝 떨어진다. 마침내 욕조에서 예시카를 힘껏 들어올려 둔탁한 쿵 소리와 함께 바닥에 내려놓자 그녀의 팔을 따라 가늘게 흐르는 피가 순식간에 양탄자를 검붉게 물들인다. 나는 예시카를 벽에 기대놓는다. 그러나 거품 때문에 그녀의 몸은 몹시 미끈거려 자꾸만 쓰러지려고 한다. 그 바람에 붉은 거품이 하얀 타일에 줄무늬를 남긴다.

나는 그녀의 팔을 잡아 올리고 등에 두툼한 수건 두 장을 댄 다음 손목을 살펴본다. 아주 제대로, 가로가 아니라 세로로 길게 벤 것을 확인하자 몹시 화가 난다. 면도날은 아직 욕조 가장자리에 놓여 있다. 나는 전기면도기를 쓴다. 면도날은 그녀가 따로 챙겨온 게 분명하다. 내가 상비약 상자를 뒤져 손목을 싸맬 만한 것을 찾는 동안에도 피는 계속 바닥으로 흘러 하얀 수건과 타일과 모든 것을 붉게 물들인다. 내가 서둘수록 피는 더 빨리 흐르는 것 같다. 마침내 거즈와 반창고를 찾아내 거즈로 상처를 싸매고 반창고를 친친 감는다. 그러나 이내 그 밑으로 피가 배어나와 손목을 타고 내 다리로 뚝뚝 떨어진다. 나는 거울을 본다. 가슴과 팔이, 온몸이 피로 얼룩져 있다. 당장 샤워하고 싶은 마음이 간절하다. 예시카가 눈을 떠 나를 멍하니 바라본다. 거의 따분해 보이는 눈빛이다. 마음 같아선 따귀라도 올려붙이고 싶다. 세 시간만 있으면 에바가 돌아온다. 공포에 질린 나는 할 수 있는 일 가운데 가장 어리석은 짓을 하고 만다. 예시카를 들쳐업고 침실로 가서 침대에 넌 다음 떨리는 손으로 옷을 입힌다. 예시카의 팔이 천천히, 펼쳐놓은 멕시코 담요와 시트와 베개 위로 커다란 반원을 그리며 피범벅인 손목을 문지른다. 그동안 그녀의 눈은 가만히 나를 응시한다. 그녀는 천천히 몸을 옆으로 돌리며 다시 한번 하얀 시트를 팔로 쓴다. 나는 그녀의 따귀를 때린다. 그녀는 찍소리도 내지 않는다. 그녀가 침대에서 방바닥으로 몸을 던진다. 연회색 양탄자가 깔린 바닥으로. 그녀는 손목을 짚고 기어가면서 마치 앞발이 두툼한 이상한 짐승처럼 양탄자에 자국을 남긴다. 나는 도로 욕실에 달려가 이미 피로 얼룩진 수건을 가져다 침실 바닥에 던져놓고 예시카를 돌려 뉜 다음 움직이지 않도록 무릎으로 누른 채 티셔츠를 머리 위로 뒤집어씌운다. 나를 막기에 그녀는 너무 약하지만 그래도 할 수 있는 만큼 힘겹게 저항한다. 문득 옛날 생각이 난다. 재킷이나 스웨터를 입혀주려고 할 때 아이들이 소매에 팔을 못 넣게 있는 힘껏 뻗대던 기억. 나는 완력을 써서 예시카의 팔을 셔츠에, 다리를 청바지에 욱여넣는다. 나는 예시카에게 고함을 지른다. 그녀는 생기 없고 원망 가득한 눈으로 나를 바라보다가 누가 그녀의 몸에서 공기를 뺀 듯 축 늘어지며 무너져내린다. 나는 생각한다. 오, 맙소사, 내가 원한 건 그냥 잠깐의 쌈박한 정사가 전부였어. 한 모금의 물처럼 단순하고 명쾌한 정사. 그녀가 몇 년 동안 줄곧 내게 약속한 것도 바로 그것이었고. 속았다고 생각하니 별안간 그녀가 증오스럽다. 내가 잽싸게 옷을 입는 동안 예시카가 또다시 피범벅인 손을 우리 양탄자에 대고 문지른다. 나는 그녀를 증오하고, 그녀는 나를 증오한다. 언제부터일까? 나는 그녀의 팬티와 브래지어를 바지 주머니에 쑤셔넣고 그녀를 낡은 자루처럼 어깨에 걸머진 채 비트적거리며 계단을 내려가 현관문으로 향한다. 맨 밑에 이르러 잠시 고개를 돌려보니 계단을 내려오는 내내 예시카가 피투성이 손목으로 하얀 벽을 훑어놓았다. 우중충한 갈색의 혐오스러운 줄무늬를 보니 당장이라도 눈물이 쏟아질 것 같다. 마음 같아선 낡은 넝마인 양 예시카를 밖으로 내던진 다음 문을 닫고 모든 것을 잊고 싶다.

나는 그녀를 차고로 메고 가 내 차에 앉히고 안전벨트까지 채운 뒤 병원 응급실로 향한다. 물론 그녀가 앉은 자리도 피투성이가 된다. 나는 분노를 조금이나마 누그러뜨리려고 카세트에 비발디 테이프를 넣는다. 줄곧 꼼짝도 않던 예시카가 불쑥 손을 뻗어 '꺼냄' 버튼을 누른다. 카세트가 비발디를 뱉어낸다. 예시카는 나를 보지 않는다. 팔을 축 늘어뜨리고 가만히 앉아 있다. 반창고 안의 동맥이 잘린 걸 내가 잊지 못하도록 손바닥을 위로 향한 채로.

나는 응급센터 대기실 의자에 그녀를 인형처럼 앉힌다.

"예시카." 내가 불러도 그녀는 고개를 들지 않는다. 나는 걸음을 옮긴다. 쩔걱, 쩔걱, 쩔걱. 걸음을 옮길 때마다 윤이 나게 닦인 리놀륨 바닥에서 소리가 난다. 나는 뛰기 시작한다. 녹색 병원 복도를 달려 재빨리 모퉁이를 돌다가 소독 쟁반을 든 간호사와 부딪칠 뻔한다. 공포와 절망에 빠진 지금 이 순간에도 그 간호사가 보기 드물게 예쁘다고 생각한다. 내가 대체 어떻게 된 거지? 계속 뛰면서 생각한다. 타타타타타타탁. 구두가 기관총소리를 낸다.

에바가 돌아오기까지 한 시간 반밖에 남지 않았다. 나는 침대 시트를 벗기고 욕실의 수건들을 가져와 한데 산더미처럼 쌓아올린다. 에바가 그러는 것을 백번도 더 보았다. 그 빨랫감을 지하 세탁실에 있는 세탁기에 쑤셔넣고 세탁기의 작은 서랍에 가루비누를 부은 다음 물이 나올 때까지 이 단추 저 단추를 미친듯이 누른다. 나는 도로 뛰어올라가 양탄자 전용 세제를 찾아 부엌을 샅샅이 뒤진다. 빌어먹을 에바, 세제를 대체 어디 숨겨놓은 거야? 드디어 그것이 마땅히 있어야 할 바로 그곳, 청소용구함에서 '투바 양탄자 전용 세제' 통을 발견한다. 나는 부리나케 계단을 올라간다. 쉽게 닦이지 않을 벽의 핏자국을 지나 침실로 간다. 통 속의 세제 가루를 침실 양탄자에 되는대로 뿌리고 무릎을 꿇고서 스펀지로 문지른다. 얼룩은 줄어들 기미가 없다. 그 반대다. 문지를수록 더 커지는 것 같다. 게다가 거품이 자꾸자꾸 생겨 산더미처럼 늘어난다. 거품은 내 손 아래서 생겨나고 또 생겨나 무릎을 넘어 방으로 퍼진다. 나는 얼룩을 찾으려고 거품을 퍼서 옆으로 치우고 눈처럼 파헤친다. 절망감이 엄습한다. 나는 세제 통을 들고 사용법을 읽어본다. 그리고 그렇게 쭈그리고 있는 동안 갑자기 내 삶이 멈춘다. 속도를 서서히 늦추는 바퀴처럼 점점 느려진다. 눈앞에 에바가 보인다. 쇼핑을 마친 에바가 짐을 들고 차로 향한다. 그런데 문득 그녀의 걸음이 주위의 모든 것, 행인들과 자동차와 자전거 탄 사람들과 마찬가지로 차츰차츰 느려진다. 아이 하나가 슬로모션처럼 고개를 들고, 개 한 마리는 한번 더 꼬리 치더니 움직이지 않는다. 소리들이 점점 낮아지고, 천천히 돌아가는 레코드에서 나는 것처럼 느려지기 시작하더니 잠잠해진다. 주위가 너무 조용해 머릿속 피가 고동치는 소리가 귀에 들릴 지경이다. 나는 '투바 양탄자 전용 세제' 통을 손에 들고 뒷면의 글을 뚫어져라 본다. 움직이지 않는 한 안전하다고 나는 생각한다. 그래서 침실 바닥에 웅크리고 앉아 읽고 또 읽는다. 투바 양탄자 전용 세제

 * 자주 사용해도 양탄자의 섬유가 상하지 않습니다.

 * 찌꺼기를 남기지 않습니다.

 * 양탄자의 급속한 재오염을 방지해줍니다.

 * 오래된 찌든 때를 제거해줍니다.

 * 갓 생긴 얼룩의 경우 즉시 제거됩니다.

쇼핑 열병

파란색 밍크를 두르고 빨간색 페라가모 하이힐을 신은 모습으로 나만의 아파트 창가에 혼자 앉아 있을 때면 종종 두 딸 파니와 샤를로테를 생각한다. 내가 왜 알몸에 입이 떡 벌어지게 비싼 모피를 두르고서 여기 앉아 있는지, 대체 왜 우리집이 아니라 하얀 벽으로 둘러싸인 이 썰렁한 아파트에 있는지 아이들에게 어떻게 설명할지 곰곰이 생각한다. 내가 흔해빠진 드라마 속 비극적인 주인공이 되었다고 설명할까? 너희 아빠가 결혼생활 이십팔 년 만에 뜬금없이 다른 여자 냄새를 옷에 묻혀오면서 일이 시작되었다고? 너희 아빠가 몸무게에 신경쓰기 시작하고 말도 없이 염색을 하고 색깔 있는 셔츠와 청바지를 샀다고? 너희 아빠는 쌔고 쌘 남자들처럼 그저 죽음에 대한 두려움을 젊은 여자의 살로 달려려 한 것뿐이라고? 이해는 할 수 있지만 나 역시 이런 처지가 되고 보니 남편에게 속고 사는 쌔고 쌘 마누라들처럼 절망스럽고 비참하고 외롭고 추하고 뚱뚱하고 늙은 여편네에 지나지 않더라고? 그러나 나는 아무것도 설명할 필요가 없다. 딸들이 묻지 않기 때문이다. 이 아파트 붙박이장에는 밍크가 검은색과 하늘색으로 한 벌씩, 샤넬 양장 두 벌, 입생로랑 원피스 네 벌, 미야케 재킷 한 벌, 겐조 재킷 한 벌, 레자르 재킷 한 벌, 베르사체 원피스 세 벌, 아르마니 원피스 두 벌, 페라가모 구두 열일곱 켤레, 랄프 로렌 스카프 네 장과 니트 세 장, 질 샌더 코트 두 벌, 아제딘 알라이아 레인코트 한 벌, 조르조 디 산탄젤로 보디슈트, 에르메스 실크 크레이프 반바지, 빨간색과 검은색 실크 속옷, 루이비통 가방 다섯 개, 엠시엠 가방 세 개, 각기 다른 향수 스물한 병이 있다. 손에 잡히는 대로 사들였다. 라벨의 이름이 듣기 좋거나 판매원이 내게 듣기 좋은 말을 늘어놓으면 그걸 샀다. 그게 뭐든, 값이 얼마든 상관하지 않았다. 나는 그저 사람들 사이에 있고 싶었고, 존재감을 느끼고 싶었다. 사람들이 나를 함부로 짓밟지 못한다는 느낌을, 나도 약간의 친절과 존중을 받았다는 느낌을 원했다.

  시작은 싸구려 백화점이었다. 온갖 물건이 넘쳐나는 곳에서 밝은 불빛을 받으며 사람들 틈에 있으면 언제나 금세 기분이 나아졌다. 괴로운 두통처럼 들러붙어 있던 근심은 백화점 입구에 들어서는 순간 떨어져나갔다. 처음에는 샤를로테와 파니에게 줄 면 팬티와 양말, 티셔츠, 잠옷을 사고, 행주와 침대시트, 아무도 갖고 싶어하지 않는 실용적인 물건들을 샀다.

세탁물을 넣어두는 장이 넘치도록 차고 사들인 것들을 어디 둬야 할지 모르게 됐을 때, 나는 부티크를 돌아다니며 값싼 잡동사니와 유행하는 장신구, 스카프, 할인 상품을 사들이기 시작했다. 그러나 판매원들은 특가품만 사는 사람들을 귀신같이 알아보고 전염병 환자라도 되는 것처럼 외면해버리거나 얼굴에 거부감을 드러내며 마지못해 대꾸한다. 그런데도 나는 날마다 내 발로 그들을 찾아가 홀대당했다. 그편이 집에 죽치고 앉아 양탄자의 오래된 얼룩과 이 빠진 찻잔을 보며 우리의 과거, 늘 행복했던 건 아니지만 그래도 어디까지나 우리 부부가 함께했던 과거를 회상하는 것보다는 훨씬 나았다. 나는 버릇없는 아이처럼 현재로부터 쫓겨난 느낌이었다. 헤르베르트는 혼자 다른 방에 들어가 내 앞에서 문을 잠갔다. 설명도 없이, 말다툼도 없이, 그냥 그렇게.

그뒤 베르벨 고모가 세상을 떠나면서 4백만 마르크의 유산을 내게 남겼다. 나는 비싼 옷을 가져본 적이 없었다. 그런 건 불필요하고 비이성적이고 좀 속물스럽다고 여겼다. 모피가 있었으면 한 적도 없다. 언젠가 헤르베르트가 크리스마스 선물로 사주겠다고 했을 때 차라리 인조모피로 된 내피를 붙였다 뗐다 할 수 있는, 실용적이고 깔끔한 디자인의 트렌치코트를 갖고 싶다고 한 기억이 난다. 아니, 시내 고급 상점으로 나를 이끄는 것은 옷이 아니라 나를 대하는 판매원들의 태도였다. 존중의 태도. 물론 시간이 걸렸다. 처음에 판매원들은 닳아빠진 모카신을 보고 나를 업신여겼다. 피팅룸에 들어와 값싸고 실용적인 면 속옷을 보면 내게 연민의 미소를 지었고, 내 가방과 지갑이 실용적인 인조가죽 제품인 것을 알아차리고는 눈썹을 치켜세웠다.

비싼 페라가모 구두를 신고 샤넬 목걸이에 루이비통 핸드백을 들고 콘돔을 연상시켜 늘 상당한 불쾌감을 주는, 볼썽사나운 2700마르크짜리 알라이아 흰색 비닐 레인코트를 걸치고 나서야 판매원들은 상점에 들어서는 나를 황급히 달려와 맞이하고, 커피를 내오고, 거짓 미소를 보이고, 마음에도 없는 듣기 좋은 말을 늘어놓았다.

그들이 거짓말을 하건, 내 지갑을 열 마음뿐이건 상관없었다. 나는 목마른 사람이 물을 원하듯 그들의 찬사를 원했다. 들어도 들어도 또 듣고 싶었다. 그들의 말을 기꺼이 믿고 싶었다. 온갖 값비싼 전리품은 창가의 의자와 캠핑용 접의자를 제외하면 아무것도 없는 이 아파트에 가져다두었다. 월세가 1200마르크씩 나가는 이 아파트를 처음에는 커다란 장롱으로만 사용한 것이다. 쇼핑한 물건들을 집에 갖다놓았더라면 언젠가는 샤를로테와 파니의 눈에 띄었을 것이다. 두 아이는 가끔 집에 올 때마다 사냥개처럼 킁킁거리며 내 옷장을 샅샅이 뒤진다. 그리고 옛날 옷들 사이를 헤집고 다니듯 우리 가족사를 파헤친다. 파니는 뜬금없이 1960년대 구식 칵테일파티용 원피스가 끝내주게 멋있다고 하고, 샤를로테는 갑자기 어릴 때 무척 좋아하던 작은 푸들 무늬 손수건이 생각난다며 당장 찾겠다고 옷장이란 옷장을 다 뒤지고 다닌다. 두 아이는 헤르베르트의 녹색 스웨터를 가져가고, 내가 전에 신던 금색 펌프스를 말도 없이 가져간다. 아이들은 메뚜기처럼 불시에 쳐들어온다.

아니, 딸들은 그저 나를 비웃었을 것이다. 오호, 엄마가 디자이너의 세계에 눈떴나보네! 그러고는 아르마니 블레이저(샤를로테)나 알라이아 레인코트(파니)를 빌려달라고, 아주 잠깐, 딱 하루면 된다고 졸랐을 것이다. 갖은 애교를 부리며 제발, 제발, 하고 종알거리는 소리가 들리는 듯하다. 내가 그것들로 바보 같은 유희를 시작하기도 전에 모든 것을 빼앗아갔을 것이다.

헤르베르트는 사무실에 가는지 목적지가 따로 있는지 몰라도 매일 아침 집을 나선다. 나는 그가 어디로 가는지 알려 들지 않고 그냥 여기 내 아파트로 와버린다. 그러고는 목욕을 하고 화장을 하고 머리를 만지고 예쁜 옷을 차려입은 뒤 창가에 앉아 몇 시간이고 만화경을 보듯 밖에 지나가는 차들을 물끄러미 내다본다. 창밖을 바라보며 머리를 비우려고 애쓴다. 하지만 생각만큼 쉽지는 않은 일이라, 어느새 한 여자를 상상하기 시작한다. 오십대인 그녀는 다리가 예쁘고 엉덩이는 풍만한데다 단아하고 매력적인 얼굴에 풍성한 머리는 희끗희끗하다. 염색을 왜 좋아하지 않는지는 모르겠다. 나는 그녀가 알몸으로 거울 앞에 서서 명백한 결점을 냉정한 눈으로 낱낱이 살핀 다음 검은색 샤넬 정장이나 옥빛 리넨 원피스를 입는 모습을 본다. 가끔은 알몸에 파란색 밍크만 걸치기도 한다. 그러고 나면 순식간에 섹시하고 여성스러운 모습, 우아하고 자신감 넘치는 모습이 된다. 자신이 세상과 대면하고 있다는 느낌으로 충만하다. 세상이 아무 문제 없다고 생각하고, 세상은 그녀를 아무 문제 없다고 여긴다. 그렇기에 편하게 긴장을 푼 채 창가에 앉은 그녀의 거울처럼 매끄러운 영혼에는 산들바람 한 점도 잔물결을 일으키지 못한다. 내가 보고 있는 여자는 나와는 딴판이다. 거울에 비친 내 모습 같지만 정작 나는 몰라본다. 그렇게 나는 매일매일 나도 내 근심도 모르는 사람으로 새롭게 태어나고, 그것이 깊은 우물을 들여다보는 것처럼 독특한 방식으로 위안을 준다.

　이제 주말에는 이곳에 올 수 없다는 게 아쉬울 지경이고, 우리 집 거실에서 헤르베르트와 함께 보내는 일요일 오후면 일 관련 잡지를 읽으며 애인 생각을 하는 그와 나란히 앉아 창가의 그녀를 떠올린다.

호텔방에 혼자 있는 여자들

파니는 그냥 섹스만 할 순 없었다. 하룻밤 잠자리에 지나지 않아도 사랑에 빠졌다. 모든 면이 무조건 마음에 들 필요 없이, 때로는 웃는 모습이라든가 운전대를 힘있게 잡은 손이라든가 짠하게 느껴지는 벗은 몸만으로도 충분했다. 파니는 번번이 자기 연애감정에 취해 봄을 맞은 목초지의 말처럼 날뛰었다. 그녀는 그렇게 사랑에 빠진 바로 다음날 비닐봉지 몇 개에 가진 것을 모두 챙겨 애인 집 문을 두드렸다. 그러고는 다른 잡지를 구독하라고 권하듯 낭만적인 사랑을 제안했다. 지금껏 모든 남자가 반색하며 문을 열어주고 그들의 삶 속으로 그녀를 들였다. 예외는 없었다. 파니는 헌신적이고 열정적으로 온 마음을 다해 사랑했다. 상대에게도 무조건적인 사랑을 요구했고 받지 못하면 안달복달하다가 사냥개가 전리품을 낚아채듯 애인의 영혼을 노기등등하게 잡아챘다. 자기가 넘겨짚었던 것만큼 애인의 영혼에 숨겨진 게 별로 없다는 사실을 믿고 싶지 않았다. 그녀는 물어뜯을 게 더는 없고 지칠 대로 지쳐서야 포기했다. 그러다가 다른 남자와 사랑에 빠져 다시 비닐봉지를 챙겨들고 사라졌다.

파니가 정말로 떠났다는 것을 클라우스는 며칠 뒤에야 알았다. 비닐봉지들을 챙겨 문을 나서는 그녀의 모습이 꼭 급히 쓰레기를 버리러 가는 듯했기 때문이다.

문이 닫혔을 때 클라우스는 안도의 한숨을 내쉬었다. 끊임없이 의무적으로 사랑하는 데 넌더리가 났다. 그냥 조용히 앉아 창밖을 내다보고, 책을 읽고, 침묵하고 싶었다.

파울은 클라우스와는 정반대였다. 클라우스가 파니에게 늘 황소(단지 그의 별자리 때문만은 아니다) 같은 느낌이었다면 파울은 기린을 연상시켰다. 그는 금발에 여리고 창백한 인상으로 은근히 시인 기질이 있고 볼보를 몰았다.

파울은 생계를 위해 라디오 프로그램 〈문화〉를 진행했고, 파니는 같은 방송국 음향 기술자였다. 두 사람은 맞붙어 있는 두 개의 수조 속 물고기처럼 스튜디오의 유리창을 통해 몇 달 동안 서로를 지켜보았다. 마이크를 통해 흘러나오는 목소리는 원래 자기 것이 아닌 것 같았고, 그 덕분에 두 사람은 용감해질 수 있었다. 둘은 곧 작업상의 지시사항을 사랑의 밀어처럼 속삭였다. "마이크 테스트 좀 해볼까요?"나 "실수한 부분 좀 편집해주시겠어요?" 같은 말들은 그들의 귀에 격렬한 사랑의 약속처럼 들렸다.

그 약속을 두 사람이 처음 행동으로 옮기려고 할 때 파니는 파울의 부서질 것 같은 몸을 보고 놀랐고 파울은 파니의 덩치에 놀랐다. 클라우스가 뮌헨 근교에서 전원주택풍 집들을 파는 동안 파울과 파니는 그의 집에, 그의 침대에 누워 있었다. 파니는 클라우스와는 딴판인 파울의 가녀린 몸에 적응하기가 힘들었다. 자신이 어떤 동작을 하건 항상 너무 크고 공간을 많이 차지하는 느낌이었고, 자기 팔이 그의 앙상한 등을 넉넉히 감싸고 남는 데도 놀랐다. 그들은 사랑의 말을 속삭였지만 마이크가 없으니 목소리가 이상하게 밋밋했다. 파니는 도로 옷을 입었다. 그런데 아직 벌거벗은 파울을 보자 별안간 끔찍하게 추하다는 생각이 들었다. 꼭 굶어 죽어가는 새처럼 보였고, 그가 급히 주워 입은 티셔츠는 여섯 살짜리에게나 어울릴 법했다. 그는 파니에게 수줍게 웃어 보이고 팬티를 손에 들고 까딱까딱 흔들었다. 파니는 그 모습이 어찌나 경악스럽던지, 그에 대한 모든 사랑이 풍선에서 바람 빠지듯 빠져나갈 정도였다. 정말로 피시시시싯 소리가 들렸다. 그러나 자신을 클라우스에게서 벗어나게 해줄 사람으로 이미 파울을 선택한 마당에 이제 와서 돌연 대본을 수정하고 고상한 기사의 역할을 맡길 새 인물을 찾을 수는 없는 노릇이라 그의 품에 달려들어 사랑의 맹세를 퍼붓고 찰싹 달라붙어선 고양이처럼 가르릉거리며 그의 손길에 몸을 맡겼다. 다시 뭔가 느낌이 올 때까지.

일주일 뒤 파니는 클라우스의 집을 나와 비닐봉지들을 모두 챙겨 파울의 볼보에 올랐고, 그녀가 타자 파울은 출발했다. 그렇다고 멀리 간 것은 아니었다. 어쩌면 파니는 파울의 자동차 상표를 좀더 눈여겨봤어야 했는지도 모른다. 클라우스는 BMW를 몰았다. 그에게 어울리는 차였다. 스포티하고 조금 튀어 보이고 힘이 있었다. 파울은 구형 볼보를 몰았고, 딱 그만큼 신중한 사람이었다. 파니가 운전대를 잡은 그의 가늘고 하얀 손에 감탄하는 (삼 년 전 다른 운전대에 놓인 클라우스의 억센 손에 감탄했듯이) 사이 파울은 어느 싸구려 호텔 앞에 차를 세웠다.

"언젠가는 함께 살고 싶어질 수도 있겠지만 지금은 아니야." 파울이 말했다.

파니로서는 처음 듣는 소리였다. 이미 사랑에 빠졌는데 밤이나 낮이나 붙어 있고 싶지 않다니 이해가 되지 않았다.

"이해해." 파니는 힘없이 말했다.

호텔방은 넓고 나무랄 데 없었다. 탁자에 붉은 카네이션 한 송이가 놓여 있고, 화관을 쓰고 연못 주위를 도는 벌거벗은 아이들을 그린 커다란 그림이 침대 위에 걸려 있었다. 열아홉 살에 부모님 집을 나온 이래 처음으로 파니 핑크는 혼자였다. 그녀는 외로움에 대비해 당장 소형 텔레비전을 사고, 저녁에 리모컨을 들고 침대에 누워 채널을 돌리면서 몇 번이나 큰 소리로 말했다. "드디어 혼자가 됐어."

어느 정도 행복감까지 들었다. 몇 년 동안 도리스 레싱과 진 리스, 잉게보르크 바흐만, 마르그리트 뒤라스의 작품 속 용감한 여성들을 찬탄하고 부러워했는데, 이제 자신도 그들 중 하나가 된 것 같았다. 밤 열시, 열한시 정도까지는 그랬다. 그러나 시간이 갈수록 의지는 약해져서 결국 파울에게 전화를 걸었다.

"그냥 자기 기분이 어떤지 궁금해서 전화했어."

"그저 그래. 뭐해?" 파울이 물었다.

"그게 왜 궁금한데?" 파니는 그렇게 말하고 짧은 한숨을 쉬었다.

"무슨 일 있어?"

"아니."

"아무래도 무슨 일 있는 것 같은데?" 파울이 말했다.

"아니야, 별일 없어." 파니가 말했다.

"왜 나한테 솔직하게 말 안 해?"

"후유." 파니의 목소리가 조금 떨렸다. "모든 게 늘 아름답게 시작해서 추하게 끝나잖아. 그게 슬퍼."

"참 이상하지." 파울이 말했다. "나는 꼭 일이 안 풀리는 여자들만 사귄단 말이야. 그러다 뭐가 좀 좋아진다 싶으면 여자들이 날 떠나기 일쑤고."

"난 안 그래." 파니가 말했다.

두 사람은 말없이 비에 젖은 길을 걸었다. 나무에 매달린 여름 이파리들이 네온사인에 물들어 반들반들하게 빛났다. 얇은 가죽으로 된 부츠를 신은 파울은 그 탓에 좀 별난 사람으로 보였다. 파니는 파울이 호텔로 데려다주기 전에 먼저 그의 집이 있는 길로 접어들자 벌써 이긴 기분이었다.

"오늘밤 우리집에서 잘래?" 파울은 파니를 보지 않고 물었다.

"자기가 원하는 대로 해." 파니는 궁색해 보이지 않으려고 그렇게 말하고 부드러운 미소를 지어 보였다.

"아니야, 자기가 하고 싶은 대로 해." 파울도 미소지어 보였다.

오, 맙소사, 이 남자는 왜 날 그냥 데려가지 않고 굳이 바보로 만들려고 할까? 파니는 생각했다.

"자기가 뭘 원하는지 말해봐." 파울이 말했다.

파니는 베로나에 갔을 때 클라우스가 사준 빨간색 실크 스커트를 내려다보았다. 내가 왜 클라우스를 떠났지? 파니는 생각했다. 그러나 당장은 이유가 떠오르지 않았다.

"아무래도 자기는 혼자 있는 게 나을 것 같아." 마침내 파니가 말했다.

"그걸 어떻게 아는데?"

"맞아, 확실해." 파니는 똑똑하고 태연해 보이려고 애쓰면서 말했다. "자긴 혼자 있고 싶은 마음이 훨씬 커."

"그럼 뭐." 파울이 말했다. "난 러시아 영화 특집 방송 원고를 마저 쓰면 될 것 같아."

"거봐." 파니가 말했다.

"사랑해." 파울이 말했다.

파울이 집안으로 사라지자 파니는 담벼락 앞에 앉아 노여움에 울부짖었다. 단순하고 마음 편히 사랑받는 게 그토록 불가능한 일일까? 파니는 크고 부드러운 소파 쿠션처럼 마음 편히 사랑받고 싶었다.

"이 바보! 형편없는 얼간이!" 파니는 파울의 불 켜진 창을 올려다보며 소리쳤다. 자그마한 체구의 노파가 개를 데리고 지나갔다. 무심히 지나치는 노파와 달리, 개는 검푸른 BMW 카브리오 한 대가 모퉁이를 돌아 천천히 다가오는데도 아무렇지 않게 파니의 구두에 코를 대고 킁킁거렸다. 클라우스 차랑 같은 파란색 BMW네. 파니는 생각했다. 낡고 구멍나도 편한 스웨터처럼 클라우스가 그리웠다. 차가 바로 앞을 지나갈 때야 비로소 클라우스를 알아보았다. 그는 파니 쪽이 아닌 길 건너편, 파울의 집을 올려다보느라 차창에 얼굴을 바싹 붙이고 있었다. 파니는 숨도 제대로 못 쉴 만큼 긴장되었다. 파니는 어느 건물 입구로 몸을 피해 기다렸다. 클라우스는 세 번이나 더 그 블록을 돌아 파울의 집 앞을 느릿느릿 지나갔다. 틀림없이 파니가 파울의 집에 있다고 넘겨짚은 것이었다. 클라우스의 얼굴은 잘 보이지 않고 각진 옆얼굴과 떡 벌어진 어깨만 확실히 보였다. 파니는 클라우스가 파울과 자기, 두 사람을 죽이러 손도끼를 들고 파울의 집에 쳐들어가는 모습을 상상했다. 아니, 나는 말고 파울만. 당연히 파울만 죽이겠지. 클라우스와 파니, 파니와 클라우스는 서로의 반쪽이니까. 파니는 한숨이 절로 나왔다. 오, 맙소사, 어째서 뇌는 이토록 오래 익숙한 것을 고집하는 걸까? 귀찮게 하는 어린아이처럼. 왜? 왜 뇌가 전 같지 않은 거지? 어째서, 뭐 때문에?

이제 막 책상 앞에 앉은 파울의 금발이 스탠드 불빛을 받아 반짝거렸다. 그는 타자기 위로 몸을 숙였다.

파니는 한참을 그렇게 서 있었다. 클라우스가 한번 더 지나가기를 바라면서도 그럴까봐 두려웠다. 그랬다면 그녀는 아무 일도 없었다는 듯 그의 차에 탔을 것이다.

그녀는 술집에서 보드카토닉을 마시고 반시간 만에 취했다.

호텔로 돌아오자 꼭 체코 흑백영화 〈절망〉의 주인공이 된 기분이었다.

난생처음 잠이 그녀를 포기했다. 그녀는 일찌감치, 어린 학생 때부터 되도록 많이 자서 현실을 잊어버리기로 세상과 휴전협정을 맺은 터였다.

"넌 인생의 반을 잠으로 허비하는구나!" 엄마는 늘 소리치며 커튼을 힘차게 열어젖혔다.

"어쩔 수 없어요. 잠이라도 자야 이 거지 같은 세상을 견딜 수 있단 말이에요." 파니는 항변하고 싶었다. 자는 동안은 결코 외롭지 않았다. 자는 동안은 그녀의 삶도 유쾌하고 다채롭고 흥미진진했다. 그런데 하필 지금 오랜 동맹인 잠이 그녀를 포기했다. 잠은 얇은 베일로만 다가와, 여느 때처럼 자기 자신에게서 자유로운 모습이 아닌 유년기의 환상 중 가장 나쁜 것만 되풀이해서 보여주었다. 주위의 모든 사람이 죽었다. 처음에는 부모님, 다음에는 형제자매들과 숙모들, 삼촌들, 클라우스, 또 클라우스, 자꾸자꾸 클라우스, 그녀가 클라우스와 함께 살았던 집에 사는 사람들, 길모퉁이 채소가게 주인 여자, 단짝, 건너편에 사는 건설

노동자들, 밀 선생님, 옛 애인들, 파울, 그녀가 아는 모든 사람, 끝으로 온 도시와 온 인류가 죽는 것이다. 그들은 냉소를 띠며 파니를 떠났고, 남은 사람은 그녀가 유일했다. 세상에 혼자뿐이 었다. 대개는 울음소리 때문에 잠이 깨서 깜짝 놀라 귀를 쫑긋 세웠다. 어찌나 격하게 흐느꼈는지 목이 껄껄하고 베개는 푹 젖 어 있었다.

파니의 악몽 속에서 파울은 그녀가 클라우스와의 이별을 아파 한다는 것을 알아차렸다. 엄청 똑똑해. 파니는 생각하며 파울을 지켜보았다. 파울은 말하고 또 말하면서 길고 가는 손가락으로 머리칼을 쓸어올렸다. 파니는 그의 입을 지켜보며 입술이 열렸 다 닫히는 모습, 혀가 입술을 적시고 컴컴한 입안으로 도로 사라 지는 모습에 집중했다. 마침내 그녀는 일어나서 그의 목에 팔을 두르고 가볍게 키스했다. 그의 셔츠 단추를 풀어 성긴 가슴털을 쓸어보고 허벅지를 장난치듯 매만졌다. 그의 귀를 깨작이고 그 의 손을 잡아 자기 가슴으로 가져갔다. 그는 똑같은 놀이를 백번 째 또 하려는 아이를 보듯 너그러운 눈길로 바라보았다.

"차라리 좋은 책을 읽는 게 어때?" 파울은 그렇게 말하고 목 도리를 풀듯 그녀의 팔을 떼어냈다. 파니는 요즘 좋은 책을 많이 읽었다. 이따금 그 책들에서 늘 꿈꾸던 삶을 살고 있다는 확신을 얻기도 했다. 호텔방에서 혼자, 독립적으로, 자유롭게, 좋은 책을 읽고 라디오에서 나오는 오후의 클래식을 듣고 딸기 생크림 케이크를 한 조각 먹으며 창밖의 눈과 어둠과 추위를 관조하는 삶. 지금 그녀가 있는 곳은 그간 거쳐온 남자들의 사랑이 부족하다고―아니면 거짓이라고―느낄 때면 언제나 가닿고자 꿈꾸던 그곳이었다. 그러나 그토록 자주 그리워하던 섬이 지금은 적막하고 황량하게 느껴질 뿐이었다. 왜 소설에서는 호텔방에 혼자 있는 여자들이 늘 낭만적으로 보이는지, 부러울 만큼 당당하고 고상해 보이는지 알 수 없는 일이었다. 파니 자신이 혼자 있으면 그냥 매력 없고 왠지 존재감도 좀 없다는 느낌이 들었다. 언제 터질지 모르는 비눗방울처럼.

　이게 다 파울 탓이었다.
　"자긴 날 사랑하지 않아." 파니는 파울에게 소리쳤다.
　"사랑해." 파울이 차분하게 대꾸했다. "자긴 그냥 내 방식이 익숙하지 않은 거야. 자기는 폭력을 행사하는 사람 말만 믿잖아. 피와 눈물이 있는 거창한 드라마를 원한다고."
　"말도 안 돼. 난 격정이 좀더 있기를 바랄 뿐이야."
　"걱정이겠지." 파울이 말했다. 파니가 접시들을 벽에 던지면 그냥 엷은 미소를 띤 채 그 가격을 합산하는 그였다. 파니는 그를 때려서라도 격정의 불꽃을 이끌어내고 싶었다. 아니면 위험의 징후인 손톱만큼의 광기라도. 하지만 그는 되받아치지 않을 게 분명했다. 전에 파니는 클라우스를 무서워하면서도 맞을 때까지 계속 자극했다. 두 사람은 이따금 한 번씩 치고받으며 싸웠다. 그러고 나서 화해하면 파니는 목석도 동정심이 들 정도로 울었고, 그렇게 울고 나면 새로 태어난 기분이 들었다. 하지만 그런 기분을 느끼기 위해서는 해가 갈수록 더 격렬한 싸움과 더 많은 눈물이 필요해졌다. 이따금 파니는 훌쩍거리며 퍼런 멍을 문지르는 와중에 진저리치며 생각했다. 내가 얼마나 더 울부짖어야 모든 게 다시 좋아질까.

"나한테 원하는 게 뭔데?" 클라우스가 물었다.

"나를 사랑하는 거." 파니는 대답했다.

"다 사랑하곤 아무 상관 없어." 파울이 말하고 식탁 위 부스러기들을 한데 모아놓고 종이 한 장을 가져와 조심스럽게 쓸어담은 다음 쓰레기통으로 가져갔다.

파니는 잠 못 이루는 밤마다 책상 앞에 앉아 있는 파울을 길 건너편에서 지켜보았다. 스탠드 불빛에 금발이 거의 하얗게 보이고 몸을 앞으로 푹 숙인 채 작업에 몰두하며 고독 속에 완벽하게 숨은 그의 모습을. 소설 속 인물들처럼 낭만적인 혼자 있기를 해내는 그가 부러웠다. 자기는 혼자 있으면 괴롭다는 이유로 그녀는 파울을 증오하기 시작했다.

그가 라디오에서 직접 쓴 기사와 평론을 낭독할 때면 파니는 스튜디오 마이크를 끄고 그에게 저주를 퍼부었다. 그러면서도 유리창 너머로는 웃는 얼굴을 보였고, 파울도 천진하게 웃어 보였다. 파니는 기술상의 문제를 빌미로 그에게 같은 글을 세 번, 네 번, 심지어 다섯 번씩 읽게 만들었다. 그가 읽다 더듬는 바람에 처음부터 다시 시작해야 할 때면 예약된 스튜디오 사용 시간이 곧 끝나 그의 기고문이 아쉽지만 제시간에 전달되지 못할 수도 있음을 환기시켰다. 언젠가는 그가 분노하기를, 자제력을 잃고 격정에 휩싸이기를 바라고 기도하고 애원했지만 그런 일은 일어나지 않았다. 그는 헛기침을 하고, 어서 녹음을 진행하자며 상냥하게 재촉하고, 짜증내는 일 없이 펜으로 머리를 긁적여 마이크로 우레와도 같은 소리를 내고, 처음부터 다시 시작할 뿐이었다. 방송국 구내식당에서 그는 비프커틀릿 4분의 1조각과 양상추 한 잎을 점심으로 먹으면서(허기를 느끼지 않는 사람들은 호감이 안 가. 파니는 생각했다) 주말에 독일 표현주의 화가들의 전시회를 보도하러 런던에 간다고 말했다.

"자기가 같이 가도 돼." 그가 말했다. 파니는 끈질기게 입을 다물고 있었다. 가도 되고 안 가도 된다는 식의 제안이 달갑지 않았다.

"자기는 다른 계획이 있을지도 모르겠네." 그가 말을 이었다. 이 바보, 그냥 날 낚아채서 데려가, 그냥 데려가라고! 파니는 생각했다. 두 사람 다 말이 없었다. 그러다 파울이 일어나 쟁반을 집어들었다. "나야 월요일에 자길 보면 돼." 그가 말했다.

"그래." 그녀는 더듬거렸다. "런던에 간다고 미리 얘기해줬더라면…… 하지만 어차피 난 약속이 많아서……"

"그래, 다음에 또 기회가 있겠지." 그가 말했다.

"비프커틀릿 더 안 먹어?" 그녀가 물었다. 그는 화들짝 놀라 쟁반을 보았다.

"유감스럽지만 자기 말이 맞아." 그는 파니에게 접시를 주고 한 번 더 손을 흔든 다음 가버렸다. 저 남자 싫어. 파니는 생각했다.

나중에 그녀는 파울에게 전화를 걸어 공항까지 태워다주겠다고 했다.

공항으로 가는 길에 파울은 애인이 있는 남자에 관한 유대인 유머를 들려주었다. 남자가 아내에게 애인을 들키자 그 동네 남자는 누구나 애인이 있고, 자기 애인은—다른 남자들의 애인과 마찬가지로—일 년에 두 번 초청공연을 오는 발레단의 무용수여서 일 년에 두 번밖에 보지 못한다고 변명한다. 다음번 공연이 돌아오자 아내는 남편을 따라 발레를 보러 가겠다고 고집을 부린다. 아내는 모든 여자 무용수를 찬찬히 살펴본 다음 남편에게 묻는다. "왼쪽에서 두번째 여자는 누구예요?"

"빵집 남자의 애인."

"오른쪽에서 세번째 여자는요?"

"의사의 애인."

"가운데는?"

"학교 선생의 애인."

"그럼 제일 바깥쪽에 있는 여자는요?"

"그…… 그게…… 그러니까…… 그 사람이 내 애인이야."

아내는 잠시 말이 없다가 안도의 한숨을 내쉬더니 말했다. "우리 애인이 제일 예쁘네요."

파니는 웃으면서도 의문이 들었다. 왜 파울이 하필 이런 유머를 들려줄까?

마지막 순간까지, 파울이 여권 검사대를 지나 사라질 때까지도 파니는 믿었다. 좀 있으면 그가 주머니에서 비행기표를 한 장 더 꺼낼 거라고. 그 순간 웃으면서 그의 목에 매달리는 자신의 모습까지 눈앞에 선했다. 파니는 망연자실 출국장 대기실을 서성이다가 클라우스에게 전화를 걸었다.

"여보세요?" 그의 목소리가 "여보세요?"라는 외마디에 실려 오는 순간, 함께였을 때 겪은 온갖 불행이 기세 좋게 떠올랐다.

평소에는 기억을 되살릴 수 있는 게 냄새뿐이었는데. 그녀는 수화기에 손이라도 덴 듯 얼른 내려놓았다.

파니는 공항 바 '테이크오프'에 앉아 코냑 세 잔을 마셨다. 옆자리에 삼십대 중반의 건장한 검은 머리 남자가 앉아 있었다. 그녀가 보기에 클라우스와 무척 비슷했지만 클라우스는 아니었다.

그의 이름은 크사버로 의상 디자이너고 밀라노에서 오는 사업 파트너를 기다리는 중이었다. 밀라노발 비행기가 안개 때문에 프랑크푸르트로 우회하자 파니는 그와 함께 차를 타고 시내로 돌아와 그와 함께 잠자리에 들었다.

파울이 런던에서 돌아온 월요일, 사랑에 빠진 파니는 벌써 호텔방에서 짐을 챙겨 크사버의 집으로 들어가 있었다.

크사버와 나란히 침대에 누운 밤 눈을 감자 호텔방 침대에 혼자 누워 있는 여자가 보였다. 하늘색 목욕 가운을 입은 빨간 머리 여자였다. 여자는 책을 읽고 있었고, 라디오에서는 오후의 클래식이 흘러나오고 있었다. 그녀 옆 테이블에는 딸기 케이크 접시가 놓여 있었다.

"부러워할 만해." 파니는 생각했다. 그리고 잠이 들었다.

일요일 오후

　어쩌면 그녀를 그냥 낚아채 교외로 차를 몰았어야 했는지도 모른다. 하늘은 거의 이 주 전부터 맥주 광고에 나오는 것처럼 푸르렀다. 이런 날 진정한 남자라면 여자친구를 데리고 교외로 나가고, 세차를 하고, 결혼을 하고, 아이를 낳고, 소시지를 굽고, 슈타른베르거 호수를 한 번쯤 힘차게 헤엄쳐 건너야 한다. 나는 이 모든 것을 파니에게 제안할 수도 있었지만 그녀의 우유부단함과 크고 부드러운 입이 두려웠다. 그녀는 분명 그 큰 입을 비죽거리며 내가 남자다워지길, 자신을 위해 결단을 내리길, 넓은 강처럼 내 삶으로 자신을 휩쓸어주길 말없이 요구할 것이다. 그녀가 일어나 발코니로 통하는 문을 열었다. 꽃무늬 여름 원피스를 입고 노란 벽 앞에 선 그녀의 모습이 예뻐 보였다. 저 아래 뜰에서 어린아이가 빽빽 소리를 질렀다. 날카롭고 새된 외침이 화살처럼 5층 우리집으로 올라왔다. 아기가 내는 소리처럼 억눌리지 않은 외침은 날카롭고 요란하다가 돌연 나지막한 낄낄거림으로 변했고, 술 취한 노인이 내는 듯한 흥얼거림이 되었다가 또다시 밝은 환호성으로 바뀌었다. 나는 이 소리 때문에 평소에는 늘 발코니 문을 닫아둔다. 파니가 발코니 난간 너머로 몸을 깊이 숙여 하얀 허벅지가 드러난다. 나는 눈앞의 그 모습에 집중하면서 사람이 내는 것 같기도 짐승이 내는 것 같기도 한 아이의 외침에 차분히 귀기울여보려 했지만 그 소리는 나이프가 접시에서 미끄러지거나 손톱으로 칠판을 긁을 때 나는 것처럼 육체적 불쾌감만 불러일으켰다. 파니가 돌아서서 의아하다는 눈빛으로 나를 본다.

"다운증후군 아이들은 행복할 것 같아. 자기 장애에 대해 아무것도 모르니까." 내가 말했다.

"어휴, 쓸데없는 소리 좀 하지 마." 파니는 그렇게 말하더니 뜰을 내려다보려고 다시 발코니 난간 너머로 몸을 숙였다. 이제 아이 아빠가 나와 아이를 데리고 뜰을 걷고 있었다. 나는 아이가 어떤 장애를 앓고 있는지 정확히 모르지만 다운증후군처럼 머리가 컸다. 나이는 어림잡기 어려웠다. 열네댓 살이겠지만 체격이나 체형을 감안하면 적어도 다섯 살은 어려 보였다. 아이는 계절과 상관없이 늘 주황색, 연두색, 하늘색으로 된 조깅복을 입었다. 아이 엄마가 보이는 날은 아주 드물었다. 머리칼을 가지색으로 물들인 아이 엄마는 키가 작고 언제나 즐거워 보였다. 반면 아이 아빠는 아픈 사람처럼 안색이 잿빛이라 어쩐지 피곤하고 슬퍼 보이고 마른데다 자세가 막대기처럼 꼿꼿했다. 아침에 몇 번 빵을 사러 다녀오는 길에 검은 나파가죽 재킷에 역시 나파가죽 모자를 쓰고 검은 서류가방을 들고 버스 정류장에 서 있는 그를 보았다. 우리 둘은 대개 서로 못 본 척하거나 고개만 까딱했다. 퇴근한 아이 아빠는 매일 오후 비가 퍼붓지만 않으면 아이를 데리고 뜰을 오락가락했다. 다른 사람의 도움 없이는 한 걸음도 떼지 못하는 아이는 길고 가는 다리를 황새처럼 뻣뻣하게 뻗으면서 발코니 문을 닫아놓고 있어도 소름이 돋는 이상한 소리를 내질렀다. 지금은 요란하게 환성을 지르고 있었고, 파니는 웃으며 뜰을 향해 손을 흔들었다. 그 순간 그녀는 질투가 날 만큼 자유롭고 행복해 보였다.

"자기도 발코니로 나와보지그래?" 파니가 말했다. 나는 고개를 젓고 찻잔에 커피를 따랐다. 파니가 끓인 커피는 너무 진해 쓴맛이 났다. 나는 발코니에 있는 그녀가 못 보도록 수도꼭지 앞에 서서 커피잔에 뜨거운 물을 받았다. 아이는 고통스러운 듯 소리를 지르다가 뒤이어 명랑한 웃음을 터뜨렸다. 나는 더 견디지 못하고 부엌에서 나왔다. 곧 파니도 뒤따라왔다. 그녀는 흐트러진 침대에 털썩 몸을 부리고 한숨을 쉬었다. 나는 이유를 묻지 않았다. 그녀는 옷을 벗고 덥지 않냐고 물었다. 나는 일어나 창문을 열었다. 그녀는 그냥 그렇게 앉아 앞만 물끄러미 바라보았다. 나는 파란 소파에 앉아 그녀를 주시했다. 누군가 우리를 그 모습 그대로 굳혀버린 건지도 몰랐다. 그냥 그렇게 몇 분이 흘렀다. 그 몇 분도 내 인생임을 납득하기 위해 애썼다. 마침내 나는 그녀에게 다가갔다. 내 손이 그녀의 몸을 익숙하게 더듬었다. 내 손은 뭘 해야 할지 잘 알았다. 문득 내가 다른 곳에 있는 사이 삶이 계속되면 좋겠다는 생각이 들었다.

"왜 자긴 늘 그래?" 그녀가 귓가에 속삭였다.

"내가 어떤데?"

"꼭 지금 여기가 아닌 다른 곳에 있고 싶어하는 것 같아." 여자들은 참 놀랍다. 종종 예기치 않게 정곡을 찌른다.

"왜 그렇게 생각해?" 내가 물었다. 그녀는 무표정한 얼굴로 나를 보더니 별안간 내 팔을 깨물었다. 날 얼마나 아프게 한 건지 이 여자는 알까, 그런 의문이 스쳐지나갔다. 그때까지만 해도 반쯤은 장난으로 울어버릴까 싶었다. 하지만 그녀는 내 팔을 놓기는커녕 미쳐 날뛰는 짐승처럼 물고 늘어졌다. 그제야 나는 깨달았다. 그녀는 자기가 원하는 것, 피와 눈물을 얻을 때까지 포기하지 않고 물어뜯을 작정이라는 것을. 나는 절대 찌푸리지 않으려고 얼굴 표정에 집중했고 찍소리도 내지 않으려고 입을 꾹 다물었다. 그것도 만만치 않은 일이라 신경쓰다보니 팔의 통증은 잊을 수 있었다. 나는 내 팔과 내 팔에 거머리처럼 들러붙은 파니에게서 멀어지고, 파니를 둘러싸고 있는 방에서 멀어졌다. 나는 길을 따라 내려가 도시를 벗어나고 나라를 벗어나 세상 끝까지 갔다. 마침내 파니가 시뻘게진 얼굴로 나가떨어졌을 때는 이미 멀리, 아주 멀리 가 있었다. 그녀의 이는 인두로 지진 듯 내살에 둥근 자국을 남겼다. 그녀의 존재를 도장처럼 찍어놓았다. 왜? 그렇게 해서 얻는 게 뭐라고? 이런 폭력 행위가, 극적인 걸 원하는 취향이 이해가 안 간다. 파니는 기침을 하고 턱을 만져보았다. 그러더니 싱긋 웃어서 나도 웃어 보이자 키스했다. 그녀는 파블로프의 개처럼 반응한다. 언제나 그렇게 웃어 보이는 남자를, 키스해도 된다는 생각이 들게 웃어 보이는 남자를 찾을 것이다. 그리고 키스해도 되는 그 남자를 사랑한다고 생각할 것이다. 그녀는 몸을 비비꼬며 내 입에서 시작해 턱과 목을 지나 천천히 아래로 키스해내려갔다. 노력이 가상했다. 그런 그녀에게 문득 감동받아 머리를 쓰다듬어주었다. 그리고 그녀가 그토록 바라는 약간의 황홀감도 선사하지 않는 내 옹졸함이 후회스러웠다. 나도 조금은 노력해야겠다고 마음먹은 순간 초인종이 울렸다. 나는 일어나 그녀의 눈을 애써 피하며 바지 단추를 채웠다.

　남자는 보로프스키라고 자기소개를 했다. 내가 삼 년 전부터 아래층 우편함에서 봐온 이름이었다. 남자는 약간 더듬거리며 귀찮게 해서 몹시 죄송하지만 아들을 두 시간만 봐줄 수 있느냐고 물었다. 나는 정신 나간 사람이라는 듯 그를 바라보았다. 잿빛 안색은 평소보다 훨씬 더했고 입술마저 창백했다. 그는 나파가죽 모자를 양손으로 만지작거리면서 얘기를 처음부터 다시 시작했다. 귀찮게 해서 미안하다고. 그때 뒤에서 파니가 말했다. "당연히 봐드려야죠. 아까 아드님이랑 뜰에 계시는 거 봤어요." 파니는 아직 옷을 제대로 여미지도 않은 채 나를 밀치고 나와 보로프스키 씨에게 웃으며 손을 내밀었다. 두 사람은 같이 계단을 내려가고, 나는 비트적거리며 뒤따라갔다. 아이 엄마가 문가에서 맞아주었다. 품이 넓은 보라색 원피스 차림인 아이 엄마는 늘 상냥한 미소를 머금은 입술에 빨간 립스틱을 바르고 있었다. 그녀는 정중하게 감사 인사를 하고 우리를 거실로 안내했다. 그러고는 내게, 아니 우리에게 아이를 봐달라고 부탁해도 될 것 같았는데 남편이 말할 용기가 나지 않는다고 해서 한 시간 동안 설득했다고, 페터는 침대에서 자고 있으며 두 시간 안에 깨는 일은 없을 거라고 했다. 그때 아이 아빠가 끼어들었다. "장인 장모님이 교통 체증으로 로젠하임에서 꼼짝 못하고 계신대요."

"아하." 나는 영문도 모르고 대꾸했다.

"늦어도 일곱시 반까지는 티켓을 받아와야 해요." 아이 엄마가 말했다.

"리골레토 티켓입니다." 아이 아빠가 말했다. 그는 슬퍼 보였다.

"네, 리골레토요." 아이 엄마가 환하게 웃었다. 나는 그제야 보로프스키 씨가 나파가죽 재킷 안에 양복을 입었다는 걸 알아챘다. 그는 반짝반짝 윤이 나는 구두코만 내려다보았다.

"리골레토요? 와, 좋으시겠어요." 파니가 말했다. 아이 엄마는 맥주 두 병과 잔 두 개, 그리고 솔트스틱이 담긴 백조 모양 그릇을 탁자에 내려놓았다.

"일 년에 한 번 오페라를 보러 가거든요." 아이 엄마가 파니에게 말했다. "일 년에 딱 한 번이에요. 부모님이 아이를 봐주기로 했는데 길이 막히는 바람에 꼼짝도 못하고 계시지 뭐예요."

"됐어, 귀염둥이." 보로프스키 씨가 말했다. 파니는 놀란 눈으로 그를 바라보았다. 당황한 아이 엄마가 미소지었다. 보로프스키 씨 부부는 수줍은 듯 문가에 나란히 서서 꼼짝하지 않았다.

"그럼 저희는 이만." 아이 엄마가 말했다.

"즐거운 시간 보내세요." 파니가 말했다.

"즐거운 시간 보내고 오세요." 나도 인사를 건넸다.

"제가 좋아하는 오페라랍니다." 아이 엄마가 말했다.

"페터는 안 깰 거예요. 틀림없어요."

"그런 일은 절대 없어요." 보로프스키 씨가 웅얼거렸다.

"그리고 정말 고맙습니다. 아이를 봐줄 사람이 할머니 할아버지뿐이었는데."

"그런데 그분들이 로젠하임에서 꼼짝 못하고 계셔서." 보로프스키 씨가 말했다.

"다 아는 얘길 또 하고 있네요." 아이 엄마가 딱딱하지만 웃는 얼굴로 말했다. "다시 한번 고맙습니다."

두 사람이 가고 나자 문득 보로프스키 씨 집에 비해 내가 너무 크다는 느낌이 들었다. 천장이 내 집보다 훨씬 낮고 거실은 훨씬 작아 보였다. 벽을 따라 발레 연습용 바 같은 게 설치되어 있었다. 바는 책이 한 권도 꽂혀 있지 않은 책장에서 시작해 묵직한 오렌지색 소파 뒤를 지나 문까지 연결되어 있었다. 문틀에는 버스처럼 손잡이가 달려 있었다. 파니는 바를 이용해 발레 동작 몇 가지를 흉내내보다가 부끄러운지 소파에 앉았다. 나는 맥주를 들고 맞은편의 큼직한 일인용 소파에 앉았다.

"두 사람 사랑스러워 보이지 않아?" 파니가 물었다. 그녀의 목소리는 온 집안에 깔려 있는 두툼한 양탄자와 모직담요에 흡수

되어 아주 둔탁하게 울렸다. 나는 대답하지 않았다. 파니가 텔레비전을 켰다. 퀴즈 프로그램 출연자들이 바보 같은 우주복을 입고 제 머리와 엉덩이, 팔을 미친듯이 두드렸다. 왜 그러는지 나는 이해할 수 없었고 설명을 듣고 싶지도 않았다. 그 방송은 처음부터 보로프스키 씨의 거실을 위해 만들어진 양 그 공간에 잘 맞았다. 텔레비전 위에 가족사진이 걸려 있었다. 보로프스키 씨세 식구 모두 이름이 프린트된 티셔츠를 입은 모습이었다. 남편의 이름은 우도, 아내는 페트라, 아들은 내가 아는 대로 페터였다. 사팔눈으로 카메라를 보는 페터는 멍한 미소로 입이 일그러져 있었다. 나는 파니 쪽으로 고개를 돌렸다. 그녀는 최면에 걸린 사람처럼 넋 놓고 텔레비전을 보며 출연자들을 응원하고 있었다. 제집인 양 어느새 긴 소파에 누운 채였다. 나는 거실의 가장 바깥쪽 구석에 서서 파니가 오랫동안 계속 공간을 바꿔가며 다른 소파에 늘어져 독일 텔레비전의 쇼 진행자들이나 아나운서들과 함께 나이를 먹어가지만 내면은 전혀 달라지지 않고 그대로인 모습을 상상해보았다. 그리고 그날 두번째로 그녀가 부러웠다.

"그렇게 어정거리지 말고 이리 와. 여기 앉아." 파니가 말하며 옆자리를 톡톡 두드렸다. 나는 가서 앉았다. 그녀는 나를 팔로 감싸고 뜬금없이 텔레비전 연속극에 나오는 것처럼 말했다.

"아침에 장모님한테 전화해서 여쭤봤더니 아이 봐주실 수 있대. 그러니까 우리 둘이 오페라 보러 갈까, 내 귀염둥이?"

"쓸데없는 소리 그만둬." 파니는 짓궂게 웃었다.

"어허, 가자니까. 일 년에 한 번은 원하는 걸 하고 싶어. 딱 한 번은. 당신도 일 년에 한 번은 일상을 벗어나면 안 돼? 날 위해서?"

"파니, 제발 좀! 그게 뭐야?" 파니는 여전히 웃는 얼굴이었지만 눈은 이미 위협적으로 흔들리고 있었다.

"자기는 한 번이라도 다른 사람을 위해 뭔가 하면 정체성을 잃어버리고 말걸." 파니가 날카롭게 말했다.

"무슨 말을 하는 건지 모르겠어."

"내 생각은 그래."

"나한테 원하는 게 뭔데? 뭐가 아쉬워?" 내가 뻣뻣하게 물었다.

"거봐." 그녀가 말했다.

"뭘?"

"내 가슴에 총을 겨누고 있잖아."

"내가?"

"그래."

"아하." 내가 말했다. 목소리에서 빈정대는 기색이 느껴졌다. 마치 희곡의 지문처럼. 파울(빈정대는 투로): 아하.

"그렇게 빈정거릴 필요 없어. 아침부터 저녁까지 우리 둘이 뭘

230

할지 정하는 건 자기잖아. 어쩌다 한 번 내가 바라는 걸 말해도 딱 잘라 거절하고." 파니가 말했다.

"나는 우리 둘이 할 일을 정하는 게 아니야. 내가 원하는 걸 분명하게 말하는 것뿐이라고. 자기도 그러면 될 거 아냐."

"오, 맙소사." 파니는 주먹으로 소파를 쳤다. "자기가 얼마나 잔인한지 전혀 모르는 것 같아." 파니는 무릎에 얼굴을 묻었다. 나는 솔트스틱을 입에 넣었다. 눅눅했다. 파니가 고개를 들었다. 얼굴이 샤워라도 한 듯 푹 젖어 있었다.

"질문에 대답해." 그러더니 파니는 옷자락에 코를 풀었다. "자기는 살아오는 동안 희생이라는 걸 해본 적 있어?" 파니가 애원조로 바라보았다. 그녀의 팔을 붙잡자 몸이 얼마나 부드러워졌는지 느껴졌다. 그녀는 내게 몸을 기대고 내 가슴에 얼굴을 묻었다. 나는 조금 전 그녀가 유혹의 몸짓을 할 때 그랬던 것처럼 머리를 쓰다듬어주며 인간이 감정을 표현하는 방식은 얼마나 제한적인지 생각했다. 그녀는 내 셔츠가 축축해지도록 울었다. 그 순간 나는 그녀가 무척 좋았다.

"희생이라니, 무슨 희생을 말하는 건데?!" 내가 나지막이 물었다. 그 순간 파니는 고개를 뒤로 젖히고 나를 밀어내더니 손을 들어 내 얼굴을 쳤다. 나도 받아쳤다. 그녀가 때리고, 내가 때리고. 자꾸자꾸. 말없이. 철썩철썩하는 소리만 들렸다. 극장에서 흔히 듣는 효과음처럼 크지 않고, 고깃덩이를 두드릴 때처럼 둔탁한 소리였다. 그 점이 조금 실망스러웠다. 스트레이트를 쭉쭉 날려 아무 생각 없이 그녀를 때리고 싶었지만 내 타격은 서툴렀고 명중률도 떨어졌다. 한참 그러다보니 너무 힘들어서 둘 다 무거운 가구라도 옮긴 것처럼 헉헉거렸다. 그런데 그때 물에 빠진 사람이 꾸륵거리는 듯한 소리가 들렸다. 아이가 사지로 거실에 기어나와 우리를 힐금거리고 있었다. 하늘색 테리천 파자마를 입은 모습이 영 바보 같았다. 작은 짐승처럼 기어와 우리를 올려다본 아이는 손으로 양탄자를 툭툭 두드리면서 꾸륵꾸륵하는 이상한 소리를 냈다. 파니는 그제야 나를 놔주고 슬로모션으로 페터에게 달려들었다. 파니는 아이의 팔을 잡아 제 목에 두르고 일으켜세웠다. 아이의 가느다란 다리가 꼭두각시처럼 꺾였다. 파니는 아이의 손을 잡아 벽에 설치된 바를 쥐도록 했다. 아이의 다리가 마침내 몸을 지탱하고 움직일 때까지 파니는 꼭 붙잡고 있었다. 그리고 가느다란 실에 매달린 양 몸을 가누지 못하고 이리저리 넘어지는 아이의 머리를 연신 쓰다듬었다. 별안간 아이가 번개처럼 휙 돌아서서 이 세상만큼이나 오래된 눈빛으로 나를 바라보았다. 굵은 눈물방울이 아이의 뺨으로 흘러내렸다. 아이는 나를 뚫어져라 바라보며 꾸륵거렸다. 나는 그제야 그 소리가 몸속 아주 깊은 데서 나오는 흐느낌이라는 걸 깨달았다. 거센

돌풍처럼 아이를 뒤흔들던 흐느낌이 가라앉자 고개가 가슴 앞으로 푹 꺾였다. 아이는 한참 흔들거리다가 다시 한번 힘을 내 고개를 들고 파니를 바라보았다. 하고 싶은 말이 있는지 뭐라고 웅얼거렸다.

"뭘 원하는데, 응?" 파니가 물으며 팔을 다시 붙잡으려 했지만 아이는 힘껏 밀어냈고 그 바람에 중심을 잃을 뻔했다. 왜 이러는 거냐고 묻듯이 바라보는 그녀의 시선에 나는 어깨를 으쓱했다. 아이는 턱을 들어 내 쪽을 가리켰다.

"자기한테 바라는 게 있나봐." 파니가 말했다. 가슴이 철렁했다. 나는 그 아이가 무섭고 혐오스러웠다. 그 아이와 얽히고 싶지 않았다. 나는 그 자리에서 꼼짝도 하지 않았다. 그때 아이가 엄청 끙끙댄 끝에 바에서 한 손을 떼더니 내게서 파니에게로, 또다시 내게로 마구 내두르며 늑대처럼 울부짖었다.

"원하는 게 뭔데?" 파니가 절망감이 묻어나는 목소리로 아이에게 물었다. 페터는 꾸륵거리며 팔을 흔들었다.

"얘가 뭘 원하는 걸까?" 파니는 그렇게 물으며 내게 두 걸음 다가섰다. 페터는 고개를 뒤로 젖히고 나지막이 웅얼거렸다. 파니가 내 옆에 섰다. 아이는 또다시 고개를 뒤로 젖혔다. 파니가 팔로 내 어깨를 감쌌다. 페터는 갑자기 구구구구, 비둘기 같은 소리를 내며 손으로 파니와 나를 번갈아 가리켰다.

"우리가 껴안으면 좋겠나봐." 파니가 속삭였다.

"그걸 어떻게 알아?" 내가 물었다. 파니는 내 팔을 잡아 자기 허리에 감았다. 페터는 고개가 이리저리 흔들리는 와중에도 우리에게서 눈을 떼지 않았다. 그런데 뭔가 성에 차지 않는 낯빛이었다. 파니가 내 뺨에 키스했다.

"이제 자기가 키스해." 파니가 소리 죽여 말했다. 나는 시키는 대로 순순히 키스했다. 페터는 그제야 만족스러운 표정을 짓더니 갑자기 그 황새 다리로 크게 한 걸음을 떼어 우리에게 다가섰다. 그리고 체중을 실어 우리에게로 무너져내렸다. 나는 나머지 한 팔로 페터를 감쌀 수밖에 없었다. 그러지 않았으면 바닥에 쓰러졌을 것이다. 페터는 우리에게 기대 얼굴을 묻었다. 그때 아이가 꽥꽥거리는 소리가 들렸다. 아이의 입이 우리 옷에 가려서인지 아주 작던 소리는 이내 점점 더 커지고 점점 더 높아지더니, 급기야 내가 익히 아는 이상한 환성으로 변했다. 뜰에서 집까지 올라와 화들짝 놀란 내가 발코니 문을 닫아 막으려던 그 소리로. 킥킥, 꽥꽥, 까악까악, 몸이 흔들릴 정도로 환성을 지르던 아이는 서서히 잠잠해졌다. 아이는 몸을 꼭 붙여왔고, 우리 세 사람은 그냥 그렇게 서 있었다. 텔레비전에서 녹색 앙고라 스웨터를 입은 금발 여자가 우리를 지켜보고 있었다.

핸드백

호텔방의 어떤 점이 지금 내가 있는 이곳이 미국임을 보여주는지 골똘히 생각해본다. 누르는 잠금 단추가 가운데 있는 문손잡이? 2단 전등 점멸기가 달린 스탠드? 나이아가라폭포처럼 물이 내려가는 변기? 전 세계 어디나 똑같이 지겹기만 한 샌드위치와 기름진 샐러드 이름이 줄줄이 적힌 메뉴? 즐거운 병원과 말하는 자동차와 몰락한 포도농가에 관한 시시껄렁한 이야기를 베이징에서나 모스크바에서나 아부다비에서나 똑같이 보게 된 뒤로 텔레비전 프로그램조차 내가 있는 이곳이 어딘지 말해주지 않는다. 다양한 출연자들이 완벽하게 같은 호텔방에 앉아 자기들이 세상 어느 곳에 있는지 맞혀야 하는 퀴즈 프로그램이 아직 없을 뿐이다.

"내가 있는 여기가 어딜까요?" 나는 늘 슬퍼 보이는 객실 담당 직원에게 빈정거리며 묻는다. 그가 나흘 전부터 매일 점심과 저녁 눅진한 클럽샌드위치를 가져다주고 있다.

"지옥이지 어디겠습니까?" 직원이 태연하게 대답한다. 잠시 그의 시선이 창밖 시멘트 벽 앞에 선 야자나무에 애틋하게 머문다. 불현듯 그에게 동료 의식이 느껴진다. 흰색 나일론 셔츠 속에 감춰진 그의 가슴이 나와 마찬가지로 환멸과 피로에 절어 있다는 느낌 때문이다.

"손님이 마땅히 중요하게 대접받아야 하는 곳, 이 빌어먹을 세상의 가장 불쾌한 도시에 있는 누추한 모텔이지요." 직원이 말하고 창가에서 돌아선다. "로스앤젤레스, 천사들이라니, 웃기지도 않습니다. 이 도시에서 빌어먹을 천사는 본 적이 없습니다. 그러기엔 기분 나쁜 스모그가 너무 짙어요." 그는 전에 먹다 남긴 샌드위치를 챙겨들고 방을 나간다. 내게 눈인사도 하지 않고.

사흘 전 도착한 뒤로 침대에 누워 텔레비전을 보고 있다. 이곳에 파니를 연상시키는 것은 아무것도 없다. 그래서인지 눈에 띄게 기운을 회복한다. 오후에는 신혼부부를 불러다놓고 조화로운 결혼생활이 가능한지 테스트하는 텔레비전 쇼가 방송된다. 대부분의 경우 늦어도 이십 분—방송 시간이 총 이십 분이다—뒤에는 신혼부부의 결혼이 파탄난다. 그들의 결혼이 '라이브'로 깨지는 걸 볼 수 있다. 신혼부부들은 수많은 시청자 앞에서 상대에게 아주 하찮고 가벼운 분풀이를 하는 데 성공하자마자 손바닥 뒤집듯 쉽게 결혼을 저버린다.

어쨌든 결혼에 공개적으로 비수를 찌르는 쪽은 언제나 여자들이다. 역겹게 매끈한, 아마 여자들 눈에는 '미남'으로 보일 쇼 진행자가 그렇게 하도록 부추긴다. 그는 여자들이 분별력을 잃으면 칭찬하고 듣기 좋은 말을 늘어놓고 잘 설득해, 마침내 그들이 팔을 치켜들고 최후의 일격을 가하도록 만든다.

"지금까지 결혼생활을 하면서 우연히 보게 된 남편 모습 가운데 이건 정말 꼴불견이었다, 하는 게 무엇인가요?" 쇼 진행자가 천사같이 온화한 얼굴의 아담한 여자에게 묻는다. 여자는 골똘히 생각하고, 쇼 진행자는 미소로 용기를 북돋워준다. 여자는 숨을 깊이 들이쉬고 말한다.

"남편이 개 흉내를 내고 싶었는지 알몸으로 식탁 밑에 웅크리고 있는 걸 본 적 있어요. 목줄까지 매고 제 발을 핥더군요." 방청객들이 만족스럽다는 듯 깍깍 소리지르고 박수를 친다. 아담한 천사는 방청객들의 박수갈채에 기뻐한다. 확신컨대 그런 갈채는 난생처음일 테고, 너무 좋아서 금세 또 받고 싶어진다.

"그래서 제가 식탁 밑으로 소시지 한 조각을 던져줬죠." 여자가 말한다. 방청객들이 환호성을 지른다. 아담한 천사는 환하게 웃는다.

이제 아무것도 모르는 천사의 남편이 스튜디오로 불려나온다. 쇼 진행자는 지금까지의 신혼생활중 어쩌다 아내에게 보인 모습 가운데 가장 꼴불견이었던 게 뭐냐고 아주 천진하게 묻는다. 큰 키에 비쩍 마르고 창백하고 상냥한 남편은 열심히 생각하다가 머뭇머뭇 말한다. "양말을 안 신고 출근한 적이 있었습니다." 방청객들은 웃음을 참느라 조심스럽게 킥킥거리다가 쇼 진행자가 대문자로 남편이 알몸으로 식탁 밑에 앉아 개 흉내를 내려고 한 것이라고 적힌 판을 번쩍 들어올리자 깔깔대고 휘파람을 불고 비명을 질러댄다. 재미있어 죽겠다는 듯 발을 구른다. 아담한 천사는 조신하게 미소짓는다. 남편은 침착함을 잃지 않으려고 힘닿는 데까지 애쓰며 의자 팔걸이를 꽉 움켜잡고 바보처럼 웃는다. 그러나 클로즈업 화면에 아랫입술이 떨리고 눈이 불안하게 움직이는 게 그대로 비친다. 방청객들은 박수치며 발을 구르고, 아담한 천사는 이제 연예인처럼 방청석을 향해 손을 흔들고, 진행자는 최고의 쇼를 만들어준 부부에게 감사 인사를 한다. 나는 그곳 무대에 앉아 있는 파니를 본다. 그녀는 흡족한 표정으로 스타킹을 둘둘 말아내려 허벅지의 커다랗고 파란 얼룩을 카메라에 보여준다.

파니는 쇼 진행자에게 힐난조로 말한다. "다음날이면 남편은 기억도 못해요. 모든 걸 내가 지어낸 양 굴죠. 그럼 이 파란 멍이랑 터진 입술이랑 눈가의 멍은 어쩌다 생긴 걸까요?"

기억나지 않는다는 사실 때문에 내가 얼마나 괴로운지 파니는 전혀 모르고 있었다. 쇼 진행자는 술 취한 돼지라고 적힌 판을 번쩍 들어올린다. 로스앤젤레스 어딘가의 호텔방 침대에 혼자 누워 있는 나는 얼굴이 벌게진다.

그때 이 도시에서 나는 파니에게 옷을 사주었다. 옛날 영화에 나오는 것 같은 단정하면서도 은근히 야한 은색 원피스였다. 사진도 한 장 남아 있다. 파니가 그 원피스를 입고 주차장에서 춤추는 사진이다. 거기에 운동화를 신은 모습이 꼭 열두 살 소녀 같다. 그녀는 이따금 아이처럼 자유분방하고 단순하게 굴었다.

"참 아름다운 커플이세요." 그 원피스를 살 때 가게 주인이 파니와 내게 말했다. 그건 나도 안다. 그렇다, 거울 속 모습처럼, 순수하게 보이는 것만 따지면, 우리는 늘 잘 어울렸다. 금발에 파란 눈의 호리호리한 아가씨와 검은 머리에 땅딸막하고 눈썹이 짙은 조금 우울해 보이는 남자.

베니스 비치의 해변 산책로에서 우리는 옛날 의상을 입고 사진을 찍었다. 파니는 긴 드레스를 입고, 나는 칼라가 높은 검은

색 양복 차림으로 미국 헌법책을 손에 들고. 사진은 가장자리가 누렇고 흐릿해서 진짜 옛날 사진처럼 보였다. 시간을 초월해 잘 어울리는, 보기 좋은 커플인 것만은 분명했다.

베니스 비치에 담요를 깔고 함께 누운 우리는 아무 말 하지 않아도 무척 행복했다. 아니었나? 이제 내 기억조차 믿을 수가 없다.

어쩌면 그때 라스베이거스에서 파니랑 결혼했어야 하는지도 모른다. (파니가 그 얘기를 들었으면 배를 잡고 웃었겠지.)

배가 몹시 고프지만 슬픈 종업원을 또 보고 싶지는 않다. 마카로니와 초콜릿푸딩, 햄버거 광고를 보는 게 고역이다. 나는 텔레비전을 끈다. 에어컨만 저 혼자 커다란 벌처럼 윙윙거린다. 방안이 갑작스레 조용해지자 이 침대에 누워 싸웠던 모든 커플의 상처받은 목소리와 억눌린 흐느낌과 극적인 고함이 뒤섞여 들린다. 파니와 내가 수많은 호텔방에서 싸우고 우는 소리가 들리고, 창가에 어깨를 움츠리고 선 파니의 모습이 보인다. 그다음에는 우리 둘 사이의 섬뜩한 정적만 귓가에 맴돈다. 언제 귀청을 찢어놓을 만큼 위협적으로 바뀔지 모르는 정적이었다.

나는 렌터카 회사에 전화를 걸고, 한 시간 뒤에는 새 차 냄새를 풍기는 흉물스러운 은청색 폰티악을 타고 있다. 파니와 함께 갔던 곳으로는 무슨 일이 있어도 차를 몰지 않겠다고 그토록 다짐했는데 어느새 라스베이거스로 가는 15번 주간고속도로를 달리고 있다.

마침내 로스앤젤레스를 벗어나자 내 앞에 사막이 커다란 노란색 천처럼 펼쳐진다. 사방 어디를 봐도 끝 간 데 없이 똑같은 풍경이다. 갑자기 구원받은 기분이다. 사막을 봐도 아무 기억이 나지 않는다. 어디서도 여기가 정확히 어디라고 말할 수 없다. 나는 거대한 무無 속을 달린다. 지금껏 살아온 삶이 앞으로 남은 삶과 마찬가지로 애매하고 불분명한 것 같다는 생각이 든다. 우연이 쌓이고 쌓인 것. 파니는 안나이거나 알렉산드라일 수도, 베트라, 베아테, 바르바라, 세실리에, 샤를로테, 다그마르, 엘리자베트일 수도 있었다. 삶을 마음대로 할 수 있다는 믿음은 환상이다. 하나의 우연이 그다음 우연을 낳을 뿐이다. 그런 생각이 갑자기 나를 아주 가볍고 낙관적으로 만든다. 삶은 아무 의미 없기 때문에 다시 내게 의미를 갖는다. 나는 해방감에 심호흡을 하지만 다음 순간 똑같은 생각이 목을 조른다. 숨이 막힌다.

사람이 자기에게 주어진 몇 년을 우연에 맡길 수는 없는 법이다! 나는 늘 내 삶을 계획하고 계획대로 만들어가려고 애썼다. 파니는 그러지 않았다. 아니다. 침대에 누워 다른 사람이 대신 결정해주기를 바랐다. 그런 그녀가 얼마나 밉던지. 얼마나 부럽던지.

40번 주간고속도로로 접어들어 라스베이거스행을 피할 수 있는 마지막 기회를 놓쳤다. 내 오른쪽 사막은 지도상으로 '악마의 놀이터'다. 차를 세운다. 사방이 더없이 고요하다. 내 숨소리가 들릴 정도다. 지나가는 차는 한 대도 없다. 나 혼자다. 유럽에서라면 절대 불가능한 일일 것이다. 사막으로 몇 걸음 들어가본다. 마른 덤불이 발밑에서 가루처럼 부서진다. 열기가 돌덩이처럼 머리를 짓누른다. 나는 주저앉는다. 과연 누가 차를 세우고 나를 들여다보는 일이 있을까? 내가 아파서 갑자기 심장마비를 일으킬 수도 있는데. 화물차 두 대가 굉음을 내며 지나간다. 사람이 목말라 죽기까지는 얼마나 걸릴까? 굶어 죽을 작정을 할 수 있듯이 목말라 죽을 작정을 할 수도 있을까? 나는 여기 앉은 채 그냥 존재하기를 그치고 싶은 심정이다. 굳이 힘들이지 않고, 아무 준비 없이, 유서도 남기지 않고 그냥 이렇게. 그러고 보니, 세무사에게 이번 달 판매세 신고 서류를 남기는 걸 깜빡했다. 도로 일어서려는데 바로 옆 덤불 밑에서 베이지색 여자 핸드백이 눈에 띈다. 핸드백은 설탕가루 같은 붉은 사막모래를 뒤집어쓰고 있다. 핸드백을 끌어당겨 열어본다. 거의 다 쓴 주황색 립스틱과 마스카라, 깨진 거울이 든 콤팩트, 상표가 '모어'인 담뱃갑, '마이크와 곰'이라는 제목의 짧은 동화책, 약도가 그려진 쪽지, 청각

장애인 교육을 위한 입문서, 다 쓴 향수병, 주유 영수증, 애리조나주 투손의 어느 아파트 입주신청서, 로스앤젤레스 소재 보호관찰관의 명함, 피닉스 소재 변호사의 명함. 핸드백 맨 아래 구겨져 있던 작은 종잇조각은 하마터면 못 보고 지나칠 뻔했다. 나는 종이를 잘 펴서 거기에 아주 고른 손글씨로 적힌 글을 읽는다. 어쩌면 위협으로 보일지 모르지만 실은 인생에서 무엇보다 절실히 원하는 그것으로부터 달아나기를 그만두면 참된 인간이 될 수 있을 거야. 그 밑에는 우주의 힘이. 린다에게. 근심 95쪽이라고 적혀 있다. 핸드백 주인 이름이 린다인가? 나도 모르게 그녀의 과거를 생각한다. 그녀에게 무슨 일이 일어난 걸까? 강간당했나? 살해됐나? 청각장애인을 위한 이 책은 무슨 의미지? 그녀가 소리를 못 듣거나 말을 못했나? 도와달라고 소리를 지를 수 없었나? 교도소에서 나왔나? 마약 전력? 어쨌든 나쁜 일이었겠지. 어떤 여자도 핸드백을 그냥 이렇게 내버리지는 않는다. 나는 과거가 싫다. 특히 여자들의 과거. 그것은 살갗에 달라붙어 떨어질 줄 모르는 거머리 같다. 여자들은 한 남자가 인생에 등장한 것이 필연이라는 걸 자신의 과거를 통해 입증하고 우연은 없다고 강변하려 든다. 가슴 아프고 터무니없고 시시한 사연의 주인공 린다. 나는 그녀의 핸드백을 도로 사막에 내던진다. 내 손을 떠난 핸드백은 유연하지 못한 태고의 새처럼 자꾸 위로 올라가려는 것 같

더니 돌연 포물선이 꺾이면서 총에 맞은 듯 추락한다. 나는 '우
주의 힘'의 바보 같은 조언이 적힌 쪽지를 주머니에 넣는다. 목
이 마르다. 나는 다시 차를 몰며 모든 여자를 잊으려 애쓴다. 그
런데 금발이 유난히 돋보이는 펠리시타스가 떠오른다. 발이 작
은 가비도 기억난다. 뤼호프 다넨베르크 출신의 주자네. 집먼지
진드기 알레르기가 있는 안겔리카. 몇 년 동안 나와 다른 남자
사이에서 양다리를 걸쳤던 브리타. 팬암 승무원으로 매번 면세
점에서 면도용 화장수를 사다줘 내 욕실장을 가득 채웠던 페기.
그리고 물론 파니, 언제나 다시 파니. 인간 뇌의 가장 너그러운
장치가 망각이라고 누가 말했던가? 갑자기 나는 벌레떼에 둘러
싸이듯 내 과거사에 에워싸인다. 맥주가 그립다. 사막의 저녁노
을이 평소처럼 구름 위에만 길게 여운을 남긴다. 하늘이 검푸른
색으로 변하기 직전에 지평선이 에메랄드빛으로 물든다. 그러고
나서 어둠이 찾아든다. 검정보다 더 검은 어둠. 커다란 구멍 같
은 어둠. 나는 라디오 볼륨을 키우고 더 빨리 달린다. 가슴이 쿵
쾅거린다. 겁을 먹기라도 한 듯. 오랫동안 차 한 대 마주치지 않
는다. 마침내 지평선이 가물거리기 시작한다. 퓨즈가 녹아 끊어
지기 직전의 전구 수천 개가 깜빡이는 것 같다. 나는 그게 무엇
인지 알아본다. 라스베이거스다. 반시간 뒤에는 스트립을 따라
내려간다. 불빛이 너무 밝아 눈이 따가울 지경이다. "이렇게 전

기를 낭비하다니!" 파니는 말했었다. 어떤 때 보면 그녀는 놀랄 만큼 유머가 없었다. 파니와 라스베이거스에 왔을 때 시저스 팰리스 호텔 포터가 눈을 찡긋해 보이더니 하트 모양 침대가 있고 그 위 천장에 거울이 달린 방을 주었다. 나는 차를 돌려 스트립을 도로 거슬러올라가다가 도망치듯 어느 바로 들어가 '서던 컴포트'를 주문한다. 순전히 이름 때문에 주문한 술이지만 물론 마신다고 위안이 되지는 않는다. 당구대 주위를 어슬렁거리며 당구를 치는 두 사람을 빼면 바에 손님은 거의 없다. 헝클어진 갈색 머리 아가씨가 주크박스에 돈을 넣는다. 프랭크 시나트라가 〈I did it my way〉를 부른다. 아가씨는 주크박스에 머리를 얹는다. 너무 말라서, 얇은 여름 원피스 아래 어깨뼈가 작은 날개처럼 불거져 있다. 여자는 주크박스에 고개를 얹은 채 혼자 미소짓는다. 노래가 끝나자 여자는 내 곁을 바싹 스쳐 카운터로 간다. 코끝에 여자의 냄새가, 태양과 따스한 살갗의 냄새가 풍긴다. 여자는 검은 눈으로 무심결에 나를 본다. 주인이 한숨을 쉬지만 별말 없이 여자에게 잔돈을 내준다. 나는 여자가 다시 내 곁을 지나가기를 기다리지만 여자는 카운터를 요리조리 통과해 주크박스로 돌아간다. 여자의 다리는 길고 가늘고 햇볕에 그을려 가무잡잡하다. 그녀가 신은 초라한 흰색 샌들은 붉은 먼지를 뒤집어쓰고 있다. 사막의 흙먼지군. 나는 생각한다. 여자는 주크박스의

자판을 누르고, 또다시 프랭크 시나트라가 〈I did it my way〉를 부른다. 주인이 얼굴을 찌푸린다. 나는 여자에게 마실 걸 한 잔 갖다주라고 주인에게 부탁한다. 주인은 그녀 앞 주크박스에 잔을 올려놓고 손을 뻗어 나를 가리키지만 여자는 돌아보지 않는다. 여자는 진동하는 주크박스에 다시 고개를 얹고 두 팔을 벌려 그 모서리를 잡은 채로 엉덩이를 가볍게 움직인다. 갑자기 세상 무엇보다 그녀를 갖고 싶다. 바보처럼. 나는 '서던 컴포트'를 한 잔 더 주문한다. 프랭크 시나트라의 노래가 끝나고 여자가 황홀경에 빠진 듯 천천히 몸을 일으킬 때 나는 재빨리 다가가 바지 주머니에서 잔돈을 꺼내들고 묻는다.

"같은 곡 한번 더 들을래요?" 여자는 표정 없는 얼굴로 나를 바라본다. 나는 주크박스에 돈을 넣고 〈I did it my way〉를 다섯 번 연달아 누른다. 나는 뒤돌아 여자의 얼굴에서 채 가시지 않은 미소의 흔적을 본다. 그녀가 '모어' 담뱃갑을 테이블에서 집어들더니 한 개비를 꺼내 불을 붙인다. 나는 담뱃갑을 보며 생각한다. 이상하네, 그 핸드백에 있던 것과 같은 상표잖아. 그때 그녀가 내 소매를 잡아당긴다. 그녀는 내 얼굴을 똑바로 바라본다. 그 검은 눈으로 내 눈을 뚫어져라 보면서 심호흡을 두 번 하더니 기이하고 단조롭게 읊조리듯 말한다.

"아저씨, 죄송한데요, 혹시 조금이라도 가치 있는 건 모조리

내던져버린 여자에게 쓸 돈 있으세요?" 말 끝머리에서 여자의 목소리가 미끄러진다. 여자는 스크래치 난 레코드처럼 단조로운 목소리로 같은 말을 되풀이한다. "……여자에게 쓸 돈 있으세요?" 나는 깜짝 놀라 지갑을 뒤진다. 그런데 달러 지폐를 잘 구별 못한 탓에 10달러짜리 대신 50달러짜리를 잘못 내주고 만다. 실수를 알아차렸을 때는 여자가 돈을 이미 받아든 뒤다. 그녀는 지폐를 뚫어져라 바라보고 내게 고개를 까딱해 보이더니 돌아서서 출입문으로 향한다. 나는 생각한다. 이상하네, 짐이 하나도 없잖아. 핸드백조차. 핸드백도 들고 있지 않다니.

"린다!" 내가 불쑥 소리쳐 부른다. "린다!" 여자는 돌아보지 않는다. 나는 여자를 뒤따라 냅다 뛰어간다.

바를 나와보니 그녀는 맞은편 길을 걷고 있다. 얇은 여름 원피스가 돛처럼 펄럭인다. 그녀가 엄지를 세우자마자 차 한 대가 멈춰 선다. 운전대를 잡은 남자 외에 동승자는 없다. 당연하지, 왜 아니겠어? 나는 생각한다. 여자가 차에 오른다. 차는 요란한 타이어소리와 함께 어둠 속 혜성처럼 쏜살같이 사라진다. 나는 여자를 잃었다. 실망감이 왜 그토록 큰지 의아하기만 하다. 나는 바로 돌아간다. 주문하지도 않았는데 주인이 '서던 컴포트' 한 잔을 내 앞에 내려놓는다. 아직도 프랭크 시나트라가 〈I did it my way〉를 부르고 있다.

"아는 여자인가요?" 주인이 묻는다.

"아니요. 제가 어떻게 알겠어요?" 내가 말한다.

"그 여자 이름을 부르셨잖습니까?"

"사람을 잘못 봤어요."

"아, 그렇군요. 안 그래도 손님이 그 여자를 안다면 왜 뒤에서 이름을 부를까 의아했습니다. 소리를 못 듣거든요. 가엾죠. 말은 하지만 듣지는 못합니다. 귀가 먹었어요. 완전 먹통이죠. 하지만 이 유행가를 좋아했습니다. 진동으로 느끼거나 뭐 그러는 모양이에요. 일주일 전부터 매일 저녁 〈I did it my way〉만 틀었어요. 주머니에 한푼도 없으면서 말입니다. 그 돈은 제가 대주었습니다. 그런 여자들은 사구의 모래 같죠. 어디서 오는지, 내일은 또 어디서 다른 사람에게 구걸을 할지 알 수 없습니다." 나는 주머니에서 쪽지를 꺼내 잘 편 다음 카운터에 올려놓는다. 주인이 쪽지를 집어들고 글을 처음 배우는 어린아이처럼 큰 소리로 또박또박 읽는다. 어쩌면 위협으로 보일지 모르지만 실은 인생에서 무엇보다 절실히 원하는 그것으로부터 달아나기를 그만두면 참된 인간이 될 수 있을 거야. 우주의 힘이. 린다에게. 주인은 쪽지를 돌려주고 미심쩍은 듯이 나를 바라본다.

"이게 그 여자랑 무슨 관계라도 있습니까?" 주인이 묻는다. 나는 어깨를 으쓱한다. "히피들의 허튼소립니다. 이게 뭐냐고 물으신다면 히피들의 허튼소리예요." 주인이 말한다. 어느새 프랭크 시나트라가 또다시 처음부터 노래한다. 주인이 카운터 뒤에서 나와 주크박스로 가더니 벽에서 코드를 뽑아버린다. 나는 바가 문을 닫을 때까지 계속 마신다.

나는 차에 앉아 술이 어느 정도 깨기를 기다린다. 그러다가 다시 사막으로 차를 몬다. 나는 라스베이거스의 불빛이 점점 지쳐가는 반딧불이처럼 점점 약하게 깜박이다가 이내 완전히 꺼져버리는 모습을 백미러로 지켜본다. 내 앞에 또다시 커다랗고 시커먼 구멍이 나타난다. 그것은 마음씨 좋은 옛친구처럼 나를 다정하게 맞이한다.

비밀

핸드백을 사막에 내던지진 말았어야 했는데. 괜한 짓을 해서 나한테 무슨 일이 있다는 걸 누구나 단박에 알아챈다. 그래도 30달러는 하는 핸드백이니 들고 다니면 좀더 품위 있어 보였을 것이다. 하지만 달리는 차에서 핸드백을 밖으로 내던지는 느낌은 참 좋았다. 이제 나는 축축한 손가락으로 명함을 쥐여주며 로스앤젤레스에서는 그 주소로 연락하라던 얼간이 보호관찰관의 이름이 뭔지 모른다. 내가 '다시 일어나는 것'을 무조건 돕겠다던 피닉스의 변호사 이름도. 차라리 나 자신이 핸드백이었으면 좋겠다. 그러면 지금쯤 사막의 열기를 피해 어느 덤불 밑에 누워서 쉬고 있을 것이다. 이따금 사람들은 뭔가를 내버리면 자기 자신이 없어진다고 생각한다. 잠깐은 실제로 그러기도 한다. 하지만 사람은 새로운 길을 가기 위해 되돌아온다. 그런데 누가 거기 서서 길을 막는가? 이번에도 전과 똑같은, 그 맹한 린다 그라임스다.

그동안 살아오면서 이미 얼마나 많은 것을 내버렸는지 모른다. 수많은 치약 튜브와 칫솔, 담뱃갑, 라이터, 립스틱, 탐폰, 편지, 소환장, 전화번호, 옷, 못 신게 된 스타킹. 나는 종종 사람들 옆에 그 사람이 버린 쓰레기가 산을 이루고 그 쓰레기 산이 점점 크고 높아지는 모습을, 결국은 우리 모두 자기 자신의 쓰레기에 파묻히는 모습을 상상한다. 물건들이 끈질기게 쫓아다니며 내가 겪은 온갖 허접스러운 일을 끊임없이 상기시키는 것보다는 모든 것을 내버리고 잊는 게 낫다. 교도소에서도 나는 작은 선반에 화장품과 『보그』 과월호 세 권과 라디오만 올려두었다. 다른 여자들처럼 밤낮으로 뚫어져라 바라보며 왜 그런 꼴을 당했느냐고 괴로울 만큼 묻고 따지는 가족이나 남자친구의 사진은 없었다. 그런 꼴이라니? 들킨 거? 그들은 거의 일 년이 지나서야 나를 체포했다. 그때 나는 이미 8000달러가 넘는 돈을 빼낸 뒤였다. 거의 일 년 동안 아무도 눈치채지 못했다. 그것도 관리가 그토록 엄격한 백화점에서! 물건을 팔고 내역을 입력하지 않을 생각을 한 사람이 이전에는 없었는지 궁금할 따름이다. 팔로마 피카소의 립스틱 하나만 팔아도 24달러가 손에 들어오는데. 손님에게는 빠르고 노련하게 날짜 지난 영수증이든 뭐든 쥐여주기만 하면 된다. 영수증을 자세히 들여다보는 사람은 없으니까. 손님들은 거스름돈이 어디서 나오는지도 상관하지 않는다. 그러나 동료 판매원들 중 알아차린 사람이 아무도 없다는 건 지금 생각해도 놀랍다. 그 점이 조금 뿌듯하기도 하다. 일을 하려면 나처럼 해야 한다. 라스베이거스의 바에서 한 남자가 내게 50달러를 주었다. 그냥. 나는 아직 울 필요조차 없었고 청각장애인들이 말하려고 애쓸 때처럼 약간 어버버하기만 하면 되었다. 아주 친절해 보이는 그 남자는 외국인이었다. 그의 눈빛은 내게 모텔에서의 하룻밤도 인심 쓰고 남을 만큼 허기져 있었다. 그러나 나는 아침을 먹을 때까지 귀먹고 말 못하는 장애인 노릇을 계속할 마음이 없었다. 그 레퍼토리는 술 한두 잔과 약간의 음악, 간혹 샌드위치 정도를 얻기 위한 것으로 족하다. 더 길게 하면 금세 피곤해진다. 사실은 50달러를 가지고 곧장 건너편 홀리데이 인으로 가고 싶었지만 바를 나오니 빈 호텔방에 들어가기가 겁났다. 그래서 생각보다 빨리 엄지를 빼들었고, 그러자마자 달릴 때 통통한 뒝벌처럼 요란하게 윙윙거리는 큰 차가 멈춰 섰다. 매일 밤을 다른 남자와 보내는 것도 자꾸 하다보면 대수롭지 않은 일이 될수 있다. 나중에 어둠 속에서 잠든 모습을 보면 남자들은 다 똑같다. 오늘밤은 누구의 차를 탔는지 나도 아직 모른다. 운전자는 잘생긴 외모에 나이는 많아야 서른 정도? 값비싼 손목시계를 찼고, 차 안에서 면도용 화장수 냄새가 난다. 그는 말없이 문을 열어주었고, 나는 여느 때처럼 내면의 경고 장치를 믿고 단시간에 최대한 자세히 그를 살폈다. 잠시 후 경고 장치에 파란불이 들어왔다. 호감 가는 남자의 웃음 때문만이 아니라 앞니부터 어금니까지 금니었기 때문이기도 했다. 좋은 징조다. 금니가 있는 남자들은 정말로 돈이 있지만 그걸 떠벌리지 않는데다 나중에 술을 사겠다고 하는 일도 절대 없다. 남자는 내게 아무것도 묻지 않았다. 자기 이름은 밥이고 솔트레이크시티로 가는 길이라고만 했다. 그가 밤새 운전하든 나를 데리고 모텔에 들어가든, 나는 상관없다. 중요한 건 날이 밝을 때까지 어느 정도 평범하고 정상적인 사람과 함께 시간을 보낸다는 것이다. 예전에는 새로운 남자를 알게 되면 내가 늘 그리워하던 모든 것을 그가 채워주기를 바랐다. 내가 그리워하던 게 정확히 무엇인지는 말할 수 없지만 이런 느낌은 다들 알 것이다. 밤에 혼자 차를 타고 가다가 라디오에서 밴 모리슨의 노래나 자기가 특별히 좋아하는 가수의 노래가 나오면 갑자기 그리움 때문에 미칠 것 같은 느낌. 대체 무엇에 대한 그리움일까? 정확하게는 모르지만 이런 것이다. 가정과 집시생활, 가족과 고독, 열애와 조용한 사랑, 카우보이면서 시인인 남자, 딸기 아이스크림과 매콤한 칠리처럼 상반된 모든 것이 한꺼번에 그리운 것이다. 이런 감정은 사람을 거의 폭발하게 만든다. 어리석게도 나는 틀림없이 제대로 된 남자를 찾을 거라고 오랫동안 생각했다. 하지만 어떤 남자든 결국은 새로운 절충안에 지나지 않는다. 지금 운전중인 이 남자는 팔에 잔디를 심어놓은 듯 털이 빽빽하다. 그가 입은 새하얀 셔츠가 우리를 둘러싼 어둠 속에서 희미한 등처럼 빛나고 있다. 남자의 얼굴을 제대로 볼 수는 없지만 침착하고 단호한 인상이다. 맛이 간 사람의 냄새를 풍기지는 않는다. 나는 누가 머릿속에 이상한 생각을 품고 있으면 냄새로 안다. 나를 로스앤젤레스에서 라스베이거스까지 태워다준 화학비료 영업사원 래리에게서는 그런 냄새가 났다. 래리는 내가 자기 허리띠로 벗은 엉덩이를 마구 때려주기를 바랐다. 내면의 경고 장치는 그걸 정확히 감지했지만, 네 시간 동안 뙤약볕에 서 있었던 터라 나는 뭐든 할 각오가 되어 있었다. 래리는 엉덩이를 맞고 어린아이처럼 울었다. 짐작건대 래리는 내가 핸드백을 버렸을 때와 비슷한 걸 바랐을 것이다. 말하자면 잠시나마 자기 자신에게서 벗어나고 싶었던 것이다. 그러나 내가 30달러짜리 핸드백을 사막에 내버렸다고 하자 래리는 몹시 흥분해서 무조건 하던 일을 멈추고 찾으러 가자고 했다.

"힘들게 일해서 번 돈으로 산 물건을 그렇게 내버리면 안 되지." 래리는 고개를 절레절레 저으며 말하고 나를 정신 나간 사람인 양 바라보았다. 나는 허리띠로 그의 엉덩이를 때릴 때 컴포트 인의 욕실 거울로 해가 서서히 기우는 모습을 관찰했다. 화장품 매장 판매대 뒤에 서서 아이섀도를 색깔별로 분류하면서 긴 긴 통로를 눈으로 따라가다 그 끝 출구 너머의 환한 네모를 지켜볼 때와 비슷한 느낌이었다. 그 네모는 한없이 느리게 어두워지다가 마침내 칠흑처럼 까매졌고, 그러면 영업 종료를 알리는 시그널 음악이 백화점에 울려퍼졌다.

"나는 독립적인 여자들이 좋습니다." 밥이 황금빛 미소를 지으며 불쑥 말한다. 그가 어깨라도 친 것처럼 나는 흠칫 놀란다.

"여자들은 대개 네 개는 되는 짐 가방에 산더미 같은 화장품, 거기다 전화기까지 챙기기 전에는 집밖으로 한 걸음도 떼지 않으려고 하죠."

"요즘은 카폰도 있는데 말이에요." 내가 대꾸한다.

"나는 일부러 설치 안 했어요. 차 안에서만은 누구의 방해도 받지 않고 조용히 있고 싶거든요. 때와 장소를 가리지 않고 어디나 연결되길 바라는 심리라니 이해가 안 돼요." 밥이 말한다.

"전화기가 있는데 전화가 안 오면 기분 나쁠 것 같아요." 내가 말한다. 밥이 웃는다. 이상하게 끼룩거리는 웃음이다. 나는 앞으로 몸을 숙이고 샌들 끈을 묶는 척하면서 고개를 돌려 그의 얼굴을 본다. 계기판의 알록달록한 표시등들이 아주 작은 크리스마스트리처럼 그의 눈에서 깜빡거린다. 밥은 정말 잘생겼다. 클린트 이스트우드와 조금 닮았다. 나는 곧 혼자 지껄이기 시작한다. 내가 불치병에 걸린 것 같다고, 하필이면 그가 하필이면 나를 이 밤에 태워줄 수밖에 없었던 건 그와 내가 천생연분이기 때문일지 모르며 우리 둘은 이런 식이 아니었어도 어떻게든 반드시 만났을 거라고. 그사이 나는 위대한 우주적 사랑이 어디선가 기다리고 있을 거라는 고정관념이 또다시 뇌리를 스칠 때면 재빨리 나 자신을 비웃어주는 법을 터득한 터였다. 모든 것이 완전히 다를 수도 있으며, 린다 그라임스가 오늘밤 얻어 탄 차가 이것인지 저것인지는 전혀 중요하지 않다는 사실을 이제는 경험으로 안다. 그리고 지금 이 차를 타고 있지 않다면 다른 남자 차를 타고 있을 것이다. 이따금 잠깐이라도 좋으니 쉬고 싶을 때도 있다. 하지만 보통은 그마저 마음대로 되지 않는다. 오늘밤은 예외다. 바에서 만난 남자에게 받은 50달러가 있으니 나 혼자 홀리데이 인으로 갈 수도 있었다. 그랬더라면 우선 샤워를 아주 오래 하고 젖은 몸으로 침대에 누워 살갗의 물방울들이 마르는 모습을 지켜보았을 것이다. 그리고 아주 평온하게 혼자 잠자리에 들어 라디오에서 좋은 방송을 골라 들었을 것이다. 그러나 나는 안다. 그랬더라면 어느 순간엔가 심장이 사납게 뛰기 시작했을 테고, 또다시 폭발해버릴 것 같은 그 끔찍한 느낌에 시달렸을 것이다. 그래서 침대에서 일어나 우리에 갇힌 짐승처럼 이리저리 뛰다가 한밤중에 거리로 나가 엄지를 빼들었을 것이다. 하지만 그때쯤이면 여기 이 남자는 이미 멀리, 솔트레이크시티와 라스베이거스 사이의 어두운 도로 어딘가로 사라졌을 것이다. 그렇다면 내가 큰 행운을 놓친 셈이었을지 누가 알겠는가? 다행히 이 남자는 내가 마음속으로 지껄이는 허튼소리를 듣지 못한다. 그가 라디오를 켠다. 혹시라도 린다 그라임스가 허접한 감상을 드러내기에 딱 좋은 방송을 틀면 어쩌나 걱정스럽다. 내가 방송 진행자처럼 부드러운 목소리로 하는 말이 귓가에 들린다. "제가 오늘밤 라스베이거스 길가에 서 있지 않았더라면 큰 행운을 놓쳤을 겁니다." 엄청 의미심장하게 들리는 그 말이 나를 아주 슬프게 한다. 우리가 지금 북쪽이 아니라 남쪽으로 가는 길이라면 플래그스태프 방면 40번 주간고속도로로 접어들기 직전에 차를 세워달라고 부탁해서 핸드백을 찾아볼 텐데. 그 핸드백이 없으니 갑자기 무중력상태인 듯 꺼림칙한 느낌이 든다. 마치 어느 괴팍한 사람이 마음만 내키면 싹둑 잘라버릴 수 있는 가느다란 실에 매달려 있는 것 같다고나 할까.

"나도 한동안 댁처럼 목적도 책임도 없이 돌아다닐 수 있으면 좋겠어요." 밥이 말한다. "하지만 그물처럼 얽히고설킨 이런저런 의무와 관계에서 벗어나는 게 쉬운 일은 아니죠. 언젠가는 거미줄에 걸린 파리처럼 거기 갇혀 버둥거릴 테고요." 목적이니 책임이니 의무니 관계니 하는 말이 큼직한 광고판처럼 내 앞에서 번쩍인다. 모두가 항상 쓰는 말이다. 그게 무슨 뜻인지 나만 잘 모른다. 나한테는 마치 물건 이름처럼 들린다. 말하자면 밥이 방금 꼭 이렇게 말한 것 같다.

"나도 한동안 댁처럼 말보로도 시바스 리갈도 없이 돌아다니고 싶어요. 하지만 그물처럼 얽히고설킨 크런치 너트나 카멜 필터에서 벗어나는 게 쉬운 일은 아니죠." 밥은 하루에 2달러씩만 빼돌리면 그가 말하는 '거미줄'에서 스스로 벗어날 수 있다는 사실을 모르는 게 분명하다. 이 행성을 혼자 떠도는 게 얼마나 극악한 일인지 그는 모른다. 물론 그에게 이런 얘기는 한마디도 하지 않는다.

"모든 걸 내려놓는 데는 저도 대단한 용기가 필요했어요." 나는 그냥 그렇게 대꾸한다. "하지만 뭐가 잘못돼도 남 탓을 할 수 없을 때의 기분을 알려면 일생에 한 번은 그래봐야 한다고 생각해요."

"멋져요." 밥이 말한다. "방금 한 얘기, 아주 멋있어요." 내가 한 말에 스스로도 깊은 감명을 받는다. 밥은 나를 돌아보고, 나는 비밀스럽게 미소짓는다. 남자들은 비밀 있는 여자를 좋아한다. 토끼에게 반응하는 개처럼 비밀 있는 여자에게 반응한다. 그

들은 여자의 비밀을 어떻게든 캐내야 직성이 풀리지만 알고 나
면 불행해진다. 이제 자리를 털고 일어나 새로운 비밀을 가진 새
로운 여자를 찾아나서야 하니까. 그리고 우리의 남자친구들은
남자친구이고 싶어하지 않는다. 친구 사이에는 비밀이 없으니
까. 그 사실을 이해하기까지 많은 시간이 걸렸다. 그래서 나는
지금 비밀스러운 미소를 짓고, 밥은 말한다. "댁을 태우게 돼서
기분좋습니다. 아주 잠깐이었지만 망설이기도 했어요. 사실 혼
자 있고 싶었거든요. 하지만 얇은 원피스를 입은 모습이 너무 안
쓰럽더군요. 겁나지 않아요?" 나는 어깨를 으쓱하고 창밖을 내
다본다. 바깥은 누가 풍경 앞에 검은 커튼을 쳐놓은 듯 온통 캄
캄하다. 나는 내 눈이 빛나는 것을 본다. 나는 눈이 아름답다. 많
은 남자가 그렇게 말해주었다. 차창 밖의 이 밤처럼 까만 눈. 나
는 밥이 곁에 있어서 겁나지 않는다. 누가 내 곁에 있을 때면 언
제나 그렇듯. 밥은 솔트레이크시티에서 토목기사로 일한다. 혼
자 산다. 그 이상은 그가 얘기하지 않고 나도 캐묻지 않는다. 둘
다 말이 없을 때가 더 좋다. 정적 속에서는 우리가 오래전부터
알아온 사이인 척할 수 있다. 나는 우리가 결혼한 지 몇 년은 된
부부라고 상상해본다. 만약 그렇다면 꼭 지금처럼 나란히 앉아
서로를 안다고 믿을 것이다. 그것은 어디까지나 그냥 믿음에 지
나지 않는다는 사실도 이제는 안다.

사 년 전 엄마가 돌아가셨을 때 아버지는 엄마에 대한 이런저런 이야기를 들려주셨다. 나는 전혀 몰랐던 것이라 엄마가 아닌 다른 사람 이야기인가 싶은 생각이 들 정도였다. 가령 아버지는 엄마가 좋아하는 꽃은 데이지였다고 했다. 내가 알기로는 맹세코 작약인데. 나는 엄마의 무덤에 항상 데이지를 가져다놓으면서도 매번 엄마가 신호를 보내 아버지가 틀리고 작약이라고 한 내가 맞다고 확인시켜주기를 기대했다. 그러나 신호는 오지 않았다. 이렇듯 나는 엄마를 제대로 알지 못했다. 살다보면 이런 일을 받아들여야 한다.

밥과 나는 조용히 밤을 가르며 달린다. 갈수록 점점 더 그의 삶에 끼어들고 싶은 마음이 든다. 자기 불행을 잊는 데는 커다란 달팽이집으로 들어가듯 다른 삶으로 들어가는 게 상책이라는 걸 나는 안다. 정말로 곁에 있고 싶은 사람을 만나기가 어려울 뿐이다. 왜 밥 곁에 있고 싶은지는 나도 모르겠다. 그의 미소 때문인지 흰 셔츠, 아니면 반짝이는 눈 때문인지 누가 알까? 나는 이보다 훨씬 더 사소한 이유로도 남자들과 사랑에 빠진 적이 있었다.

밥이 배가 고프다며 '달리스 레스토랑' 앞에 차를 세운다. 그가 앞장서서 초록색 네온광고판을 향해 걸어간다. 나는 어리석은 짓거리를 더 생각해내기 전에 지금 뒤돌아서 어둠 속을 달려 사라지는 게 좋을 것 같다. 그편이 훨씬 현명한 선택임을 이 순간 아주 정확히 알고 있지만 그럴수록 나는 더 급한 걸음으로 그를 뒤따른다.

초록색 페인트칠을 한 식당에 에어컨이 빵빵하게 돌아가고 있다. 얇은 원피스를 입은 나는 몸이 얼어붙고 이가 딱딱 부딪치지만, 추위에 떨 때 내 표정이 무언가에 감동한 것처럼 보인다는 사실을 알고 있다. 실제로 많은 사람에게 그런 말을 들었다. 그래서 나는 밥의 둥글납작하고 약간 갈색이 도는 얼굴을 똑바로 바라보고 몸을 덜덜 떨면서 미소도 약간 짓는다. 밥은 내게 묻지도 않고 멕시코계 여자 종업원에게 차를 주문한다. 종업원은 칠흑같이 까만 머리칼을 풀어헤치고 터키옥 빛깔 아이섀도를 눈썹 밑까지 두껍게 바른 모습이다. 보라색 앞치마 가슴 바로 위에는 그녀가 레스토랑 주인 달리임을 말해주는 알파벳 D가 빨간색으로 수놓여 있다. 그녀는 활짝 웃는 얼굴로 밥에게 디럭스 햄버거를 권한다. 밥은 또다시 내게 묻지도 않고 두 개를 주문한다. 그렇게 나를 어린아이처럼 취급하는 그가 바보같이 좋다. 나는 들뜬 기분으로 파란색 플라스틱 의자에 앉아 그가 무슨 말인가 하기를 기다린다.

"생각했던 것보다 나이가 많네요." 마침내 밥이 말하고 신문을 보듯 아무렇지도 않게 내 얼굴을 들여다본다.

"당신도요." 나는 그가 웃기를 바라며 말한다. 하지만 그는 아무 반응이 없다. 그의 눈은 회색이라 입이 그렇게 크고 부드럽지 않았더라면 조금 차가운 인상이었을 것이다. 그가 너무 빤히 바라보는 바람에 나는 눈길을 돌릴 수밖에 없다. 동글동글한 대문자로 커피 무료 리필은 한 잔당 두 번이라고 쓰인 안내판이 벽에 걸려 있다. 달리의 서명도 있다. 냅킨꽂이에는 달리가 손수 구운 케이크를 선전하는 내용을 안내판과 똑같이 어린아이 글씨로 써서 복사한 쪽지가 붙어 있다. 그녀의 부지런함과 열의가 감탄스럽다. 조금의 시간도 허투루 쓰지 않고 착실한 삶을 사는 그녀가, 저녁이면 발이 붓는 그녀가 부럽다.

나도 바로 이런 삶을 살 수 있었다는 걸 알지만 화장품 매장에서 몇 달 일하고 나니 누구에게도 설명할 수 없는 불안감이 목을 조여왔다. 다른 삶을 위해 금전등록기에서 슬쩍한 돈을 모아야만 그나마 견딜 수 있었다.

"그 다른 삶이라는 게 대체 어떻게 생겨먹은 겁니까?" 검사는 물었다.

"초록 바탕에 붉은 반점." 내가 대답하자 검사는 엉덩이를 후려갈기고 싶다는 표정으로 바라보았다. 그때 그 대답은 진심이었다. 나의 다른 삶에 대해 그 이상은 지금도 알지 못한다.

달리가 주방에서 햄버거를 가지고 나와 미소 띤 얼굴로 밥 앞에 접시를 조심스레 내려놓는다. 내 것은 보지도 않고 탁 소리나게 내려놓는다. 나는 그녀의 마음을 이해하고 화도 나지 않는다. 밥은 혼자 두고 보고 싶은 부류의 남자다. 그는 나이프로 신중하게 햄버거 빵을 젖혀 열더니 얇게 썬 토마토와 양파를 한 조각씩 나란히 얹은 다음 그 위에 겨자 약간을 부드럽게 바르고 빵을 도로 덮어 두 손으로 들고 이리저리 살펴본다.

"어릴 때 들은 얘기인데요." 내가 아니라 햄버거에게 이야기하듯 밥이 나지막하게 말했다. "죽으면 여태 먹었던 동물을 다 다시 만난대요. 얘기를 듣고 상상했어요. 사람이 죽어서 어느 커다란 방으로 안내되어 들어갔더니, 생전에 먹은 소, 돼지, 송아지가 다 모여 있다가 원망의 눈길로 바라보는 모습을요." 그는 대체 나 같은 여자들에게 어떤 영향을 미치는지 알고 그런 이야기를 하는 걸까? 이로써 그는 내 마음속에 성큼 들어설 수 있는 입장권을 산 셈이다. 내가 채식주의자나 뭐 그런 것이어서가 아니라 그가 남이나 다름없는 내게 아주 잠깐이나마 자신의 영혼을 보여줘서다. 일단 보고 나니 자꾸만 다시 보고 싶어진다.

"닭이나 물고기는 어떨까요?" 내가 묻는다. "제 생각엔 그 방에 없을 것 같아요. 원망의 눈길로 볼 수 없을 테니까요." 밥은 어이없다는 듯이 웃는다. 그답다. 그는 커튼을 닫았고, 공연은 끝났다. 핍쇼처럼 남자들은 대개 실제 모습을 잠깐만 보여줘도 대가를 요구한다. 밥은 햄버거를 한입도 먹지 않고 여전히 손에 들고 있다. 우리 뒤에서 테이블을 닦던 달리가 갑자기 실내가 쩌렁쩌렁 울리도록 크게 소리친다. "햄버거에 무슨 문제 있나요?" 밥은 천천히 뒤돌아보고 묘하게 음란한 분위기를 풍기며 말한다. "저에게 경고해주고 싶은 건가요?" 달리는 화들짝 놀라 행주에서 눈을 들고 정확히 똑같은 어투로 대답한다. "제 햄버거가 아니라 저를 조심하라고 경고해드려야겠군요. 얼마나 강렬하게 원하는지에 따라 손님이 직접 결정하시죠." 밥은 나를 그의 차에 타게 만든 특유의 호감 가는 미소를 지어 보인다. 이제 밥은 대놓고 달리와 시시덕거린다. 자기 영혼의 아주 작은 한 귀퉁이를 내게 보여준 걸 후회하기 때문이다. 언제나 똑같다. 그리고 달리는 자신에게 기회가 왔음을 예감한다. 그녀는 젖가슴을 흔들면서 밥을 지긋이 바라본다. 나 자신은 바보 같고 매력도 없어 밀려난 기분이다. 나는 앙갚음으로 달리의 햄버거를 깨작거리다가 조각조각 흩뜨린 다음 그 위에 케첩을 잔뜩 쏟아부은 채로 둔다. 달리가 마침내 "다 드신 거죠?" 하는 말과 함께 내 접시를 채간다. 그리고 약간의 아쉬움이 묻어나는, 살살 녹는 미소와 함께 밥에게 계산서를 내민다. 그녀의 눈꺼풀에 엉겨붙은 터키옥 빛깔 아이섀도는 오래전에 유행이 지난 것이다. 달리는 거스름돈을 내주며 밥의 손을 살짝 쓰다듬는다. 내가 없다면 두 사람은 지금 주방이나 화장실, 혹은 그의 차나 차고에서 달리가 케이크를 구울 때처럼 재빠르고 효율적으로, 노련하고 기분좋게, 불필요한 감정 없이, 그러나 서로의 만족을 위해 사랑을 나눌 것이다. 나도 그럴 수 있으면 좋겠다. 나는 남자들을 경멸하거나 동정하거나, 아니면 사랑에 빠진다.

우리는 다시 차를 타고 말없이 달린다. 아까 우리를 하나로 만들어주었던 정적이 지금은 우리를 갈라놓는다.

"동물들이 있는 방을 자주 생각해요?" 내가 묻는다.

"네?" 밥은 처음 듣는 얘기라는 듯이 되묻는다.

"죽은 동물들이……"

"아, 그거요?" 그가 말한다. "아뇨. 그랬으면 미쳐버렸을걸요."

다음 몇백 킬로미터를 달리는 동안 그는 말이 없다. 뭔가 잘못되었다는 달갑지 않은 느낌이 들지만 그게 뭔지 모르겠다. 밥이 나를 초조하게 만든다. 어서 솔트레이크시티에 도착해 혼자 내 갈길을 가고 싶은 마음뿐이다. 지금은 그가 방해될 뿐이다. 그의 손이 더이상 매력적으로 느껴지지 않는다. 그의 손은 잔인해 보이고 얼굴은 패션지에 나오는 것처럼 평범하고, 셔츠는 너무 비싸다. 한마디로 그는 흔히 볼 수 있는 건방진 남자일 뿐이다. 그가 하품을 한다.

"그 빌어먹을 햄버거를 먹었더니 피곤하네요." 밥이 말한다. 나는 대꾸하지 않는다.

"괜찮으면 모텔에서 좀 쉬었다가 내일 계속 가죠." 밥이 말한다. 나는 일부러 냉랭하게 말한다. "저는 돈이 한푼도 없는데요."

"내가 대신 낼게요." 밥이 말한다. 그러나 나는 이제 더 바라는 게 없다. 내가 운전하겠다고 말해야 할지 고민이다. 하지만 이 길고 황량한 길에서 교통순찰에 걸리면 나는 순식간에 로스앤젤레스 보호관찰관에게 넘겨질 것이다. 여기서 남쪽으로 600킬로미터쯤 떨어진 사막에 내버려진 내 핸드백 속 명함에 이름이 적혀 있는 그 보호관찰관에게. 그래서 나는 입을 다물고, 잠자리와 샤워, 모닝커피를 위해 남자와 함께 갈 때 늘 하는 놀이를 한다. 나는 가슴에 이름표―린다 그라임스―를 달고 큰 관청 창구에 앉아 있는 척한다. 그리고 창구 앞의 남자에게 냉랭하지만 불친절하지는 않게 묻는다. 어떻게 하는 걸 좋아하세요? 위에서, 아래서, 뒤에서, 옆에서? 오럴, 애널? 알몸으로? 속옷은 입고? 입는 게 좋다면 어떤 색? 배경으로 좋아하는 텔레비전 프로그램은? 아니면 음악? 나는 서류에 남자의 답변을 체크한다. 사무적으로 거리를 두고. 마지막 질문도 다른 질문들과 똑같이 무심한 투로 한다. "왜 하필 저, 린다 그라임스를 고르셨나요?" 나는 단조롭고 따분한 투로 선택 가능한 답을 읊는다.

a) 몸매가 예뻐서, b) 아내보다 젊어서, c) 시간을 때울 만한 다른 방법을 몰라서, d) 긴장을 푸는 데 섹스만큼 좋은 게 없어서, e) 오늘은 볼만한 텔레비전 프로가 없어서, f) 불을 <u>끄</u>고 훨씬 더 갖고 싶은 여자를 생각하려고. 나는 밥의 서류에 마지막 답을 체크한다.

우리는 선셋 시에스타 모텔 앞에 멈춰 선다. 접수대 앞에서 네온선인장이 초록색으로 음흉하게 깜빡거리고 있다. 밥은 열쇠를 건네받고 48호실 앞에 주차한 뒤 달리스 레스토랑에서처럼 또다시 나를 돌아보지도 않고 앞장선다. 나는 따분해 보이려고 애쓴다. 밥에게 특별한 사람이라는 생각을 심어줄 필요는 없다. 그가 방문 앞에 서서 내가 오기를 기다린다.

"여기요." 밥은 내 손에 또다른 열쇠를 쥐여준다. "푹 자고, 내일 아침 여덟시에 출발하려는데 괜찮죠?" 나는 당황해서 고개를 <u>끄</u>덕인다. 밥은 손을 짧게 들어 보이고는 옆방으로 사라진다. 나는 내가 놀라서 그 자리에 꼼짝 않고 서 있다는 걸 깨닫는다. 몇 분 뒤에야 내가 방으로 들어와 침대에 인형처럼 꼼짝 않고 앉아 있다는 걸 의식한다. 팔다리가 차갑고 뻣뻣하다. 이게 불안의 초기 증상이라는 걸 경험으로 안다. 불안은 이제 곧 나를 꼭두각시처럼 흔들어대고, 폐에서 공기를 짜내고, 심장을 사납게 뛰게 할 것이다. 어떻게 해야 할지 모르겠다. 불안이 벌써 거대한 문어처럼 나를 향해 팔을 뻗는다. 나는 일주일 전 콜로라도스프링스에서 한 남자에게 선물받아 비상용으로 브래지어 속에 줄곧 지니고 다니던 진정제를 먹고 약효가 나타나기를, 그래서 피가 넓고 잔잔한 강처럼 느리고 평온하게 돈다는 느낌이 들기를 초조하게 기다린다. 그런데 그러기는커녕 내 몸속에 있는 것들이 눈앞에 보인다. 거품을 일으키며 부글부글 끓는 피, 굵고 파랗고 꼬불꼬불한 혈관, 섬유질이 많은 붉은 살, 회색 뼈. 나는 벌떡 일어나 텔레비전을 켜지만 화면에 나오는 모든 사람이 갑자기 가죽을 벗겨놓은 토끼처럼 피부가 없는 모습으로 보인다. 욕실에서 수건을 가져다 텔레비전 화면을 가리고, 적어도 누가 말을 하고 있다는 느낌은 들도록 볼륨을 높인다. 그러나 내용 파악이 되지 않는 토막 난 대화와 광고 문구를 듣고 있자니 그 말을 쏟아내는 입들을 상상하게 된다. 터무니없이 큰 이와 탐욕스럽고 외설스러운 혀를 가진, 뭐든 먹어치울 것 같은 커다란 입들. 결국 나는 포기한다. 그의 방문을 두드리자 최소한 이 분은 지나서야 문이 열린다. 알몸에 팬티만 걸친 그는 내가 기억하는 것보다 왜소해 보인다. 그는 말없이 나를 소파로 데려가 무릎 위에 앉히고 그냥 꼭 붙잡고만 있다. 나는 그의 가슴에 얼굴을 묻고 울고 또 운다. 울음을 그치면 내가 왜 우는지 설명해야 한다는 걸 안다. 어둠 속에 혼자 있기가 불안해서라고 얘기해야 하나? 얼마나 우습고 바보 같은가. 그래서 눈물을 한 방울도 더 짜낼 수 없을 때까지, 나 자신이 알뜰하게 짜서 쓴 치약 튜브 같은 느낌이 들 때까지 울다가 말문을 연다. 내가 책임질 수 없는 단어와 문장이 입에서 그냥 쏟아져나온다. 내가 앓고 있는 끔찍한 병, 죽음에 이르는 병에 대해 얘기하는 내 말소리가 들린다. 암도 아니고 에이즈도 아니고 전염병도 아니지만 그 못지않게 끔찍한 병이다. 자세한 얘기는 하고 싶지 않다. 바로 어제 병원에서 도망쳤다. 그냥 그렇게 누워 죽기만 기다리는 걸 견딜 수 없었다. 나는 눈물 때문에 목이 메는 소리로 이야기한다.

"몸을 움직일 수 있는 한 돌아다니고 싶어요." 내 입이 말한다. "하지만 종종 불안이 엄습해요. 아주 끔찍한 불안이." 밥은 나를 잡고 아기 어르듯 부드럽게 흔든다.

"죽고 싶지 않아요." 나는 나지막이 말한다. 잠시 틈을 두었다가 그의 얼굴을 보려고 고개를 드니, 그 눈에 눈물이 반짝인다. 나는 감격해서 다시 울기 시작한다.

"쉿." 그가 말하고 내 머리를 쓰다듬는다.

"세상에는 내가 가질 수 없는 것이 너무 많아요." 나는 흐느낀다. "임신을 하고 풀밭 나무 그늘에 누워 아기를 기다리는 게 어떤 건지, 남편 곁에서 깨어나 함께 아침을 먹는 방안으로 햇빛이 환하게 비칠 때 어떤 느낌일지, 끝내 알 수 없을 거예요." 내가 하는 말들이 나를 진짜 절망의 나락으로 떨어뜨린다. 엉망진창인 내 삶에 대한 절망. 내 흐느낌이 좀처럼 멈출 줄 모르는 딸꾹질소리처럼 들린다. 나는 작은 원숭이처럼 밥에게 매달린다. 내 갈비뼈 안에서 일정한 간격으로 헉헉, 흑흑, 숨을 헐떡이며 흐느끼는 소리가 들린다. 밥이 내 등을 부드럽게 쓸어준다. 한참 뒤 흐느낌이 마침내 잦아들다 완전히 그친다. 그는 나를 욕실로 안고 가 옷을 벗기고 샤워부스 안에 앉힌다. 나는 하도 울어서 머리가 붓고 물렁해진 느낌이다. 병원에 입원해 있기에는 너무 건강해 보이는 내 몸에 대해 깊이 생각해보려고 하지만 상념은 빙판길에서처럼 내게서 미끄러져나간다. 여기 욕실 빛이 약해서 다행이야. 나는 생각한다. 밥이 나를 자세히 볼 수 없어서 다행이야. 이내 뜨거운 수증기가 우윳빛 구름처럼 나를 감싸자, 더이상 아무 생각도 나지 않는다. 밥이 샤워부스로 들어와 옆에 앉더니 내 팔을 잡는다. 따뜻한 물속에서 근육이 풀어지는 느낌이 든다. 점점 맥이 빠지고 노곤해진다. 나는 그에게 몸을 기댄다. 그의 눈썹과 머리칼에 물방울이 맺힌다. 그는 영화배우 같다. 나는 그를 사랑한다. 그가 미소지어 보인다. 나는 녹아내린다. 갑자기 만족감이, 행복감이 밀려든다. 영원히 이곳에 앉아 있고 싶다.

깜빡 잠들었나보다. 눈을 떠보니 밥과 나란히 침대에 누워 있고, 그가 나를 조심스레 애무한다. 내 손은 짓물렀다. 주부습진이라 공기 중에 노출되면 느낌이 아주 좋지 않다.

"아파요?" 밥이 묻는다. 나는 골똘히 생각하고 나서야 그 물음을 이해한다. "아니, 아니요." 나는 재빨리 말한다. "반대인걸요." 그는 엄청 노력한다. 나는 그게 감동스럽지만 실제로 흥분되지는 않고 그저 티파티처럼 맨송맨송하다. 나는 그를 자극해볼 요량으로 내 몸이 설탕으로 된 것인 양 대하지 말라고 말한다. 하지만 그는 어린 노루와 침대에 함께 있는 듯 나를 조심조심 다룬다. 나 자신이 초라하게 느껴진다. 마음 같아선 일어나 소리치고 싶다. 내 얘기 좀 들어봐. 나는 아주 비열한 년이야. 당신한테 거짓말을 했어. 내가 한 얘기는 전부 사실이 아니야. 하지만 어쩔 수 없었어. 당신은 혼자 침대에 누워 삶이 커다란 모래시계처럼 흘러가는 소리에 귀기울이고 있으면 불안하지 않아? 내가 이야기를 지어내도록 만든 건 당신이야. 당신한테는 여자가 어둠 속에서 불안해하는 것만으로는 충분치 않으니까. 아니, 당신은 여자가 죽을병에 걸렸다고나 해야 겨우 마음이 약해져서 품을 내줄 사람이야.

나는 그에게 격렬한 키스를 퍼붓고 그를 깨물고 자극한다. 마침내 그가 조심스러움을 포기한다. 그렇게 해서 달리스 레스토랑에서처럼 커튼이 걷히고 잠시 그의 영혼이 보인다는 느낌이 든다. 나는 평생 그의 곁에 머물고 싶다. 결국 우리는 뭍에 던져진 커다란 물고기처럼 땀에 푹 젖어 기진맥진한 채 누워 있다. 나는 그의 손을 잡고 그런 바보 같은 이야기를 들려준 나 자신을 저주한다. 그가 잠들기를 기다렸다가 몰래 방을 빠져나가 고속도로 요금소 앞까지 걸어갈 생각이다. 화물차는 지금도 다닐 테고, 화물차 운전자들은 잠깐의 동행도 늘 고마워한다.

다시 눈을 떠보니 날이 대낮같이 밝다. 밥이 커피잔을 들고 침대 옆에 서 있다. 그는 침대 끝에 앉아 내가 깨어나는 모습을 지켜본다. 나는 고개를 숙여 그 쓰고 검은 액체를 조금씩 홀짝거린다.

"전화 좀 하고 왔어요." 밥이 부드럽게 말한다. "솔트레이크시티에 있는 친한 친구가 의사거든요. 그 친구가 당신을 돌봐줄 겁니다. 입원할 필요는 없어요. 약속하죠." 수치심이 오한처럼 나를 덮친다. 동시에 나는 한 남자와 한 여자가 햇빛이 따스하게 비치는 모텔방에서 커피를 마시는 순간을 즐긴다. 그들은 곧 짐을 챙겨 차를 타고 근사한 도시의 근사한 집에 있는 근사한 아이들에게로 돌아갈 것이다. 밥이 옷을 가져다주고 내 이마에 부드럽게 키스한다. 나는 그를 보지 않고 말도 하지 않는다.

"입어요." 밥이 상냥하게 말한다. 나는 꼼짝하지 않는다. 환한 낮에 보면 내 몸이 어떤지 안다. 가무잡잡하게 그을고 근육이 잘 발달된 건강한 몸이다.

"어서요." 그가 웃으며 말하고 이불을 젖힌다. 나는 지팡이처럼 뻣뻣하게 누워 고개를 벽 쪽으로 돌린다. 영원과도 같은 시간이 흐른 뒤 그가 말한다. "병원에 있다 나온 게 아니었군요." 물론 지금도 새로운 이야기를 지어낼 수 있지만 문득 그런 나 자신이 혐오스럽다. 구역질난다. 나는 그가 잔뜩 긴장한 얼굴로 가만히 서 있는 모습을 곁눈질로 본다. 펄쩍 뛰어오르기 직전의 호랑이 같다. 나는 이불을 머리 위로 끌어당기고 밑으로 파고들어선 죽은 척 꼼짝하지 않는다.

"불쾌하군요." 그가 몹시 차분하게 말한다. 잠시 후 한번 더 말한다. "아주 불쾌해요." 그 말이 화살처럼 내게 날아와 꽂힌다. 나는 고통의 신음소리를 내지 않으려고 이불을 깨문다. 그가 여행가방 지퍼를 닫고 다시 욕실로 들어가 문을 닫는 소리가 들린다. 그가 소변보는 소리가 실낱같은 마지막 희망을 확실하게 잘라버린다. 그 소리가 이럴 수도 있었는데 싶은 모든 것을 한순간에 구체화시킨다. 나는 침대에서 커피잔을 손에 들고 있었을 것이다. 텔레비전에서는 별 볼일 없는 쇼가 방송되고 있었을 테고, 우리는 그 쇼에 대해 농담을 주고받았을 것이다.

"자기야, 치약 챙기는 거 잊지 마." 나는 말했을 것이다. 그는 까치발을 딛고 지나가면서 나를 꼬집고 소변보러 욕실로 들어갔을 테고, 나는 실실 웃으며 그가 소변보는 소리에 귀기울였을 것이다.

"자기야, 우리가 맨 처음 함께 묵었던 모텔방 기억나? 선셋 시에스타 모텔?" 나는 소리쳤을 것이다.

"기억나고말고. 그 앞에 초록색 네온선인장이 있었잖아. 우리 방은 49호였나 그랬지. 그때 하얀 바탕에 빨간 꽃무늬 원피스를 입은 자기가 얼마나 예뻐 보였는지 알아?" 그가 욕실에서 대답했을 것이다.

그가 욕실에서 나와 가방을 집어든다. 이불과 침대시트의 틈새로 그의 바짓가랑이가 보인다. 그는 마음을 못 정한 듯 잠시 그대로 서 있다. 가방이 그의 무릎 앞에서 건덩거린다.

"고마워요." 마침내 그가 말한다. 날카롭고 화난 목소리다. "당신은 내가 이미 알지만 딱히 믿고 싶지는 않았던 사실을 일깨워줬어요. 당신들 모두 똑같다는 사실을."

그가 차에 시동을 걸고 주차장을 빠져나가는 소리가 들린다. 나는 베개에 얼굴을 묻고 조금 울다가, 그것도 지겨워져 일어나 앉아서 눈물을 닦는다.

빨간 꽃무늬 원피스는 뱀이 벗은 허물처럼 바닥에 떨어져 있다. 나는 웃는다. 또다시 사방이 고요하다. 내 심장만이 미련하고 고집스럽게 저 혼자 두근거린다.

'Reality'

파니가 떠난 뒤 석 달 하고도 이레 동안 클라우스는 텍사스를 두루 돌아다녔다. 빵이, 껍질이 딱딱한 검은 빵이, 진짜 빵다운 빵이 그리웠지만 어디서도 구할 수 없었다. 그는 빵집을 알리는 큼지막한 네온글씨에 혹해 고속도로변 대형 슈퍼마켓 앞에 차를 세우곤 했다. 이번에는 그냥 빵집도 아니고 '진짜 프랑스 빵'을 취급한다는 '델리카슨 베이커리'였다. 클라우스는 크리스마스 트리 앞의 어린아이처럼 눈을 반짝이며 기다란 흰 빵 앞에 서 있었다. 비록 검은 빵은 아니어도 껍질만 딱딱하다면 만족하려고 했으나, 엄지로 눌러보니 바게트가 스펀지처럼 푹 꺼졌다. 크게 실망한 그는 한동안 그 자리에 꼼짝 않고 서 있었다. 바삭바삭한 빵에 대한 그리움이 큰 파도처럼 덮쳐와 숨도 쉴 수 없을 지경이었다. 익히 아는 느낌이었지만 어디서 어떻게 알게 된 건지는 깊이 생각해봐야 했다. 물론 여자에 대한 욕구와 같은 느낌이었다. 그는 고개를 절레절레 저으며 걸음을 옮겼다. 수많은 크래커 종류 중에서 그나마 평범한 크네케브로트*와 가장 비슷해 보이는 것을 찾았다. 소시지 코너 진열대에서는 투명 비닐로 포장된 빨간 슬라이스 소시지 한 봉지를 집어들었다. 이 나라에는 소시지도 만족스러운 게 없었다. 어떻게 온 대륙이 빵을 굽고 소시지를 만드는 기술을 이렇게 함부로 잊어버릴 수 있는 거지? 그는 조명을 켜놓은 관처럼 보이는 대형 육류 냉장고 안을 뚫어져라 들여다보았다. 갑자기 이 미국이라는 나라에 화가 치밀어 어린아이처럼 발을 굴렀다. 햄버거며 핫도그, 켄터키 프라이드치킨의 튀김옷이 두꺼운 닭다리, 타코벨의 망친 타코, 피자헛의 두툼하고 맛없는 피자, 붉은 소시지와 마요네즈를 어찌나 많이 넣는지 위에서 아래까지 옷을 더럽히지 않고는 누구도 먹을 수 없는 샌드위치 따위는 이제 사양하고 싶었다. 적당한 빵 한 조각이 먹고 싶을 따름이었다. 껍질이 있는 빵. 알맞게 바삭한 빵. 그야말로 지극히 평범한 빵. 화가 나서인지 식욕이 가셨다. 차가운 에어컨 바람 때문에 몹시 추웠다. 그는 끝없는 미로 같은 매대 사이

---

* 바삭바삭하고 거친 잡곡빵.

의 통로를 거슬러올라가 크래커와 폴란드 소시지를 원래 자리에 도로 갖다놓고, 덜덜 떨면서 500밀리미터짜리 우유 한 통만 달랑 든 채 슈퍼마켓을 나왔다.

주차장에서는 열기로 공기가 가물거리고 있었다. 클라우스는 뜨겁게 달궈진 차에 올랐다. 전자레인지 속 냉동고기가 된 느낌이었다. 몇 초 지나지 않아 이마에 땀이 송골송골 맺혔다. 그런데도 그는 꼼짝하지 않았다. 에어컨도 켜지 않고 창문도 열지 않았다. 마비된 듯 그대로 앉아 우유를 조금씩 마셨다. 주위에서 엄마들의 차가 크고 굼뜬 물고기떼처럼 천천히, 소리 없이 주차장을 오가며 아이들을 내려주거나 태웠다. 클라우스는 뜬금없이 외로웠다. 지독히도 외로워서 아무 여자나 붙잡고 그녀의 집으로 데려가달라며 부탁하고 싶은 심정이었다. 그녀의 식탁에 앉아 그녀가 냉장고를 정리하고 아이들에게 음식을 먹이고 친구와 전화로 수다떠는 모습을 지켜보고 싶었다. 그 이상은 바라지 않았다. 정말이지 그녀의 지극히 평범한 삶을 함께하는 것 말고는 아무것도 바라지 않았다. (과연 어느 여자가 그 말을 믿어줄까?) 갸름한 얼굴에 몸가짐이 우아한 젊은 흑인 여자가 물건을 가득 실은 쇼핑카트를 밀고 아이 셋과 함께 반짝거리는 그의 새 렌터카 바로 옆 낡은 승용차로 돌아왔다. 원색 놀이옷을 입은 아이들은 나비처럼 보였다. 클라우스는 아이들이 자기 차에 타서 자신이 기정사실과 대면하도록 해주면 좋겠다고 생각했다. (파니와 자기가 정말로 그 문제에 대해 얘기한 적이 있었나? 기억나지 않았다. 아이와 함께 있는 파니? 상상이 되지 않았다.) 나비 꼬마들이 꼬물거리며 차에 올랐고, 아이들 엄마는 차문을 닫으며 클라우스 쪽을 건너다보았다. 기껏해야 이십대 초반이었다. 그가 미소지어 보였지만 그녀는 반응하지 않고 공허한 눈빛으로 물끄러미 바라보다 차를 출발시켰다. 그는 상심해 있다가 선팅한 차창 너머로는 아이들이나 아이들 엄마가 자기를 볼 수 없었을 거라는 데 생각이 미쳤다. 그는 투명인간이었다. 아무도 그를 보지 않았고, 그의 말을 듣지 않았고, 그에게 신경쓰지 않았고, 그의 편이 되지도 적이 되지도 않았다. 아무도 웃으면서 다가와 차문을 열고 그와 악수하고 그에게 "고맙습니다! 이 궁핍한 세상에 당신이 없다면 정말 아쉬울 겁니다" 하고 말하지 않았다.

그의 존재는 아무 의미도 없었다.

클라우스는 대평원을, 거대한 무無를 통과해 계속 달렸다. 노르스름하게 물든 지평선을 빼면 어디가 땅이고 어디가 하늘인지 분간이 되지 않았다. 한번은 저멀리 연녹색 평원 한가운데 어마어마하게 쌓인 검은 바윗덩어리들이 보였다. 선사시대의 묘석, 거대한 스톤헨지를 연상시키는 돌무더기였지만 가까이 다가가자 하나하나가 살아 움직였다. 검은 소 수천 마리가 철로 옆에 빽빽이 붙어 서서 도살장으로 운송되기를 기다리는 중이었다. 사람은 한 명도 보이지 않았다. 그 옆으로 지나갈 때 소들이 슬로모션으로 그를 향해 고개를 돌렸다. 그는 그렇게 슬픈 광경을 보기는 참으로 오랜만이라는 생각이 들었다. 텍사스주 제리코에 있는 작은 바에서는 커다란 모자를 쓴 덩치 큰 남자들 틈에 섞여 얼음도 넣지 않은 위스키를 석 잔이나 말없이 들이켰다. 파니가 왜 자기를 떠났는지 이유를 설명할 수 없었다. 그녀가 왜 오 년을 함께 살았는지도.

해가 기울자 클라우스는 오클라호마주 쇼니의 베스트 웨스턴 모텔에 여장을 풀었다. 네거리가 딱 하나인 곳이었다. 클라우스는 침대에 누워 텔레비전을 멍하니 바라보았다. 눈 덮인 듯 희뿌연 화면에서 사람들이 허깨비처럼 스쳐지나가며 손짓하고 고개를 끄덕였다. 자동차며 길거리, 스카이라인, 동물, 군인, 전화, 두 통약 같은 것도 흐릿하게나마 알아볼 수 있었다. 그런 사물들은 본래의 모습을 희미하게 연상시키는 그림자 같았다. 클라우스는 파니 핑크에 대해 뭘 알고 있는지 머릿속으로 목록을 만들어보았다. 그녀는 소시지나 삶은 돼지고기를 좋아하지 않지만 비프커틀릿은 날마다 먹어도 사양하지 않았다. 화장품 샘플을 수집해 늘 그것들로 그의 욕실 선반을 가득 채웠다. 침대에서 식사하는 걸 좋아하고 거의 언제나 음식을 흘렸다. 자는 걸 좋아하고, 오만한 동시에 자신감이 없었다. 독설가에 과장하길 즐겼고 비싼 옷을 입으면 아무 인상도 주지 못했지만 때때로 낡은 모피를 입으면 놀랄 만큼 우아해 보였다. 게을러서인지 나름의 원칙 때문인지는 몰라도 다리와 겨드랑이 털을 밀지 않았다. 활기가 없고 외출을 좋아하지 않았다. 좋아하는 색은 파랑이지만 확실치 않았다. 확신컨대 클라우스는 파니 핑크에 대해 아는 게 거의 없었다. 그녀가 더는 비프커틀릿을 먹지 않았으면 좋았을지도 모른다. 더욱이 비프커틀릿을 좋아한 적 없다고 우겼다면, 별안간 겨드랑이 털을 밀고 명품 옷에 목을 맸다면, 아이를 갖고 싶어했다면 좋았을지도 모른다. 클라우스는 창가에 서서 건너편 네거리의 주유소와 커피숍을 내다보았다. 멀리 40번 주간고속도로에서 자동차 전조등 불빛이 보였다. 일찍이 이토록 외로운 적이 있었는지 기억나지 않았다. 클라우스는 여행가방을 들고 다시 차에 올랐다. 그리고 크리스마스트리처럼 불 밝힌 화물차들과 함께 밤을 뚫고 달렸다. 목적도 없이 의미도 없이 도로에만 집중한 채 계속 이렇게 달릴 수 있을 것 같았다. 새벽 여명 속에서 하늘이 은빛을 띨 무렵에는 이미 아칸소주를 횡단했다. 언덕과 숲이 사라지고 대평원이 모습을 드러냈다. 이내 낯설지 않은 풍경이 펼쳐졌다. 독일의 일요일 아침처럼 푸르고 고요했다. 예전에 그는 날씨가 궂어 파니가 늦잠을 푹 자던 조용하고 평온한 주말을 좋아했다. 그러나 파니가 떠난 뒤로는 갑자기 너무 넓게 느껴지는 집안의 정적이 두려웠다.

클라우스는 미시시피주 빅스버그의 작은 중국 식당에서 아침을 먹었다. 지난 몇 주 동안 베이컨을 곁들인 달걀프라이만 먹다가 마침내 다른 걸 먹을 수 있게 된 것만도 복이라고 여기며 계란탕과 오리구이를 주문했다. 식당에 손님은 클라우스뿐이었다. 어린아이 둘이 식탁 밑에서 숨바꼭질을 하고 있었다. 아이들 아버지가 주방에서 나와 아이들을 타이르고는 클라우스에게 계란탕을 가져다주었다. 아이들은 아버지를 쫄래쫄래 뒤따라와 그를 빤히 바라보았다. 아이들은 도자기 인형처럼 보였다. 클라우스가 손을 뻗어 작은아이의 검푸른 머리칼을 쓰다듬어주려고 하자 아이는 그의 손길을 피해 소리지르며 주방으로 달아났다. 여자가 중국말로 아이를 타이르는 소리가 들렸다. 큰아이는 아버지 손을 잡고 미심쩍은 듯이 클라우스를 바라보았다. 클라우스는 문득 거부당하고 배척당하는 느낌, 자신이 환영받지 못하는 손님이라는 느낌이 들었다. 그는 오리구이를 반이나 남기고 계산서를 달라고 했다. 울면서 달아났던 아이가 포춘쿠키와 함께 계산서를 가져왔다. 아이는 호기심 어린 눈길로 클라우스가 포춘쿠키를 부서뜨리는 모습을 지켜보았다. 클라우스는 쿠키 안의 문구를 소리내 읽었다. "때로는 집에 머무는 사람이 먼 여행길에 오르는 사람보다 더 많은 것을 체험한다." 그가 코를 찡그렸다. 아이는 웃었다. 그가 머리를 쓰다듬어주려고 또다시 손을 뻗었다. 아이는 또다시 울음을 터뜨리며 주방으로 달려갔다. 클라우스는 마음이 너무 상해 속이 부르르 떨릴 지경이었다.

이거 내가 신경질덩어리인 파니와 다를 바 없이 예민하게 굴고 있잖아, 그런 생각이 들어 클라우스는 당황스러웠다. 하필이면 그녀가, 하필이면 자기가 뭘 원하는지도 모르는 그 정신 사나운 여자가 나를 이렇게 망가뜨려놓다니. 그가 그곳을 떠날 때 식당의 네 식구가 모두 나와 배웅해주었다. 부모는 마음먹고 찍은 가족사진에서처럼 아이들 뒤에 나란히 서서 그들 어깨에 손을 얹고 있었다. 그는 잭 대니얼스 한 병을 사들고 미시시피강 쪽으로 산책을 나갔다. 습한 열기가 감도는 어두운 하늘 아래 진흙 섞인 강물이 느릿느릿 흐르고 있었다. 그는 녹슨 철교의 콘크리트 기둥에 기대앉아 술병을 내려놓았다. 자살을 부르는 날씨라고 생각하다가 깜빡 잠이 들었다. 깨어나보니 젊은 흑인 남자가 옆에 앉아 거의 빈 잭 대니얼스 병을 건배하듯 상냥하게 들어 보였다. 남자는 남은 술을 단숨에 비우고 말했다. "고마워요, 친구." 남자는 비틀거리지도 않고 일어나 강가 숲으로 사라졌다.

클라우스는 미시시피주와 앨라배마주, 조지아주를 최면에 걸린 듯이 횡단했다. 몸이 뒤집힌 풍뎅이처럼 한낮의 뙤약볕 속에 뻣뻣하게 누워 있는 작은 마을의 식당에서 구운 감자를 곁들인 큼직한 스테이크를 먹었다. 끝없이 펼쳐진 목화밭을 지나고, 남북전쟁 이전에 지어진 농장주들의 화려한 저택을 지나고, 빈민들의 이동식 간이주택 주차구역을 지나고, 패스트푸드 체인점들과 쇼핑센터들을 지났다. 드넓은 숲을 통과하고 질척한 강을 건넜다. 라디오에서는 최근 작고한 로이 오비슨의 노래가 계속 흘러나왔다. 'Baby, you got it. Anything you want, you got it. Anything you need, you got it.' 클라우스는 그 노래를 들을 때마다 파니가 그리워 멀미가 날 지경이었다. 그는 이제 바다로, 갑자기 고향처럼 느껴지는 대서양으로 가는 길을 서둘렀다. 반대편인 프랑스 해안에서이기는 하지만 똑같은 바다에서 종종 해수욕을 했으니, 대서양은 그에게 오랜 친구인 셈이었다. 미국을 통틀어 단 하나뿐인 그의 친구.

이틀 하고도 반나절을 더 달린 끝에 해질 무렵 플로리다주 넵튠 비치에 도착했다. 클라우스는 차에서 내려 성큼성큼 걷는 중에 신발을 벗고, 마치 빠져 죽을 작정을 한 사람처럼 바다를 향해 달렸다. 대서양이 발가락 위로 시원하고 평온하게 찰랑거렸다. 그는 저멀리 수평선에 프랑스가 보인다고 상상했다. 장밋빛 하늘이 바다를 보라색으로 물들였다. 가벼운 바람이 불어와 잔물결을 일으켰다. 클라우스는 부풀어오른 이스트 빵처럼 가슴을 펴고 기세 좋게 바다로 몇 미터 달려들어갔다가 조개껍데기에 발을 베여 욕을 해대면서 절룩절룩 차로 돌아갔다. 검은 네오프렌 옷을 입은 서퍼 몇몇이 옆구리에 서핑보드를 끼고 맞은편에서 걸어왔다. 젊고 자신감이 넘치는 그들은 몇 년 전의 클라우스 자신을 연상시켰다.

'시 호스 모텔'은 바닷가 바로 앞에 있었다. 쓸쓸하고 무척 쇠락한 분위기였다. 하지만 클라우스가 머뭇거리며 접수대 벨을 누르자마자 반바지에 가로줄무늬 셔츠를 입은 삼십대 남자가 기다렸다는 듯이 뒷방에서 나타났다. 그는 먹다 남은 누들샐러드가 담긴 은박접시를 들고 있고, 뒤에는 텔레비전이 켜져 있었다. 남자는 억양이 강하고 앞머리가 벗어진데다 코가 크고 이유 없이 유쾌해 보였다. 클라우스는 숙박부에 인적사항을 적고 신용카드를 테이블에 꺼내놓았다.

"유럽 어디서 오셨습니까?" 남자가 물었다. 클라우스가 대답하자 남자는 노랫가락을 몇 마디 흥얼거렸다.

"바그너는 최고죠." 남자가 말했다.

"아, 예." 클라우스가 말했다.

"저는 프레드라고 합니다." 남자가 말했다. "원래는 알프레도 죠. 손님은 클로스Klaus 씨군요." 남자는 신용카드를 톡톡 두드렸다. "산타클로스Claus처럼요." 남자가 씩 웃어 보였다. 둘 다 잠시 말이 없었다.

"댁은 어디 출신인데요?" 클라우스가 물었다.

"니카라과요."

"아하."

"아니, 손님이 생각하시는 그런 경우는 아닙니다." 사실 클라우스는 아무 생각도 하지 않았다. "제 가족은 소모사를 피해 미국으로 망명했습니다. 하지만 오래전 일이지요." 프레드가 말했다. 그는 클라우스에게 방을 보여주려고 접수대 뒤에서 나왔다. 걸을 때 보니 한쪽 다리를 절었다. 그 옆에서 클라우스가 베인 발 때문에 절룩거리자 프레드는 전문가처럼 물었다.

"고관절 탈구인가요?"

"아뇨, 그냥 조개껍데기에 베인 거예요." 클라우스가 말했다. 프레드는 실망하는 눈치였다. "아, 그러셨군요." 프레드는 문을 열기 전에 잠시 틈을 두었다. 짐작하자면 클라우스가 그의 절름발에 대해 물을 기회를 주기 위해서인 듯했다. 하지만 아무 말이 없자 프레드는 마침내 입으로 트럼펫 팡파르 같은 소리를 내고 문을 열었다. 방은 좁고 조금 누추했지만 바로 앞에는 작은 수영장을, 뒤로는 바다를 끼고 있었다. 프레드는 전등이란 전등은 모두 켜고 텔레비전까지 켜더니 프레지던트 스위트룸이라도 소개하는 양 두 팔을 벌렸다.

그는 빙그레 웃으며 매트리스 가운데가 조금 꺼진 널찍한 침대를 탁탁 두드렸다. 욕실에서는 고장이 아니라는 걸 보여주려고 샤워기를 틀기까지 했다. 클라우스는 프레드가 그만 방에서 나가주었으면 했다.

"얼음은 저한테 따로 사면 됩니다. 한 봉지에 50센트입니다." 프레드가 말했다. "저희는 이제 냉동고에 얼음을 채워두지 않습니다. 사람들이 자꾸 푹푹 퍼가거든요." 프레드는 팔짱을 낀 채뭔가 기다리는 눈치였다. 클라우스가 잔돈을 쥐여주려고 했지만그는 웃으면서 거절했다.

"원하면 얼음도 갖다드리지요."

"아니, 아닙니다." 클라우스가 말했다. "그럴 필요 없어요."

"괜찮습니다." 프레드가 대꾸했다. "다친 발로 자꾸 돌아다니면 안 되잖습니까." 클라우스가 얼음은 필요 없다고 미처 얘기하기도 전에 프레드는 절룩거리며 문을 나섰다. 몇 분 뒤 조각얼음이 담긴 커다란 비닐봉지를 가지고 돌아와 세면대에 내려놓았다.

"자, 여기 있습니다." 프레드는 그렇게 말하고 또다시 뭔가를 기다리는 듯 어정거렸다. 클라우스는 짐에서 캔맥주 하나를 꺼내 텔레비전 위에 있는 플라스틱 컵 두 개에 나눠 따른 뒤 얼음을 잔뜩 넣고 그중 하나를 프레드에게 내밀었다.

"얼음 넣은 맥주라." 프레드가 재미있다는 듯 말했다. "처음 마셔봐요."

"독일 사람들이 즐겨 마시는 방식이죠." 클라우스는 말했다.

"아, 그렇군요." 프레드가 대꾸했다. 잠시 침묵이 흐른 뒤 프레드가 먼저 입을 열었다. "어릴 때 니카라과에서 할머니가 레드와인에 달걀과 설탕을 넣은 음료를 종종 만들어주셨어요. 혈액순환에 좋다고 하시면서요."

"그것참 신기하네요." 클라우스가 말했다. "저도 압니다. 달걀물에 설탕과 레드와인을 넣고 저어서 만들잖습니까."

"네, 정확합니다." 프레드가 말했다. "맛이 좋긴 한데 좀 니글거리기도 했어요."

"예." 클라우스가 말했다. "맞아요. 김이 좀 빠진 듯하지만 달짝지근하죠." 두 사람은 다시 침묵했다. 맥주를 다 마신 프레드는 입가에 서서히 미소가 번지는 얼굴로 말없이 방을 나갔다. 그가 복도를 지나 접수대로 절룩거리며 돌아가는 소리가 들렸다. 클라우스는 침대에 앉아 파도소리에 귀기울였다. 하늘이 어두컴컴해졌다. 클라우스는 꼼짝 않고 앉아 있었다. 파도소리는 점점 커져 귀청을 울려댔다. 그는 창문을 닫고 텔레비전 볼륨을 높였다. 가슴이 풍만한 금발 간호사가 주인공인 실없는 시리즈 중 한 편으로 잠시 기분전환을 했다. 그는 기꺼이 그녀의 세계에 빠져들어 그 시리즈가 끝나지 않기를 간절히 바랐다. 그다음에는 규칙도 모르는 야구를 최면에 걸린 듯 두 시간이나 보았고, 그마저 끝나자 여자 진행자가 단조로운 목소리로 싸구려 장신구와 장식품을 판매하는 홈쇼핑으로 채널을 돌렸다. 그리고 얼마 후에는 모든 외로운 미국인과 긴밀한 유대감을 느끼며 '눈부시게 아름다운 무라노 글래스로 제작한 이 흔치 않은 사슴 장식품을 19달러 95센트라는 초특가에' 주문해야 할지 함께 고민하고 있었다.

네시에는 작은 발코니로 나갔다. 바다는 이제 파도소리가 거의 들리지 않을 만큼 잔잔했다.

"하느님." 클라우스가 나지막이 웅얼거렸다. "제가 대체 뭘 잘못했습니까? 뭐 때문에 제가 지금 벌을 받고 있나요? 주어진 대로 제 삶에 만족하며 살아왔는데요."

모텔을 통틀어 불이 켜진 방은 클라우스의 방을 제외하면 단 하나였다. 커튼 뒤에서 이리저리 움직이는 흐릿한 그림자의 주인은 확실히 다리를 절었다. 한순간 클라우스는 프레드에게 건너가볼까 하는 생각으로 방을 나섰다가 도로 들어와 문을 잠갔

다. 내일, 내일은 해변에서 여자를 낚아봐야지. 클라우스는 생각
했다.

  새벽 여섯시, 그는 탈탈거리는 모터소리에 잠이 깼다. 프레
드가 진공청소기 같은 것을 등에 지고 수영장 주위를 절룩거리
고 다니며 바람에 실려온 나뭇잎들을 빨아들이고 있었다. 불쌍
한 녀석, 얼마나 시시하고 보잘것없는 삶인지. 클라우스는 생
각하며 프레드의 눈에 띄고 싶지 않아 커튼 뒤로 물러났다. 그
는 옷을 입고 어느 드러그스토어에 들어가 간단히 아침을 해결
했다. 그리고 여덟시에는 이미 해변에 타월을 깔고 누웠다. 일광
욕을 즐기러 나온 사람은 그 혼자였다. 조깅하는 사람 몇몇이 지
나가면서 그에게 고개를 까딱해 보였을 뿐이다. 클라우스는 자
기 몸에 실망했다. 자신이 기억하는 몸은 실제보다 더 매력 있었
다. 그는 배를 훅 집어넣고 몇 분 동안 그 상태를 유지했다. 하지
만 아무도 그를 보지 않았다. 이제는 수영장 주변의 잔디를 깎고
있는 프레드가 혹시라도 멀리서 본다면 모를까. 딱 한 번 프레드
는 돌아서서 바다를 응시하다가 클라우스를 알아본 듯 손차양을
했다. 프레드가 손을 흔들거나 한술 더 떠 해변으로 달려오기 전
에 클라우스는 배를 깔고 엎드려 따뜻한 모래 속에 얼굴을 묻었
다. 그는 타월에 엎드린 자기 자신을 위에서 내려다보았다. 아이

들이 빈 종이의 네모 안에 선으로 사람 윤곽만 그린 그림을 보는 것 같았다. 잠시 후 약속된 신호라도 따른 듯 갑자기 수많은 인파가 해변으로 쏟아져들어왔다. 순식간에 공공 수영장처럼 시끌벅적해졌다. 가족을 데리고 온 아빠들이 클라우스 주변에서 험한 소리를 해가며 접의자를 펼쳐놓고, 엄마들은 샌드위치와 구운 닭다리를 아이스박스에서 꺼내놓고 아이들을 소리쳐 부르기 시작했다. 젖먹이들은 빽빽거리고, 십대 남자아이들은 라디오를 켜고, 그 여자친구들은 돗자리에 바싹 붙어 누워 남자다움을 강조하느라 몸을 크게 흔들며 바닷물로 뛰어들어가는 남자아이들을 보고 키득거렸다. 클라우스는 성긴 금발에 다부진 몸을 진한 갈색으로 그을린 한 남자를 지켜보았다. 그는 이리저리 돌아다니며 일행이 없는 게 확실해 보이는 여자들에게 말을 걸었다. 그는 맹금처럼 여자 주위를 맴돌다가 결연히 다가가서 집적거렸다. 여자들은 대부분 경멸하는 태도로 퇴짜 놓았다. 몇 마디 나눈 뒤 타월에 눌러앉아 담배를 피우는 남자를 마지못해 그냥 두는 여자도 더러 있었지만 그들도 이내 먹이를 구걸하는 개처럼 쫓아냈다. 담배 한 개비를 피우는 시간 이상으로 남자를 두고 봐주는 여자는 없었다. 그는 여자들에게 쫓겨나기 직전에 매번 수영 팬티 가랑이 사이로 안이 들여다보이는 것을 막으려고 다리를 꼬았다. 그러나 별 도움은 되지 않았다. 새로운 먹잇감을 찾아 또다시 클라우스 옆을 지나갈 때 남자의 표정은 씁쓸했다. 그는 클라우스가 짐작했던 것보다 나이가 훨씬 많아 사십대 중후반쯤 돼 보였고, 진한 갈색 피부는 구겨진 은박지처럼 주름이 자글자글했다. 웃는 연습이라도 하는지, 억지웃음이 두 번 잇따라 그의 얼굴을 스쳐지나갔다. 그리고 이제 막 해변에 도착해 옷을 벗으려는 젊은 여자에게 접근할 때 실제로 그 웃음을 불러냈다. 클라우스는 딱 두 번 자리를 떠나 바다에 들어갔다. 상쾌함을 느끼기에 바닷물은 너무 미지근하고 미끈거렸다. 한때는 그랬을지 몰라도 지금 이걸 바다라고 할 수 있나. 클라우스는 실망스러웠다. 그는 낮잠이 들었다가 파니 꿈을 꾸었다. 그녀가 자기 위로 몸을 숙여 키스하며 같은 말을 반복했다. "그럴 줄 알았어." 그녀의 머리칼이 그를 간질였다. 클라우스는 마지못해 그녀에게 자신을 맡겼다. 그녀가 무슨 일인가 꾸미고 있다는 예감이 들었지만 그게 뭔지는 몰랐다. 파니는 그를 애무하고 그에게 몸을 밀착시켰다. 그녀의 행동을 그가 즐길수록 웃는 얼굴로 "그럴 줄 알았어"라는 말을 더 자주 하면서 고양이처럼 눈을 가늘게 뜨고 그를 바라보았다. 결국 그사이 그는 흥분이 최고조에 이르렀고 그 상태에서 농담조로 물었다. "뭘 알았다는 건데?"

그러자 파니는 일어서서 새침하게 말했다. "글쎄, 뭘까?" 그러더니 핸드백을 들고 사라졌다. 클라우스는 꿈속에서도 그녀의 꿈을 꿨다는 것이 화가 났다.

클라우스가 깨보니 온몸이 삶은 게처럼 벌겋게 익어 있었다. 어린아이를 품에 앉은 여자가 그에게 몸을 숙이고 말했다. "죄송하지만 제가 깨웠어요. 여기 더 있으면 안 돼요. 얼른 그늘로 가요."

여자와 아이는 눈이 에스키모개처럼 새파랬다. 여자의 셔츠에 대문자로 'REALITY'라고 쓰여 있었다. 그녀는 한번 더 미소지어 보이더니 아이를 엉덩이 옆으로 걸쳐 안은 채 몸을 가볍게 흔들며 저쪽으로 걸어갔다. 클라우스는 소리치고 싶은 심정이었다. 가지 마요! 내 곁에 있어요! 온종일 당신을 기다렸어요! 타월에서 몸을 일으킨 클라우스는 눈앞이 캄캄해졌다. 겨우겨우 모텔방으로 돌아오자마자 속엣것을 토했다. 추워서 이가 딱딱 맞부딪치는데도 몸은 불덩이 같았다. 그는 세면대를 꽉 붙잡고 서서 거울을 보았다. 경기를 마친 권투선수처럼 눈두덩이 부어오른 남자가 보였다. 머리 위 불빛이 디스코텍에서처럼 흔들리기 시작하더니 그 속도가 점점 빨라졌고, 거울 속 얼굴은 엄청난 속도로 그에게서 멀어졌다.

클라우스가 다시 정신을 차렸을 때 방안은 캄캄했다. 그는 침대에 누워 있었고, 철썩이는 파도소리가 들려왔다. 누군가 그의 몸에 차가운 수건을 얹고 조각얼음으로 이마를 문지르고 있었다. 한참 지나서야 그는 어둠 속에서 프레드를 알아보았다. 클라우스는 무슨 말인가 하고 싶었지만 달싹일 수도 없을 만큼 입술이 부풀어 있었다. 프레드는 절룩거리며 욕실로 들어가 물 한 잔을 가져왔다. 클라우스는 힘겹게 두 모금을 마시고 다시 잠들기 전에 생각했다. 바로 이거야. 이래서 파니가 나랑 헤어졌던 거야. 내 죽음을 감당하지 않아도 되게 말이야. 그는 갑자기 모든 것이 이해되었다. 코앞에 닥친 죽음의 완벽한 타이밍에 조금 놀랐을 뿐이다. 몸이 없는 듯 가벼운 느낌인데다 이상하게 기분이 좋았고 열에 들떠 거의 행복감에 취해 있었다. 프레드가 머리부터 발끝까지 레몬 향이 나는 오일을 발라줄 때만 몇 번 깨서 어렴풋이 생각했다. 고통스러워야 정상인데.

셋째 날 밤이 되자 열이 조금 내리면서 진통제 약효가 사라지면 상처가 다시 생각나듯 실연의 기억이 생생하게 되살아났다. 모든 것이 평화롭게 끝날 수도 있었다. 고통 없이, 상심 없이, 자기연민 없이, 책을 탁 덮듯 간단히 끝날 수도 있었다. 그런데 이제 모든 게 아팠다. 머리가 지끈거리고, 근육이 욱신거리고, 뼈저리게 고독했다. 뜬금없이 눈물이 왈칵 쏟아져내렸다. 클라우스는 깜짝 놀라 눈을 더듬었다. 진짜였다. 그는 아이처럼 엉엉 울었다. 어둠 속에서 그림자 하나가 나와 그에게 다가왔다. 프레드가 그의 손을 잡았다. 클라우스는 손을 빼려고 했지만 프레드는 아랑곳없이 메마르고 서늘한 손으로 꼭 잡고서 침대 끝에 걸터앉았다. 클라우스가 울부짖는 동안 프레드는 손을 잡은 채 어둠 속에 더없이 차분하게 앉아 있었다. 클라우스는 자기도 모르게 프레드에게 몸을 바싹 붙였는데 느낌이 아주 좋았다. 옛날, 아주 옛날, 어린 시절이 생각났다. 목에 붕대를 감고 누워 있을 때 누가 곁에서 책을 읽어주던 기억. 젠장, 파니. 그는 생각했다. 너한테 많은 걸 기대하지 않았어. 내가 기대한 건 딱 하나, 약간의 동정심이었다고.

그것도 가끔씩만. 그게 그렇게 나빴어? 도저히 불가능했어? 절름발이 치카노가 할 수 있는 일을 너는 못해? 클라우스는 프레드의 허벅지에 얼굴을 대고 살갗에서 풍기는 냄새를 맡았다. 자신과 마찬가지로 레몬오일 향이 났다. 울어서 퉁퉁 부은 눈을 감자 자신의 냄새와 프레드의 냄새가 분간이 가지 않았다. 프레드는 조각얼음으로 그의 등을 아프지 않게 살살 문질러주었다. 몇 번이고, 말없이, 점점 부드럽게, 오래도록. 결국 프레드를 자기 쪽으로 끌어내린 사람은 클라우스였다. 그러는 동안 그는 자신의 그런 행동에 충격을 느끼려고 애썼지만 뜻대로 되지 않았다. 되레 자기가 충격받지 않는다는 사실에 충격받을 때 그의 손은 이미 프레드를 만족시키고 있었다. 또다시 엄습한 신열이 그를 대담하게 만들었다. 난 책임 없어. 클라우스는 생각했다.

"클로스." 프레드가 속삭였다. 프레드의 입을 통해 발음되는 그 이름은 낯설고 아름답게 들렸다. 그리고 모든 것은 아주 간단했다.

하지만 첫 여명에 프레드 옆에서 깨어난 클라우스는 경악을 금치 못했다. 벌겋게 익은 알몸, 아직 잠에 취해 나른하게 누워 있는 자신의 몸이 혐오스러웠다. 프레드는 잠결에 미소를 지었다. 클라우스는 도둑처럼 몰래 방을 빠져나왔다. '시 호스 모텔' 주차장에서는 기어를 중립에 놓고 소리 죽여 차를 밀었다. 운전석에 앉아서도 통증 때문에 개처럼 낑낑거리지 않고는 등을 기댈 수 없었다. 햇볕에 탄 피부는 마치 그의 몸에 몇 치수는 작은 듯 몹시 땅겼다. 그는 플로리다해안을 따라 키스까지 연결된 A1A고속도로를 달렸다. 아래로 내려갈수록 점점 강렬해지는 태양이 대서양을 금청색으로 물들였고, 훨씬 시원한 바람이 야자나무 우듬지를 가볍게 흔들었다. 그에게 엽서를 써야지, 꼭 쓸 거야. 클라우스는 생각했다.

영원히

    다부지고 땅딸막한 체격에 연갈색 머리를 공들여 틀어올린 오십대 부동산 중개인이 사무실 안을 부지런히 왔다갔다하며 곧 보러 가게 될 집의 자료를 모으는 모습을 보고 있으니 샤를로테는 테리어가 떠올랐다. 샤를로테는 눈을 감았다. 로베르트가 그 집의 과세표준가격을 묻는 소리가 들리더니 이내 남편과 부동산 중개인의 목소리는 나지막한 웅얼거림처럼 멀어지며 그녀에게서 떨어져나갔다. 시커먼 독가스처럼 욕지기가 그녀 안에서 스멀스멀 피어올랐다.

    그녀는 아침뿐만이 아니라 낮에도, 저녁에도, 밤에도 속이 거북했다. 다들 아기가 들어선 것을 기뻐했다. 로베르트, 그녀의 부모, 심지어 언니인 파니까지. 파니는 라디오 방송국에서 전화를 걸어왔다. 파니가 임신 축하 인사를 하는 동안 베이징 천안문 광장에서 자행된 학살에 대한 뉴스캐스터의 멘트가 배경음처럼 전해졌다. 결국 그렇게 끝나는 거야. 샤를로테는 몸서리치며 생각했다. 기껏 아이를 낳아 키워놓으면 다른 사람들에게 죽임을 당한다고.

임신 테스트기가 보이지 않는 힘에 의해 움직이는 것처럼 천천히, 아주 천천히 붉게 물들어갈 때 그녀는 기뻤다. 너무나 자명하게, 아무것도 없음과 뭔가 있음 사이에서 자기가 선택한 것 같았다. 그랬던 그녀가 지금은 생각했다. 난 원하지 않아. 원하지 않는다고.

"좋습니다. 그럼 인테리어를 한번 보죠." 부동산 중개인이 의욕적으로 말했다. 샤를로테는 눈을 떴다. 잔뜩 긴장한 로베르트의 등이 보였다. 힘이 들어간 어깨는 위로 올라가 있고, 콤비 재킷의 어깨 부분에 한쪽에서 다른 쪽으로 날카롭게 주름이 잡혀 있었다. 다부진 몸매의 부동산 중개인은 책상 뒤에서 나와 옷걸이에서 재킷을 내려들고 지나가면서 샤를로테의 어깨를 가볍게 토닥였다.

"자, 지루한 부분은 다 끝났습니다." 그녀가 분위기를 띄우려는 듯 웃으며 말했다.

"이제 집을 봐야죠." 로베르트가 어색하게 말했다. 샤를로테는 느릿느릿 일어나 배 위로 치마를 매만져 주름을 폈다. 로베르트는 그녀의 손을 잡고 문 쪽으로 이끌었다. 그의 손은 따뜻하고 축축했다. 샤를로테는 그에게서 손을 빼내 눈에 띄지 않게 치마에 닦았다. 부동산 중개인은 빨간색 BMW를 몰고 앞섰었다.

"내가 매일 프랑크푸르트로 출근하는 건 문제가 안 돼." 로베르트가 샤를로테에게 말했다. "집에서 십 분만 가면 지하철 환승역이니까. 지하철에서 신문 보면 돼. 차분하게 신문을 볼 수 있으니 얼마나 좋아. 지하철역까지는 자전거를 타고, 지하철에서 신문을 보는 거야." 샤를로테는 창밖을 내다보았다. 또다시 욕지기가 확 치받쳤다. 겉으로는 아무 표시도 나지 않는다는 걸 샤를로테는 알았다. 되레 예전보다 더 좋아 보였다. 피부는 더 매끄러워지고, 머리칼은 윤기가 더 흐르고, 몸무게도 벌써 3킬로그램이 늘어 더 팽팽하고 젊고 생기 있어 보였다. 그녀는 자기가 러시아 인형 마트료시카 같다고 생각했다. 바깥의 샤를로테 안에 또하나의 샤를로테가 숨겨져 있고, 그 안에는 또다시 자기를 감싼 두 샤를로테와는 아무 상관 없는 작은 인형이 있을 것 같았다. 의사의 초음파 모니터에서 아기를 본 첫 순간에는 텔레비전을 보고 있는 느낌이었다. 그녀는 흥미롭지만 조금 이해할 수 없다는 표정으로 내용이 뭔지 금방 파악되지 않는 방송을 보듯 모니터를 빤히 바라보았다. 의사는 밤하늘의 은하수처럼 검은 바탕에 희뿌옇게 보이는 작은 구름 같은 것을 가리켰다. 그러니까 그게 아기였다. 그녀의 내면 가장 안쪽에 자리잡은 것.

"뭐라고 말 좀 해 봐." 로베르트가 말했다.

"응." 샤를로테가 말했다.

"응이라니, 뭐가?"

"모르겠어." 샤를로테가 말했다.

"뭘 모르겠다는 건데?"

"어디 살고 싶은지 모르겠어." 로베르트는 손가락 마디가 새하얘질 만큼 운전대를 잡은 두 손에 힘을 주었다.

"어디서 어떻게 살고 싶은지 모르겠어. 아무것도 모르겠다고." 샤를로테가 말했다. 로베르트는 숨을 깊이 들이마셨다.

"자기가 원한다면." 잠시 후 그가 천천히, 아주 상냥하게 말했다. "프랑크푸르트에 아파트를 알아보자. 난 주택이 필요한 게 아니야. 정말로."

"엄마가 그러는데, 베이비시터들은 정원이라면 질색한대." 샤를로테가 말했다.

"그럴 거야. 그 주택 대지가 700제곱미터잖아."

"그렇게 넓어?"

"응. 정원은 우리가 바라던 것보다 더 넓을 거야."

"정원은 아무리 넓어도 충분하다고 할 수 없어."

"아, 그래? 그렇다면 난 자기가 잔디 깎고, 나뭇가지 자르고, 낙엽 긁어모으는 걸 보고 싶은데."

"난 손질 안 한 야생 정원이 제일 좋아."

"아하." 로베르트는 짧게 대꾸했지만 속으로는 부글부글 끓는다는 걸 샤를로테도 알았다. 두 사람 다 말이 없었다. 샤를로테는 앞서 달리는 부동산 중개인의 빨간색 BMW를 눈으로 좇았다. 잠시 후에는 그 차가 거역할 수도 영향을 미칠 수도 없는 그 무엇 속으로 자신을 끌어들이는 느낌을 받았다.

"다시는 나 혼자 있지 못할 거야." 그녀가 말했다.

"그건 또 무슨 소리야?" 로베르트가 한숨을 쉬면서 물었다.

"앞으로 아기 때문에 일분일초도 혼자 있지 못할 거라고." 샤를로테가 다시 말했다. 그 생각은 두번째로 입에 올리자 상상도 못하게 끔찍해져 숨이 막힐 지경이었다.

"이해가 안 돼." 로베르트가 말했다. "다른 사람 같으면 자기가 걱정하는 바로 그 점 때문에 기뻐할 텐데."

"다른 정상적인 사람이라고 말하고 싶지?"

"아니, 그렇지 않아."

"그러고 싶으면서 뭘." 샤를로테는 말다툼을 계속하고 싶었지만 욕지기가 뱀처럼 위장에서 목으로 기어올라왔다.

"차 좀 세워." 샤를로테가 중얼거렸다. 로베르트는 BMW를 모는 부동산 중개인에게 전조등으로 신호를 보내고 길가에 차를 세웠다. 샤를로테는 차문을 열고 밖으로 몸을 숙였다. 풀숲에 노란 겨자 찌꺼기와 뒤섞인 멀건 소시지 죽을 쏟아냈다. 신물 때문에 목이 메었다. 그녀는 캑캑거리며 좌석에 등을 기댔다. 이마에 식은땀이 맺혔다. 로베르트가 주머니에서 손수건을 꺼내 얼굴을 닦아주려 했지만 그녀는 손수건만 빼내고 그의 팔을 밀어냈다. 그의 손이 몸에 닿는다고 생각하니 갑자기 견딜 수가 없었다. 그녀는 얼굴을 닦고 나서 차창으로 고개를 돌려 자신의 호흡으로 유리창에 작은 구름처럼 김이 서리는 모습을 지켜보았다. 옆자리의 로베르트가 너울거리는 큼직한 그림자처럼 느껴졌다. 그가 주먹으로 운전대를 때리고 소리질렀다.

"자기가 그렇게 내키지 않으면 지우자. 그냥 지우고 말자고! 지워버리자!" 샤를로테는 그가 얼마나 괴로운지 알았지만 그에게 손을 내밀 수는 없었다. 그의 얼굴은 고함을 지르는 바람에 벌겋게 달아올라 있었다. 펌프로 바람을 잔뜩 넣은 것처럼 보인다고 샤를로테는 생각했다. 그가 가슴 앞으로 고개를 푹 숙였다.

"미안." 그가 나지막이 말했다. "다 내 잘못이야. 내가 실수했어. 다 내 실수야." 샤를로테는 자기 밑의 바닥이 요동치는 느낌이었다. 로베르트가 곁눈질로 그녀를 보다가 시선을 거두고 웃기 시작했고 두 사람이 탄 차로 다가오는 부동산 중개인에게 고개를 까딱해 보였다.

부동산 중개인이 차창으로 얼굴을 들이밀었다.

"아내가 멀미를 좀 해서요." 로베르트가 웃으며 말했다.

"물 좀 드릴까요? 제 차에 생수가 한 병 있는데." 부동산 중개인이 샤를로테에게 물었다. 샤를로테는 고개를 저었다.

"아, 그래주시면 정말 고맙겠습니다." 로베르트가 얼른 대답했다. 부동산 중개인은 활기찬 걸음으로 자기 차로 돌아갔다. 로베르트와 샤를로테는 말없이 그녀의 뒷모습을 지켜보았다. 그녀가 걸음을 옮길 때마다 타이트한 회색 치마가 떡 벌어진 골반 위에서 팽팽하게 당겨졌다. 저 여자 분명 아이 넷과 멋진 남편과 근사한 집이 있고, 부동산 사무실은 성업중일 거야. 샤를로테는 생각했다. 주위 사람들이 삶을 노련하게 꾸려가는 모습이 요즘 들어 그녀의 눈에 부쩍 경이로워 보였다.

"미안." 로베르트가 샤를로테의 손을 잡으며 말했다. 샤를로테는 더는 속이 거북하지 않다는 사실을 알아차리고 적잖이 놀랐다. 한참 전에 벗은 모자를 아직 쓰고 있다고 착각하듯 욕지기가 가신 걸 전혀 모르고 있었다. 단번에 기분좋아진 그녀는 로베르트의 목에 팔을 둘렀다.

"미안하긴 내가 미안하지." 샤를로테가 말했다.

"내가 어떻게 자기를 도와야 하는지 모르겠어." 로베르트가 시무룩하게 대꾸했다.

"음." 샤를로테가 가볍게 말했다. "그냥 하던 대로 하면 돼. 그다지 나쁘지 않으니까." 로베르트는 놀란 눈으로 샤를로테를 바라보았다. 부동산 중개인이 생수를 가지고 돌아왔다. 샤를로테는 예의상 한 모금 마시면서 부동산 중개인을 유심히 살펴보았다. 저 여자 내가 임신했다는 거 아는구나. 저런 여자들은 그런 문제라면 훤히 꿰뚫고 있지. 샤를로테는 생각했다.

"좀 나아지셨어요?" 부동산 중개인이 물었다.

"네. 훨씬 낫네요." 샤를로테가 웃으며 대꾸했다. 로베르트는 미심쩍은 눈길로 샤를로테를 유심히 살폈다.

"그럼." 부동산 중개인이 기분좋게 말했다. "집을 볼 때까지만 기다리세요. 보고 나면 곧 날아갈 것 같은 기분일 겁니다!"

차는 들길을 따라 노란 유채밭을 빙 둘러갔다. 샤를로테가 창문을 열었다. 바람에서 풀냄새와 여름냄새가 났다. 맞은편에서 자전거를 탄 아이 셋이 오고 있었다. 샤를로테는 손을 흔들었다. 작은 자작나무숲과 풀밭을 지나 언덕을 올라가자 집이 보였다. 집은 분지에 외따로 서 있었다. 위에서 보니 잡초로 뒤덮인 채소밭과 잔디 씨를 뿌리려고 갈아엎은 듯한 네모난 땅뙈기가 있었

다. 건물 자체는 흰색 페인트칠이 되어 있고, 나무 널빤지 지붕
에 하늘색 덧창이 달려 있었다. 신축 건물인데도 고풍스럽고 아
늑해 보였다. 샤를로테는 뜻밖에 기분이 좋아 로베르트에게 키스
했다.

부동산 중개인은 벌써 현관문 앞에서 두 사람을 기다리는 중이
었다. 그녀는 말없이 두 사람을 거실로 안내했다. 커다란 통유리
창으로 가까이 있는 언덕이 보였다. 부드러운 초록색 쿠션 같은
언덕은 벽난로 앞 낡은 초록색 소파와 잘 어울렸다. 소파는 이전
주인이 삐걱거리는 의자 두 개, 문짝과 받침목 두 개를 이용해
즉흥적으로 만든 탁자와 함께 두고 간 것이었다. 탁자에서 오래
된 토마토케첩이 딱딱하게 말라붙은 자국을 발견하고 샤를로테
는 거의 자포자기한 채 새로 메스꺼움이 밀려오기를 기다렸다.
"이미 말씀드렸다시피 이 집은 아직 완공상태가 아닙니다."
부동산 중개인이 말하고 거친 시멘트 바닥을 발끝으로 살살 문
질렀다. "그래서 이렇게 좋은 가격에 나온 겁니다." 부동산 중개
인은 계속해서 부엌으로 안내했다. 부엌에는 식기와 조리도구가
담긴 과일상자 두 개가 아무렇게나 놓여 있고, 바깥 수도에 연결
된 정원용 호스가 임시로 싱크대까지 이어져 있었다. 침실에는
부스러진 스펀지 매트리스 한 장이 깔려 있었다. 부동산 중개인

은 화가 난 듯 중얼거렸다. "여태 쓰레기를 안 치웠잖아." 그러더니 금세 환한 표정으로 돌아와 로베르트에게 말했다. "이전 주인이 이 멋진 집과 딱 갈라서기가 좀 힘든가봐요. 완공되기도 전에 나가야 했으니 그럴 만도 하죠." 부동산 중개인은 애써 미소지었다. 욕실에는 한가운데 욕조가 있고 바로 그 옆에 마감이 덜 돼 덜걱거리는 변기가 자리잡고 있었다. 벽은 절반만 타일이 붙은 채였다.

"최상급으로 마무리해도 공사 비용은 5만 마르크를 넘지 않을 겁니다." 부동산 중개인이 말했다.

"흠." 로베르트가 대꾸했다. 그들은 말없이 부동산 중개인을 따라 이 방 저 방으로 옮겨다녔다. 방 하나는 동그란 창문에 알록달록한 유리가 끼워져 있었다.

"여긴 아이들 방으로 만든 겁니다." 부동산 중개인이 말했다. 샤를로테와 로베르트는 서로 눈을 피했다.

"집주인에게 아이들이 있어요?" 샤를로테가 물었다.

"아니요." 부동산 중개인이 짧게 대답했다.

"이 집을 왜 팔려고 하죠?" 샤를로테가 호기심 어린 표정으로 물었다.

"흔한 경우예요." 부동산 중개인이 대답했다. "세상에 둘도 없는 사람을 만나 열렬히 사랑해서 결혼하고 집도 짓고—그러다

쨍그랑 깨진 거죠."

"어떻게 깨졌는데요?" 샤를로테가 물었다. 그녀는 로베르트가 고개를 절레절레 젓는 모습을 놓치지 않았다. 부동산 중개인은 어깨를 으쓱했다.

"이혼했어요. 그런데 두 사람 중 어느 쪽도 이 집을 원하지 않아요. 여기 너무 많은 추억이 어려 있다고." 부동산 중개인은 손바닥으로 벽을 탁탁 두드렸다.

"집안 전체에 단열이 아주 잘되어 있습니다." 부동산 중개인이 다시 로베르트에게 말했다. "다락층은 물론 확장할 수 있고요. 저를 따라오시면……"

로베르트는 샤를로테를 아이들 방에 남겨두고 부동산 중개인을 따라 다락으로 이어지는 난간도 없는 콘크리트 계단을 올라갔다. 아이들 방의 둥글고 알록달록한 창문은 비스듬히 비쳐드는 오후의 빛을 받아 벽에 색색의 무늬를 드리웠다. 샤를로테는 계절이 바뀌고 해가 바뀌어도 날마다 침대에서 이리저리 움직이는 색색의 무늬를 관찰하는 어린아이가 눈앞에 보이는 듯했다. 샤를로테는 색색의 빛이 피부를 물들이도록 팔을 뻗었다. 아이들 방을 염두에 두고 이 창문을 디자인한 사람들은 원래 제 자식을 위해 계획된 인상과 기억을 이제 전혀 다른 아이가 평생 간직하게 될 거라고 생각이나 해본 적 있을까? 샤를로테는 문득 몸을 돌려 욕실로 들어갔다. 안에서 문을 닫을 때 보니 손잡이가 물고기 모양이었다. 방들을 다시 한번 둘러보니 아까는 그냥 지나쳤던 자잘하게 예쁜 부분이 여럿 더 눈에 띄었다. 천장에는 불투명 유리로 된 유겐트양식의 전등갓이 매달려 있고, 아이들 방문에는 축 늘어진 개 모양, 거실 문에는 잠자는 고양이 모양, 부엌 문에는 돼지 모양 문고리가 달려 있었다. 샤를로테는 약간의 흥분과 기대 속에 침실로 돌아갔다. 이번에는 자기가 맞혀보고 싶었다. 샤를로테는 눈을 감고 침실 문고리에 손을 얹었다. 매끄럽고, 둥글고, 길쭉하고, 앞은 볼록하고 둥글게 마무리되어 있었다. 마침내 그것이 뭔지 알아챘을 때 그녀는 불에 덴 듯 소스라치게 놀랐고 곧이어 내숭을 떠는 자신에게 화가 났다. 그녀는 스펀지 매트리스에 앉았다. 다리가 아팠다. 한숨을 쉬면서 고개를 뒤로 젖히다가 나무 문틀에 새겨진 암호 같은 것을 보았다.

그 기호의 의미를 생각해내기까지는 잠시 시간이 걸렸다. 무한대. 끝없다. 영원하다. P와 M은 영원할 것이다? 젠장, 영원한 사랑이라니, 아예 시멘트에 새겨넣지 그랬어. 샤를로테는 생각했다.

"샤를로테? 샤를로테?" 로베르트가 불렀지만 그녀는 대답하지 않았다. 그건 가망 없는 일이야. 그녀는 생각했다. 좋게 시작한 것들이 좋게 끝날 수는 없는 걸까? 사랑하던 사람들이 꼭 원수가 되고, 작고 귀여운 아기들은 혐오스러운 십대가 되고, 예쁘고 매끈한 다리는 정맥류로 보기 싫게 울퉁불퉁해져야 하나?

"아, 자기 여기 있었구나." 로베르트가 방으로 들어왔다. "속이 또 안 좋아?" 그는 샤를로테의 머리에 손을 얹었다. 그의 손은 돌덩이처럼 무거웠다. 부동산 중개인이 뒤따라 들어왔다. 저 여자 속으로 이러고 있겠지. 얘, 그깟 임신 좀 했다고 너무 유난 떨지 마, 응? 샤를로테는 생각했다. 그녀는 일어나 치마에서 먼지를 털어냈다.

"혹시 이 집 부부가 왜 헤어졌는지 아세요?" 그녀가 부동산 중개인에게 물었다.

"우리랑은 상관없는 일이잖아." 로베르트가 그녀 뒤에서 웅얼거렸다. 샤를로테는 부동산 중개인의 서늘한 회색 눈을 똑바로 바라보았다. 이 테리어는 내가 왜 이런 질문을 하는지 알 거야. 샤를로테는 생각했다.

"두 사람은 이 임시 거처에서 꼬박 일 년을 살았어요." 부동산 중개인이 어깨를 으쓱하며 말했다. "둘 사이가 어떻게 될지 자신들도 몰라서 집에다 더는 손대지 않았죠. 여기서 살았다기보다는 그냥 틀어박혀 있었다고 하는 게 맞을 겁니다. 여자 넷이서 사흘 동안 청소했죠. 안 그랬다면 아무한테도 보여줄 수 없었을 겁니다. 집안 꼴이 어땠는지 상상도 못하실……"

"근데 어쩌다 그 지경이 되었어요?" 샤를로테가 부동산 중개인의 말을 끊었다.

"흔히 있는 일인데, 뭐." 로베르트가 말하고 초조하게 웃었다.

"그래요." 부동산 중개인이 고개를 끄덕였다. "사실 특별할 것 없는 일이죠." 그녀는 로베르트와 샤를로테를 번갈아 바라보더니 아무렇지도 않게 말했다. "저는 열일곱 살에 결혼했어요. 그런데 남편이 어느 날 갑자기 스무 살짜리와 사랑에 빠졌죠. 삼 주 뒤 남편은 떠났어요. 아이들과 저는 그 사람을 두 번 다시 보지 않았고요. 십칠 년이 지났네요." 그녀가 말을 멈췄고, 잠시 어색한 침묵이 흘렀다. 로베르트는 자꾸만 시멘트 바닥을 발로 문질렀다.

"그런 줄 몰랐어요. 죄송해요." 마침내 샤를로테가 말했다. 부동산 중개인은 웃음을 터뜨렸다.

"이게 현실이에요." 부동산 중개인이 말했다. "현실을 직시하기만 하면 되는데, 이 집에 살던 두 사람은." 그녀는 집안 전체를 아우르는 손짓을 해 보였다. "모든 게 끝났다는 사실을 직시

할 용기가 없었어요. 앞으로 나아가지도 뒤로 돌아가지도 못했죠. 지난겨울 두 사람은 난방용 기름도 장작도 사지 않았어요. 그런데 삼십 년 만에 가장 추운 겨울이었잖아요. 결국 두 사람은 책이며 가구며 전부 벽난로에 태웠어요. 더 태울 게 없을 때까지요. 상상이 되세요? 나 참, 그게 무슨 낭비래요! 차라리 깨끗하게 갈라서고 말지. 끝난 건 끝난 거잖아요." 부동산 중개인은 동의를 기대하는 눈길로 샤를로테와 로베르트를 바라보았다. 로베르트가 고개를 끄덕였다. 누가 머리를 톡 건드리면 그칠 줄 모르고 고개를 까딱이는 나무 거북 같잖아. 샤를로테는 화가 나서 생각했다.

"전 그 두 사람이 얼마든지 이해되는데요." 샤를로테가 말했다. 로베르트와 부동산 중개인은 알아들을 수 없는 말을 혼자 떠들어대는 어린아이 보듯 그녀를 바라보았다. 두 사람은 잠시 너그러운 미소를 띤 얼굴로 그녀를 보다가 고개를 돌렸다.

"이 지역 땅값만도 지난 오 년 동안 38퍼센트가 올랐다는 말씀을 드리고 싶군요." 부동산 중개인이 말하고 외설스러운 모양의 문고리에 손을 댔다. 순간 그녀는 멈칫하더니 얼른 손을 거둬들여 옷소매에 문질러 닦으면서 곁눈질로 로베르트와 샤를로테를 살폈다. 샤를로테는 창밖을 보는 척했고, 로베르트는 문고리 모양이 어떤지 알아채지도 못했다. 도대체 뭘 보지를 않아. 눈뜬

장님이 따로 없다니까. 샤를로테는 생각했다.

세 사람은 밖으로 나가 한 줄로 서서 그 집의 대지를 걸어보았다. 샤를로테는 푸르스름한 저녁 어스름 속에 서 있는 이 집을 상상해보았다. 따스해 보이는 노란 불빛이 창문에서 흘러나오고, 초록색 언덕이 부드럽고 안온한 팔처럼 집을 감싸안은 모습. 동시에 집안에서는 P와 M이라는 이니셜만 알고 있는 부부가 거친 시멘트 바닥에 쪼그리고 앉아 두 사람 공동의 기억을 불사르는 모습이 눈앞에 그려졌다.

"자기 어디 있어?" 로베르트가 소리치고 그녀 쪽으로 고개를 돌렸다. 샤를로테는 불현듯 그에게 달려가고 싶어졌지만, 전과 달리 가슴이 크고 무거워진 요즘은 뛰면 출렁거려서 아프다는 걸 의식하고 그냥 걸었다. 로베르트와 부동산 중개인은 초조한 기색으로 지켜보며 기다렸다. 샤를로테가 가까이 오자마자 두 사람은 약속이라도 한 듯 돌아서더니 질척거리는 거무스름한 흙을 밟으며 차로 돌아갔다. 부동산 중개인은 샤를로테에게 작별 인사로 행운을 빌어주면서 손을 오래도록 꼭 잡고 있었다.

한 시간 뒤 샤를로테는 백화점 여성용 속옷 매장의 큰 사이즈 브래지어들이 걸린 회전 진열대 앞에 서 있었다. 그 브래지어들은 하나같이 보기 흉하고 대부분 '살색'이라고 하는 노랑도 핑크도 아닌 색이었고 뻣뻣하고 껄끄러운데다 장식이라고는 없었다. 이런 사이즈에서 중요한 건 아름다움이 아니라 탄탄한 지지력일 뿐이라는 사실을 눈으로 확인하니 샤를로테는 씁쓸했다. 그 흉한 브래지어 끈이 어깨를 파고드는 불쾌감이 벌써 느껴지는 듯했다. 움직일 때마다 뻣뻣한 천이 버석거리며 살을 자극하고, 저녁에 풀면 마구라도 떼어낸 듯 홀가분한 기분이 들 것이다. 나이가 좀 들어 보이는 친절한 판매원이 다가와 샤를로테를 쓱 훑어보더니 "80C"라고 중얼거리고 "특별히 잘 받쳐주는 모델"이라며 흰색 브래지어 하나를 골라주었다. 판매원은 그 흉한 것을 쥐여주고 샤를로테를 탈의실로 밀어넣었다. 샤를로테는 순순히 따랐다. 자기에게 할일을 말해주는 사람이 있다는 것만으로도 기뻤다. 그녀는 옷을 벗고 브래지어를 할 때 거울을 보지 않도록 조심했다. 백화점 거울에 비친 모습이 실물보다 조금이라도 나아 보일 가능성은 없다는 걸 알기 때문이었다. 그런데 그때 판매원이 커튼을 젖히고 안으로 들어오더니 두 손으로 샤를로테를 붙잡아 단호하게 거울 쪽으로 돌려세우고는 등뒤에서 브래지어 끈을 매만져 모양을 바르게 잡아주었다.

"손님에게 맞춘 듯이 꼭 맞네요." 판매원이 흡족하게 말했다. "이걸로 하시겠어요?" 판매원은 거울 속에서 샤를로테의 시선을 더듬어 찾았으나 샤를로테는 당황스러운 표정으로 거울에 비친 허옇고 펑퍼짐한 몸만 빤히 바라보았다. 자기 것이라고 하기에는 너무 큰 가슴과 한때 밋밋하고 팽팽한 배가 있던 자리에 들어선 빵빵한 작은 공. 별안간 눈물이 터졌다. 갑자기 절망감이 밀려들어 몸을 떨며 칸막이벽에 머리를 쿵쿵 찧자 탈의실이 위험하게 덜컥거렸다. 그녀는 흐느끼며 말했다. "난 원하지 않아, 원하지 않는다고!" 깜짝 놀란 판매원은 도와줄 사람을 데리러 뛰어나갔고, 벌거벗다시피 한 샤를로테는 이내 백화점 판매원들에게 둘러싸였다. 그들은 저마다 그녀가 뭘 원하지 않는다는 것인지 추측해보고 있었다. 브래지어? 집에 가는 거? 죽는 거? 아주 어려 보이는 판매원이 조심스레 물었다.

 "쓸데없는 소리 그만둬." 샤를로테를 상대하던 나이 지긋한 판매원이 말했지만 그녀라고 더 나은 답이 떠오르는 것도 아니었다. 샤를로테는 요란한 흐느낌 때문에 자기가 떠듬떠듬 되풀이하는 "난 원하지 않아" 하는 말조차 거의 알아듣지 못하면서도 판매원들의 얘기에 귀를 곤두세웠다. 샤를로테가 임신중일 거라는 결론에 이르는 판매원은 아무도 없었다. 그들 눈에는 샤를로테가 이해할 수 없는 신경증 환자로밖에 보이지 않는 모양이었다. 그녀는 빵빵하게 부풀어오른 몸에 커다랗고 뻣뻣한 흰색 브래지어를 하고 탈의실의 노란 불빛 아래 서 있는 자기 자신을 똑똑히 보았다. 몸에 비하면 팔다리는 너무 가늘고, 눈물에 젖은 머리칼이 엉겨붙어 있었다. 그녀는 자신의 몸 안과 밖에 동시에 있었고, 그제야 마침내 원래 자기가 원하지 않는 게 무엇인지 깨달았다. 그녀는 이 몸에 갇혀 있고 싶지 않았다. 피할 수 없는 생사의 사슬에 엮여들고 싶지 않았다. 여태껏 추상적 관념으로만 알고 있던 이 생성과 소멸의 논리에서 벗어나고 싶었다. 그러나 때는 늦었다. 그녀는 이미 그 사슬에, 자신의 어머니와 자신의 아이 사이에 정교하게 끼워졌다. 빠져나갈 길은 없었다. 아무리 달래려 애써도 그녀가 울음을 그치지 않자, 판매원들은 결국 매니저를 데려왔다. 샤를로테의 눈에는 날카롭게 주름잡은 회색 플란넬 바지만 어렴풋이 보였다.

"손님에게 옷 입혀드려요." 그가 판매원들에게 말했다. 샤를로테는 누가 팔을 들어올리고 머리부터 스웨터를 끌어내리는 것을 느꼈다. 자신의 향수냄새가 났다. 달콤한 향기가 나는 부드러운 어둠 속에 머무는가 싶었는데, 이내 단호한 손길이 얼굴 위로 스웨터를 당기더니 치마허리 속에 넣어 여며주었다. 아주 잠깐이었지만 샤를로테는 대접받고 있고 안전하다는 느낌이 들었다. 그녀는 왜 따뜻하고 어둡고 부드러운 곳, 모든 것이 있는 그대로 머물 수 있는 곳에서 삶을 보낼 수 없었을까? 네온사인이 통통 부은 눈을 바늘처럼 찔렀다.

"택시 타시겠습니까, 아니면 구급차를 불러서 댁까지 가시겠습니까?" 매니저가 물었다. 더 거칠고 숨막히는 흐느낌이 새롭게 엄습해와 무방비상태의 샤를로테는 한참 아무 말도 하지 못했다. 매니저의 한쪽 구두코가 참을성 없이 까딱거리는 모습이 흐릿하게 보였다.

"택시." 샤를로테가 속삭이듯 말했다.

그녀는 나이든 판매원과 매니저에게 이끌려 백화점을 나왔다. 시원한 공기를 들이마시자 바람에 날리는 커다란 천 같은 것이 품안에서 펄럭였다.

"이봐요, 아가씨, 대체 뭐가 그렇게 나빠질 거라고 이러는 거예요?" 판매원이 그녀 옆에서 말했다. 그러고는 매니저와 함께 그녀를 택시 안으로 밀어넣고 핸드백을 무릎에 내려놓았다. 그때 뭔가 떠올라 샤를로테는 판매원의 소맷자락을 꼭 붙잡았다.

"브래지어, 브래지어요." 하도 울어서 말라붙은 그녀의 목구멍에서 느릿느릿 말이 새어나왔다. "제가 아직 브래지어를 하고 있어요." 판매원이 매니저를 돌아보았다.

"손님이 상품을 아직 가지고 계신답니다." 판매원이 말했다. 샤를로테는 매니저가 차문 옆에서 한숨 쉬는 소리를 들었다.

"백화점에서 드리는 선물이라고 해요." 매니저가 말했다.

저녁에 로베르트가 집에 왔을 때 샤를로테는 침실에 있었다.

　"불 켜지 마." 로베르트가 문을 열자 샤를로테가 나직이 말했다. 그녀는 복도의 환한 불빛에 비친 로베르트의 옆모습을 보았다. 그는 가만히 문가에 서 있었다.

　"이리 와." 그녀가 말했다. 그는 침대 끝에 앉았다. 두 사람 다 말이 없었다.

　"옆에 누워." 샤를로테가 말했다. 로베르트는 그녀 옆에 몸을 쭉 펴고 누웠다. 샤를로테는 그의 뻣뻣한 양복천에 얼굴을 대고 숨소리에 귀기울였다. 그녀는 고개를 뒤로 젖혀 로베르트의 동공이 어스름 속에서 반짝이는 것을 보았다. 손을 뻗어 그의 얼굴을 가볍게 쓰다듬었다. 그리고 손을 거둬들일 때 손가락 끝이 축축하다고 믿고 싶었다.

　"걱정하지 마." 샤를로테는 자신의 말소리를 들으며 그에게 더 가까이 다가갔다. 로베르트가 숨을 얼마나 깊이 들이쉬는지 몸으로 느껴졌다. "걱정하지 마." 그녀는 같은 말을 되풀이했다. "걱정하지 마, 걱정하지 마." 로베르트는 몸을 웅크리고 그녀의 배에 머리를 기댔다. 그녀는 눈을 감고 그의 머리를 천천히 쓰다듬으며 계속 웅얼거렸다. "걱정하지 마, 걱정하지 마." 두 사람 몸의 경계가 사라지기 시작했다. 그녀는 그의 머리가 자기 배에 얹혀 있는지 자기 배가 그의 뺨에 기대 있는지 더이상 확실히 알수 없었다. 그녀가 다시 한번 눈을 떴을 때 백화점에서 하고 온브래지어는 의자에 걸쳐 있었다. 브래지어의 하얀 세모 두 개가어둠 속에서 두 개의 반달처럼 빛났다. 차는 반달과 기우는 반달. 그 순간 샤를로테에게는 그것이 자신의 모든 의문에 대한 해답처럼 보였다.

마트에서 만난 남자

동생이 피곤해 보인다. 예상했던 대로였다. 하지만 그 때문에 훨씬 더 매력적으로 보일 줄은 몰랐다. 그녀는 다크서클 덕분에 더 부드럽고 예민하면서도 섹시해 보인다. 질투가 난다.

"좋아 보이네." 내가 동생에게 말한다. 샤를로테는 손사래를 치고 집안으로 안내한다. 나는 여기 와본 적이 없다. 샤를로테가 이사하고 나서 사진 한 장을 보내주었다. 사진에 찍힌 집은 극히 일부분이어서, 배경의 가문비 목재과 샤를로테의 끔찍한 복제 미술품들이 걸린 흰 벽 정도가 지금도 기억나는 전부다. 사진 속에서 로베르트는 한 팔로 샤를로테를 감싸고 다른 팔에는 태어난 지 넉 달 된 레나를 안고 있었다. 그는 뿌듯하고 행복해 보이는 반면 샤를로테는 몹시 피곤하고 걱정이 많아 보였다. 그후로 나는 아이와 함께 있는 젊은 부부의 사진을 유심히 살펴보는 버릇이 생겼다. 거의 언제나 아빠는 뿌듯하게 웃는 얼굴로 아기를 안고 있고 엄마는 피곤하고 조금 괴로워 보인다. 내가 늘 상상하던 대로.

"저녁에는 언니가 좀 따분해질 거야." 샤를로테가 말한다. 나는 그녀를 따라다니며 가구점 광고 책자의 '젊은 부부용' 페이지에 나올 법한 집안을 두루 구경한다.

"우린 아홉시면 레나랑 같이 잠자리에 들거든." 샤를로테가 웃으며 말한다. 당황스럽다. 월요일 라디오드라마 회의에 참석하기 위해 프랑크푸르트로 가기 전까지 주말 내내 여기서 뭘 할지 고민이다. 여기까지 와서 혼자 텔레비전 앞에 앉아 로베르트가 친절하게 양보해준 딱 한 병 남은 맥주를 손에 들고 담배연기가 빠지도록 창문을 활짝 열어놓은 채 저녁을 보낼 생각을 하니 벌써부터 천장이 머리 위로 내려앉는 것 같다.

"담배 피워도 돼?" 내가 묻는다. 샤를로테는 고개를 끄덕인다. 나는 샤를로테를 지켜본다. 그녀는 반짝반짝 빛나는 새 부엌을 종종거리며 찬장에서 커피잔을 꺼내고, 서랍에서 숟가락을 꺼내고, 커피 물을 얹고, 계량 숟가락으로 세심하게 양을 재 커피를 뜬다. 커피 알갱이 하나도 모자라거나 남지 않는다. 숟가락은 마땅히 있어야 할 자리인 찻잔 바로 옆에 놓고, 드리퍼에 앉히기 전에 커피 필터 아래쪽의 이음매까지 접는다. 우리 둘 중 착실한 쪽은 샤를로테다. 그녀는 삶에 끌려다니지 않고 삶을 주도한다. 임신하고 나서는 좀더 착실해졌다. 당시 나를 너무 귀찮게 하는 바람에 자연히 만나는 횟수가 줄었다. 임신 초기에 한번은 샤를로테가 뱃속 아기의 첫 초음파사진을 자랑스레 보여주었다. 내 눈에는 어둠 속 담배연기처럼 희끗하고 불분명한 얼룩밖에 보이지 않았다. 샤를로테는 젊고 엄청 진보적인 산부인과 주치의의 권유대로 진찰중 로베르트도 곁에 있었는데 두 사람 앞에서 아기를 원치 않는다는 말은 할 수 없었다고 했다. 그 일을 어떻게 설명해주었는지 아직도 정확히 기억난다.

"그 말을 하고 나면 로베르트가 예전처럼 나를 볼 수 없을 것 같았어." 그녀가 말했다. "도살장에 가보면 더는 고기가 먹고 싶지 않은 것처럼 말이야." 아주 착실하고 고루하고 경직되어 있는 샤를로테도 불쑥 그런 말을 한다.

샤를로테가 뢰펠비스킷 접시를 식탁에 내려놓는다.

"레나가 이걸 아주 잘 먹어." 샤를로테는 말하고 시계를 본다.

"곧 깨겠네." 그녀는 그렇게 말하고 맞은편에 앉아 내 손에서 담배를 가져간다. 우리는 서로를 바라보다가 동시에 고개를 돌려 창밖을 본다. 수북이 쌓인 자갈더미 옆에 널빤지와 콘크리트 패널이 널려 있다.

"정원은 아직 마무리가 덜 됐어." 샤를로테가 말한다.

"그러네." 내가 말한다.

"정원이 더 넓었으면 했지만 여기 땅값이 너무 가파르게 올라서……" 샤를로테의 말을 듣자니 전에 어느 전시회에서 본 사진이 절로 떠오른다. 수영 팬티와 비키니를 입은 부부가 정원에 펼쳐놓은 접의자 두 개에 눈을 감고 누워 있고 그 앞에서 어린아이하나가 놀고 있는 사진이다. 그 장면은 목가적이거나 평화로운것과는 거리가 멀다. 아니다, 그것은 내가 발을 들여놓고 싶지않은 지옥을 묘사하고 있다. 샤를로테는 그새를 못 참고 또 시계를 본다.

"나는 레나가 잠자리에 드는 걸 바라지 않을 때가 많아. 그럴때는 그냥 앉아서 도로 깨기를 기다려." 샤를로테가 고개를 절레절레 저으며 말한다.

일 년 삼 개월 전 레나가 태어났을 때 나는 병원을 찾았다가레나를 품에 안고 침대에 앉아 있는 동생을 보고 생각했다. 샤를로테가 인형놀이를 하네! 어릴 때 동생이 인형을 무릎에 뉘어놓고 라일락꽃으로 물을 먹이던 모습과 정말 똑같아 보였다. 내 동생이 엄마라는 사실을 납득할 수 없었다. 게다가 이제 내 동생도 아닌 것 같았다. 동생은 나를 보고 처음 듣는 낯선 어조로 말했다. "안녕, 파니." 잘 모르는 사람이 인사를 건네는 듯했다. 레나가 그 작디작은 팔을 내두르자 샤를로테가 잠옷 단추를 풀었다. 나는 엄청나게 큰 가슴을 보고 깜짝 놀랐다. 축구공처럼 크고 둥근데다 허연 피부에 파란 정맥이 훤히 비쳤다. 레나는 작은 동물처럼 입을 벌리고 고개를 이리저리 기울였다. 샤를로테가 큼직한 갈색 젖꼭지를 자꾸 레나의 입안으로 밀어넣었다. 잠시 후 레나도 알아챘는지 새처럼 짹짹거리다가 갑자기 조용해졌다. 샤를로테는 눈을 질끈 감고 심호흡을 하며 아픔을 참았다.

"시계 보고 있어?" 그녀가 물었다. "한쪽에 칠 분씩이야." 나는 당장 병실을 나가고 싶은지 레나와 샤를로테를 침대에 뉘어주고 싶은지 갈피를 잡을 수 없었다. 결국은 침대 끝에 앉아 샤를로테가 먹다 남긴 라이스푸딩을 먹어치웠다.

"레나라는 이름 어떤 것 같아?" 샤를로테가 물었다.

유행 따라 지었네. 나는 생각했지만 이렇게 대꾸했다. "예뻐."

"정말 시계 보고 있는 거지?" 샤를로테가 물었다.

"응." 나는 말했다. "아직 사 분 남았어."

샤를로테가 뢰펠비스킷을 내 앞으로 밀어준다. 나는 고개를 젓는다.

"아유, 언니." 샤를로테가 말한다. "그 정도는 먹어도 돼." 그녀는 제 엉덩이를 툭툭 두드린다.

"지금처럼 뚱뚱했던 적이 없어." 샤를로테가 푸념조로 말한다. 그렇긴 하다. 브래지어 끈이 살을 파고들고, 바지 허리춤 위로 비곗살이 불룩 나왔다. 하지만 그 모든 것이 그녀에게 잘 어울린다. 어째서 그럴까, 나는 속으로 묻는다. 잠시 침묵이 이어지고, 나는 비스킷 하나를 집어든다.

"크사버는 요즘 뭐해?" 샤를로테가 묻는다. 나는 어깨를 으쓱한다. "그 사람 디스크라서 우린 예전만큼 자주 안 해." 내가 말한다. 왜 그런 말을 했는지는 모르겠다. 그건 사실이 아니니까. 아마도 그저 샤를로테가 조금 당황한 모습을 보고 싶어서였을 테지만, 그녀는 히죽거릴 뿐이다.

"그럼 벌써 다른 남자 생겼겠네?"

"아니." 내가 대답한다. "너무 게을러서."

농담으로 한 말인데, 별안간 진짜처럼 느껴진다.

"난 이 주 전에 했어." 샤를로테가 말하고서 창밖을 내다본다. "그걸 섹스라고 할 수 있는지도 모르겠어. 우린 대형 마트에서 알게 됐어. 소시지 코너에서 그 남자가 내 뒤에 줄을 섰어. 사실 따지고 보면 알게 된 것도 아니지. 그냥 서로 눈이 마주쳤고, 곧 계산대로 갔다가 그 남자 차로 갔어. 구형 포드라 아주 널찍했

324

어. 서로 한마디도 안 했어. 난 그 남자 이름도 몰라." 샤를로테가 나를 바라본다. "훤한 대낮에 마트 주차장에서." 샤를로테가 스스로 생각해도 놀랍다는 눈빛으로 말한다. 그녀는 내 담뱃갑에서 한 개비를 뽑아든다. 나는 불을 붙여준다.

"평소에는 집안에서 담배 안 피워." 샤를로테가 말하고 손을 내저어 담배연기를 쫓는다. "로베르트가 담배냄새라면 질색하거든." 왜 아니겠어. 깔끔깨나 떠는 남자잖아. 나는 생각한다.

"언니가 지금 무슨 생각 하는지 알아." 샤를로테가 말한다. "하지만 그렇지 않아." 내가 무슨 생각을 했다고 짐작하는 걸까? 샤를로테는 담배연기를 깊이 들이마시지 않고 뻐끔거리기만 한다. 몹시 어설픈 모습이다.

"아이가 생기면 갑자기 죽음에 대해 훨씬 많이 생각하게 돼." 그녀가 뜬금없이 말한다.

"어째서?" 내가 묻는다.

"아이가 모든 걸 아주 빨리 빼앗아갈 수 있으니까." 그녀가 재빨리 말한다. "그래서 그래." 그녀는 자리에서 일어나 우리 잔에 커피를 따른다.

"로베르트가 레나 돌보는 건 도와주지?" 내가 묻는다.

"언니 말대로야." 샤를로테가 대답한다. "아이를 갖는 건 고통이라고 했잖아." 그녀 말이 맞는 것 같다. 어쩌면 나도 그런 뜻으로 말했을 것이다.

"그런 뜻으로 한 말 아냐." 내가 말한다. 샤를로테는 미심쩍은 눈길로 나를 바라본다. 복도 끝 아이 방에서 요란한 울음소리가 터져나온다. 샤를로테는 웃는 얼굴로 레나를 데리러 간다. 나는 부엌에 그대로 앉아 있다. 내 기억대로라면 방금 잠이 깬 아이들은 대부분 기분이 좋지 않다. 나는 샤를로테가 마트 주차장에 세워둔 차 안에 낯선 남자와 함께 있는 장면을 상상해보려 하지만 잘되지 않는다. 어떻게 그럴 수 있지? 나는 생각한다. 요즘 같은 에이즈 시대에. 게다가 다 떠나서 다른 사람도 아닌 샤를로테가. 혀에 쓴맛처럼 감도는 질투가 느껴진다.

샤를로테가 레나를 안고 부엌으로 돌아온다. 레나는 나를 힐끗 보더니 고개를 돌려 엄마 품에 숨는다. 입은 샤를로테를, 눈은 로베르트를 닮았다. 샤를로테가 레나에게 작은 병에 든 주스를 준다. 레나는 맥주라도 마시는 것처럼 한 손에 병을 쥐고 입에 갖다댄다. 자다 일어나 볼이 발그레하고, 숱이 적은 배냇머리는 땀에 젖어 착 달라붙어 있다. 샤를로테의 품에서 주스를 마시는 동안 레나는 발을 흔들거리며 곁눈으로 나를 살핀다.

샤를로테가 공을 가져온다. 우리가 거실로 공을 굴리면 레나가 뒤뚱뒤뚱 따라간다. 레나는 웃으며 고개를 뒤로 젖히다가 무게중심을 잃고 엉덩방아를 찧는다. 불안한 눈길로 우리를 바라본다. 입꼬리가 서서히 아래로 내려간다. 입이 벌어진다. 몇 초 지나서야 울음소리가 난다. 샤를로테는 아이를 안고 아이와 '거미가 줄을 타고 올라갑니다' 놀이를 한다. 아이가 웃기 시작한다. 눈에는 아직 눈물이 그렁그렁하다. 우리는 공놀이를 계속한다. 내가 샤를로테에게 공을 굴린다. 샤를로테는 레나에게, 레나는 주로 내게 공을 굴린다. 샤를로테가 레나와 둘이서 높은 목소리로 알아들을 수 없는 말을 떠들어댄다. 나는 시계를 본다. 네시 칠분. 샤를로테가 이런 걸 하루 온종일 어떻게 견딜까. 나는 생각한다.

우리는 레나를 데리고 산책을 나간다. 샤를로테는 그들이 사는 소도시를 구경시켜준다. 볼거리는 하나도 없다. 깨끗이 보수된 시장과 거기 들어선 대형 마트, 한산한 문구점, 이탈리아 아이스크림 가게, 칙칙해 보이는 독일 식당, 약국, 꽃가게, 옷가게 두세 군데. 한 노인이 쿠션에 기대 창밖으로 몸을 내밀고 있다. 오랫동안 보지 못한 풍경이다. 전에는 어딜 가나 노인들이 쿠션에 기대 창밖으로 몸을 내밀고 있었다.

우리는 레나와 함께 놀이터로 간다. 레나는 다른 아이들의 장난감을 빼앗고 모래를 던진다. 샤를로테가 다른 아이들의 엄마에게 사과하고는 레나를 타이른다. "안 돼, 레나, 모래 던지는 거 아니야. 그러면 아야 해. 알았지? 아야." 그녀는 스크래치 난 레코드처럼 같은 말을 자꾸 되풀이한다. 불현듯 립스틱을 발라야겠다는 다급한 마음이 든다. 나는 벤치에 앉아 핸드백에서 립스틱과 콤팩트를 꺼내 입술을 여러 번 덧바른다. 콤팩트를 닫을 때보니 샤를로테의 시선이 나를 향해 있다. 샤를로테는 모래밭 한가운데 앉아 적의에 찬 눈길로 나를 뚫어져라 바라보는 동시에 두 팔을 벌린다. 레나가 훌쩍거리면서 제 엄마 품에 뛰어든다. 나는 눈길을 돌리고 월요일과 프랑크푸르트와 라디오드라마 회의를 생각한다. 혼자 있고 싶은 마음이 간절하다. 신경이 곤두선다. 사방에 위험이 도사리고 있다. 그리고 내가 믿을 수 있는 사람은 나 자신뿐이다. 이럴 때면 마치 내가 대단한 일을 하는 것처럼 유난히 생기가 느껴진다.

레나가 엉엉 운다. 모래밭에 얼굴을 박고 넘어졌다. 샤를로테가 레나를 겨드랑이에 끼고 내게 다가온다. 우리는 아이의 입과 코와 귀에서 모래를 털어낸다. 레나는 꼬챙이에 찔리기라도 한 것처럼 빽빽 울어댄다. 나는 큼지막한 실버볼 목걸이를 벗어 레나에게 걸어준다. 미친듯이 울어대던 아이가 잠잠해진다. 굵은 눈물방울이 뺨을 타고 또르르 굴러떨어진다. 레나는 목걸이를 만져보더니 높이 들어올리고 나를 바라본다.

"예뻐 예뻐." 레나가 웃으며 말한다. 저속 촬영으로 피어나는 꽃처럼 가슴속에 무언가가 나타나는 놀라운 느낌이 감지된다. 꽃은 이 분도 채 되지 않아 시들어버린다. 개미에게 물린 레나가 또 악을 쓰며 울어댄다. 내가 달래려고 목걸이를 다시 걸어주려 하자 레나는 성을 내며 뿌리친다. 혼자 있고 싶은 마음이 간절하다.

얼마 후 나는 유모차를 밀고, 레나는 옆에서 아장아장 걷는다.

"돼지고기 아직도 먹어?" 샤를로테가 묻는다.

"난 가리는 거 없어. 너도 알잖아." 내가 말한다.

"내가 어떻게 알겠어. 언니는 유행이라면 다 따르잖아." 샤를로테가 말한다. 나는 화가 나지만 아무 말도 하지 않는다.

"오늘 저녁에 돼지고기 구울게." 샤를로테가 말하자 레나가 신이 나서 "얌얌, 얌얌" 한다.

집에 돌아오니 로베르트가 문을 열어준다. 우리는 형식적으로 악수를 나눈다. 로베르트는 달라졌다. 전보다 더 마르고 얼굴이 까칠해졌다. 그런대로 괜찮아 보인다. 그는 레나를 안아올려 빙글빙글 돌린다. 샤를로테는 부엌으로 들어간다. 나는 어디로 가야 할지 몰라 어정거린다. 문득 낯선 사람들 틈에 있는 것처럼 어색하다.

"요즘 일은 어때요?" 로베르트가 레나를 안고 묻는다.

"그저 그래요." 내가 말한다.

"이제 유명해지겠어요." 로베르트가 말한다. "〈프랑크푸르터 룬트샤우〉에 처형의 최근 방송극 리뷰가 길게 실렸더라고요. 평이 아주 좋던걸요."

나도 여러 번 읽어서 외우다시피 한 리뷰다. "뭐." 나는 겸손을 가장해 말한다. "평론가가 바보라서 그렇죠. 제가 쓴 건 사실 방송극이라고 할 수도 없는 거였어요."

"전 아쉽게도 그 방송 못 들었어요." 로베르트가 말한다. "근데 샤를로테는 들었어요."

"어머, 그래요?" 뜻밖이다. "샤를로테는 아무 말 없던데." 모르긴 해도 샤를로테는 마음에 들지 않았을 것이다. 그것은 매춘부, 포주와 나눈 인터뷰들을 이어붙인 작품이었다.

"로베르트? 레나 기저귀 좀 갈아줄래? 냄새가 지독해!" 샤를로테가 부엌에서 소리친다. 로베르트는 레나를 돌려놓고 기저귀 때문에 불룩한 엉덩이에 코를 대고 킁킁거린다. "레나 냄새나! 레나 냄새나!" 로베르트가 소리친다. 레나가 키득거린다. 로베르트는 말처럼 히힝거리며 레나를 데리고 아이 방으로 다그닥다그닥 달려간다. 나는 어리둥절한 눈길로 그의 뒷모습을 바라본다. 뻣뻣하고 상상력이라곤 없고 무뚝뚝하던 로베르트. 누가 저 사람이라고 생각하겠는가? 나는 거실을 서성이며 화분의 녹색

식물을 잡아당겨보고 책꽂이에 꽂힌 책들의 제목을 훑어본다. 『유럽에 진출한 일본 상품들의 마케팅과 판촉』『사업체 경영의 해법』『통계학 입문』『생산 영역에서의 결단』『쉽게 경영하기』. 나는 계속 어정거리다가 샤를로테의 것으로 보이는 책꽂이를 발견한다. 실비아 플라스, 앤 타일러, 잉게보르크 바흐만, 마리 루이제 카슈니츠, 가르시아 마르케스의 『백 년의 고독』. 이건 언젠가 내가 생일선물로 준 책이다. 그 책을 꺼내 펼쳐본다. 낱장들이 서로 달라붙어 있다. 샤를로테는 이 책을 읽지 않았다.

나는 검은 가죽소파에 앉아 양탄자 무늬를 물끄러미 바라본다. 집에서 가져온 낡은 양탄자다. 어릴 때 나는 까딱하면 길을 잃을 비밀스러운 미로인 양 이 양탄자 무늬를 손가락으로 따라 그리곤 했다. 양탄자를 바라보며 부엌에서 로베르트와 샤를로테가 레나와 함께 바보처럼 웃는 소리를 듣고 있으니 문득 불쾌해진다. 나 자신이 실제로는 고지식하게 틀에 박혀 살면서도 남들과는 다른 독창적인 삶이라고 착각하는 게 아닐까.

나는 부엌으로 들어간다. 레나가 잘게 자른 소시지빵 접시를 앞에 두고 바닥에 앉아 있다. 샤를로테와 로베르트는 언쟁중이다.

"그럼 그냥 말을 해." 샤를로테가 말한다.

"벌써 몇 번을 말했는데도 자기가 듣지 않았잖아." 로베르트가 말한다.

"세상에." 샤를로테가 갑자기 소리지른다. "그럼 지금 한번 더 얘기하면 되잖아! 내가 만날 자기 눈을 보고 원하는 걸 읽어낼 순 없다고!"

"몇 번이나 큰 소리로 똑똑히 말했어!" 로베르트도 고집을 꺾지 않는다. 샤를로테는 돼지고기 양념을 끼얹던 국자를 싱크대에 탁 내동댕이친다. 내가 레나를 안아올려 부엌을 나가려고 하자 레나가 빽빽 울기 시작한다.

"놔둬, 언니." 샤를로테가 말한다. "어른도 때로는 싸운다는 걸 개도 알아야지." 나는 레나를 도로 바닥에 앉힌다. 로베르트가 부엌에서 나간다. 샤를로테는 한숨을 쉰다.

"담배 줄까?" 내가 묻는다. 샤를로테는 고개를 젓는다. 레나가 접시를 뒤집어 쏟더니 빵조각을 바닥에 대고 으깬다.

돼지고기 구이는 생각했던 것보다 맛있다. 로베르트는 일본인 사업 파트너에 대해 정말 웃긴 이야기를 한다. 샤를로테는 와인 때문에 볼이 발그레하고 눈이 반짝거려 예뻐 보인다. 나보다 더 예쁘다. 문득 낯선 남자와 마트 주차장의 차 안에 있는 샤를로테의 모습이 머릿속에 그려진다. 그녀가 로베르트의 팔에 손을 얹는다. 로베르트가 그 손을 잡고 어루만진다.

"남자들은 뭐하고요?" 로베르트가 내게 묻는다.

"아직 같은 남자야." 샤를로테가 말한다.

"뭐?" 로베르트는 놀라는 척한다. "삼 년째 같은 남자라니 지겹지 않아요?"

"그래요." 내가 말한다. "끔찍하게 지겨워도 건강에는 더 좋죠." 샤를로테는 하품을 한다.

"미안, 언니." 샤를로테가 말한다. "나 먼저 가서 잘게."

나는 로베르트와 함께 접시를 식기세척기에 넣는다. 우리 둘 다 말을 거의 하지 않고 눈이 마주치는 것도 피한다. 샤를로테나 레나가 없으면 우리는 우연히 전철 옆자리에 앉은 타인들처럼 서먹해진다. 나는 샐러드 소스를 다 마셔버리고 싶지만 로베르트 앞에서 그럴 용기가 나지 않는다. 나는 소스를 개수대에 쏟아버리고 빈 그릇을 그에게 건넨다. 그가 식기세척기에 그릇을 넣으며 말한다. "샤를로테가 엄청 괴로워해요. 처형이 우리 사는 걸 고루하고 속물 같다고 생각한다면서요." 로베르트는 방금 전 유리컵은 세척기 말고 설거지통에 넣어달라고 부탁할 때와 똑같이 무덤덤하게 말한다.

"난 전혀 그렇게 생각 안 하는데." 내가 더듬거리며 말한다. "진짜 아니에요." 로베르트는 잠시 고개를 들어 나를 바라본다.

"나도 그렇게 말해요. 그런데도 샤를로테는 그렇게 생각한다니까요." 로베르트가 말한다.

"말도 안 돼." 내가 말한다. 로베르트는 식기세척기를 켠다. 물이 꾸르륵거리며 호스를 통과한다. 로베르트가 잠시 그냥 서 있다가 어색하게 팔을 흔들면서 말한다. "그럼 이만 쉬세요." 로베르트가 윙윙거리는 식기세척기와 나를 남겨두고 부엌에서 나간다.

샤를로테는 나를 위해 손님방 침대에 시트를 깔고 수건 두 장을 베개에 올려놓았다. 꼭 엄마가 하듯이 수건 두 장을 겹치지 않고 살짝 엇갈리게 두고, 침대시트는 한 귀퉁이를 젖혀놓았다. 나는 불을 끄고 어둠 속에서 담배를 피운다. 손님방의 휑한 흰색 벽이 가로등 불빛을 받아 푸르스름하게 물든다. 문득 어린 시절 부모님이 외출하면 그랬던 것처럼 외롭다. 이 집에 아직 깨어 있는 사람은 나뿐이다. 레나를 깨워 아기냄새를 들이마시고 싶은 심정이다. 지금 이 순간만은 레나가 키득거리는 소리를 듣고 싶다. 나는 잠을 청해보지만 이렇게 일찍 잠자리에 드는 데 익숙하지 않다. 온몸이 아직 왕성하게 활동하고 있다. 그럴 때면 어린 동생과 나는 '개미가 다리를 기어다닌다'고 표현했다. 터무니없는 이미지들이 머릿속에서 떨쳐지지 않는다. 나는 뮌헨의 내 아파트를 나서기 전 깜빡하고 치우지 못한 냉장고를 떠올린다. 둘

째 칸 안쪽 구석에 있는 요구르트와 먹다 남은 버터, 아래 서랍의 당근, 종이에 둘둘 싸인 소시지, 토마토 두 개, 달콤한 겨자가 담긴 유리병이 보인다. 그런데 다음 순간 그 모든 것이 눈앞에서 부패한다. 요구르트는 곰팡이로 빽빽하게 뒤덮이고, 토마토는 터지고, 버터는 고약한 냄새를 풍기고, 소시지는 상해버린다.

나는 주의를 딴 데로 돌리려고 애써보지만 생각은 고집이 세서 좀처럼 말을 듣지 않는다. 자박, 자박, 자박, 복도에서 소리가 난다. 나는 눈을 뜬다. 아주 천천히 방문이 열린다. 긴 흰색 티셔츠를 입은 샤를로테가 들어와 침대에 앉는다. 내가 알아볼 수 있는 것은 그녀의 윤곽뿐이다. 그녀가 말한다. "내가 로베르트랑 사는 게 불행해서 그랬다고는 생각하지 마…… 오히려 반대야." 나는 샤를로테가 무슨 말을 하는지 대번에 알아차린다. 마트에서 만난 남자 얘기다. 나는 기다린다. 샤를로테는 한참 말이 없다. "아무 문제 없이 잘 지내기 때문에 그런 거야. 어쩌면 난생처음 나 자신에게 만족하고 있기 때문에 그런 거라고. 너무 행복해서 눈에 뵈는 게 없어. 이런 기분 이해하겠어?" 나는 곰곰이 생각한다.

"모르겠어." 내가 말한다. "그러기엔 내가 너무 고루한가봐." 샤를로테의 이가 반짝이는 게 보인다. 씩 웃고 있다. 우리는 같이 담배를 피운다.

"예전에 잠이 안 오면 우리가 뭐라고 했는지 기억나니?" 내가 묻는다.

"응, 개미가 다리를 기어다닌다고 했지." 샤를로테가 기다렸다는 듯이 대답한다. 개미가 다리를 기어다니면 어땠는지 이제 정확히 기억난다. 개미 때문에 자극받은 다리가 움찔거리며 자꾸만 위로 들렸다. 저 혼자 허공을 휘젓는 다리는 좀처럼 차분해질 줄 몰랐다. 간혹 죽어도 잠이 안 올 때면 샤를로테와 나는 도로 일어나 잠옷 바람으로 남자아이들처럼 꽥꽥거리며 온 집안을 뛰어다녔다.

"언니, 그 남자랑 차에 누워 있을 때 내가 무슨 생각 했는지 알아?" 샤를로테가 묻는다.

"로베르트?" 내가 말한다. 남편을 속이는 와중에도 남편을 생각하는 게 그녀다울 것 같다. 샤를로테는 고개를 저으며 웃는다.

"방금 산 냉동 닭, 내 머리맡 비닐봉지에 든 냉동 닭을 집에 가자마자 잊지 말고 냉동실에 넣어야지, 그 생각을 했어."

"끝내주는 남자였나보구나." 내가 말한다.

"응, 멋있었어." 샤를로테는 내가 비꼬는 걸 알아채지 못하고 웃으며 대꾸한다. "하지만 전혀 중요한 일이 아니었어. 식후의 담배 한 개비처럼. 그냥 섹스였어. 다른 성가신 일은 전혀 없는."

336

샤를로테가 담뱃불을 끄고는 일어나 내게 몸을 숙여 키스해준다. 예전에 엄마가 그랬던 것처럼. 샤를로테는 방을 나가면서 무심히 말한다. "아기와 아기에게 속한 모든 것을 놓치지 마."

"샤를리에, 그런 소리 좀 그만해." 내가 말한다. "그건 나한테는 아무 의미 없다고, 너도 알잖아." 그녀는 쯧쯧 혀를 찬다. "나도 그렇게 생각했었어." 샤를로테가 문을 나서기 전에 말한다.

나는 오랫동안 잠들지 못한다. 뜬눈으로 누워 있는 시간이 길어질수록 아침 여섯시 레나의 울음소리에 깰 일이 벌써부터 두려워진다. 그리고 정말로 칼처럼 뇌 속을 파고드는 날카로운 아기 울음소리에 잠이 깬다. 시계를 보니 여섯시 십분 전이다. 머리 위에 베개를 얹어보지만 레나의 울음소리는 그것도 뚫고 들어온다. 나는 귀를 막은 채 계속 자보려고 한다. 그러나 몇 분도 지나지 않아 팔이 저린다. 눈을 뜬다. 피곤해서 눈꺼풀이 퉁퉁 부었다. 머리는 지끈거리고 팔다리는 쑤시고, 녹초가 되었다. 일어나고 싶지 않다. 아이는 절대 갖고 싶지 않다. 레나가 복도를 아장아장 걸어오는 소리가 들린다. 나는 레나가 문손잡이를 돌리는 걸 곁눈으로 보고 벽을 향해 돌아눕는다. 자박, 자박, 자박, 침대 옆에서 소리가 들린다. 그러더니 조용하다. 쥐죽은듯 고요하다. 나는 숨을 멈춘다. 아무것도 움직이지 않는다. 나는 서서히 돌아눕는다. 레나가 침대 옆에 서서 커다란 갈색 눈으로 나를 가만히 바라보고 있다. 미동도 없이 나를 바라본다. 나는 드넓은 호수 같은 그 눈 속에 빠져든다.

센토리

"그런데 이 주 뒤 공항으로 마중 나가보니, 에밀리오가 영 딴 사람인 거야." 안토니아가 파니에게 이야기한다.

"입국장에서 내 쪽으로 다가오는데, 담배를 신경질적으로 뻐끔뻐끔 피우는 것하며 쭈뼛거리며 걸어오는 모습이, 멀리서 봐도 마음이 변했다는 걸 알겠더라고. 그러곤 바닥만 내려다보며 나랑은 눈도 마주치지 않고 손을 내미는 거야. 꼭 어른이 그러라고 시킨 아이처럼 말이야." 안토니아는 자꾸 집게손가락에 침을 묻혀 아침 식탁에 떨어진 부스러기들을 집어올린다. 파니는 그게 거슬린다. 파니는 안토니아의 팔에 손을 얹고 말한다. "그놈은 잊어버려."

"이 주 전까지만 해도 나한테 홀딱 반해 있었는데. 아니, 오슬로에서 출발하기 전날 저녁에도 전화해서 다시 만나기만 고대한다고 그랬거든. 나를 너무너무……" 안토니아가 말을 멈추고 코를 푼다.

"도무지 이해가 안 돼." 안토니아는 일어나 커피 물을 올린다. 빠르고 정확한 동작으로 선반에서 커피를, 냉장고에서 우유를, 구식 장식장에서 찻잔과 숟가락을 꺼낸다. 언제부터인가 그녀는 파니의 부엌을 훤히 꿰고 있다. 파니는 그녀가 이렇게 화를 내는 이유를 모른다. 파니는 돌아서서 창문을 연다. 그새 비가 그쳤다. 풀밭에서 수증기가 피어오르고 젖은 흙냄새가 난다. 멀리서 뻐꾸기시계 소리가 나지막이 들린다. 파니는 생각한다. 나한테 크사버가 있고 우리가 여기 있어서 참 다행이야.

"산책이나 하자." 파니가 말한다. 그 제안에 안토니아는 관심을 보이지 않고 의자에 털썩 몸을 부린다.

"도무지 이해가 안 돼." 안토니아가 말한다. "에밀리오에게 내가 가진 걸 모두 줬어. 그걸 게걸스럽게 받아먹을 때는 언제고, 이제 와서 내 발 앞에 토해놓다니. 어쩜 그렇게 딴사람이 될 수 있는지 모르겠어. 나도 그냥 남자랑 조금 행복해지고 싶었을 뿐인데. 이해하지? 너랑 크사버처럼 되고 싶었다고. 내가 너무 많은 걸 바라는 거야?"

파니와 크사버는 얼마 전부터 시골의 낡은 농가에 살고 있다. 둘은 시골생활이 마음에 쏙 들고, 의외로 도시가 그다지 그립지 않아서 자꾸만 놀란다. 크사버는 다락방을 헐고 작업실을 만들었다. 그는 요즘 시골생활에 대한 향수를 터무니없는 가격에 파는 '소풍'이라는 이름의 가구점을 위해 직물을 디자인한다. 이 가구점은 아메리칸 퀼트, 행주처럼 알록달록한 무늬가 있는 천, 앤티크 등나무의자, 농가풍의 구식 가구, 이끼덩어리, 질그릇에 담은 짚풀 공예품을 비롯해 도시 사람들이 시골스럽다고 여기는 모든 것을 판다. 파니와 크사버의 농가에 있는 가구 대부분이 이 가구점 것이다. 물론 판매가보다 싼 값에 구했다.

파니는 일주일에 세 번 저녁시간에 라디오 방송국에서 짤막한 시와 무명작가들의 글 나부랭이를 록 음악과 함께 내보내는 록 매거진 코너를 진행한다. 방송에 내보내는 글을 이따금 아무도 모르게 직접 쓰기도 한다. 시골생활은 기대했던 것보다 훨씬 마음에 들지만 그래도 일주일에 세 번 도시에 나가 사람들을 보는 게 즐겁다. 바쁘고 참을성 없고 공격적인 도시 사람들의 무리. 그녀의 가슴은 도시에서 더 빠르게 뛴다.

도시에 나와 있을 때는 크사버의 작은 아파트에서 밤을 보낸다. 간혹 자기가 없는 그 큰 시골집에서 크사버 혼자 뭘 할까 상상해본다. 아무 거리낌 없이 누구의 눈치도 보지 않고 커다란 고양이처럼 집안을 어슬렁거리는 그의 모습이 그려진다. 시골집에 돌아가도 크사버가 자기를 그리워했다는 느낌은 받지 못한다.

시골로 이사한 뒤 크사버는 수염을 깎지 않고 날이면 날마다 같은 청바지와 같은 바둑판무늬 플란넬 셔츠만 입는다. 이 셔츠를 입으면 그는 어딘지 모르게 캐나다 벌목공처럼 보인다. 그는 구식 화덕과 현대식 레인지를 모두 갖춘 넓고 쾌적한 부엌에서 요리에 대한 애정을 발견한 덕분에 몸무게가 적어도 15킬로그램은 늘었다. 이따금 파니는 크사버가 도시에 살던 예전처럼 다시 멋있고 고상해 보이면 좋겠다고 생각한다. 그러나 요즘은 파니 자신부터 아침에 손에 잡히는 대로 아무 옷이나 입는다. 화장도 포기했다. 해봐야 어차피 볼 사람도 없다. 도시에 나갈 때만 딱 달라붙는 치마에 검정 스타킹을 신고 립스틱을 바른다. 그러면 마치 더 능력 있는 딴사람이 된 것 같은 기분이 든다. 그럴 때면 크사버는 씩 웃으면서 말한다. "숨겨둔 애인이라도 만나러 가시나?" 그녀가 정말로 바람피울지 모른다는, 하다못해 아나운서와 연애할 수도 있다는 걱정 따위는 하지 않는 듯한 그의 모습에 파니는 마음이 상한다. 자신을 향한 파니의 감정이 변치 않을 거라는 그의 확신이 놀라울 따름이다. 이따금 크사버가 며칠씩 작업실에 틀어박히면(단언컨대, 일을 하는 것도 아니다). 파니는 안절부절못하며 화가 나서 집안을 휘젓고 다니다 급기야 가구들을 상대로 떠들어댄다. 아니면 마을의 작은 가게에서 잡지란 잡지는 몽땅 사와 끌어안고 침대에 눕는다.

육 개월 전쯤 그중 한 잡지에서 독일 최고의 모자가게에 관한 말도 안 되는 기사를 순전히 심심풀이로 보는데 옛날 학교 친구 안토니아의 이름이 눈에 띄었다. 파니는 자기도 모르게 수화기를 들고 잡지사에 전화를 걸어 안토니아를 바꿔달라고 했다. 전화는 패션 파트의 부장에게 연결되었다. 안토니아는 아직 결혼 전인지 예전 성을 대며 전화를 받았다. 별일이네. 파니는 생각했다. 아기를 달래는 데 딱일 것처럼 가슴이 큰 안토니아가 어엿한 커리어우먼이 되어 있을 줄이야! 다시 만나면 알아보지도 못할 거야.

그러나 파니와 안토니아가 만났을 때, 학창 시절 알고 지내다 졸업한 뒤로 본 적 없는 사람들 대부분이 그렇듯, 십오 년이라는 세월 탓에 몇몇 특징이 더 도드라졌을 뿐 변한 건 전혀 없는 것 같았다. 둘은 오랜만에 다시 만나서 정말 기뻐하면서도 전자 탐침처럼 신속하게 상대의 오랜―그리고 새로운―약점을 찾아나갔다. 파니는 안토니아가 전보다 훨씬 외향적이라 생각했고, 안토니아는 파니에게서 아는 체하기 좋아하는 예전 모습을 단박에 알아보았다. 파니는 학창 시절 그토록 부러웠던 안토니아의 가슴이 지금은 보통 정도라는 걸 만족스레 확인했고, 안토니아는 오랫동안 아스파라거스처럼 말라깽이였던 파니에게서 셀룰라이트가 생길 위험이 다분한 비곗살을 눈치챘다. 그리고 파니의 스타일은 플라워파워 시대를 절대 벗어나지 못하는 것 같았다. 자긴 독특한 줄 아나본데 그냥 꽝이야. 파니는 줄무늬 바지에 줄무늬 블라우스를 입고 넓은 천을 치마처럼 엉덩이에 둘렀다. 거기다 손수 그림을 그려넣은 고무장화를 신고 여전히 까만 매니큐어를 칠했으며 터무니없이 큰 술장식 귀걸이를 하고 있었다. 반면 비싼 디자이너 의상을 입은 안토니아는 여전히 연극 분장이라도 한 것 같은 모습이었다. 정말이지 예나 지금이나 미적 감각이라곤 없다니까. 파니는 생각하면서 학창 시절 안토니아가 한 뼘이나 될까 말까 한 초미니스커트와 몸에 딱 달라붙는 원색 골지 스웨터를 얼마나 즐겨 입었는지 떠올렸다. 그렇게 입은 안토니아는 늘 터지기 직전의 소시지처럼 보였지만 남자아이들은 너나없이 엄청 섹시하다고 여겼다.

"자기도 안토니아가 섹시하다고 생각해?" 안토니아가 시골집을 처음 다녀간 뒤 파니가 크사버에게 물었다.

"안토니아가?" 크사버는 웃었다. "천만에. 대책 없는 마조히스트가 아닌 다음에야 다 도망갈걸!" 그가 웃으며 말했다.

"그건 개가 섹시하지 않다는 말이 아니잖아." 파니가 말했다. 그런데 정말 모순되게도 파니 자신이 안토니아를 매력적이라고 여겼고, 그녀 옆에 있으면—예전처럼—자기가 거무칙칙한 생쥐 같다는 느낌이 들었다. 크사버는 안토니아가 파니에게 가져다준 잡지 최신호를 뒤적이다가 소리내 읽더니 말한다. "남자의 새로운 섹스 공포라니 웃기지도 않아." 크사버는 안토니아가 별나다고 생각하며 좋게 얘기하지 않았다. 사실 안토니아는 말이 너무 많았다. 크사버는 모든 대화의 주도권을 독차지하고 몇시에 뭘 먹을지 혼자 결정하고 저녁내 텔레비전 리모컨을 곁에 두고서 나오는 프로그램마다 시시콜콜 떠들어대는 그녀가 싫었고, 그렇게 미리 전화 한 통 없이 초록색 MG를 몰고 나타나 며칠씩 묵는 건 상식적이지 않다고 생각했다. 하지만 안토니아가 그렇게 불쑥 나타나는 것은 날씨가 좋을 때만이었다. "나야 도시에 죽치고 있는 것도 얼마든지 잘해." 날씨가 나빠지면 그렇게 말하고 순식간에 사라졌다. 그런 말이 파니에게 상처가 된다는 건 의식하지 못했다. 자기가 나타나면 크사버가 얼굴을 찌푸리는 것도, 그런 즉흥적인 방문을 파니가 언제나 반기지는 않는다는 것도. 파니는 크사버와 한창 행복한 시간을 보내다가 멀리서 안토니아의 스포츠카 엔진소리가 들린 것 같아 기겁해서 귀를 쫑긋 세운 적이 한두 번이 아니었다. 그래도 크사버가 작업실에 틀어 박히거나 말없이 집안을 돌아다녀 외로울 때면 안토니아의 초록 색 자동차가 모퉁이를 돌아 모습을 드러내길 바랐다. 그럴 때 정 말 안토니아가 오면 파니의 세상을 장악해버린 그 별난 성격과 뻔뻔함까지 반겼다.

안토니아가 가장 좋아하는 화제는 남자다. 그동안 안토니아는 남자를 아주 많이, 파니보다 더 많이 만났다. 둘이 앉아 세어봤 더니, 파니는 스물세 명(기억이 전혀 나지 않아서 빠뜨린 남자가 못해도 세 명은 될 거라고 자신했다), 안토니아는 서른여덟 명이 었다. 그러나 안토니아가 한 남자와 헤어지고 다른 남자를 만나 기까지의 공백기는 점점 길어지고 있다. 그녀는 남자들이 점점 재미없고 비겁하고 소심해진다고 생각한다.

"남자 문제에 관한 한 내가 꼭 바보 한스 같아." 안토니아가 한숨을 쉬며 파니에게 말한다. "첫 남자가 최고였어. 말하자면 내 금덩이였지. 그런데 난 그 금덩이를 발정난 고양이와 바꾸고, 고양이를 돌과 바꾸고, 돌을 다시 고집 세고 멍청한 나귀와 바꾸고, 나귀를 다시 차가운 물고기와 바꿨어. 계속 그런 식이었지. 에밀리오도 그냥 늑대의 탈을 쓴 양이었어—그 반대였다면 더 흥미진진했겠지만─완전 사기꾼이었어.” 파니는 바보 한스가 나오는 동화를 떠올려본다. 한스는 마지막에도 처음과 마찬가지로 빈손이었고, 그래서 행복하지 않았나?

“왜 이제 와서 첫 남자가 최고였다고 하는 거니?” 파니가 묻는다. “그냥 뜨내기에 불과하다고 네 입으로 그랬었잖아?”

“어머, 내가 그랬어?” 안토니아는 또다시 집게손가락으로 식탁보에서 음식 부스러기를 집는다. “아니야, 난 조니를 정말 사랑했나봐.” 안토니아가 한숨을 쉰다. 파니는 바보 한스 생각이 머릿속을 떠나지 않는다. 그녀가 이성을 잃지 않는 한─제발 그러길 바란다─크사버는 다른 남자와 절대 바꾸고 싶지 않은 금덩이다. 하지만 파니는 너무 솔직해서, 어떤 유혹에도 끄떡없다고 가정하지는 못한다. 머릿속으로는 언제 어떤 경우에도 유혹에 넘어가지 않을 각오가 되어 있지만 곰곰이 생각해보면 지금 시골에 사는 게 다행이다 싶다. 어쩌면 그저 기회가 없어서 더 어리석은 짓을 저지르지 않는 걸지도 모른다. 이와 반대로 파니를 찾아낸 뒤로 크사버에게 여자라는 주제는 막을 내린 것 같다. 적어도 지금은 그래 보인다. 그가 이렇게 뚱뚱해져서 파니는 화가 난다. 게다가 뚱뚱해졌다고 날 배신하지 않는다는 보장은 없지. 파니는 생각한다.

"하루하루 혼자서 근근이 헤쳐나가야 하는 게 어떤 건지 넌 상상도 못할 거야. 어린아이를 상대하는 것과 같아. 징징거리거나 짜증내지 않으려면 끊임없이 새로운 일을 생각해내야 한다니까." 안토니아가 그렇게 말하고 갑자기 손바닥으로 식탁을 치는 바람에 찻잔들이 들썩한다. "나는 그 나쁜 놈을 위해 인생을 송두리째 바꿀 각오까지 했어. 그는 나와 함께 온갖 것을 시도해도 괜찮았어. 뭐든 상관없었다고. 그런데 지금 내 꼴이 이게 뭐니? 내 앞의 접시에 내 심장이 놓여 있는 기분이야, 지금."

"네가 에밀리오를 쫓아냈잖아." 파니가 조심스레 상기시켰다.

"그래! 그랬어!" 안토니아가 벌컥 화를 내며 소리지른다. "쫓아내지 않으면 그놈 때문에 파산했을 테니까! 나도 이젠 감당할 능력이 없어. 그러기엔 나이가 너무 많아! 빌어먹을 서른여섯 살이나 먹었다고!" 안토니아가 벌떡 일어선다. "공기가 필요해." 그녀가 격앙돼서 말한다. "숨막혀 죽을 것 같아." 그러더니 쿵쿵대는 걸음으로 부엌을 나가고, 파니는 그녀가 정원으로 난 문을 열어젖히는 소리를 듣는다. 파니는 커피 주전자를 들고 서서 부엌에 갑작스레 찾아든 평온을 음미한다. 파리들이 앵앵거린다. 멀리서 음매 하고 소가 운다. 자박 자박 자박, 크사버가 자기 방 안을 서성이는 소리가 들린다. 아이, 좋아. 파니는 생각한다. 난 이제 도매시장에 나온 생고기처럼 팔리기만 기다리지 않아도 돼. 난 해냈어. 불쌍한 안토니아.

에밀리오는 재즈밴드의 더블베이스 주자다. 안토니아는 고양이 미니(이혼남이자 비뇨기과 전문의인 마지막 남자친구의 선물)와 단둘이 있는 것이 못 견디게 힘들 때 도망치듯 찾아가는 바에서 그를 알게 되었다. 그녀의 펜트하우스에서는 하늘밖에 보이지 않아 이따금 발밑의 바닥이 사라지고 계류기구처럼 느릿느릿 떠다니는 느낌이 들었다.

음악에 문외한인 안토니아지만 처음에는 남성적인 저음을 내는 커다란 악기인 더블베이스에 반하고 그다음에는 에밀리오에게 반했다.

"에밀리오는 스페인 사람처럼 생겼어. 투우사 같아." 안토니아는 파니에게 전화를 걸어 들뜬 목소리로 이야기했다. 원래 이름은 에밀리오 한스 위르겐이고, 정해진 거처 없이 연주할 곳을 찾아 돌아다닌다. 고양이 알레르기가 있다. 파니가 그에 대해 들어서 아는 구체적인 사실은 그게 전부다.

그뒤 사 주 동안 안토니아에게서는 소식이 없다.

"내 생각대로라면 안토니아는 사랑에 빠졌을 거야." 크사버가 말하고 파니에게 부드럽게 키스한다. 그는 분명 다정한 분위기를 이어가고 있지만 파니는 불안하다. 집안에 두더지처럼 틀어박혀 함께 산책하는 일도 없고 같이 도시에 나갈 생각도 하지 않는 크사버가 갈수록 신경쓰인다. 이 주째 비가 그칠 줄 모르고, 종일 날이 밝아지지 않아 집안은 어두컴컴하다. 아침 먹을 때부터 불을 켜야 한다. 예전에는 그렇게 해도 아늑하다고 생각했지만 지금은 짜증스럽기만 하다. 그런 날이면 뭘 어떻게 해야 좋을지 몰라 안토니아가 그립다. 연애질에 푹 빠졌나. 파니는 생각한다. 생각만 해도 샘이 난다.

그러고 나서 에밀리오가 공연차 이 주 일정으로 오슬로로 떠나자 안토니아가 다시 나타난다. 평소와 달리 긴장감 없이 편안해 보이고 말수도 줄었다. 파니는 실망한다. 행복한 안토니아는 따분하다고 생각한다. 사랑에 빠지니 되새김질하는 소가 따로 없군. 파니는 심사가 뒤틀린다.

그러나 오슬로에서 돌아온 에밀리오는 공항에서 안토니아를 안아주지 않고 키스조차 하지 않는다. 영 딴사람이 된 것 같다. 눈 색깔마저 달라진 것 같다. 떠나기 전에는 부드러운 갈색이었던 눈이 지금은 싸늘한 회색이다. 두 사람은 말없이 안토니아의 집으로 간다. 차 안에서 안토니아는 옆자리에 앉은 에밀리오의 달라진 체온을 감지한다. 냉기류가 흐른다. 안토니아는 나이를 먹을 만큼 먹은지라 그에게 시간을 준다. 묻고 따져봐야 소용없다는 것쯤은 그사이 터득했다. 이 남자는 서먹한 거야, 그게 정상이지. 안토니아는 생각한다. 에밀리오는 말없이 부엌으로 들어가 코냑병을 집어든다. 예전—사 주 전—같으면 코냑이 어디 있느냐고 물었을 것이다. 안토니아는 말없이 마주앉아 그가 담배 피우는 모습을 지켜본다. 조급하게 한 모금씩 빨 때마다 재떨이에 재를 떨고 담배로 건드린다. 그의 침묵이 안토니아 귀에는 위험천만한 허리케인처럼 사납게 윙윙거린다. 안토니아는 더 견디지 못하고 거실로 간다. 그녀는 에밀리오의 태도에 의기소침해지지 않겠다고 혼잣말을 한다. 그래, 절대 의기소침해지지 않을 거야. 감정적으로 받아들이지 말자. 그녀는 부엌 쪽으로 온 신경을 곤두세운다. 에밀리오의 심장소리를 듣고 그가 왜 이렇게 이상하게 구는지, 왜 이렇게 딴사람이 된 건지 알아내려 애쓴다. 그녀는 다시 부엌으로 간다.

"무슨 일 있어?" 그녀가 묻는다. 그는 고개를 저을 뿐 시선을 피한다. 안토니아는 웃으며 손뼉을 친다.

"이봐, 에밀리오." 그녀가 말한다. "동굴에서 그만 나와!" 그는 힘겹게 고개를 든다.

"나와." 그녀가 말한다. "보여줄 게 있어. 자기를 위해 깜짝 선물을 준비했어." 안토니아는 그가 없는 동안 페인트칠을 새로 한 침실로 안내한다. 에밀리오가 불평하던 좁고 딱딱한 요도 더 넓고 부드러운 매트리스로 바꿨다. 안토니아는 에밀리오의 허리를 감싸 새 침대로 끌어내린다. 그의 근육 하나하나가 일제히 거부하는 느낌이 감지된다. 그녀는 그를 놔주고 일어선다. 그리고 심호흡을 하고 나서 묻는다.

"아무것도 눈치 못 챘어?"

"벽 색깔이 달라졌네." 에밀리오가 힘없이 말한다.

"아니, 썰렁해, 아주 썰렁해." 안토니아가 웃는다. 에밀리오는 일어나서 방을 나간다. 안토니아가 뒤따라간다. 그는 소파에 앉아 손으로 턱을 괸다. 그리고 처음 보는 사람인 양 안토니아를 바라본다.

"미니는 딴 데 보냈어." 안토니아가 말한다.

"누굴 보냈다고?"

"고양이. 내 고양이 미니 말이야. 자기 고양이 알레르기 때문에 며칠 전 딴 데로 보냈어. 환기도 시키고 진공청소기로 먼지랑 털도 싹 치우고, 이 집에 고양이털은 이제 한 올도 없어." 안토니아가 의기양양하게 말한다. 에밀리오는 상념에 잠겨 그녀를 바라보다가 일어선다.

"맥주 좀 마셔야겠어." 에밀리오가 말하고 집을 나선다. 안토니아는 그가 도착하기도 전에 좋아하는 버드와이저로 냉장고를 가득 채워둔 터였다.

안토니아가 울면서 파니에게 전화를 건다.

"그 남자 더블베이스는 어디 있는데?" 파니가 묻는다.

"여기, 내 집에. 그건 왜?" 안토니아가 묻는다.

"자기 악기가 있는 곳으로 돌아올 거야."

"정말 그럴까?"

"응." 파니가 말한다. "틀림없어."

"정말 거지같아." 안토니아가 엉엉 운다. "대체 내가 뭘 잘못
했다고!"

"어쩌면 그 남자 다른 이유가 있어서 오슬로에 갔던 걸지도 몰
라. 공연 때문이 아니라……" 파니가 나름대로 해석을 내놓는다.

"나한테 거짓말할 사람은 아닌데." 안토니아가 말한다.

"그럼 며칠 시간을 줘." 파니가 말한다. "가만 내버려두라고."

에밀리오는 새벽 세시쯤 돌아온다.

"전화 좀 써도 돼?" 그가 안토니아에게 묻는다.

"물론이지." 그가 돌아와서 기쁜 마음에 그녀는 선선히 말한다.

"근데 오슬로에 거는 거야." 에밀리오가 말한다.

"괜찮아." 안토니아가 말한다.

"아내랑 통화 좀 해야겠어." 에밀리오가 말한다.

"아내가 있다는 얘긴 한 적 없었어." 안토니아가 파니에게 말한다. 그들은 크사버가 페인트를 벗겨내고 새로 칠한 정원의 낡은 벤치에 앉아 있다. 플록스 향기가 고풍스러운 향수냄새처럼 공기 중에 진하게 감돈다.

"아내와 통화하는 목소리가 보통 때랑 완전히 달랐어." 안토니아가 이야기한다. "왠지 자신감이 없달까. 통화 내용은 나야 모르지. 스웨덴어로 했으니까……"

"노르웨이어." 파니가 바로잡아준다. 안토니아는 어깨를 으쓱한다. 그녀의 눈에 눈물이 그렁그렁하다.

"그 사람, 아이도 있어." 안토니아가 말한다. 그리고 루이비통 가방을 뒤져 작은 병 두 개를 꺼낸다.

"잠깐만." 그녀가 말하고 병에 든 액체를 각각 한두 방울씩 손바닥에 떨어뜨려 핥아먹더니 눈을 감는다. 햇볕이 그녀의 얼굴로 곧장 내리쬔다. 눈가 잔주름이 나보다 많네. 고돼 보여. 신경 안 쓰면 언젠간 저것 때문에 비참해질 텐데. 파니는 생각한다. 안토니아는 눈을 감은 채 몸을 뒤로 기대고 숨을 깊이 들이마셨다가 내쉰다. 파니는 조용히 집안으로 들어가 카메라를 가지고 나온다. 그녀는 좋아하는 모든 사람의 사진을 찍어두었다가 나중에 책으로 내고 싶은 꿈이 있다. 파인더를 들여다보며 안토니아를 오른쪽의 자작나무 이파리들과 함께 나오도록 할지, 벤치 왼쪽의 기다란 빈자리와 함께 나오도록 할지 구도를 잡는 동안 파니는 곰곰이 생각한다. 나는 안토니아가 정말 좋은 걸까, 아니면 그녀의 불행을 보고 유치한 텔레비전 프로그램처럼 즐기는 것일 뿐일까. 파니는 안토니아 옆으로 빈자리가 길게 나오는 구도를 택한다. 이게 안토니아에게 어울려, 파니는 생각한다. 많은 남자가 자리를 차지하지만 아무도 오래 곁에 머물고 싶어하지 않으니까. 뭐든 제멋대로인 성미가 남자들을 다 도망가게 만든다는 걸 저애는 모르는 걸까? 소심한 에밀리오는 그냥 안토니아가 무서웠던 거야. 파니는 셔터를 누른다. 안토니아가 눈을 뜬다.

"어머, 찍지 마!" 안토니아가 소리친다. "꼴이 얼마나 흉한데!"

"아니야." 파니는 셔터를 두 번 더 누른다.

"명상중이었는데 방금 네가 방해했어." 안토니아는 그렇게 말하고 작은 병 두 개를 도로 가방에 넣는다.

"무슨 명상?" 파니가 호기심 어린 표정으로 묻는다. 안토니아는 대답하지 않고 벤치에서 일어선다.

"나 목욕 좀 해도 돼?" 그녀가 파니에게 묻는다. "안 그러면 돌아버릴 것 같아." 그녀는 대답도 기다리지 않고 욕실로 사라진다. 파니는 온수 탱크가 목욕을 하기에는 너무 작다는 사실을 전에도 여러 번 설명하려 했다. 그 얘기는 안토니아가 목욕을 하고 나면 다음 사람들—그러니까 오후 내내 더운물 샤워를 고대하던 파니—이 쓸 것은 남지 않는다는 뜻이었다. 화가 난 파니는 안토니아가 정원에 가지고 나온 신문이며 담요, 커피, 담배, 수건, 과일과 루이비통 가방을 모조리 집안으로 치워버린다. 안토니아가 욕조 안에 있고 온 복도에 바나나샴푸 냄새가 진동할 때, 파니는 견디지 못하고 안토니아의 가방을 뒤져 작은 병 두 개를 찾아낸다. 한 병에는 스클레란투스라고 쓰여 있고, 다른 한 병에는 센토리라고 쓰여 있다. 파니는 병을 열어 냄새를 맡아보고 혀를 대보지만 둘 다 향도 맛도 없다. 어깨를 으쓱하고 도로 제자리에 두려는데 가방에 책 한 권이 보인다. 에드바르트 바흐 박사가 쓴 『바흐 꽃 자기치유법』. 파니는 책장을 이리저리 넘기다 센토리 항목에서 다음 설명을 찾는다. '의지박약, 타인의 영향을 받기 쉬움, 자기비하. 바흐 박사: 남들에게 봉사하는 데 지나치게 마음을 써 호의적인 조력자라기보다는 노예가 되기 쉬운, 친절하고 차분하고 부드러운 사람들에게 권한다. 센토리 타입 사람들은 조용하고 자존감이 없으며 끊임없이 남의 환심을 사려 하고 남을 위해 뭐든 하려 든다.' 딱 안토니아 얘기네, 파니는 키득거린다. 파니는 책과 작은 병 두 개를 챙겨 크사버가 있는 위층으로 계단을 뛰어올라간다. 그녀는 크사버의 방으로 들어가 묻는다. "안토니아가 자기 자신을 어떻게 보는지 들어볼래?" 파니는 쿡쿡 웃으며 그에게 노예 성향의 '센토리 타입'에 이어 다른 병에 대한 설명까지 읽어준다. '스클레란투스—한해살이풀. 일반적으로 자기 문제를 남들과 상의하려 하지 않고 혼자 견디는 조용한 사람들에게 적합하다.' 파니는 깔깔 웃는다. "의지가 약하고 자존감이 없고 조용한 안토니아를 위해 하루 세 번, 일곱 방울씩!" 크사버가 씩 웃으며 파니에게서 책을 뺏어 들더니 뒤적거린다.

"이런 헛소리를 믿다니 안토니아다워." 크사버가 고개를 절레절레 저으며 말한다. "헤더. 히스. 자기중심적 사고. 자기 자신에 대해서만 말하고 자기 자신만 걱정하고 혼자 있기 싫어하는 사람들에게 적합하다. 이런 사람들은 오래든 잠시든 혼자 있어야 하면 몹시 슬퍼한다. 이건 자기한테 맞겠는데." 크사버가 소리내 읽더니 빙그레 웃는다.

"어떻게 그런 생각을 해?" 파니가 놀라서 묻는다.

"나의 파니랑 비슷한데 뭐……" 크사버가 웃으며 말한다. "어디 가면 이걸 살 수 있지? 당장 1리터는 사오고 싶은걸."

"정말 내가 자기중심적이라고 생각해?" 파니는 믿을 수 없다는 듯이 묻는다.

"응." 크사버는 딱 잘라 말하고 책을 돌려준다. "하지만 난 그것과 더불어 사는 법을 터득했지." 파니는 문을 탁 닫고 방을 나온다. 너무 상처받아서 마치 배를 얻어맞은 듯 숨쉬기가 힘들 지경이다. 아래층 욕실에서는 안토니아가 〈Nothing compares 2

U〉를 흥얼거리고 있다. 파니는 그 노래를 부르는 가수를 텔레비전에서 본 적 있다. 머리를 짧게 깎은 슬픈 표정의 젊은 여자. 얼굴로 눈물 한 방울이 천천히 흘러내렸다. 그 모습을 보면서 파니는 생각했다. 난 이제 저렇게 어리지 않아서 다행이야. 이제는 사랑이 말도 안 되게 아프지 않아서 좋아. 적어도 이제는 알아. 지독한 코감기가 낫듯 사랑의 상처도 회복된다는 것을. 파니는 작은 병 두 개와 책을 안토니아의 루이비통 가방에 조심스레 넣어둔다. 기분이 참담하다. 그녀는 부엌으로 가서 커다란 시리얼 병들 뒤에 숨겨둔 보드카를 꺼내 한 잔 따른다.

저녁 먹을 때—요즘 실연의 아픔을 달래느라 폭식했다며 칼로리 높은 음식은 피해달라는 안토니아의 부탁에 파니는 싱싱한 송어를 준비했다—안토니아가 크사버에게 말한다. "어떻게 이런 일이 가능한지 같은 남자로서 설명 좀 해줘요. 에밀리오는 날 정말 사랑했는데 사 주 뒤 갑자기 모든 게 사라졌어요. 존재하지도 않았던 것처럼, 휙, 그냥 그렇게요."

"에밀리오가 개자식이니까 그렇지." 파니가 재빨리 말한다. 그녀는 식사하는 내내 한 번도 크사버를 보지 않았다.

"난 크사버가 뭐라고 하는지 듣고 싶어. 어쩌면 남자만 이해할 수 있는 걸지도 모르잖아." 안토니아가 말한다. 크사버는 그간의 사연을 전부 안다. 파니가 연재소설처럼 일이 있을 때마다 시시콜콜 얘기해줬기 때문이다.

"저야 에밀리오를 알지도 못하는걸요." 크사버가 조심스레 말한다.

"꼭 알고 지내야 그놈이 완전 전형적인 개자식이란 걸 알아? 안토니아를 철저히 우려먹었다니까." 파니가 말한다.

"그래." 안토니아가 한숨을 쉰다. "그건 맞는 말이야. 난 에밀리오한테 모든 걸 줬어, 모든 걸. 그는 모든 걸 가져갔고 아무것도 돌려주지 않았어."

"처음만 빼고." 파니가 안토니아에게 상기시킨다.

"그야 뭐." 안토니아는 말하고 손수건을 집어든다.

"이런 나쁜 놈." 파니가 말한다.

"이런 나쁜 놈." 안토니아가 말한다. "전부 거짓말이었어. 그냥 날 이용한 거야." 안토니아는 손수건에 얼굴을 묻고 운다.

"사랑하는 마음은 안토니아보다 더 컸을 거예요." 크사버가 벌컥 성을 내며 말한다. 안토니아와 파니는 놀라서 그를 바라본다.

"아하, 그래?" 파니가 코웃음 친다. 안토니아는 손수건을 얼굴에 댄 채 웅얼거린다. "그런데 몇 년간 떨어져 살았다는 아내랑 아이가 갑자기 떠올랐다. 그거예요?"

"그건 안토니아랑은 상관없잖아요." 크시버가 말한다.

"맞아요." 안토니아가 씁쓸한 듯 말한다. "단지 그가 한밤중에 아내한테 전화를 걸었을 뿐이죠. 나를 공기처럼 취급하고요. 그는 제집인 양 내 집을 드나들지만 나랑 얘기할 필요를 못 느껴요. 내가 무슨 물품보관함인 줄 아는지, 그 짜증나는 악기를 우리집에 뒀고요. 나한테 전화한다고 약속해놓고선 지키지도 않고, 마중나온다고 해놓고 바람맞히죠. 난 그를 위해 시내에도 달려나가 그의 딸 생일선물까지 사요. 그런데 그는 몇 시간씩 요리하는 내 모습을 지켜보다가 음식이 다 되면 그냥 일어나서 가버린다고요." 파니는 앞치마를 입고 부엌에 있는 안토니아의 모습을 상상해본다. 센토리 타입들은 조용하고 자존감이 없으며 끊임없이 남의 환심을 사려 하고 남을 위해 뭐든 하려 든다는 글이 떠오른다. 문득 아주 조금만 돌려도 다른 그림이 나타나는 엽서(눈을 뜬 예수와 눈을 감은 예수, 다리 위에 있는 미키마우스와 물속에 있는 미키마우스)처럼 아르마니 의상을 입은 패션잡지 에디터 안토니아와 앞치마를 두른 수줍고 소심한 주부 안토니아가 보이는 것 같다.

"에밀리오는 자기 방식대로 안토니아를 사랑한 거예요." 크사버는 주장을 굽히지 않는다. 화난 목소리다.

"그걸 자기가 어떻게 알아?" 파니는 힐난조로 묻는다.

"난 모든 걸 이해하고 모든 걸 용서하려 했어요." 안토니아가 울부짖는다. "내 삶 전부를 열어놓고 그를 안으로 들였다고요. 근데 그는 날 오물처럼 취급한 거예요!"

"두 여자분은 모르시나본데." 크사버가 말한다. "에밀리오는 가련한 로맨티스트예요." 파니와 안토니아는 당황해서 크사버를 바라본다. 잠시 후 파니가 언짢은 듯이 묻는다. "대체, 어째서, 에밀리오가 로맨티스트라는 거야?" 크사버는 포크로 접시의 송어 가시를 원래 모양대로 배열한다. "자기나 안토니아나 하이에나 같아. 그에게 기회란 걸 안 주잖아." 파니는 속에서 독한 신물처럼 분노가 차오르는 것을 느낀다.

"아하, 그런 거구나." 파니가 싸늘하게 말한다. 크사버는 고개를 들어 그녀를 바라보면서 차분히 말한다. "그래, 그런 거야." 잠시 세 사람 다 말이 없다가 안토니아가 꿀처럼 살살 녹는 목소리로 크사버에게 묻는다. "어떻게 그런 생각을 하게 됐는지 설명 좀 해주세요. 부탁이에요. 정말이지 그 사람을 이해하려고 갖은 애를 썼지만 내게 기회를 안 줬다고요!"

"그 사람이 안토니아에게? 안토니아가 그 사람에게 기회를 안 준 게 아니라요?" 크사버는 조롱조로 묻는다. "그 가련한 남자는 아마 아내에게 안토니아 얘기를 솔직히 털어놓은 대가로 흠씬 얻어맞았을 거예요. 그러곤 안토니아에 대한 로맨틱한 기억을 가슴 가득 안고 공항에 도착하죠. 안토니아가 그리운데 빌어먹을 숫기가 없어요. 그런데 그 순간 안토니아가 나타난 거예요. 매니저처럼. 모든 걸 벌써 다 처리해뒀죠. 침실은 새로 칠하고, 고양이는 딴 데 데려다놓고, 새 침대를 들이고, 냉장고를 맥주로 채우고, 식탁에는 음식을 차려놓고. 모든 게 완벽하게 계획되어 있어요. 안토니아와 그의 삶이. 여자들은 어쩜 그리도 배려가 넘치는지! 그게 다 순전히 이기심 때문이라니까요." 파니와 안토니아는 말없이 크사버를 바라본다. 크사버는 자리에서 일어나 모든 접시의 송어 가시를 그릇 하나에 쏟아 모으고 접시들을 포개놓는다.

"그러니까 전부 안토니아 잘못이라고?" 파니가 묻는다. 그녀는 이날 저녁 처음으로 크사버를 똑바로 응시한다. "다 안토니아가 잘못한 것뿐이다? 그리고 그놈은 사랑받지 못하는 가련한 로맨티스트고?"

크사버는 어깨를 으쓱하고 접시를 부엌으로 나르더니 다시 자리로 오지 않는다. 파니는 그가 계단을 올라가 작업실 문을 닫는 소리를 듣는다. 화가 나서 몸이 떨린다. 파니는 그가 작업실에서 밤을 보내리라는 것, 그래서 자기는 잠들지 못하리라는 것, 그에게 욕을 퍼부으면서도 자기가 뭘 잘못했나 자문하게 되리라는 것을 안다. 파니는 오늘 하루를 꼼꼼히 되짚어보며 자기 잘못을 찾을 것이다. 크사버를 증오하는 마음과 그의 사랑을 잃을지도 모른다는 두려움 사이에서 갈팡질팡할 것이다.

"전부 내 잘못이라고?" 안토니아가 묻는다. "다 내가 잘못한 것뿐이라고?" 안토니아의 눈에 눈물이 고인다. 그녀는 가방에서 작은 병 두 개를 꺼내 혀에다 몇 방울 떨어뜨리더니 눈을 감고 심호흡을 한다.

"뭘 입에 넣은 거야?" 파니가 묻는다.

"아." 안토니아가 눈을 감은 채 말한다. "실연의 아픔을 치료하는 약. 너야 비웃겠지만 나한테는 도움이 돼."

"정말?" 파니가 묻는다. "어디 가면 살 수 있는데?"

지은이 **도리스 되리**

1955년 독일 하노버 출생. 미국에서 연기, 철학과 심리학을 공부하고 뮌헨의 영화 텔레비전 대학을 졸업했다. 〈파니 핑크〉를 비롯, 〈마음 한가운데로〉〈남자들〉 등 다수의 영화를 만들었고, 『나 이뻐?』『내가 꿈꾸었던 남자』『우리 이제 뭘 할까?』『푸른 드레스』 등을 펴냈다. 베티나 폰 아르님 문학상, 몽블랑 문학상, 독일 펜 예술상 등을 수상했고, 독일 연방공화국 공로훈장, 카를 추커마이어 메달을 받았다.

옮긴이 **김라합**

서강대 독문과를 졸업했다. 『새벽 세시, 바람이 부나요?』『일곱번째 파도』『화요일의 여자들』『스콧 니어링 자서전』『어린이 공화국 벤포스타』 등을 우리말로 옮겼다.

문학동네 세계문학
아무도 날 사랑하지 않아

초판 인쇄 2019년 3월 15일 | 초판 발행 2019년 3월 29일

지은이 도리스 되리 | 옮긴이 김라합 | 펴낸이 염현숙

책임편집 황문정 | 편집 박아름
디자인 엄자영 이원경 | 저작권 한문숙 김지영
마케팅 정민호 정진아 함유지 김혜연 박지영 김수현 | 홍보 김희숙 김상만 이천희
제작 강신은 김동욱 임현식 | 제작처 한영문화사(인쇄) 경일제책사(제본)

펴낸곳 (주)문학동네
출판등록 1993년 10월 22일 제406-2003-000045호
주소 10881 경기도 파주시 회동길 210
전자우편 editor@munhak.com | 대표전화 031) 955-8888 | 팩스 031) 955-8855
문의전화 031) 955-8862(마케팅) 031) 955-2659(편집)
문학동네카페 http://cafe.naver.com/mhdn | 트위터 @munhakdongne
북클럽문학동네 http://bookclubmunhak.com

ISBN 978-89-546-5571-2 03850

www.munhak.com